Universale Economica Feltrinelli

MAURIZIO MAGGIANI
LA REGINA DISADORNA

Feltrinelli

Prima edizione ne "I Narratori" settembre 1998
Prima edizione nell'"Universale Economica" aprile 2000
Quarta edizione luglio 2005

ISBN 88-07-81593-1

Alla tua salute
Giggi
zoppo
immortale

1.

Oltre la Persia dei Re, sui primi contrafforti calcarei delle montagne dell'Oxiana, cresce un piccolo bulbo, il croco sativo.

Per tutta la ventosa primavera e per la secca estate non fa che vivacchiare, vegetando lentamente cinque lunghe e sottilissime foglie colorate di un verde azzurrino striato d'argento. Poi, con le prime piogge d'autunno, apre il suo fiore, a volte turchino, a volte violetto. È un fiore di cinque petali che si uniscono in un delicato calice; nel calice quattro lunghi stami, sottili come pagliuzze, maturano dal giallo acceso all'arancio.

A questo punto, prima che i venti freddi che rotolano selvaggi giù dalle vette dall'Hindukush inizino a spianare le erbe dei prati, le ragazze dei villaggi di pastori sparsi sull'altopiano intraprendono la raccolta dello zafferano, Zahfran, la chioma degli angeli. È un lavoro di grande pazienza e virtù, che le giovani donne compiono con grazia e maestria staccando con le unghie gli stami uno a uno. Come impone la legge, nessuna di loro è più vecchia di tredici anni, nessuna ha mai toccato un uomo. Alla fine del raccolto, dalle terre di un'intera tribù si ricavano non più di due once di prodotto essiccato, ben custodito in sacchetti di tela di lino appesi ai soffitti delle capanne.

Prima della neve i mercanti fanno il giro delle colline portando sale, pesce secco, fucili e cartucce, da scambiare con i bianchi involti di lino. Negli anni di buon raccolto giungono all'ammasso di Esfahan persino due quintali di spezia, caracollata a dorso di cammello dentro piccole casse di piombo. Lì viene incantata all'asta e smistata negli empori di Samarkand, Cairo e Istanbul, da dove verrà smerciata in tutto il mondo.

A suo tempo i mercanti pensarono di portare con loro dall'Oxiana anche le sementi dei bulbi, e cercarono di diffondere ovunque la coltivazione di una droga così rara. Purtroppo il croco sativo è un piccolo fiore ostinato e difficile a domarsi; ad oggi nel mondo intero non vi sono che undici ben delimitate zone in cui la pianticella ha attecchito e prosperato, e undici distinte qualità di zafferano. O forse dodici. Intorno al Settecento un tale Ibrahim Al Barrani, ricco mediatore e botanico dilettante levantino, scoprì che triturando finemente l'ovario e la corolla del fiore scartati durante la raccolta, si otteneva qualcosa che a prima vista poteva essere scambiato con la preziosa materia degli stami. Ferve da allora una piccola industria di contraffazione che porta nelle pentole di cuochi senza scrupoli o poco esperti uno sbiadito succedaneo del vero zafferano. A parte questo, naturalmente, la qualità del prodotto varia da zona a zona. Lo zafferano di Mancia, ad esempio, non è buono come il persiano, quello di Anatolia ancor meno; più profumato quello di Poitou e assai pungente lo scurissimo di Mendoza. Introvabile e tenuto come sacro il pugnetto o poco più raccolto dalle bambine di Zafferana, e migliore di tutti l'Aquilano, il famoso zafferano d'Abruzzo.

L'uso di questa droga è talmente diffuso in ogni parte del mondo che alla fine del secolo scorso si costituì un comitato internazionale per la tutela e la calmierazione, il cui compito era di tenere sott'occhio il mercato e impedire speculazioni che avrebbero potuto creare tali disordini da giustificare l'intervento di un organismo internazionale. Per quel che se ne sa, quel comitato è tuttora in funzione e il prezzo dello zafferano, come quello delle sue imitazioni, si è dimostrato nel tempo assai più stabile di quello del metallo aureo.

Alla fine degli anni venti di questo secolo, nel porto di Genova, allo sbarco coloniali del porto franco, venivano stoccate dieci diverse qualità di zafferano, compreso, non esattamente alla luce del sole, anche il suo truffaldino surrogato. Oltre a questo, una ditta di spedizionieri con lo scagno al varco di Sottoripa aveva il monopolio dell'esportazione della qualità aquilana. Nelle drogherie della città, almeno in quelle del centro, erano in vendita tutte quante.

Nello stesso periodo, allo scalo merci pregiate del porto di New York, passavano i controlli di dogana due soli tipi di zafferano, uno di provenienza spagnola e uno francese; per il suo fabbisogno la minuscola colonia libanese della città era costretta a contrabbandare in proprio piccole quantità di prodotto persiano che, spesso intercettato dalle autorità tributarie, veniva bruciato negli inceneritori dei servizi di sanità portuale, situati a ridosso del Bronx. Per l'occasione, molta gente del quartiere si radunava nelle vie attorno ai forni per inebriarsi dell'aria intensamente profumata dalla spezia.

New York era già una grande metropoli, ma evidentemente non lo era abbastanza perché potesse contenere più di due miserabili, infime qualità di un raro quanto innocuo prodotto alimentare.

C'è stato dunque un tempo in questo nostro secolo in cui Genova era grande tra le città del mondo.

Proprio allora, viveva in quella città un uomo bellissimo di nome Paride.

Quel nome era stato scelto dal padre in onore di un famoso baritono che schiamazzava per i teatri e gli odeòn di tutta Italia le amatissime arie di Tosti, e fu applicato in un momento in cui il neonato non lasciava intravvedere alcun segno di particolari propensioni canore, ma solo gracidava beato sul seno della madre. Brutto come tutti i bambini appena nati, se non di più, visto che la levatrice aveva tardato un po' a prestare la sua opera. La levatrice, che era anche prozia del nascituro e una delle non molte esercitanti diplomate del circondario, teneva casa e bottega non distante dalla famiglia in attesa. Nel mentre che alla nipote in doglie si erano rotte le acque, era in compagnia del legittimo consorte e stava festeggiando assieme a lui e a del liquore distillato in proprio la fosca fine del secolo decimonono. Dunque le occorse un poco di tempo e qualche cura per ripristinare l'aspetto e la proprietà di azioni che ci si attendono da una levatrice diplomata. Quando fu in grado di intervenire con la sua solita perizia, il bambino era già mezzo fuori e, intricato nel suo cordone, da paonazzo stava rapidamente facendosi cianotico.

In ogni caso tutto si concluse nel migliore dei modi, così come c'era da attendersi. Era, appunto, la notte dell'ultimo giorno dell'anno 1899; grazie a quel poco di ritardi e di trambusti Paride prese la sua prima, approssimativa visione del mondo, all'alba del secolo nascente.

Tra quanti lo conosceranno da uomo fatto, pochi – e solo quelli che hanno avuto il suo lattone di riconoscimento aperto tra le mani – sapranno che Paride è il legittimo nome di battesimo: è fin troppo logico che sembri un soprannome. È naturale che lo sembri sulle calate e sui ponti del porto, dove tutti ne hanno uno, e chi può, per forza fisica o altra autorità, se lo sceglie come meglio gli piace. Nessuno, comunque, ha pensato in proposito che quel soprannome se lo fosse scelto lui.

Paride non ci pensava a Paride, e forse neppure alla bellezza. Qualche volta pensava certamente a cose grandi e vaste come la bellezza, pensava molto spesso a cose pesanti, e probabilmente anche in quelle sapeva cogliere gli inequivoci segni del bello; ma il suo portamento, i modi suoi, il semplice fatto di com'era e come si porgeva, lasciavano trasparire una assoluta e incosciente indifferenza all'eventualità di essere egli stesso portatore di una piccola, personale vastità. Sembrava, semplicemente, che a casa sua non avesse uno specchio, o che, avendocelo, vi si riflettessero solo alcuni tratti essenziali e reconditi.

Le ragazze che leggevano Cine Sorriso, e i giovani uomini che lo guardavano di sopra alle spalle delle ragazze, dicevano che era tale e quale Rodolfo Valentino. Lo diceva anche la Combattuta; anzi, lo esclamava: "U l'è ún Valentino", e irrobustiva la sua convinzione con rafforzativi che le impegnavano in modo assai espressivo gli occhi, le labbra, la lingua

– un bel pezzo della lingua – e, se la circostanza lo imponeva, anche le ricche sinuosità del suo corpo. Si sapeva che lei avrebbe fatto parecchio per mettergli le mani addosso; sarebbe stata la réclame che le mancava, il coronamento di una carriera già luminosa.

In ogni caso, però, Paride ci assomigliava davvero a Valentino. Per il fatto, ad esempio, che era uomo senza essere grosso, virile senza apparire greve; elegante in altre parole. E per il naso, naturalmente, per il naso ancor di più; per come scendeva diritto ma con dolcezza, senza spiovere sul labbro. Così che la bocca, piena e viva, aveva modo di modellarsi in una varietà di espressioni senza che ci fosse bisogno – per via di quel naso così ben riuscito non c'era mai ombra sulle labbra – che fossero troppo marcate, o insistite. Ombre invece ne aveva proiettate sugli occhi, di volta in volta, perché tra le ciglia teneva nascoste, da grande attore, piccole luci e minuscole quinte che si accendevano e spegnevano, salivano e scendevano, dando l'impressione che tra iride e pupilla ci avesse piazzato su un palcoscenico e con gli sguardi lui intendesse orchestrare il suo teatro.

Questa era bellezza. Ed era eleganza il camminare leggero e un po' a traverso, come se da bambino gli avessero fatto fare i primi passi insegnandogli nel contempo a farsi portare dal sentimento dei venti. Non è che per la strada vagasse, e men che meno su una passerella o su uno scalandrone, ma dava all'andatura un singolare movimento sinusoide, appena percettibile a onor del vero, somigliante a quello di un veliero che risale i venti muovendosi lungo la sua rotta con poca fatica e molta grazia.

Ed eleganza era pure tenersi i capelli bagnati con l'acqua allungati all'indietro. E quando durante il suo pesante lavoro i capelli gli si arruffavano tutti per la polvere e il sudore, si toglieva di capo il paggetto di tela grezza per scostarli dalla fronte con un morbido gesto della mano. Anche questa era eleganza. E forse anche bellezza. Elegante come un divo, meditava la Combattuta, strizzando gli occhi dentro il fumo della sigaretta Macedonia. E dal bidè il principino Andrade faceva una smorfia, chiedeva l'asciugamano, e nemmeno lui che era un gran signore aveva da obiettare qualcosa. Ma, approfittando di un angolo di luce favorevole, dal suo punto di osservazione allungava uno sguardo consapevole sul corpo della donna e cercava, con l'ostinazione di un marito chiacchierato, gli eventuali segni del passaggio di Paride. E non li trovava, o così gli sembrava, e questo non gli dispiaceva.

Forse il principino cercava uno sbaffo di nerofumo, una sigla tracciata con la polvere nera. Questo era il genere di segno che poteva lasciare Paride al suo passaggio, questa in effetti era la firma che egli apponeva attraversando in quel suo modo un po' veliero la città e le sue genti.

La bellezza di Paride era ineffabile e singolare, e così era la sua vita osservata con gli occhi dei più. E non c'è dubbio che ci fosse una relazione tra le due cose: certi accadimenti nella sua vita e nella vita degli altri, mutamenti o rivolgimenti veri e propri, non possono trovare una loro intima giustificazione se non nella bellezza di Paride, di come questa qualità così incerta e inqualificabile possa aver avuto potere sulle cose e sugli uomini. C'è del mistero in questo, naturalmente. Paride in effetti era anche un uomo forte e coraggioso, certe faccende poteva regolarle con un colpo di mano, alla maniera solita dell'ambiente in cui viveva. Ma questo, che si sappia, non è mai accaduto; tutti quelli che per qualche ragione si sono rivolti a lui, già erano avvertiti che a un certo punto avrebbero sentito come una leggerissima bava di vento a traverso, un insolito movimento dentro gli occhi di Paride; dopodiché la faccenda in questione avrebbe preso invariabilmente un suo corso paridiano. "Ti gira e ti rigira e ti stende con un casché", per dirla con il suo collega e amico Tirreno, che si intendeva di ballo, di politica e del mondo in generale, e non parlava in italiano ma nella sua lingua genovese, assai più confacente. "Ha gli occhi da tango", sapeva dire con più sentimento e in tutte e due le lingue la Combattuta. Alla fine sulla scena restava sempre un leggero sbuffo di polvere nera, un segno appena visibile, ma ben riconoscibile, del suo passaggio.

Perché Paride era un carbunè.

E tra i carbunè era principe. Né più né meno dell'Andrade, che era principe di ville e campagne, opifici e palazzi, egli primeggiava sulle banchine e sui ponti, sulle calate e le manovre. E primeggiava su tutte le passerelle i plancé e gli scalandroni, i bighi le mancine e le benne, dal varco di Porta Siberia al piazzale del Giaccone, saltando di chiatta in chiatta fin dentro i quadrati dei vapori, di tutti i vapori di questo e dell'altro mondo. Vapori accostati, appoggiati, ormeggiati, di punta o di poppa, che erano giunti alla città di Genova tranquilli e scoreggianti come maialini per fare le signorine al gran Ballo dei Carbunè cuffinanti, la leggiadra Compagnia degli scaricatori del carbone minerale.

Che non era un tango quello che ballavano. E dunque non era per questo che Paride assomigliava a Rodolfo Valentino abbastanza perché alla bottega di Posta Vecchia la signora gerente spintonasse via la ragazza servente sibilandole dietro in modo da essere sentita: "Và de là figgetta, che il signore lo servo io". Nella fattispecie Paride preferiva farsi servire dalla padrona; preferiva fare i conti una volta sola, se era possibile, in qualunque situazione si trovasse.

Comunque Paride aveva visto Rodolfo Valentino al cinema, da ragazzo, e diventato uomo aveva già avuto il tempo di dimenticarselo. Ma la bottegaia, la Combattuta e il Principe Andrade e molti altri a Genova, il grande divo dello schermo lo avevano visto in carne e ossa, e per loro era francamente molto più difficile dimenticarlo. La Combattuta, naturalmente, nella carne e nelle ossa lo aveva anche toccato, e nella carne e nelle ossa si era fatta toccare, e anche strizzare e scartocciare per benino, a sentir lei. E forse era proprio successo così, perché Genova era allora grande davvero, tanto grande e fascinosa e indispensabile, che era impossibile non arrivarci un giorno, anche per il più inaccessibile e lontano tra i potenti. Una mattina di autunno, poco prima di morire, il dio dei divi era sceso da un grande bastimento bianco della linea di New York, era sparito in una nuvola di servi alla Stazione Marittima ed era riapparso tre giorni dopo sulla porta del salone riservato della Stazione, visto appena in tempo da un camalletto sveglio e, magari, informato. Ci volle tutta una squadra dei cavalleggeri acquartierati a San Benigno, più tutte le guardie di finanza che in quel momento potevano essere distratte dalle impellenti combines del contrabbando, più una trentina ancora di volontari raccolti tra i più prestanti e puliti caravana, ci volle tutto questo assembramento di forze più tre ore abbondanti di tempo, perché Rodolfo Valentino potesse fare quei duecento metri e risalire lo scalandrone del vapore che lo avrebbe riportato oltre l'Oceano. E il divo navigò e infine giunse all'Ade. I caravana che erano presenti, loro che alle scaramanzie ci stanno sempre attenti, dicono che non avesse toccato ferro di bitta o di catena prima di salire a bordo. Meglio sarebbe stato toccare il bittone del Mandraccio fatto con il culo del cannone, come si sa, ma sarebbe bastato forse anche un grillo o un gancio; che fatica gli faceva a strofinarseli un attimo, nevvero? Forse lui non era istruito sui modi dell'andare per mare, forse lo sapeva e ha voluto farne a meno; da divo com'era, forse è andata meglio così, visto che stava calando. Nei tre giorni di cui nulla si sa, il tempo per imbattersi nella Combattuta ce lo ha avuto, e se l'ha toccata davvero e si è fatto toccare, lei gli avrà insinuato dentro qualcosa che a New York han fatto passare per peritonite. Resta il fatto che in questa città se una puttana dice che ha visto Rodolfo Valentino, non è perché si è semplicemente infilata dentro un cinema. Anche questa è vastità di Genova. E già che ci siamo, se nella bottega di questa puttana, ancorché una puttana assai particolare, aveva l'abitudine di soffermarsi il Principe erede di una delle più grandi case genovesi, non era perché egli e la casata stessa fossero degenerati, decaduti e dirotti. Anzi, al tempo erano, uomo e casata, nel pieno del loro splendore.

Genova era grande davvero.

E nel cuore multiforme e cangiante della sua vastità ha inizio una storia essa stessa così vasta e complicata che ancora oggi è forse impossibile trovarne il bandolo là dove essa si sta ancora dipanando. C'è un inizio, però, ed è l'unico imbarco da cui si può partire per cercare di tenerle dietro.

La storia prende avvio dall'unione di Paride con Sascia.

Fu per la sua bellezza che Paride riuscì a prendersi Sascia, quasi certamente. Dal canto suo, Sascia era strana e bizzosa in modo tale che poteva essersi presa Paride per qualsiasi ragione, anche la più bislacca; e la cosa più bislacca che una ragazza poteva fare a quel tempo era quella di prendersi il suo uomo per pura bellezza.

Si conobbero nel venticinque, per strada. Sascia allora aveva meno di vent'anni ed era anche lei molto bella.

Abitava in piazza Stella, un piccolo pozzo d'aria in mezzo ai vicoli tra San Giorgio e San Lorenzo. Il centro di Genova è pieno di piazze insoddisfacenti, luoghi a prima vista privi di una loro logica e di qualsiasi attrattiva; brandelli di vuoto buttati lì a caso all'incrocio di qualche carrugio. È probabile che questi luoghi siano nati per sbaglio, perché non sono tornati i conti dei mastri muratori, o perché all'ultimo momento sono mancati i soldi per costruirci un palazzo. Oppure c'era un palazzo, più in là nel tempo, una delle cento e più torri di città costruite dalle famiglie nobiliari; e magari questa famiglia si è messa nei guai, ha complottato, ha contrastato, e la Repubblica le ha disfatto la torre: è capitato spesso nel corso dei secoli. A volte è stato messo un cippo con un messaggio ammonitore, altre volte si è lasciato correre. Restano queste piazze, come piazza Stella, che a fermarcisi nel mezzo ci si sente lievemente a disagio.

Sascia era altamente insoddisfatta di piazza Stella. Non perché avesse un acuto senso dell'ordine urbanistico, né perché abitare quel luogo piuttosto che un altro mortificasse il suo senso estetico. Quello che non le andava di piazza Stella era che quella stupida piazza svolgeva egregiamente il compito di contenere e mantenere intatto tutto ciò che ella riteneva detestabile della vita che conduceva. Incolpava quella piazza di aver lasciato morire sua madre, la incolpava per non aver poi costretto suo padre a rimanere. L'accusava anche, insensatamente, per il nome incomprensibile che portava.

Sascia è nata molto lontano da lì, e lei ricorda con vivide sensazioni il viaggio sulla nave che l'ha portata in piazza Stella. Anche se quando questo accadde aveva poco più di due anni, ricorda il mare mostruosamente instabile, il tavolato di legno su cui aveva passato tre giorni e tre notti avvoltolata in una coperta, terrorizzata dalle nuvole di fumo nero che scendevano giù fino a lei da un lungo comignolo per avvolgerla e farla sparire. Ricorda i marinai che manovravano le grandi vele che si aprivano al vento con uno schiocco, e di come tra questi enormi lenzuoli spesso sparivano suo padre e i suoi fratelli. Ricorda soprattutto, perché ancora adesso che è donna fatta ogni tanto le sale su dai polmoni, il sapore disgustoso delle pappe che rigurgitava e l'odore di salmastro che si mischiava a quello delle pappe. Ricorda infine la cantilena che sua madre Camilla le sussurrava: "Sascia, Sascia, Sascia..." e di come questo fruscio sommesso riusciva a convincere il suo stomaco a stare quieto, almeno per un pochino. Sa per certo che prima di salire sulla nave abitava in una casa al centro di un grande orto al centro di una vasta campagna; in fondo si vedeva qualcosa e, i suoi fratelli ne erano certi, quello era il mare di Orosei.

Il padre di Sascia aveva un nome nobile, Alberico, ed era egli stesso in qualche modo un aristocratico, pur senza titoli che potessero essere riconosciuti e patentati. Aveva un temperamento dolce e flemmatico portato con una eleganza naturale che ammorbidiva i lineamenti alteri e spigolosi di una vecchia razza dell'Ogliastra. Muoveva le mani piccole e ossute con molto garbo e teneva un passo lento e misurato, quasi reticente. Non alzava mai la voce, né con i figli, né con la moglie o nessun altro, ma anche quando aveva da punire un ragazzo o declamare una decisione – aveva il gusto antico di porgere il suo discorso con stile oratorio – lo faceva con un tono di voce basso e flautato. In casa teneva dei libri e quando tornava dalla città di Nuoro portava con sé un giornale. Nella casa di piazza Stella c'è una grande fotografia appesa al muro della cucina; in quella immagine Alberico è ritratto assieme alla moglie Camilla. Si tengono uniti, l'uno con la mano poggiata sulla spalla dell'altro, abbracciati in modo casto e tranquillo; guardano in avanti, come ha consigliato loro il fotografo, ma gli occhi di Camilla, senza darlo a vedere, sbirciano verso il petto di suo marito, come per sincerarsi che la candida camicia che indossa sia davvero senza macchie. Hanno la stessa altezza, più o meno la stessa corporatura e anche Camilla ha una camicia bianca inamidata chiusa sul collo. Lei ha un bel seno, lui un bel cappello di feltro nero, e questi due elementi creano una specie di simmetria, come se fossero, così come ha recitato loro il prete sposandoli, le due parti di una sola cosa, un essere bicipite dove Camilla è lo sguardo vigile. Sascia ha davanti agli occhi questa fotografia per molte ore durante il giorno, le è così familiare che al suo sguardo ha ormai perso i suoi originari contorni documentari ed è rimasto solo un vago abbraccio, e sono rimasti gli occhi della madre e la camicia del padre. La camicia nel corso degli anni ha finito per macchiarsi davvero con decine di cacchette di mosca. È per via di quello che rimane della fotografia che non riesce ad odiare suo padre come vorrebbe, né a piangere un po' meno la madre.

La loro casa era nel mezzo della fertile piana di Dorgali e Alberico aveva una sua vigna. Il lavoro del vignaiolo non richiede molta forza, ma una grande sensibilità. A parte la zappatura, che comunque è sempre leggera, per nove mesi dell'anno è un continuo sciogliere e legare, orientare, aggiustare, recidere e ricongiungere con mani che devono essere intelligenti e delicate; nei restanti tre mesi le mani riempiono, svuotano, travasano, sigillano, spostano, stappano, sigillano ancora, costrette sempre all'estrema attenzione e cognizione. Ogni cosa nella vigna e nella cantina deve seguire un ordine perfetto dettato dal moto della luna e del sole, dal mutare dell'aria e dei suoi effluvi, dalla micrometrica intransigenza della chimica; e tutto deve essere pulito dentro e fuori. Un vignaiolo appartiene a un ordine del lavoro che ha a che fare con la sensualità e la dirittura di un portamento nobile.

Ma la vigna da sola non bastava a fare la nobiltà di Alberico. Quello che davvero contava era che egli fosse il Moderatore della Fame del suo paese. In questo incarico era stato prima eletto e poi seguito dalla sua gente con grande rispetto e devozione, quale appunto spetta a un compito sacro e ad un uomo che lo adempie con l'acutezza, il distacco e la sensibilità di un aristocratico. Ciò che dava sacralità al suo incarico, oltre naturalmente l'oggetto stesso di vitale importanza, era la condizione di segretezza in cui doveva essere esercitato. Il Moderatore della Fame era colui che regolava in tutte le terre e il mare compresi tra la valle del Cedrino e il golfo di Orosei la disobbedienza ai nefandi editti delle chiudende. In pratica organizzava, nei limiti della giustizia e dell'equità, l'abigeato, il bracconaggio, il pascolo abusivo, la semina e la raccolta illegali nei latifondi sottratti agli usi comuni dei villaggi dal dominio sabaudo. I piemontesi avevano recintato le terre e persino il mare, usare ciò che per millenni era stato proprietà indivisibile di ogni comunità era diventato gravissima rapina. L'ufficio di Alberico era una magistratura clandestina a cui si rivolgevano fidenti i contadini, i pastori e i pescatori perché le leggi venissero infrante in base ad altre leggi, infinitamente più antiche e sicuramente più giuste. Così, per quasi cento anni, si erano regolati tra l'Ogliastra e le Baronie, e i Moderatori che si erano succeduti avevano con infinita astuzia e saggezza mantenuto un sistema di armoniosa illegalità, dove fame e galera riuscivano a stare quasi sempre in perfetto equilibrio sulla testa e nei pensieri dei sudditi isolani.

Salvo gli imprevisti. E Alberico era incappato in un imprevisto di carabinieri e latitanze che lo portarono a un lungo esilio nelle grotte della montagna e poi a quelle del mare e ancora alla montagna. E infine di nuovo al mare, per l'ultimo esilio, non a patire il freddo e la sete nel cavo di una grotta azzurrina, ma sul ponte di coperta di un piroscafo: lui, la moglie Camilla, i quattro figli, la fotografia matrimoniale, e nel portafogli un contratto da sterratore appaltato ai lavori di ampliamento del porto di Genova.

Dalle ristrettezze della latitanza Alberico aveva trovato il modo di prendersi un po' di sollievo. E così, negli anfratti di uno sperone di roccia su una spiaggia del mare di Orosei, era stato concepito l'ultimo figlio, la prima femmina: Sascia.

Sascia non ha mai capito il suo nome. Se è mai possibile un sentimento del genere nei confronti di una parte di se stessi così intima, Sascia potrebbe odiarlo quel nome. Nello stesso tempo se lo stringe a sé teneramente ogni volta, e cioè ogni giorno, quando le viene sottratto per essere deturpato in qualche stupido modo. La gente dei vicoli, i bottegai, i bambini della piazza, la maestra della scuola, hanno dato a vedere nel corso degli anni di non apprezzare un nome che per loro non significa nulla, che non ha nessun santo a difenderlo, e che, soprattutto, alla lingua genovese risulta impossibile da pronunciare in modo piano. Senza strascicarlo e strattonarlo e insultarlo, alla fine, con un orribile accento che storpia una bella bambina e la riduce alla caricatura di una signora che sa sempre tutto: "Sa a scià". Sascia vorrebbe potersi chiamare Maria o Lucia o qualunque altro nome passabile che non la costringa a doversene occupare in continuazione come di un difetto fisico, una menomazione che la obbliga a esibirlo con cautela ovunque vada. Ma Sascia in cuor suo sente anche che il suo nome la rende unica tra la gente di piazza Stella, la distingue e la separa, la fa in qualche modo partecipe della nobiltà di suo padre, di ciò che di essa è rimasto nell'uomo in fuga dalla sua terra e dal suo ufficio.

Né in fondo in fondo le dispiace il mistero che da sempre avvolge l'origine di quel nome, un mistero che giace nei luoghi segreti della latitanza del Moderatore. Da una di quelle grotte Alberico aveva fatto sapere alla moglie Camilla che la bambina si sarebbe chiamata Sascia. Lo scrisse in un biglietto perché non fosse frainteso e l'ufficiale d'anagrafe lo potesse trascrivere in modo corretto. Nel biglietto aveva anche scritto, con lo stile declamatorio dei suoi pronunciamenti ufficiali: "Se il prete non vorrà benedire questo nome, Iddio dovrà aspettare tutto il tempo che ci vorrà per avere mia figlia". La madre Camilla non obiettò, intanto perché era fuori discussione contraddire la decisione di un uomo ridotto alle angustie della macchia per causa della sua gente, poi perché il suono di quel nome le era stranamente gradevole. E poi gli altri figli suoi avevano nomi consueti e ben accetti, nomi buoni come Gaetano Innocente e Daniele, e dunque si trattava in fin dei conti di sopportare una sola e ultima bizzarria di un uomo esemplare. Quindi non mandò a chiedere al marito ulteriori spiegazioni e così, a sua volta, non seppe spiegare all'ufficiale d'anagrafe cosa volesse dire e dove fosse stato raccolto quel nome singolare. L'impiegato era un fervente socialista e chiedeva semplicemente conferma di un suo intimo sospetto: che si trattasse di un omaggio a qualche importante rivoluzionario estero, la qual cosa avrebbe agli occhi suoi ingigantito la figura del Moderatore e rinvigoriti il rispetto e l'ammirazione. Il prete, naturalmente, rifiutò il battesimo, avendo maturato più che un sospetto. Camilla non se ne fece una passione: sapeva che a suo modo il prete era nel giusto e che altrettanto lo era suo marito.

Per nessuna ragione al mondo avrebbe contraddetto la volontà di Alberico, né si sarebbe mai sognata di mancargli di rispetto, ma la vigile Camilla aveva anche lei le sue volontà e i suoi doveri. Così prese un giorno la sua bambina, la portò alla fontana dell'orto e lì la battezzò secondo i comandamenti del catechismo cattolico per urgente necessità. La asperse di buona acqua dolce, le impose il nome di Sascia così come doveva essere, e la benedisse augurandosi che Iddio se la sentisse già sua prima di provvedere in modo più confacente e cerimonioso. Era il 1906 e nei territori di Dorgali non era così facile che una bambina arrivasse viva al suo primo compleanno: Camilla questo lo sapeva bene e ritenne di aver fatto il giusto, senza arrecare offesa alcuna al marito, al prete e a Dio stesso. Nella sua lontananza, né dopo né mai, Alberico venne a sapere delle precauzioni che la moglie aveva preso in merito all'anima di Sascia. E lui non si prese mai la briga di svelare il mistero sull'origine di quel nome: Camilla non ci pensò mai, e Sascia, da quando la cosa era diventata un problema, si era anche fatta un punto d'onore di non chiederne mai ragione a suo padre.

Alla madre quel nome prese presto a piacere. "Sascia, Sascia," bisbigliava alla figliolina che stentava a prender sonno, "Sascia, Sascia, Sascia" come se fosse un intero discorso, come cantasse una canzone di tante strofe. E queste due sillabe così fruscianti, così simili allo sciabordare di una marea, scivolavano fluide e tiepide negli interstizi della minuscola coscienza della neonata, ammorbidivano i vagiti convulsi, dilagavano nel dormiveglia e portavano il sorriso nel bel mezzo del suo sonno.

Sascia non ama ricordare sua madre; ogni volta che le capita di farlo prova un dolore sordo che le fa accapponare la pelle, come se con le proprie mani si ingegnasse di sollevare il lembo di una ferita che si sta rimarginando. Sascia si sente come se la sua carne non avesse più il riparo della pelle, come se la sua casa non avesse più il riparo dei muri. Sascia si sente crudamente orfana, più di una venditrice di fiammiferi in mezzo alla neve, tanto quanto un gattino da latte buttato nella strada, e ancora di più.

Se pensa a sua madre l'unica cosa che Sascia vede sono i suoi occhi che guardano calmi e attenti, vede la sua mano che si stacca dalla spalla del marito e si posa su di lei, sui suoi capelli, sulla sua guancia, ed è sicura che le mani e gli occhi di sua madre abbiano avuto qualcosa di miracoloso. È anche fermamente convinta che Camilla abbia realmente compiuto diversi miracoli già immediatamente dopo che la sua famiglia era sbarcata fradicia e confusa all'accosto di Ponte Guglielmo. Non può giurarlo, ma è sicura che sia stato così.

Superata la passerella, a Camilla bastò assaggiare con le sue larghe scarpe il selciato della banchina e dare uno sguardo attorno per capire che quello che c'era da fare era per prima cosa tenere ben salda la mano sulla spalla del suo uomo. Il probo Alberico aveva messo piede a terra e si era arrestato accanto alla moglie, incerto, raccolto in se stesso come se avesse trovato ad attenderlo un freddo improvviso da cui ripararsi. La dirittura, i segni della nobiltà, tutto ciò che aveva costituito in Dorgali la sua amabile autorità, non appartenevano alla scena di cui era venuto a far parte varcando con il suo passo breve ed elegante la soglia del porto di Genova.

Un viaggio in piroscafo, e soprattutto su quel piroscafo, piccolo bastimento attrezzato per metà a vela e per l'altra metà con una sola caldaia, è un viaggio piuttosto silenzioso. Nel lento moto di una nave che procede sull'acqua ogni cosa, anche un rumore, si evolve con lentezza. I comandi del nostromo, il chiacchiericcio dei passeggeri, il passaparola dei marinai, così come i colpi di vento che tendono le vele e fanno cantare il sartiame, il cigolare delle caviglie, il tintinnio delle catene, sono rumori che si disperdono nei grandi spazi attorno, dileguati nella vastità dell'orizzonte prima di arrivare a un apice che si aspetta di udire solo chi non conosce il navigare. C'è un solo suono che persiste senza mai cessare, un suono che non ha mai picchi né cedimenti, che presto diventa un rumore interiore, come se appartenesse a un organo interno, a un cuore supplementare: è il tump tump tump della motrice a vapore che percorre tutta la nave e riverbera in ogni cosa e persona che ci viaggia sopra. Non è mai abbastanza alto da soverchiare una conversazione, non impedisce neppure di percepire lo sciabordio del solcometro, ma con la sua costanza rende tutto più silenzioso. Singolarmente, non è un rumore che si aggiunge agli altri, ma un sussurro che li zittisce. Tre giorni e tre notti di sommesso procedere avevano aiutato non poco i passeggeri a compiere la traversata, che era per molti di loro un passaggio definitivo, con la lentezza e la tranquillità necessarie perché i pensieri e le preoccupazioni potessero distendersi e acquietarsi. Il mare agitato e lo stomaco sottosopra aiutano a non preoccuparsi d'altro e le costanti vibrazioni della motrice, come il rollio che senza posa si alterna al beccheggio, finiscono per intorpidire il corpo e la mente, sbiadendo i riflessi e l'attenzione, assopendo le aspettative.

Nell'istante in cui il bastimento ha accostato alla banchina tutto questo ha avuto fine e l'opaco limbo della traversata si è frantumato in un delirante unisono di cacofonie, un'apocalisse di macchine, uomini e animali dove Alberico e la sua famiglia senza tanti complimenti furono sospinti a capofitto.

La nave aveva ormeggiato poco prima dell'alba e la famiglia era pronta da tempo, ognuno con il suo carico di valigie e fagotti, tutti imbottiti nel loro corredo al completo che altrimenti avrebbe inutilmente appesantito i bagagli. Ancora in mare aperto, appoggiati al parapetto del ponte umido del salmastro e della rugiada della notte, avevano assistito attoniti all'alba della città. Non quella del sole, ma quella, mai vista, di milioni di lampade elettriche e di lumi a gas e petrolio che sorgevano lentamente, come uno sbaffo di vernice fluorescente, in una lunga e indefinita striscia all'orizzonte, schiarendo la notte di un colore giallo e fumoso. Al lato estremo d'occidente, secco e diritto come una fucilata, il fascio di luce bianca di un faro trinciava il cielo nero spingendosi fin sopra le loro teste.

"Quella è la luce che guida i naviganti, la luce della famosa Lanterna, figlioli," spiegava rassicurante Alberico, e i suoi figli tacevano rispettosi di quella conoscenza. Giunti all'imboccatura del porto il sole, quello vero, cominciava a far chiaro intorno a loro, ma le luci del porto erano ora così potenti che ai ragazzi, svegli ed eccitati come in pieno mattino, pareva di essere lì lì per entrare nella pancia di un sole. Il padre loro si ergeva sul parapetto diritto come un palo, una sentinella di vedetta per un qualche pericolo in avvicinamento. Teneva lo sguardo teso davanti a sé e le rughe della fronte gli si erano piegate in una smorfia, come se gli avessero applicato sul viso una maschera di lattice. Intendeva benedire i figlioli raccolti intorno a lui, e anche la sua amata moglie Camilla, e la bambina che da tre giorni se ne stava stretta al corpo della madre come un'appendice inscindibile. Intendeva porre loro le mani sul capo e proclamare qualcosa nel suo tono basso e maestoso; qualcosa di giusto e definitivo. Ma possedeva solo due mani, e nel tentativo di contenerli tutti quanti in un abbraccio plenario, si andava scomponendo e arruffando, così che il suo gesto protettivo aveva preso pian piano a somigliare piuttosto a una richiesta di aiuto; come se a furia di vigilare la sentinella avesse alla fine scoperto qualcosa di ormai troppo vicino. E proprio mentre stava miracolosamente ripescando nell'indomita dignità la compostezza necessaria per dire almeno qualche parola, la nave ha dato il fianco all'accosto; e da quel momento non sarebbe stato più possibile ascoltarlo, né capirlo. A ricacciare giù nella gola la benedizione e a spezzare l'abbraccio c'erano stati lo schianto atroce dell'indietro tutta che sembrava dover disintegrare la nave nelle sue interiora e l'urlo dissennato degli ormeggiatori che fissavano le cime ai bittoni. Un grido di battaglia quello, non un richiamo del lavoro, un urlo di tagliagole abissini che percuoteva l'aria in una lingua tanto barbara da fare rizzare i capelli in testa. Poi, oltre la traballante passerella, oltre l'affanno dei passeggeri smaniosi di guadagnare al più presto la terraferma, oltre gli strattoni dei marinai dediti senza pietà alle loro indecifrabili mansioni, e oltre ancora il muro di valigie, bauli e sacchi bitorzoluti armati di innumerevoli spigoli e spunzoni smaniosi di contundere ogni minima particola di carne nuda; alla fine di tutto questo la banchina del Ponte Guglielmo, la Calata degli Zingari, il Varco Nuovo e la città di Genova.

Ma da sotto le murate della nave alla casa di piazza Stella andava trovata una via. Alberico sapeva dove andare, ma non come farlo. Aveva tirato fuori dal suo enorme portafogli la lettera che gli dava lavoro e casa, indirizzi e condizioni. Teneva quel foglio con tutte e due le mani sul ciglio della banchina abbagliato dalla pozza di luce di una fotocellula, mentre qualcuno gli urlava di scostarsi, mentre i ragazzi avevano perso la voce e se ne stavano a testa bassa stretti a lui, mentre Sascia piangeva di paura e Camilla la ninnava

"Sascia, Sascia, Sascia", cercando nel contempo di aguzzare la vista. E alla fine Camilla ha trovato una via, ha posato la sua mano sulla spalla del Moderatore e si è incamminata verso casa. Lei con la sua figlioletta in braccio un mezzo passo avanti a suo marito, senza troppa fermezza, senza un'ombra di superbia.

Aveva tracciato un sentiero, questo è stato il suo primo miracolo. E quel sentiero sarebbe poi stato ripercorso e consolidato ogni giorno per tutti gli anni che Alberico è andato a lavorare al porto, per tutto il tempo che i suoi figlioli crescendo ne hanno avuto bisogno per orientarsi nella città, un sentiero che continuerà a percorrere Sascia quando finirà per incontrare Paride e ancora dopo. Un sentiero a cui si atterrà tutta la famiglia anche quando ognuno sarà per conto suo e vivrà in quella città come se ci fosse nato.

Era una via che quella mattina si incamminava oltre il bagliore dei riflettori nel fiato livido dei bastimenti e tirava diritta senza paura tra la masnada dei camalli che si affollavano attorno ai loro caporali per iniziare l'assalto ai bastimenti. Di lì la strada di Camilla si insinuava sotto le zampe di capra delle gru, si immergeva nei getti di vapore spesso come schiuma di latte, risaliva i binari dello scalo al passo con il lento movimento dei vagoni trascinati dai cavalli di manovra, cavalli normanni dal muso dolce e assonnato, dispensatori di enormi cumuli di merda fumante. Procedeva a zig zag tra le pile di barili e di casse ammassate alla radice del ponte e si riempiva degli odori e dei profumi e dello schifo del pesce secco, delle salamoie, del vino e del sebo, della lana imballata e del cuoio secco, afrori che forzavano la gola e andavano a battagliare tra di loro giù nello stomaco duramente provato dalla traversata. E come se tutto questo non fosse abbastanza, a folate arrivava pungente e acido l'odore della gente mentre il sentiero si faceva largo con grande fatica tra la folla di Calata Zingari. Lì, a centinaia, a migliaia, tra i fuochi di detriti, i cumuli dei rifiuti, le fisarmoniche e i fischietti, i pianti e le bestemmie in tutte le lingue dell'Italia grande e proletaria – ogni vecchio e ogni vecchia protetti dalla fortezza dei loro stracci e dei loro figli e dei figli dei loro figli –, gli emigranti aspettavano l'imbarco delle Americhe guardati a vista dai gendarmi col moschetto a tracolla e una lampada ad acetilene ancora accesa nel mattino ormai fatto. Come se a controllare quell'umanità che si stava svegliando assetata affamata e sperduta non bastasse la luce del giorno. La strada di Camilla attraversava il piazzale senza fretta perché la famiglia del Moderatore avesse il tempo di specchiarsi in quella gente, si imprimesse bene nella memoria quello che non doveva succedere, la parte della strada che doveva essere cancellata.

Alberico non sapeva procedere sicuro tra tutta quella folla e gli capitava di pestare, di scontrare, di ferire con il bagaglio gente che lo ricambiava con sguardi allarmati e osservazioni smozzicate e incomprensibili. Lui allora si levava il cappello e chiedeva scusa e salutava; sperava ardentemente di avere ancora la voce e i gesti del Moderatore di Dorgali e si chiedeva se quella gente si fosse già eletto il suo, se avesse pensato per tempo a una qualche giustizia per la propria fame e l'esilio. Camilla lasciava che Alberico si attardasse e che i figlioli si guardassero intorno perdendo un poco alla volta la paura di quello che vedevano. Paura di che? Paura di un uomo accucciato per terra che rovista in una pignatta nera? Di una cucciolata di bambini che fanno i loro bisogni a culo nudo sopra le braci di un fuoco? Paura di una donna che si lava da un secchio china sul proprio seno scoperto con vigile parsimonia? Paura di una canzone zufolata da un gruppetto di ragazzi abbracciati tra loro, o paura delle barbe ancora da rasare dei gendarmi che fumano arrembati a una tettoia?

"Padre..." chiedeva dubbioso il più grande, Innocente, tirando un lembo del pastrano di Alberico.

"Figliolo..." rispondeva il Moderatore, e si fermava lì, a questa buona e rassicurante affermazione.

E poi il sentiero ha raggiunto la Stazione dei passeggeri e i suoi uffici. Stando ben attenti a non sporcare, la famiglia è passata attraverso i saloni delle attese della prima classe. Cercando di non infastidire l'elegante cameriere in marsina e candido grembiule, ha spiato dentro il lussuoso caffè, mentre il cameriere a sua volta sbirciava dalla vetrata istoriata con delicate incisioni di fiori e di frutti. Cercando di dominarsi ha tirato di lungo all'altezza dei bagni e dei cessi.

"Come si fa lì dentro, padre?"

"Figliolo..."

e finalmente si è arrestata al cospetto dell'ufficio deputato per le carte. Nella stanza stretta e lunga c'erano due vecchie lampade che spandevano nebbiolina lucente, un anziano impiegato che sbuffava fumo di trinciato da una buffa pipetta, una stufa con la sua pentola d'acqua che bolliva, un gendarme che aspirava parcamente da una Macedonia appiattita. Le volute di tutti quei fumi dormicchiavano all'altezza delle teste dei ragazzi ed è parso alla famiglia che quella fumigagione fosse una purga, una disinfezione e un incensamento benedicente. Sono usciti dal varco di Sottoripa tossicchianti ma mondati, in tasca il foglio con il timbro del viatico. Sul muro di un'antica casa proprio di fronte al passaggio i resti di una pittura facevano capire che lì, un giorno di chissà quanti anni addietro, un cavaliere con la lancia e il pennacchio aveva ucciso un orribile drago di fuoco.

La via di Camilla per piazza Stella caracollava ora spedita sotto le volte scure di Sottoripa. Non c'era da aver paura, ora, di niente, ma da fare tanto di occhi così. Chi avrebbe potuto raccontarlo l'emporio di Sottoripa, chi ci avrebbe creduto tra l'Ógliastra e le Baronie? Il sole basso del mattino d'inverno sforacchiava con fasci di luce iridata di pulviscolo le tende di ogni colore e sbiaditura che tenevano il vento verso mare, e infarinava di giallino una lunga galleria sorretta da colonne e da pilastri di ogni arte e fantasia.

Non avevano mai voluto mettersi d'accordo tra loro i mastri muratori che avevano innalzato un secolo via l'altro la palazzata di Sottoripa, la rincorsa di torri e castelli e palazzi pigiati l'uno a fianco all'altro per un chilometro e più che anticamente si faceva sciacquare le lastre dei porticati dalla risacca di scirocco che penetrava nella vecchia Darsena. Né era sembrato onorevole ai patrizi e ai ricchi della Repubblica avere riguardo per l'opera del vicino e consonare con uno sforzo d'armonia le architetture. Perciò, indissolubilmente inchiavardati tra loro, sfilavano davanti agli occhi attoniti del mondo che si affacciava al porto della Superba i capricci di stile e di ripicca di gusto romanico, moresco, franco e pisanino, gotico prudente e gotico svettante, barocco, avignonese, castrense e chissà cos'altro ancora. Le colonne dei portici naturalmente erano il vanto dei loro padroni; una doveva invidiare l'altra, e dai capitelli sgorgavano, in perpetuo malcontenti della pietra che frenava i loro furori, tutto il serraglio degli animali esotici e dubbi che dovevano montare la guardia alle magnificenze dei piani superiori.

Ma solo Alberico aveva l'anima libera per tenere gli occhi insù. Per i suoi ragazzi e la madre Camilla e Sascia, così come poi le avrebbero raccontato, c'era un'altra arte, più rasoterra, che li stava occupando. Ed era un'arte così tanta e così nuova e così strana che non bastava guardare ma bisognava anche toccare e poi chiedere, e trovare il modo di spiegare. "Comprèee ma no tocchèee!!" gridavano le pesciaiole e i lattonieri, i salsamentieri e i droghieri, i giocattolai e i mestichieri, i cioccolatai e i bussolieri, le verduraie e le sarte, gli ottici telemetristi e le pollaiole, i farinatai, i friggitori, i sigarai, i salumieri, i semenzieri, i coloniali e i privativi. "Ve taggiò 'e man, figgè!!" minacciavano sforbiciando l'aria dalle postazioni sulla soglia dei loro negozi. Ma lo facevano senza ira, per pura devozione e rispetto alla sacra materia della mercanzia.

Quanti pesci c'erano? Tanti che nessuno li avrebbe mai pescati nel mare di Orosei. E in che posto erano i mari che ce li hanno fatti nuotare dentro? E gli scogli per fare la casa a tutte quante quelle conchiglie lunghe e bislunghe, tonde, schiacciate, rigonfie, acchiocciolate e attorcignate, in quali mari saranno?

Questa sembra la frutta che era appesa alla vetrata del caffè di prima, ma quella era solo il suo fantasma rinsecchito. Qui di arance e mandarini hanno fatto diverse montagne: chi ci salirà per prendere l'ananasso che c'è in cima? E di fichi secchi se n'è vista già qualche cesta, ma qui ci sono platò di fichi mandorlati, di fichi glassati, di fichi salentini allo zucchero candito, senza contare che in quei barili lì ce ne sono anche di cretesi cotti nel vino.

"Cosa sono le banane, padre?"

"Figliolo..."

Quanta gente dovrà arrivare fin qui per mangiare tutte le torte del tortaio: quelle gialle basse basse e quelle pallide a sfogliatelle, quelle con l'uovo lesso in mezzo e quelle con gli stronzetti di salsiccia a giro a giro?

"Padre, c'è un cavallo di legno che parla."

"È un gioco, figliolo."

"Un gioco di chi?"

"Figliolo..."

Alberico lasciava volentieri che i suoi ragazzi fossero importuni perché questo serviva a mettere al meglio le cose, anche per lui. C'era della meraviglia e della festa in quell'ignoto e loro stavano andando allegramente verso casa.

"Ma di dov'è tutto questo, padre?"

"Della città di Genova, figliolo."

Significava questo che ci sarebbe stata un po' di tregua, un po' di riposo per cercare di riempire il vuoto dentro di sé, quel freddo che sentiva ancora adesso e che incurvava quel suo bel portamento. "Almeno un po'," sperava in cuor suo mentre cercava di osservare le bellezze di Sottoripa con la sua antica fermezza, "che ci sia un poco di festa prima di incominciare."

E Camilla intanto continuava a farsi largo con la sua via, e rideva anche lei della sbadataggine dei suoi figlioli, e faceva vedere alla bambina che teneva in braccio tutto quello che poteva. E ha fatto anche di più, perché si è fermata davanti a un fondaco di stoffe che aveva grandi pezze sciorinate su un banco davanti all'entrata e ha osato mettere seduta Sascia nel mezzo di un velluto a grandi disegni damascati. E a Daniele la sorella è sembrata una bambola e a Gaetano una reginetta e a Innocente un fiore anche lei. E Alberico ha sorriso e ha detto

"Figlioli..."

e Camilla ha guardato di sbieco il negoziante che si era

affacciato e guardava quella bambina senza saper dire altro nella sua furia che "Alua? Allora?".

Marito e moglie sapevano bene che mai più nessuno di loro sarebbe passato ancora da quei luoghi come quella mattina, che mai più avrebbero visto le cose e odorato gli odori in quel modo. Così hanno fatto un ultimo gesto di splendore festivo e hanno comprato dal friggitore che aveva la faccia più onesta e l'odore più invitante fette di torta gialla, cartocci di pesciolini fritti e castagne zuccherate; e con quelle carte fumanti e tutti i loro bagagli si sono inoltrati per la loro strada.

E la via è risalita dal porticato di Sottoripa verso l'ombra umidiccia dei vicoli, e tutti se ne stavano ora quieti e zitti, intimoriti dagli alti palazzi e dalle loro finestre con le bocche di lupo; dopo pochi passi hanno incontrato il pozzo in penombra di piazza Stella e il grande portone di castagno consunto del numero nove.

Non è vero che non capitò mai alla famiglia del Moderatore della Fame di Dorgali la sorte ingrata degli emigranti di Calata Zingari, così come avevano sperato e pregato che non dovesse succedere. Visto che hanno bivaccato tra l'androne e la piazza due giorni e una notte prima che l'amministratore dei beni del Principe Andrade si ricordasse dove aveva messo la chiave e si mettesse con comodo in strada per aprire la porta del quarto piano e farli entrare.

2.

Fu dunque in questo modo che prese il la nel cuore della città degli zafferani la vicenda della famiglia di Rico 'o Sardu, operaio sterratore ai lavori del Varco Nuovo.

Alberico dovette imparare il suo nuovo lavoro e non gli fu di certo facile. Lui, con la sua naturale eleganza, con quelle sue piccole mani abituate a operare in punta di dita, dovette industriarsi a diventare forte e grossolano abbastanza da poter picconare, spalare e carriolare con adeguato profitto per dodici ore al giorno, sole o acqua che fosse. Seppe farlo senza cedimenti e non se ne lamentò, neanche con se stesso. Nessuno gli chiese mai di amministrare la sua giustizia, pur clandestina che fosse, anche se nel grande cantiere del porto erano certamente in diverse migliaia ad aver bisogno di una giustizia purchessia. Scioperò con gli altri quando questo accadde, nell'undici e nel quattordici, ma non parlò mai, non fu mai notato dai questurini né dai capi sindacali. Si adeguò con rapidità e disciplina a un mondo di rapporti tra gli uomini radicalmente diverso da quello che lui conosceva e dirigeva nella sua isola natale. C'erano anche qui baroni, e naturalmente c'erano bracconieri, c'era il re e c'erano i pezzenti, ma la giustizia degli uni e degli altri era amministrata in un altro modo: con il partito liberale e il partito socialista, la camera di commercio e le cooperative. Lui osservava e, quando gli capitava, leggeva, ma forse non capiva abbastanza per poter cessare il suo silenzio. Rimaneva un uomo quieto e diritto, manteneva il suo passo breve e leggero andando e tornando dal lavoro, dominando la stanchezza e l'apprensione così come ci si deve aspettare da un aristocratico potatore di vigne. E forse perché qualcosa del suo passato ufficio gli era rimasto stampato nella faccia, nessuno tra i suoi compagni di lavoro e i suoi padroni fu mai duro o maldisposto con lui. E sì che quello del porto non era certo un ambientino da ridere. Si presero solo la libertà, indistintamente compagni e padroni, di abbreviargli il nome, un po' troppo diverso dal solito, e di aggiungergli il luogo da dove veniva: Rico 'o Sardu. Non perché ci fossero degli alberichi provenienti da altri luoghi, ma perché si usava così: dare alle lontane terre che portavano uomini al porto il loro giusto riconoscimento. Per tutto il tempo che restò ai lavori, e ci restò fino all'estate del diciannove, non si legò mai a nessuno né in amicizia né in confidenze di qualche genere, e questo non parve strano a quelli che gli stavano intorno. Del resto non era il primo sardo che lavorava da quelle parti e non se ne ricordava uno tra tanti che fosse espansivo. La sua prima quindicina fu di quaranta lire, la sua ultima di centoventi; non era un buon salario, ma non proprio miserabile da farci la fame. Oltretutto a casa sua nessuno restava con le mani in mano.

Ma se per gli undici anni della sua manovalanza Alberico non parve mai un uomo angosciato od oppresso, questo è solo per via di un altro miracolo di Camilla. Camilla seppe conservare e custodire e rendere ancora più ampia e sempre percorribile la strada che aveva tracciato la mattina del loro arrivo, la strada che era servita per valicare il caos e arrivare a una casa, al loro sicuro riparo. Il miracolo non fu compiuto unicamente per il suo uomo, ma per tutta la famiglia, per ciascuno dei ragazzi, per Sascia appena le sue lunghe zampette le diedero la facoltà di varcare il portone del numero nove. E non era stato un miracolo da poco, perché era come se la famiglia per tutti quei lunghi anni non avesse vissuto che il tempo di un attimo.

Camilla, semplicemente, aveva fatto in modo che non succedesse niente, che nulla a nessuno dei suoi potesse accadere entro i limiti segnati dalla via che con indefessa e quotidiana cura manteneva aperta a loro uso esclusivo nel bel mezzo della città più agitata e strana e dinamica che ci fosse nel mare Mediterraneo.

Sulla soglia dei vent'anni Sascia ancora non si capacita di come sua madre abbia potuto farlo; è per l'appunto in questo modo che alla gente capita di credere ai miracoli; Sascia ci ha pensato parecchio, dal diciannove in poi. Si è chiesta a lungo di sua madre e di come avesse saputo dirigere la vita di un uomo che invecchiava e di quattro figli che crescevano, impedendo a tutto il resto dell'universo di arrivare a toccarli, evitando che qualcuno di loro potesse perdersi. E questo senza possedere, apparentemente, potere o autorità su niente. Era bastato che si alzasse la mattina e svegliasse il marito e poi i suoi figli, ponendo loro la mano sulla spalla. Esattamente come nella fotografia, nota Sascia ogni volta che alza gli occhi alla parete della cucina. Sta di fatto che nessuno si era mai smarrito, né si era mai sentito un pianto, né consumato un dolore che non potesse esser lenito con poco. Non si era mai riso in quella casa, a onor del vero; pensandoci non era mai successo. Anche se poteva sembrare una nota stonata, delle risate non se n'era mai sentita la mancanza. Sì, poteva darsi che non si fossero mai messi a fare il circo tutti e sei insieme, ma magari si erano accontentati di sorridere un po' ogni tanto. Sascia non ricorda.

Certo non le va di rivedere le mani di suo padre che vanno cambiando giorno dopo giorno, gonfiandosi sulle nocche, annerendosi intorno alle unghie tumefatte. Né di come lui passi il tempo seduto in disparte a guardarsele e poi a cercare di pulirle su una bacinella d'acqua canforata, dando le spalle ai figli perché non ci riusciva mai bene, mai come lei avrebbe voluto che fossero pulite per provare il piacere di farsi toccare le guance.

Ma invece sorride, certo solo se nessuno la vede, quando le torna in mente Regina, la prima gallina di piazza Stella. E dopo Regina tutte le altre galline. Ma la prima in particolare, perché lei allora aveva quattro anni e la facevano uscire di casa solo per portarla a passeggio nella piazza.

La tenevano in una gabbia nello stanzino del cesso e per un paio d'ore al giorno appendevano la gabbia fuori dalla finestra per farle prendere un po' d'aria, montando la guardia perché non si provasse a scagazzare sui panni stesi. Regina era stato il nome che le aveva imposto suo fratello Innocente, perché portava il suo grosso culo e il suo grosso petto in fuori come una regina, e come una regina – o la Regina, quella vera del Re? Sascia non sa – guardava tutti di traverso. Era della razza bianca e quindi doveva saper fare delle belle uova. Invece era negligente e dispettosa, e la cosa che sapeva fare meglio non era il numero copioso di grosse uova che tutti si aspettavano da lei, ma passare invece il suo tempo inoperosa, a starnazzare tirando fuori dalle stecche della gabbia la sua testaccia cattiva per becchettare a tradimento tutto quello che le capitava a tiro. Questo non andava bene, questo rischiava di diventare un inciampo, un piccolo sasso, nel liscio sentiero di Camilla. E Camilla decise che forse non si poteva trattare una gallina come un canarino da tenere tutto il giorno in gabbia per il suo bel canto, e che le si doveva concedere qualcosa di gallinesco, come un po' di aria aperta. Così Sascia fu incaricata di portare a passeggio Regina. Alla gallina fu messa al collo una funicella abbastanza lunga perché potesse avere l'illusione di ruspare liberamente, e fu mandata con la sua piccola guardiana a godersi la piazza nelle ore del giorno che non erano troppo affollate. A quei tempi ogni luogo aperto della città era spesso affollato di persone che svolgevano per strada e nelle piazze ogni sorta di attività casalinga, compreso il dolce far niente.

"Ma che bel cagnolino che hai, figlietta mia," diceva la gente che la vedeva sfilare tutto in tondo nella piazza.

"Non è un cane, è la mia cocca Regina!" rispondeva sulle sue Sascia, assumendo quell'aria un po' imbronciata di sottaciuta sufficienza che non si toglierà mai più dalla faccia quando dovrà rispondere a qualcuno, per qualsiasi ragione. Come se le domande che le verranno rivolte, lei ragazza e poi donna, avessero tutte un'unica universale inconsistenza.

Naturalmente venivano bambini da tutto il sestiere a vedere la gallina al guinzaglio, e Sascia fece molte conoscenze e imparò che non aveva ancora sei anni a darsi delle arie di ragazza con grandi responsabilità. A causa della sua lunga costrizione nella gabbia il pennuto aveva assunto un'andatura tutta scivertata e sghemba, talmente buffa che i ragazzini che la guardavano sfilare pensavano che le fosse stato insegnato in quel modo per divertimento. Così Sascia si fece fama di domatrice di galline e prese tanto sul serio la faccenda che si dedicò a insegnare alla sua cocca numeri di abilità. Che la gallina non imparò mai. Ma il suo incedere così comico, la ridicola albagia con cui dimenava il culo, il pessimo carattere, erano sufficienti a farla apparire mirabilmente addestrata. Ci fu un periodo in cui Regina furoreggiò per tutto San Lorenzo e divenne di gran moda. Sascia si pavoneggiava portandola in giro come se avesse avuto al guinzaglio un levriere del Duca d'Aosta. I negozianti si mettevano davanti alla porta delle loro botteghe per godersi il suo passaggio e lanciare qualche briciola o qualche seme per vederla correre all'impazzata e poter scommettere così su quando si sarebbe finalmente strozzata col cordino. E i bambini le facevano codazzo intorno sperando in qualche nuova mossetta o, meglio ancora, in una beccata ben assestata a questo o a quello. Perché in quel sestiere, come in tutti i quartieri del mondo, i nemici dei bambini erano numerosi e impuniti.

Il risultato ci fu, comunque. Come Camilla aveva giustamente previsto, da quel culone cominciò a uscir fuori un ovetto quotidiano che aiutò non poco Sascia a crescere sana e colorita. Poi, come tutte le mode, anche quella tramontò. Ci furono molte altre galline dopo Regina, ma nessuno ci fece più caso; del resto non si contavano più le pollastre a passeggio per San Lorenzo. Dell'ultima che le toccò portare in giro, Sascia non ricorda nemmeno il nome; ormai aveva dieci anni, c'era la guerra, quella di Libia, e lei aveva iniziato il suo primo lavoro.

Quella guerra non fu niente per lei, o perlomeno niente che fosse riconducibile alla natura di una guerra. Per Genova fu un programma di grandi concerti della banda reale che suonava nel piazzale di Caricamento ogni volta che i reggimenti si imbarcavano per l'Oltremare, grandi affari per i caffè, per le puttane, e per gli armatori e gli spedizionieri. Gran lavoro per i camalli e gran spellarsi le mani per i bambini e i giovanotti perdigiorno che andavano al porto ad applaudire l'imbarco dei cannoni. Non proprio grandi come c'era d'aspettarsi quei cannoni, a dire il vero.

La famiglia dello sterratore non andava a sentire la banda: era così vicino il piazzale dove suonava che se la poteva godere dalle finestre di casa. E i figli maschi da quelle finestre potevano pure godersi le sfilate dei soldati e quasi toccare gli schioppi con un dito. Non che quel distacco fosse stato imposto da un ordine del capofamiglia: semplicemente tutto quel can can passava fuori dalla strada di Camilla. Lei non si era mai sognata di dire: "tu non vai", "tu resti". Sta di fatto che Innocente Daniele e Gaetano se ne stavano buoni buoni alla finestra, e quello sembrava che gli bastasse.

E sì che erano già ben cresciuti e uno era giornaliero, un altro occasionale e il più piccolo apprendista; tutti quanti giù alle compagnie del porto, non distanti dal loro padre ma più avanti di lui nelle gerarchie del lavoro.

Per Alberico fu qualcosa di più quella guerra? Sascia ricorda solo un giornale, un unico giornale per tutto il tempo che la guerra durò. Consumato nel corso di giorni e settimane, letto con parsimonia la sera finita la cena e pulite le mani alla bell'e meglio. Ecco, questa è una delle cose che a Sascia dà sui nervi ricordare. Purtroppo se la ricorda bene perché non è stato solo per la guerra di Libia, ma anche per quella grande, la guerra europea con un suo fratello dentro. Persino negli ultimi tempi, quando Innocente era lassù non si sa bene dove a sparare, cos'era stata per Alberico la guerra? Ancora un giornale; più spesso dell'altro e con fotografie al posto dei disegni. Lui con la testa china su un foglio che legge e rilegge muovendo le labbra, gli occhi socchiusi per correggere il suo difetto alla vista. E la madre che ogni tanto, passandogli accanto nel disbrigo delle faccende, gli pone una mano sulla spalla, e lui che si raddrizza un poco; e la mano si ritrae in un attimo, dando l'illusione di non essersi mai fermata lì dove tutti l'hanno vista.

Allo stesso modo, di tanto in tanto, guerra o non guerra, Alberico legge uno dei suoi libri. I libri che hanno viaggiato per mare, gli stessi libri che erano nella casa di Dorgali; tre libri che ora sono chiusi nella scansia della camera dove dorme con la moglie e suo figlio Gaetano. Sempre nella stessa posizione, dopocena, chino e sordo e cieco a tutto quanto al di là della pagina; sua moglie che per caso gli sfiora la spalla, lui che per un po' ritorna eretto, come se si riavesse da un malore. Sascia detesta in modo particolare quell'immagine di suo padre; Sascia pensa che quando suo padre leggeva, quello era il preludio della fuga: nelle sere di lettura lui, a suo modo, non c'era già più.

Detesta a tal punto i libri di suo padre che la mattina dell'incontro con Paride, Sascia è per strada con quei tre libri incartati sottobraccio e sta andando da un rigattiere di vico Pietre per cercare di levarseli di torno e portare a casa anche due soldi. Facendo il pacco non li ha neppure aperti, non ha voluto nemmeno leggere i titoli dorati sul dorso nero della copertina di cartone. Li avrebbe volentieri buttati giù dalla finestra se non le fosse sembrato che venderli a quello strozzino sarebbe stato per suo padre un dolore maggiore. Qualora lo fosse venuto a sapere, naturalmente, cosa non facile purtroppo.

Il rigattiere in questione è un personaggio di grande rilievo nel quartiere, e la sua notorietà, come le sue molteplici attività, si spingono ben oltre San Lorenzo. La stessa definizione di rigattiere risulta troppo restrittiva per fare giustizia delle doti e dei traffici di Giggi 'o Strassé, alias Giggi 'o Trafegun, alias il Duca di Mantova.

Luigi Del Duca, generalità con cui è noto unicamente agli uffici di anagrafe e alla questura centrale, si potrebbe definire un tipico caso di doppia personalità, se questo non fosse un punto di vista un tantino superficiale. Chi lo conosce un po' meglio sa che Giggi è invece un raro caso di triplice, se non addirittura di quadruplice personalità. Un intimo frequentatore delle sue vicende potrebbe forse spingersi ancora oltre nelle profondità delle sue anime; ma questo non è dato saperlo, visto che la sua vita non si svolge tutta alla luce del sole. Una parte alligna in penombra, un'altra ancora prospera nella tenebra più fitta.

Quello che anche i bambini sanno di lui, ciò che appare scritto con eleganti colpi di pennello sulla porta della sua bottega, è che Giggi 'o Strassé è appunto rigattiere, antiquario, trovarobe e mediatore in compravendite. Quello che invece i più grandi cantanti d'Italia e d'Europa hanno dovuto imparare a loro spese, è che il Duca di Mantova è capo della formidabile clac del teatro Carlo Felice. L'omaccione barbuto e panciuto che, almeno apparentemente, passa le sue giornate in bottega vestito a casaccio con della roba comprata da straccioni affamati, quell'uomo arruffato e sgarbato che fa della dimessa modestia dello stracciaio un'avveduta politica di affari riservati, tiene nel retrobottega dove mangia e dorme un frac a marsina in perfetto ordine. Frac che indossa con grande risolutezza al cospetto del patriziato genovese e delle insigni eminenze per tutto il tempo della stagione lirica, senza che nessuno abbia mai intravvisto in tutti quei metri quadri di pregiatissima stoffa anche una sola pieguzza, per non dire macchiolina. E quando si fa largo attraverso il fuaié, infestando equanimemente con la sua potentissima Colonia Coty le signorine in cincillà, le loro madri in visone e i loro padri in redingote, lo fa con faraonica dignità. E da padrone si accomoda tra la minuta borghesia del primo loggione, percuote l'aria con la salva dei suoi magnanimi saluti e infonde all'istante, tra quelle facce meste precocemente avvizzite dall'eterna questione dei dinè, uno spirito da ludo gladiatorio. Dopodiché il Duca di Mantova estrae dal suo frac la partitura, la pone sulla balaustra – quasi sempre per il verso giusto – e da lì in poi nessuno, ma proprio nessuno, nemmeno il maresciallo dei carabinieri, oserebbe chiedergli conto di qualcosa che non fosse il suo inappellabile giudizio sul bel canto e l'eterna melodia.

Una cosa deve essere ben chiara: in ognuna delle sue attività Giggi ha saputo imprimere uno stile, una sua personale distinzione.

Per tornare a 'o Strassé, la ditta di Giggi è nota per un particolare sistema di affari: si comprano cose unicamente se il loro valore è inferiore alla lira e parimenti tutto ciò che è in vendita ha un prezzo che non supera mai la stessa modesta cifra; il valore di ciò che acquista e che vende è insindacabile prerogativa di Giggi medesimo. In fondo alla sua bottega a forma di budello Giggi ha una vecchia scrivania a saracinesca che si regge su tre gambe e un baule sfondato. Sul suo piano smangiato da camole e coltellate tiene in grande evidenza una tazza piena di monetine da uno, da dieci, da venti centesimi; questo è il suo giro d'affari, come indiscutibilmente risulta agli occhi di tutti. Venditori e acquirenti arrivano a quella scrivania sepolta nell'ombra e madida del pesante odore del vecchiume, valicando montagne di bottiglie e bottiglioni, cataste di stracci, pile pericolosamente sbilenche di libri e scartafasci, casse di minuteria meccanica, scaffali marci zeppi di porcellane e terraglie. Lo stile di Giggi non impone il buongiorno e aborrisce le chiacchiere, dunque la conversazione, se c'è, è di severa natura matematica.

"Settantacinque," stabilisce 'o Strassé, evitando di soffermare lo sguardo sull'oggetto che gli è stato posto sotto il naso.

A questo punto un povero disgraziato che, assieme al suo bisogno, ha portato fin lì qualcosa di infinitamente più prezioso, potrebbe essere tentato di intavolare una trattativa. Potrebbe, ad esempio, commettere l'errore di ribattere

"Due e cinquanta".

Al che Giggi tirerà su con il naso e pianterà gli occhi fegatosi in quelli affranti dell'inesperto avventore e farà l'offerta definitiva

"Sessantacinque".

E mentre dà il suo numero, sta già inzuppando la mano sinistra nella tazza dei citti. Chi vuol vendere si porta a casa i sessantacinque, chi non vuol vendere non si sogna nemmeno di passare da quella bottegaccia lercia e buia.

In mezzo a tutta la porcheria ci sono certamente oggetti che possono essere venduti a ben più di una lira. Anche nella penombra più sfuggente si possono intravvedere o, più propriamente, intuire. Se così è, quelle cose non sono in vendita, non nel consueto orario d'apertura.

Sascia conosce bene 'o Strassé; pochissimo, e solo per sentito dire, il Duca di Mantova. Sascia sta andando a portargli i libri di suo padre non certo con la previsione di un giusto ricavo. Si aspetta un numero che potrebbe suonare 'ottanta', forse 'novanta'. Sascia non proverà a contrattare, naturalmente, perché ottanta o novanta sono più di settanta e sessantacinque, e comunque più che sufficienti: lei sta andando da Giggi non per affari, ma per vendetta.

In realtà, affari con Giggi ne tratta da parecchio tempo ormai. Sascia è un'inventrice e Giggi 'o Trafegun, dedito a non chiari traffici, ha comprato il suo talento.

Sascia è una giovane donna assai bella. Ha lunghi e morbidi capelli di un fulgido castano raccolti capricciosamente con un vecchio pettine di osso. Occhi non grandi ma acuti, occhi esploranti, leggermente ombrati dalle palpebre che tiene spesso socchiuse, in special modo se parla con qualcuno; occhi di un colore indefinito, ma spesso dello stesso tono dei capelli. Ha una bocca larga e diritta e labbra che sarebbero turgide se non avesse l'abitudine di tenerle chiuse in una specie di broncio che è soltanto un po' addolcito dalla fossetta sul mento. Il suo viso è morbido ma la sua espressione non lo è quasi mai. Ha un bel seno, le tonde e grandi mammelle di sua madre Camilla, e non se ne vergogna. Così cammina con le spalle ben diritte e d'estate può portare con la sua solita fierezza anche una camicetta di garza. Le sue gambe lunghe e robuste sembra che la possano portare dappertutto, perché le muove senza mai esitare nel passo. Sascia è bella ma la sua bellezza non potrebbe essere apprezzata appieno da un pittore all'antica, un pittore che dovesse dipingere angeli o madonne o odalische imperiali. Un tale osservatore la troverebbe imperfetta. Forse non saprebbe neppure spiegarlo: aggrotterebbe la fronte, ci penserebbe su un po' e non saprebbe cosa dire, se non che Sascia non è quella che ci vuole per lui. Sascia stessa sarebbe d'accordo; forse è proprio nella coscienza di una indefinibile imperfezione in qualche parte di sé che nasce la sua fierezza, quel modo deciso e sbrigativo di muoversi che al vecchio pittore potrebbe sembrare addirittura sfrontato, assolutamente inadatto ad un angelo.

Detto questo, c'è qualcosa in lei che indiscutibilmente è perfetto e non sfugge a nessuno: sono le sue mani. Le mani di Sascia sono le mani del vignaiolo di Dorgali fatto giovane femmina. Lunghe, affusolate e lisce, mobili e misurate, capaci di gesti lenti e ampi oppure di spostamenti appena percettibili, ma ogni volta compiuti e armonici. Mani di angelica perfezione, mani amorose anche quando i suoi occhi e le sue labbra sono stretti nell'ira o nell'allarme. Il pittore ci ripenserebbe volentieri se fosse sicuro di potersi godere da quelle mani anche solo un po' di carezze.

Sascia conosce le sue mani. Le usa con grande libertà ma comprende perfettamente il loro valore; c'è da dubitare che tra sé e sé mediti sull'aggettivo perfette, cionondimeno non trova niente da ridire sul loro conto. È per via delle sue mani che non le è mai mancato il lavoro.

Ha cominciato che aveva dieci anni. Rifiniva le asole delle giubbe che sua madre cuciva. In casa, in cucina, sotto una rara lampada da venti candele appositamente acquistata. Erano giubbe da lavoro di pesante tela che un magazzino di Sottoripa vendeva ai portuali. Avevano bottoni di ottone e le asole dovevano essere cucite con un punto molto stretto e preciso perché non si sfilacciassero subito. Sascia aveva le mani giuste per quel lavoro e, anche se era ancora una bambina, già sapeva come farle andare: lavorava con la costanza e la precisione di una di quelle nuove macchine così costose che neppure il suo datore di lavoro aveva il denaro sufficiente per procurarsene una. Ben presto si diffuse una nuova fama riguardo a

Sascia; non era più quella che portava la gallina al guinzaglio per San Lorenzo, ma stava acquistando notorietà come la Singerina di piazza Stella.

La tela delle giubbe che si cucivano in casa di Rico 'o Sardu era comunemente chiamata 'tela di Genova' ma non si tesseva affatto in questa città. Forse così era stato un tempo, secoli addietro, ma ora quella stoffa di cotone azzurro a doppia tramatura, così ambita da tutti quelli che svolgevano lavori sporchi e pesanti, era prodotta negli Stati Uniti di America, nelle filande della Pennsylvania. Là lavoravano perlopiù filanderine di origine irlandese; poche di loro sapevano scrivere e nessuna scrivere correttamente la parola "Genova". Quando dovevano segnare le pezze con il gesso scarabocchiavano qualcosa che cominciava sempre con una J e continuava in vari modi: Jenes, Jenues e così via. Con il tempo i ricevitori del porto di Genova presero l'abitudine, per non creare ulteriori confusioni, di trascrivere nelle loro bolle una semplice J. La tela di J veniva importata a caro prezzo, gravata da una feroce tassa protezionistica voluta dai potenti produttori di una mediocre stoffa nazionale. Quella stoffa, chiamata orbace, veniva reclamizzata con grande pompa, mostrando che serviva da divisa a diversi reparti dell'esercito italiano valorosamente impegnato nelle guerre. Ma i camalli e i meccanici e i carbunè, e tutti gli altri lavoratori che avevano bisogno di indumenti solidi e pratici, trovavano l'orbace pesante e puzzolente, fastidioso sulla pelle e con una irresistibile attrazione per la polvere in genere e quella di carbone in particolare, che si accumulava tra le sue fibre senza che neppure la più energica strigliatura riuscisse a ricacciarla via. Nessuno voleva l'orbace, tutti continuavano a chiedere giubbe e calzoni e grembiali di tela di J, anche a costo di grandi sacrifici. Paride dovette risparmiare a lungo e chiedere un prestito per potersi comprare la sua prima giubba; giubba che, per inciso, faceva parte di una partita cucita in piazza Stella. Così, lungi dall'affidarsi al prodotto nostrano, i fabbricanti di indumenti di lavoro si riversarono in massa nei magazzini occulti dei contrabbandieri. Giggi 'o Trafegun era fornitore regolare della ditta di Sottoripa che faceva cucire le giubbe a Camilla e sua figlia, la Singerina.

La quale Singerina era diventata col tempo così brava e così famosa nell'ambiente che poco prima dei grandi caldi dell'estate del diciannove Giggi decise di andarla a trovare per proporle di persona un nuovo e più impegnativo lavoro. Dovette aspettare che trascorresse tutta l'estate e riprovarci una seconda volta, perché quando si presentò al numero nove nessuno era in grado di starlo a sentire.

Era appena morta la madre Camilla. Il suo ultimo, stupefacente miracolo.

Fu una disgrazia molto famosa all'epoca e di quella morte ne parlò tutta la città, ne riferirono con dovizia di particolari il Caffaro e il Decimonono. Per le sue implicazioni di ordine diplomatico se ne discusse a lungo nelle sedi politiche cittadine, e per quelle di carattere assicurativo, spinosissime, negli ambienti imprenditoriali di mezza Europa. Ancora vent'anni dopo c'erano testimoni del fatto, gente del porto naturalmente, che per un caffè erano in grado di descrivere l'accaduto sin nei minimi particolari.

Naturalmente anche Giggi 'o Trafegun ne era al corrente, e se si era presentato al numero nove in un'occasione così tragica lo aveva fatto con spirito altamente costruttivo. Non c'è di meglio che la proposta di un buon affare per confortare anche il lutto più dolente, pensava; "...e il tempo vola" considerava con preoccupazione nella fattispecie del Duca di Mantova che non tollerava più di dieci minuti di pausa tra un atto e l'altro. Non fu cacciato, ma fu semplicemente trattato come tutti quanti gli altri che andavano e venivano dall'appartamento: gli fu indicata la cucina e nessuno gli rivolse più la parola. Non c'erano stati inviti, la famiglia non conosceva neppure gran parte della gente che entrava e si fermava davanti alla Camilla. Erano tutte persone che erano lì per la grande curiosità: si fermavano un poco, le donne si segnavano, parlottavano tra loro e se ne tornavano via.

Camilla era stesa sul tavolo, sotto la lampada da venti candele, e non era in grado di soddisfare l'interesse degli ospiti se non in minima parte, poiché era completamente avvolta da un lenzuolo bianco. Non si capiva neppure se era nuda o se aveva indosso ancora i suoi vestiti. La qual cosa, per i numerosi intenditori di morti disgraziate convenuti, rivestiva una certa importanza. Dipendeva da questa prosaica informazione il poter stabilire o meno se le dicerie sulle sue condizioni rispondevano al vero o erano le solite esagerazioni. In altre parole, se l'indeterminatezza di ciò che lasciavano intravvedere le pieghe del lenzuolo era dovuta al volume degli stracci della morta o all'entità sensazionale dei colpi ricevuti. Ma l'unico indizio interessante in quell'ingombro anonimo, l'unica cosa degna di nota per chi aveva fatto i quattro piani di scale con l'affanno era una protuberanza che si ergeva più o meno all'altezza di dove si sarebbe dovuto trovare il petto se, come era tradizione, il cadavere era stato posto con la testa in direzione della porta di casa. Una vetta che spiccava tra i rigonfiamenti del lenzuolo. Nessuno ebbe il coraggio di chiedere spiegazioni alla famiglia; nessuno della famiglia fu mai presente nella cucina quando la gente si guardava intorno per trovare qualcuno con cui condogliarsi. Quello sperone che si innalzava diritto come un candido punto esclamativo – l'esclamazione finale, l'ultimo commento della defunta – restò un mistero. Eppure nulla di quello che si sarebbe potuto vedere, tolto il lenzuolo, poteva risultare di una qualche stranezza: si trattava solo di anatomia, compresa quella protuberanza. Anzi, quella era forse la parte meno oscura dell'insieme, la più nota, la più familiare. Almeno per Alberico, almeno per Sascia e per gli altri suoi figli. Era soltanto la mano destra della madre, la mano che si poggiava ora su una spalla ora sull'altra, ora su questa cosa ora su quella. La mano che una complicata frattura del polso aveva impedito all'allievo medico di turno alle Prime Cure del porto di ricomporre, come l'altra, nel grembo della sua padrona.

Camilla era stata calpestata, schiacciata, praticamente smembrata da un elefante. Smembrata, era il termine usato dal giovane allievo che aveva stilato il referto per l'avvenuto decesso. Smembrata, aveva ripetuto la sera a casa sua, quando gli chiesero perché non voleva mettersi in bocca nemmeno un cucchiaio del brodo di gallina che era stato tenuto in caldo per lui.

L'elefante della disgrazia si chiamava Selim ed era sbarcato al porto di Genova per proseguire il suo viaggio in una speciale carrozza ferroviaria diretta a Zurigo, dove l'animale era atteso come la nuova vedette dello zoo della città. L'elefante era giovane ma di indole mansueta, addestrato al suo paese, il sultanato del Gujarat, perché ricevesse con la proboscide noccioline e dolci dai bambini senza arrecar loro alcun danno. Per tutto il viaggio in mare da Bombay a Genova era stato nutrito con grande abbondanza di biade arricchite di bromuro in modo che se ne stesse quieto; e quando fu imbragato al bigo e ammainato sulla banchina era ancora parecchio insonnolito. Selim aveva anche un accompagnatore, il giovane che lo aveva allevato e addestrato e che ora si incaricava di recapitarlo allo zoo. Era a lui che il personale della nave, il commesso ricevitore e la squadra dei camalli si rivolgevano per avere istruzioni sul modo di procedere allo sbarco. Tutti indistintamente lo chiamavano Alì perché è così che al porto si usava chiamare chiunque avesse un aspetto orientale. Alì naturalmente aveva un altro nome, ma capiva in ogni modo benissimo quando ci si rivolgeva a lui: era molto esperto e molto attento, si rendeva perfettamente conto della delicatezza del suo incarico.

Nessuno avrebbe potuto prevedere l'incontro di Selim con Camilla; anzi, ogni cosa era programmata fin nei minimi particolari affinché non si dovesse verificare alcun incontro tra l'elefante e chicchessia che non facesse parte dell'organizzazione della consegna. In verità fu Camilla a causare quell'incontro, anche se del tutto involontariamente e grazie a un concorso di circostanze assolutamente imprevedibili.

In definitiva si trattò di una questione di geometria, un triangolo che impazzì a mezzogiorno in punto di una bella e calda giornata di luglio.

Selim fu dunque calato sulla banchina del porto franco con tutte le cure del caso. La calata era piena di portuali e di perdigiorno tutti lì a godersi lo spettacolo dell'elefante. Quando il gancio che dirigeva la manovra mostrò al mancinante il palmo della mano per dare l'ordine di ferma, e dopo una dolcissima ammainata la bestia toccò terra con le sue quattro zampe senza sollevare un granello di polvere, ci fu pure un applauso. A quel punto Selim doveva essere accompagnato allo scalo, distante non più di duecento metri, dove c'era ad aspettarlo un vagone preparato per lui. Sul pianale se ne stava seduto ad aspettare l'ispettore sanitario pronto per la visita di controllo; fumava tranquillo e si chiedeva cosa avrebbe dovuto guardare in quella montagna di carne per firmare le sue carte con la coscienza a posto: durante la sua non breve carriera aveva già fatto passare un intero branco di struzzi, due dromedari e un serpente anaconda, ma un elefante mai. Per questo teneva con sé una piccola macchina fotografica Kodak per incrementare la sua collezione di animali rari ed esotici.

Anche se il tratto da percorrere era davvero molto breve, Alì volle essere prudente e imbrigliò le zampe anteriori del suo animale con una catena non più lunga di due metri; in questo modo Selim non avrebbe potuto mettersi a fare corse pazze per il piazzale, nella remotissima evenienza che gliene fosse venuta improvvisamente voglia. Non mancò neppure di fare un piccolo numero di spettacolo, poiché Alì era giovane e gli applausi gli piacevano. Così pose con studiata cautela i piedi sulla proboscide e diede un ordine nella sua lingua che risuonò per tutta la calata più o meno così:

"Harriaah!!",

richiamo che agli astanti risuonava assai familiare. "Arrìa!" era il grido del gancio quando dava il comando al mancinante di ammainare l'imbragata. Quello che parve lo sforzo dell'indiano Alì per attenersi alle usanze locali fu apprezzato enormemente e tutti quanti ripeterono con entusiasmo insieme a lui:

"Harriaah!!".

Con un elegante movimento di ascensione, Selim, docile come un cagnolo, issò al posto di guida sulla groppa il suo amato tutore e prese lentamente ad avanzare verso i binari dello scalo debitamente incoraggiato da nuovi meritati applausi.

In quello stesso preciso momento Camilla oltrepassò il posto di guardia del varco di Caricamento. Il finanziere di turno non la degnò di uno sguardo. Nessuno da parecchi anni la degnava di uno sguardo, non c'era niente di interessante o di nuovo o di pericolosamente illegale da vedere in Camilla. Camilla era una donna matura, vestita ancora all'antica con la gonna a larghe pieghe lunga fino ai piedi e lo scialle sopra la camicia anche in piena estate: una madre di famiglia che portava il fagotto della colazione a suo marito, badilante agli scavi di San Benigno. Lei come centinaia di altre madri di famiglia che ogni giorno che dio mandava in terra portavano da mangiare ai loro uomini per la pausa di mezzogiorno. Quelle donne, costanti e imperiture come i giorni del calendario, erano conosciute da tutti e a loro non faceva caso nessuno. A meno che non si trattasse di qualche eccezionale passaggio di una giovane e attraente ragazza; e questo capitava assai di rado, perché nell'ambiente del porto agli uomini non faceva piacere mettere in mostra i propri beni, a meno che non fosse strettamente necessario.

Neppure Camilla faceva caso a chi incontrava. Negli undici anni in cui aveva diligentemente svolto quel compito così importante, sfamare il proprio uomo in modo appropriato e tempestivo, non aveva fatto amicizie lungo il suo cammino da piazza Stella agli scavi. Non ce n'era mai stato bisogno, non faceva parte, lo stipulare amicizie, delle cose che potevano venirle in mente di fare. I suoi sentimenti erano altrove, concentrati nell'alveo della strada da lei inaugurata e quotidianamente mantenuta proprio perché quei sentimenti fossero salvi e al momento giusto sostenuti. E nel caso nutriti. In tutti quegli anni di va e vieni sempre regolari, la strada che da piazza Stella attraversava la Darsena per arrivare fino a San Benigno aveva assunto nella mente di Camilla l'aspetto di un fossato, una trincea ormai più alta dei suoi occhi. Dunque non aveva amici in quel luogo, non si fermava a parlare con nessuno, non si attardava a guardare questo o quel particolare; anche se conosceva tutti, e a suo tempo aveva notato ogni cosa.

Tra le sue conoscenze più antiche c'era un cavallo. Un vecchio, nobile cavallo da manovra.

I cavalli da manovra sono tutti di razza frisone, bestie da mezza tonnellata, infaticabili, intelligenti, buoni. Vivono con i loro accompagnatori nelle stalle a ridosso della Lanterna e si dice che condividano con loro antiche confidenze e segrete sapienze. Ci sono leggende al riguardo e chiacchiere nelle osterie a non finire; si parla di festini, di donne bellissime, centauri e così via. Non si sa, nessuno entra nelle stalle assieme a loro e agli uomini che li accudiscono. Uomini che sono, quando mai è possibile, giganti più grandi e più forti dei camalli stessi, e al pari delle loro bestie buoni e intelligenti. Un cavallo da manovra muove da solo lungo i binari un carro ferroviario carico per diverse tonnellate di merce, si sposta attraverso decine di scambi senza mai sbagliare, inserisce con precisione il suo traino nelle rotonde di manovra, le fa ruotare per agganciare lo spezzone di binario tangenziale, e consegna il carro al varco ferroviario preciso preciso. Non si è mai sentito per gli scali del porto, nemmeno per le manovre più impegnative, un ordine imposto con la frusta o semplicemente urlato. L'accompagnatore – proprio così è chiamato nei tariffari stampati, come per ribadire ufficialmente questa inusuale familiarità – non dà ordini alla sua bestia, ma consiglia quello che è opportuno fare bisbigliando all'orecchio. E il cavallo volge un poco la testa verso di lui, asserisce con meditata calma "si può fare, sì, si può fare e lo farò", ed esegue.

Come tutti gli altri lavoratori del porto, i cavalli da manovra fanno una pausa per la colazione. Quando al faro di San Benigno sale a mezz'asta il grande pallone nero che segnala i cinque minuti a mezzogiorno, mollano qualunque cosa stiano facendo, si fanno sciogliere da basti e catene e trotterellando di buon umore si dirigono alle tettoie, in modo da essere già con il muso tra le biade quando parte il colpo di cannone dal Castellaccio. In questo come nel resto amano essere molto precisi e puntuali.

Anche Camilla è molto precisa, anche lei vuole che allo sparo di mezzodì il suo uomo abbia la gamella di minestra tiepida tra le mani. Per arrivarci fa un lungo pezzo di strada lungo i binari di scalo Caricamento e abitualmente incoccia in qualcuno dei cavalli che se ne sta andando alla biada. Camilla non ha paura di quelle bestie e a volte passa tanto vicino a uno di loro da sentire il caldo del suo fiato. Certo non dà confidenza, e tira di lungo al suo solito passo. In realtà, però, non è esattamente così.

A ben vedere c'è tra di lei e un certo cavallo, un innocente giochino, tanto piccolo e breve che è quasi impossibile notarlo. È una cosa che succede ormai da un bel pezzo. Per una combinazione come ce ne sono tante, Camilla e questo certo cavallo finiscono per incontrarsi praticamente tutti i giorni da un po' di anni. Dispiace, per inciso, non poter dare un nome alla bestia che avrà un ruolo così importante nella tragica fine di Camilla, ma in effetti non è noto a nessuno se non al suo accompagnatore e, come è costume nel suo ambiente, quest'ultimo non lo ha mai rivelato. Dicevamo dunque che per qualche ragione le loro vie hanno finito per coincidere in un certo punto, quasi ogni giorno, a quella certa ora. La donna tiene il suo fagotto con le pietanze preparate a casa in una sporta che porta al braccio; il cavallo le si accosta e con il muso spinge un poco contro il suo fianco con l'intenzione di aprire il fagotto o semplicemente di odorarne il contenuto, che trova certamente di suo gradimento. Il cavallo fa tutto ciò con grande delicatezza: è davvero un gioco, e non è mai successo che ci fossero dei danni al contenuto del fagotto, né che ad Alberico fosse mancata anche solo una piccola parte della colazione.

Camilla non si ritrae, evidentemente gioca anche lei, e lascia che la bestia faccia il suo comodo per un paio di secondi, poco più. Poi con uno scarto deciso sposta il cestino nell'altro braccio, e a quel punto le strade dell'animale e della donna tornano a divergere. Tutto qui, nient'altro. Ecco il grande sollazzo che si concede Camilla portando da mangiare a suo marito. Se non avesse d'inverno lo scialle e d'estate il fazzoletto stretti sulla bocca per proteggersi dalle polveri del porto, forse si saprebbe se la donna sorride; certo il cavallo lo fa, perché lo si vede bene tirare su la testa e arricciare i labbri per dare aria ai suoi enormi dentoni.

Il giorno in cui Selim è lì che sta per prendere il treno che lo porterà a Zurigo, Camilla e il suo cavallo non hanno programmi diversi dal solito. Stanno andando ognuno per la sua strada e sanno che, come di consueto, si incontreranno più o meno all'altezza della calata al porto franco. Vanno solo un poco più di fretta perché hanno ambedue un leggero ritardo. Due o tre minuti, non di più: si sono dovuti fermare sugli scambi per il trambusto causato dai preparativi di quel carico speciale.

Quando Selim, guidato dal prudente Alì, sta poggiando la zampa sulle traversine del primo binario, i due sono all'altezza del quarto: il cavallo proveniente da est, la donna da nord. Se Camilla fosse vento e il cavallo un veliero, si potrebbe dire che l'animale stia navigando al gran lasco di tramontana. Il quarto binario è ingombrato dal convoglio preparato per l'elefante; al traino non c'è un altro cavallo, ma una piccola locomotiva. Ci fosse stato un cavallo, adesso sarebbe tutto quanto fermo e l'animale già in marcia verso la sua biada. Invece c'è una moderna macchina a vapore tenuta sotto pressione da un macchinista. Il macchinista è un vecchio amico dell'ispettore sanitario e si è sporto in avanti dalla cabina per scambiare qualche parola con lui.

Camilla e il suo compagno di giochi incocciano a un passo dalla locomotiva mentre ambedue stanno, diciamo così, virando verso il terzo binario per evitarla. Non hanno paura della macchina, che è ferma e sbuffa quieta, semplicemente scansano un ostacolo sulla via. Selim ora è a non più di venti metri e sta lentamente procedendo verso di loro. Non l'hanno ancora notato. O meglio, Camilla l'ha certamente visto, ma si comporta come se di elefanti ce ne fosse una stalla piena sotto casa: continua tranquilla per la sua strada. Il cavallo invece non l'ha visto perché è così che deve essere: ha il paraocchi. Tutti i cavalli che lavorano lo portano perché è indispensabile per il loro equilibrio mentale e quindi per il loro buon rendimento. I cavalli sono tutti, anche i più grossi e mondani, estremamente timidi e paurosi, e molto curiosi, per giunta. Basta un nonnulla per adombrarli e per distrarli: amano andare a caccia di farfalle, come si usa dire, e si spaventano della loro stessa ombra. Il paraocchi serve a diminuire in maniera drastica le occasioni di distrazione e di bizzarria. Per il momento, dunque, Selim è fuori di scena, come se fosse ancora a pascolare nella sua giungla, e non c'è nulla che possa importunare la ripetizione del solito giochino. Ancora una volta, per la millesima volta.

La testa del cavallo preme con delicatezza il fagotto del mangiare e i grandi labbri prensili cercano di tirare via la tovaglietta che protegge la minestra, la frittata e la pagnotta. Camilla lascia fare un po', poi scarta di lato. Niente di che; il testone della bestia accompagna il suo movimento tentando un'ultima volta quello che non gli è mai riuscito di fare. Si muove lentamente, con naturalezza e fluidità, e si arresta quando ormai la preda è fuori della sua portata. In questo istante gli occhi protetti da ogni imprevisto laterale si trovano in asse perfetto con l'enorme quarto anteriore dell'elefante. L'accompagnatore che se ne stava con discrezione a qualche passo è già lì che agguanta veloce come la saetta il finimento all'altezza del morso; possono esserci problemi come no, ma lui è pronto a evitarli. Selim ha già visto un bel po' di cavalli in vita sua e nessuno gli ha mai dato dei fastidi, né il suo istruttore crede che quel cavallo che sta scostandosi dalla loro direzione possa arrecarne alcuno.

Il cavallo invece non ha mai visto un bestione del genere ed è sorpreso e scandalizzato dalla mole sgraziata di quell'ammasso di carne; ora che le sue froge sono lontane dalla minestra sente dell'elefante anche il puzzo cattivo e forestiero. Avverte la mano dell'uomo sul suo muso e questo lo tranquillizza; infatti non ci pensa neppure a imbizzarrire, vuole solo dire la sua, come è giusto, e andarsene a mangiare. Dunque porta in alto il muso, arriccia le labbra e caccia fuori un robusto nitrito di disapprovazione. Camilla intanto continua tranquilla per la sua strada. Ora è sul terzo binario; volge le spalle al cavallo e alla locomotiva e tiene la sporta dalla parte di Selim: sa benissimo che un elefante non ha nessun interesse per le minestre. Sente il nitrito, ma ne ha già sentiti parecchi altri in quegli anni. Tutti hanno sentito il nitrito e pare che non ci faccia caso nessuno, men che mai Selim che si fa un vanto, giovane com'è, di riuscire a far nitrire tutti i cavalli che incontra. L'unico che gliene importa qualcosa è il macchinista della locomotiva. Lui ha ragione di pensare che quello sia il saluto del cavallo alla locomotiva: sono colleghi, tutto sommato. Così il macchinista educato risponde con due allegre manette di sirena. Fiiiihhhh, Fiiiihhhhhhh.

Di tutto l'insieme, questa è l'unica nota stonata. Perché Selim, che non è pratico di locomotive e delle loro sirene, riconosce in quel fischio lo stesso identico tono del comando alla carica, solo amplificato cento volte e cento volte più convincente di quello solito suonato da uno zufolo di bambù. Ed esegue prontamente quello che gli è stato insegnato di fare a quel richiamo: alza in alto la proboscide, avvisa con un barrito che sta per partire, e poi parte.

Il tutto in una frazione di secondo, il tempo necessario ad

Alì per gridare qualcosa nell'orecchio della bestia e piantare il suo pungolo nel collo fino a trapassargli la pelle. Questo è il comando di frenata celere, che l'elefante conosce bene quanto quell'altro, e che per il dolore che gli procura trova il più convincente tra tutti quelli che gli sono stati insegnati. Obbediente, il giovane Selim si predispone a bloccare la sua carica quando ancora le zampe anteriori sono a mezz'aria.

Camilla il barrito l'ha sentito bene e se ne è anche un po' spaventata. A questo punto non può non esitare interdetta, almeno per un attimo; ed è questo infatti che succede. Quando Selim barrisce una seconda volta per dire "sì, ho capito, adesso mi fermo", Camilla si trova nel mezzo del triangolo formato dalla locomotiva, dal cavallo e dall'elefante; e mentre il moto delle due bestie sta pericolosamente stringendo due dei tre lati, lei è lì, immobile. Si volta verso l'elefante, alza gli occhi e, del tutto involontariamente, allunga la mano che tiene il cestino. Non vuole offrirgli la colazione, ma le è venuto spontaneo protendere la mano della protezione, quella del conforto, quella che tiene sulla spalla di Alberico e dei suoi figli, perché sente che in questo momento anche il bestione è di una cosa del genere che ha bisogno.

Peccato che Selim non la veda neppure, occupato com'è in tutt'altro problema: il pachiderma sta inciampando su se stesso. Nel doppio e repentino sforzo della carica e dell'immediato arresto si è notevolmente scomposto. Non ha ragionato, come si pensa che facciano sempre i saggi animali della sua specie, e si è dimenticato che le sue zampe anteriori sono impastoiate in una catena. Così, issandole e divaricandole, ha teso la catena fino a farsi male, molto male. Tanto che per fare cessare il dolore agita scompostamente le zampe, procurandosene in questo modo dell'altro e inciampando rovinosamente sull'una o sull'altra.

Potrebbe ancora cadere sulle sue ginocchia, spellarsele un poco, sentire ancora del dolore, sgroppare facendo cadere la sua guida. È quello che prevede Alì che già è pronto a saltare. L'accompagnatore, il macchinista e l'ispettore sanitario non pensano a questo, perché non sanno nulla di preciso al riguardo, ma è in qualcosa del genere che sperano. Nessuno che dice una parola; non c'è nulla di adeguato che qualcuno possa dire in merito alla stravaganza di ciò che sta accadendo. L'accompagnatore tiene ben saldo il morso del suo cavallo e cerca di sgombrare per la via più sicura; abbandonando con calma il suo lato del triangolo e procedendo in diagonale, tra la locomotiva e Camilla. Il macchinista e l'ispettore sono ora assieme nella cabina della locomotiva e si sentono tranquilli tra un bel po' di tonnellate di acciaio; il macchinista tiene una mano sulla leva dell'acceleratore – anche lui come Camilla per puro istinto – e l'altra ben lontana dalla manetta della sirena, nel caso che il puro istinto lo consigli ancora una volta male. L'ispettore sta cercando di sistemare i comandi della macchina fotografica.

E Camilla? Camilla ha ripreso la sua strada, ancora la stessa del cavallo, rispetto a lui avvantaggiata di qualche metro. Sta andando a portare da mangiare a suo marito ed è in ritardo.

Appunto. Il pallone ha raggiunto il culmine dell'asta là al semaforo di San Benigno: è mezzogiorno in punto. E da Forte Castellaccio, preciso come l'accidente, parte il colpo di cannone.

Bhaamm!

E Selim allora impazzisce.

Stava cercando di cadere in qualche modo e di farla finalmente finita con quell'imbroglio di catene e di dolore, ma il suo movimento si è fermato ancora una volta senza concludersi. Quell'orrendo boato proviene direttamente dal cielo delle sue più angoscianti frenesie di paura. Niente del genere è mai stato udito da lui, né da sua madre né dai suoi fratelli o cugini o zie; al suo paese non si spara col cannone se non c'è una guerra da fare, e guerre in quel paese benedetto non se ne sono più viste negli ultimi cento anni. Ora quel tuono è il segnale di piena libertà dalle regole dell'addestramento, dal suo buon senso pachidermico e dallo stesso istinto di sopravvivenza. Selim è infuriato.

Barrisce per la terza volta. Ma non è un avviso, né una domanda, né una risposta: è solo il pianto sconsolato della sua disperazione. Non vuole più cadere a terra, vuole fuggire. Con un colpo possente si sbarazza del suo vecchio amico Alì, e con tutta la forza del suo peso si protende in avanti, tendendo le zampe nel primo passo di una carica: si è dimenticato ancora una volta della catena. Una catena che è stata costruita perché gli resista, perché sia in ogni circostanza un po' più forte di lui.

Selim consuma tutta la sua immensa energia in due soli passi; per farli non gli ci vogliono più di tre, quattro secondi. Non sono i passi cadenzati di un elefante che sta facendo il suo giro d'onore intorno alla pista di un circo. Non sono neppure dei passi: sono una rovina, sono un pezzo di montagna che si stacca e precipita nella valle, una diga che esplode, la terra che si apre.

"Vira!!" urla l'accompagnatore che si è buttato sul muso del cavallo perché veda e senta il meno possibile. "Vira!!" è tutto quello che gli viene in mente, come se l'elefante fosse un'imbragata di sacchi e lì ci fosse un mancinante che lo possa issare in alto.

"Raghaab," urla Alì dalla polvere dove è stato gettato; e nessuno si preoccuperà mai di sapere cosa volesse dire.

"Sascia, Sascia, Sascia," bisbiglia Camilla al fazzoletto che le copre la bocca; Camilla che in quei tre secondi è stata l'unica a capire cosa sarebbe successo.

Perché la rovina di Selim non è in avanti, non tende a occupare l'ampio spazio che si è liberato tra la vaporiera e il cavallo. Così sarebbe stato naturale, così egli stesso avrebbe voluto. Ma Selim ha rotto la catena, è riuscito nell'impresa che nessun elefante del Gujarat né di nessun altro sultanato o regno o repubblica del mondo è mai riuscito a compiere. Per farlo si è lacerato la carne della zampa sinistra sino all'osso, ed è tutto sulla sinistra, con un movimento tanto innaturale quanto il suo dolore, che si sbilancia il suo impeto di fuga. Lì c'è Camilla che vede la luce del sole oscurarsi e il cielo intero occupato per un'ombra improvvisa.

E il giovane elefante che i bambini di Zurigo attendono

con trepidazione si attarda ad abbracciare Camilla. Lo fa alla buona, senza eleganza, lo fa come può farlo in quelle circostanze un elefante di cinque tonnellate.

Il sangue che schizza sulla locomotiva, sul cavallo e sul suo uomo, sulle traversine e sulla faccia del macchinista, non è di una madre di famiglia, il suo scivola piano tra la polvere del porto. È quello che sgorga dall'inesauribile fontana aperta nella zampa sinistra di un'orribile bestia indemoniata. Con il verso della giacca l'ispettore di sanità ne leva via una goccia dall'obiettivo della sua macchina fotografica, mentre il macchinista si passa sugli occhi il fazzoletto già sudicio di fuliggine e sudore. Poi, con tutte e due le mani, si aggrappa disperato alla manetta della sirena. Il lungo, traforante segnale, fa andare di traverso il desinare a tutta la palazzata di Sottoripa.

Quel giorno Alberico non ebbe cibo che gli potesse andare di traverso. Fu avvisato un'ora dopo l'accaduto da due carabinieri e gli fu fatta riconoscere la moglie quando era già composta sopra il tavolo operatorio del centro sanitario a Calata Salumi. L'allievo medico aveva messo in opera tutto quello che gli era stato insegnato per rendere Camilla un cadavere presentabile. L'unica cosa di cui non riusciva a capacitarsi era l'irriducibilità della frattura al polso destro, così quando Alberico entrò nella stanzetta trovò la moglie che lo stava attendendo pronta ancora una volta a sostenere le sue incertezze con il palmo della mano protettrice e benedicente. Il badilante firmò le carte e attese fuori dalla stanza, seduto al sole, l'arrivo dei figli. Arrivarono tutti insieme, diedero un'occhiata alla madre senza scambiare una parola e andarono a cercare un carretto. Così, con Innocente al timone e gli altri a spingere di poppa, Camilla poté fare ancora la sua via, una volta tanto comodamente sdraiata. In Sottoripa i bottegai uscivano fuori nel portico per vederla passare, così come la gente che incontravano si fermava a dare un'occhiata. Lei, come un papa, benediceva ognuno. In piazza Stella, davanti al numero nove, c'era già gente che aspettava.

Intanto giù al porto, in mezzo ai binari da dove non si era più rialzato, il giovane elefante Selim veniva fucilato da un plotone della guarnigione di artiglieria del Forte Castellaccio; il forte da dove partiva il colpo di cannone di mezzogiorno; forse l'unico, vero responsabile di tutto quanto.

Alle sei del mattino dopo, quando il cadavere di Camilla dormiva tranquillo sul tavolo di cucina e i vivi della sua famiglia si stavano riavendo da un lungo dormiveglia sulle sedie tutt'intorno a lei, l'ispettore sanitario dilettante fotografo consegnava al commissario di bordo di una nave in partenza per New York la sua Kodak. Un laboratorio di quella città avrebbe sviluppato, stampato e riconsegnato l'interessante istantanea al commissario, che a sua volta l'avrebbe resa all'ispettore nel suo prossimo viaggio di ritorno. Così Camilla e Selim si apprestavano a varcare l'Atlantico.

Ancora strettamente abbracciati avrebbero scorrazzato su e giù per le vastità dell'Oceano.

3.

Passò il tempo, e quando fu autunno e mancava un mese alla stagione lirica e scarseggiavano i traffici importanti in giro per la città, Giggi 'o Trafegun tornò per la seconda volta a bussare alla porta del quarto piano, ancora con l'intenzione di offrire un nuovo lavoro alla Singerina. Fu Sascia stessa ad aprirgli; del resto a quell'epoca non c'era più nessuno ad abitare quella casa assieme a lei: se ne erano andati tutti, uno in fila all'altro. E il primo a tagliare la corda era stato suo padre.

Non erano trascorsi quindici giorni dalla morte di Camilla, che una mattina Alberico prende da parte sua figlia mentre sta macinando il caffè per gli uomini della casa che andranno a lavorare. Sascia si sta ingegnando a fare le cose per bene; sta imparando a preparare minestre e frittate perché non siano di gusto troppo diverso da quello che ha abituato i loro palati; sta provando e riprovando a tostare il caffè e a macinarlo nel modo giusto perché nessuno si accorga che è stato fatto da un'altra mano. Non ha ancora quattordici anni, ma cerca di diventare il più grande possibile. Vorrebbe diventare enorme, in modo da riempire più spazio nella casa: vorrebbe essere così grande che suo padre debba scontrarla ovunque si trovi a passare, in ogni angolo dove si mette a sedere. È questo soprattutto che Alberico fa quando si trova in casa: cerca un angolo e ci mette una sedia, poi se ne sta lì ad aspettare la cena. Quando ha finito di mangiare, riprende la sedia, si cerca un altro angolo e si mette a leggere uno dei suoi libri; sempre con molto garbo, senza il minimo rumore. E senza una parola, evitando con la massima cura di dare l'impressione di esistere. I fratelli escono, o vanno a dormire; resta la figlia femmina che adesso ha imparato a cucire le giubbe per intero e non solo a rifinire le asole. La figlia desidererebbe con tutto il cuore che suo padre dicesse qualcosa o che magari leggesse a voce alta. Ma non succede mai. E allora vorrebbe essere abbastanza grande per arrivare fino a lui, espandersi abbastanza da avvolgerlo tutto, e soffocarlo.

E poi una mattina Alberico la prende per un braccio e la tiene tanto vicino a sé che Sascia è costretta a posare il macinino per paura di farlo cadere a terra con i colpi del suo cuore.

"Come va Sascia con la casa?" le chiede il padre tenendola ancora. Non le fa male quella stretta, anzi Sascia pensa che le stia facendo bene. Così cerca di rispondere qualcosa che possa far piacere alla mano che la stringe.

"Bene, va meglio di giorno in giorno, padre."

"Si vede che sei una brava figliola. Sei stata allevata bene da una brava madre e tu sei una brava figliola." E la sua mano lascia il braccio di Sascia per compiere un ampio gesto circolare di modo che l'intera cucina sia chiamata a testimone della sua affermazione. Sascia vorrebbe essere tenuta ancora stretta, non vede l'ora che quel gesto si concluda di nuovo sul suo braccio, e addirittura lo sporge un poco quel braccio, perché sia trovato con più facilità, lì nel bel mezzo del cielo tra loro due.

Ma Alberico se ne va, si cerca una sedia e se la porta in un angolo. E si siede, poggiando i gomiti sulle ginocchia, tenendo le mani giunte a coppa davanti a sé e gli occhi sulle mani; come se in quella coppa ci fosse un pozza profonda da esplorare, o la prima spillata di un vino nuovo di imprevedibile qualità. Il suo non è un congedo, e richiama la figlia che si è affrettata a riprendere il macinino del caffè. Gira la manovella e spinge, spinge, spinge a più non posso per diventare un enorme elefante e schiacciare suo padre contro il muro. “Figliola, aspetta. Oggi non serve che mi porti il mangiare, perché non andrò al lavoro. Non andrò per un po’ di tempo.”

“Perché, padre?”

Nessuno dei suoi fratelli, nessun figlio di vignaiolo o Moderatore o badilante, che lei sappia, ha mai chiesto un perché al proprio padre. Lei, la Singerina, l’ha fatto; e nel farlo, ha serrato le labbra e ha posto sul suo viso quell’espressione lievemente imbronciata con cui sarà d’ora in poi conosciuta da tutti. Lei stessa, nel formulare quel perché, non ne è stata del tutto cosciente, e nel riascoltarlo dalla propria voce se ne è a tal punto impressionata da tentare in qualche modo di addolcirlo: “Perché? Vi sentite male?”.

“No, figliola, sto bene.”

Alberico valuta la profondità del pozzo che ha tra le mani, inclina il viso come se volesse sorseggiarne le acque. “Un certo paesano nostro, qui sopra la città, ha una vigna e me l’ha offerta. Tiene anche pecore e c’è una capanna. Andrò a lavorare lì per un po’, ci sono molte cose da fare e non potrò tornare a casa la sera. Ho già parlato con i tuoi fratelli, quindi tu non impensierirti perché non ti peseranno. Vedi, figliola...”

Sascia è infuriata, infinitamente triste e infuriata a sangue. Non per le parole di suo padre, che sente appena, ma per il loro suono. Non c’è più in quel suono la minima traccia della nobiltà del Moderatore di Dorgali, non più la fierezza declamatoria delle sue orazioni, né la mite fermezza di un padre giusto. C’è solo abbandono e debolezza, e forse vergogna di una ragazzina, l’ultima dei suoi figli.

“Perché?” ripete Sascia, avanzando verso suo padre. Un passo, due passi, fino ad arrivargli abbastanza vicino da vedere il vuoto dentro la coppa delle sue mani. “Perché ve ne andate anche voi?” Non le resta da fare ancora che un piccolo piccolo passo, e gli è adesso così vicina che può allungare la mano e posargliela sulla spalla.

Sembra che Alberico lì per lì non se ne accorga. Poi solleva la mano di sua figlia e gliela adagia con estrema cautela sopra il macinino del caffè.

"Prepara il caffè, figliola; i tuoi fratelli si sono già alzati."

Così come aveva annunciato, quella sera Alberico non tornò, né lo fece mai più. Ogni quindicina mandava una busta indirizzata alla figlia. Dentro c'erano di solito tre o quattro piccole banconote da dieci lire e un biglietto. Nel biglietto, con una calligrafia antica che Sascia stentava a leggere, scriveva brevi frasi del genere: *Continua a sostenerti, figliola*. Oppure: *Non mancherò di rivederti*. O ancora: *Tua madre ci vede e ha compassione per noi*. Sascia leggeva, poi infilava tutto quanto, biglietti e denaro, dentro una grossa scatola di latta dove teneva alcuni vecchi quaderni di scuola e altri piccoli ricordi di quand'era bambina. Una ciocca di capelli del suo primo taglio, un uccellino di legno che beccava chicchi in una ciotolina, e cose del genere. Non spese mai una lira di quelle che suo padre le mandava. Se le venivano a mancare i soldi dell'affitto, cercava di lavorare di più, tutto lì.

Nel giro di un paio di mesi anche i suoi fratelli se ne erano andati per la loro strada. Innocente sposato senza cerimonia, e gli altri, nemmeno lo sapeva. Uno ad uno venivano una certa mattina in cucina per bersi il caffè e le dicevano: "Non serve che domattina lo prepari per me". Nel dire quelle quattro parole avevano tutti un'espressione afflitta e sconsolata, come se non partissero per una nuova vita, per andarsene liberi qua e là, ma un'improvvisa disgrazia li stesse spingendo fuori casa. Se ne andavano e ogni tanto, ora questo ora quello, tornavano a trovarla con un pacchettino di paste dolci o un fazzoletto ricamato o qualsiasi altra sciocchezza per ragazze. Restavano poco, senza sedersi, sulle spine per quelle labbra della sorella eternamente chiuse, per la sua bellezza che cresceva di mese in mese a dispetto del suo sguardo adirato. Lei non ricambierà mai le visite, e al tempo del suo incontro con Paride non ricorderà neppure i loro indirizzi.

E per intanto vive sola. Vive nella casa di piazza Stella, ancora fermamente convinta che riuscirà a crescere abbastanza da occuparla tutta con la sua immensa mole. Lei, la Singerina, che sente appena appena premere il tondo del seno che avrà, che ritaglia i propri vestiti da quelli di sua madre e da uno riesce a farne uscire due. Lei che a quattordici anni non potrebbe di regola nemmeno avere il suo nome sulla ricevuta dell'affitto – e per questa ragione l'unico essere vivente che si merita un suo sorriso è il rantegoso e tabaccone amministratore delle proprietà Andrade – vive in quella casa spropositata alle sue esigenze e al suo denaro avendo per guardia e compagnia ancora una gallina bianca che ha comprato il giorno stesso che il suo ultimo fratello ha preso la porta di casa. Una gallina che non ha un nome, a cui ha insegnato, per prima cosa, a passeggiare in piazza Stella per conto suo e a tornare la sera sana e salva.

Naturale, allora, che sia lei ad aprire a Giggi 'o Strassé.

"Signorina, mi permette?" Giggi è vestito come al solito con della robaccia, ansima per tutto il corpaccione per via delle scale e la cortesia in lingua italiana sulla sua bocca ha un suono inquietante. Se quella ragazzina non fosse Sascia, griderebbe aiuto e si precipiterebbe a chiudergli la porta in faccia. Ma Sascia sa chi è quell'uomo, conosce la sua bottega, e sin da bambina si spingeva con la sua gallina fino in vico Pietre; e come tutti gli altri bambini del quartiere cercava di sbirciare oltre le ombre per vedere se era davvero così grosso e cattivo, 'o Strassé.

"Solo una parolina."

Sascia lo fa entrare e l'uomo si inoltra nella casa con il berretto in mano e un poco incurvato, come avesse paura di sporcare il soffitto sfiorandolo con i capelli. Gli offre una sedia e gli si piazza davanti, in piedi, labbra serrate, occhi un filo socchiusi. Giggi ha già capito che la ragazza non gli piace. C'è qualcosa che non va in lei; una filatura che comincia bene e finisce per stonare, è quello che penserebbe se ora vestisse i panni del Duca di Mantova. 'O Strassé si sente a disagio e seduto su uno spigolo della sedia se ne sta a biascicare il berretto: ha bisogno di un attimo di tempo per decidere se andarsene o restare. Alla fine realizza che gli va bene così, le pianta gli occhi addosso e va alla sostanza:

"Ci sarebbe un bel lavoretto per voi che siete così brava, cara la mia Singerina".

Con il berretto indica il mucchio di stoffa sul tavolo, e non può fare a meno di ricordare la sua visita precedente e il lenzuolo sullo stesso tavolo, il lenzuolo e quello che ci stava sotto. Quella ragazza gli piace sempre meno e questo lo spinge a incaponirsi sempre più nella sua decisione.

"Si tratterebbe di una cosa delicata, ma con una bella soddisfazione di dinè. Io avrei perso una mia lavorante... Mah, pensavo a voi..."

Adesso Giggi gradirebbe un gesto di assenso che non arriva. Sarebbe logico, anche per educazione insomma, che l'orfana facesse un cenno, come dire: la ringrazio, tanto piacere. Nu l'è miga a principessa Mafalda 'sta mezza strunzetta. Ma Sascia è lì immobile che aspetta tranquilla, senza dire di sì, senza dire di no.

"Pensavo che avevate bisogno nella situazione... ehm..." Giggi tossisce e scatarra perché Sascia abbia il tempo di rendersi conto anche lei in che situazione si trova, "e dunque dicevo che mi ci vuole una bella mano, una mano ferma e precisa per un lavoro di attenzione. Vedete, io ho una piccola attività nel collatero della bottega; capite, roba di importazione, roba d'oltremare. Si tratterebbe di una mia impresa di zafferano per la vendita all'ingrosso. Capite bene che è roba fine, prima scelta. Si tratterebbe di raffinare, di preparare, di pesare, fare le bustine, un grammo virgola cinque. Se pensate che ogni decimo mi viene a costare a me una lira... io ci devo mettere la massima fiducia. Allora, cara la mia Singerina, allora?"

Sascia, caparbia, continua a non dire di sì e a non dire di no.

E Giggi comincia ad arrabbiarsi sul serio. "Allora?"

Questa volta ci mette un bel po' di forza in più sul punto interrogativo, e per essere sicuro ci sbatte dietro anche un bel pugno sul tavolo.

Sascia se lo ricorderà bene quel pugno. Ce l'ha presente anche il giorno che con i libri di suo padre in mano varca la soglia della bottega. E lo avrà presente, quello stesso giorno, quando guarderà per la prima volta Paride negli occhi: vedrà quel pugno rovesciare l'aria tra quegli occhi e il suo viso.

È il primo atto di forza che ha patito in vita sua. Non c'entra niente con le botte tra bambini o lo scappellotto di suo padre a un fratello. Quel pugno ha tuonato da un mondo diverso, parla, quel pugno, una lingua che non conosce, e si è riversato in casa sua con una forza che non ha mai visto; una forza da cui non saprebbe come difendersi: la forza prepotente di un elefante che si accascia sul tavolo di cucina. E ha lasciato un odore. Non sa di che, ma quel pugno puzza.

"Va bene lo stesso, non era per me, non mi ha neppure sfiorata," pensa Sascia. "Non è un pugno che mi fa paura." Sta di fatto che da quel giorno sa cos'è e, all'occorrenza, se lo farà tornare in mente.

A Giggi non gli riesce di capire se la Singerina si sia spaventata almeno un po'. È lì davanti a lui che lo guarda senza battere ciglio. Quando ormai si è deciso a levarsi di torno, visto che con quella lì non si può ragionare, la ragazza finalmente parla. Giggi ha l'impressione che quella voce abbia un tono insolito, assolutamente inadatto a una ragazza, e che quello che sente sia di una innaturale sfrontatezza.

"Quanto farebbe?" chiede Sascia.

"Dieci centesimi a bustina. A lavorare bene se ne fanno cento al giorno, ogni sbagliata sono due lire che mi prendo io." Risponde tutto d'un fiato per non correre il rischio di essere interrotto da qualche altra frase ancora più indisponente.

"Fatemi un po' vedere come si fa."

"Si fa come si fa, cara mia."

Giggi sta uggiolando mentre spiega a Sascia, con la calma che ci vuole, il grande affare dello zafferano.

Bisogna averne di quello buono, di quello forte; mettiamo che sia abruzzese, che forse se ne può trovare un po', anche se ha un prezzo da far girare la testa. Dunque se ne prende una parte, e io te ne do cento grammi, e tu lo pesti al mortaio fino a sfarinarlo come borotalco. Preso così è troppo potente per farci da mangiare e farebbe anche male. Allora io ti do anche una parte doppia di cremor di tartaro, sai, quello che si raschia dalle botti per fare andar di corpo. Male non fa, anzi fa bene con quello che mangia la gente oggigiorno. Deve essere asciutto e seccato per bene, se no sono guai; bisogna che ci stai attenta a lavorarlo quando il tempo è a tramontana, perché lo devi fare a borotalco anche quello e non deve impastarsi, se no si butta tutto. Poi, siccome le donne stanno attente più al colore che alla sostanza, guarda, io dopo tanti anni vedo che meglio di tutto è una partetta, diciamo più o meno mezza parte, di noccioli di olive, di quelle nostrali. Il nocciolo, se lo macini e lo pesti anche lui, butta tutto un po' sull'arancione e fa sostanza. Qui devi essere te ogni volta a vedere se la parte è proprio mezza o un po' di più o un po' di meno, perché non è che il cremore viene sempre uguale, capisci? Qui ci vuole la totale fiducia mia medesima e grande occhio della lavorante. E a proposito di fiducia, bisogna capirci bene: queste sono lavorazioni confidenziali per il mercato estero, che con le gelosie che ci sono in giro meno si vengono a conoscere meglio è. Anzi, su questo ci intendiamo subito: si lavora con le mani, e la bocca non serve aprirla. Con nessuno, a scanso di equivoci. Cioè solo con me, perché io devo tenere tutto sotto controllo. E a me, cara la mia Singerina, ti devi aprire come al confessore. Se siamo d'accordo ti ci vuole un bilancino, le cartine, la colla per fare la confezione e tutto quanto. Ci penso io. Per le prime volte bisognerà che controlli al millesimo. Non è che non ci sia da fidarsi, ma qui, capisci, ci metto di mezzo il capitale e la reputazione.

Quando Giggi 'o Trafegun esce dalla casa di piazza Stella è lì che si rigira il berretto da nostromo tra le mani chiedendosi come sia possibile che un uomo par suo, con il rispetto che tutti gli portano, si sia preso per socio in un traffico tanto delicato quella mezza strunzetta lassù. Poi scrolla il testone, ci si calca sopra il berretto e fila via verso la bottega, da cui è mancato per troppo tempo.

Intanto al quarto piano Sascia pensa al suo nuovo lavoro e si sente soddisfatta. "Cambia qualcosa," pensa tra sé, "cambia qualcosa e non è per niente un male. Se bisogna vedere dei pugni per far cambiare le cose, vorrà dire che vedrò dei pugni." E considera soddisfatta se stessa e la ferma volontà delle proprie palpebre. Già, se uno tiene le palpebre un poco socchiuse e loro sanno mantenersi ben ferme, le lacrime se ne restano tranquille nel loro sacchetto e non c'è modo che se ne escano fuori a bagnare qua e là, a raccontare quello che non si deve sapere.

E così quel giorno nasce nel grande emporio di Genova una nuova società d'affari. Come spesso accade per questo genere di avvenimenti non è una notizia che sia bene dare alla stampa o chiacchierarla dal pizzicagnolo, anzi, tutto il contrario. È a suo modo una società anonima, nata dal limpido accordo di un Duca e un'orfana allo scopo di lucrare con illeciti maneggi sul sapore di risotti e brodini. Quell'accordo comprende l'assoluta riservatezza, ed è solo grazie a questa che sarà fecondo di guadagni per molti anni a venire. Così va il mondo degli affari.

Ora, e non solo agli occhi suoi, l'orfana di Camilla non è più la bambina Singerina, ma la signorina Sascia, e si riprende quel nome che non si sa da dove viene e non si sa cosa vuol dire. Cresce e diventa una giovane donna così in fretta che i ragazzi di piazza Stella non riescono a starle al passo. Allunga le gambe, si riempie nel seno, si stringe nella vita, gli occhi le si fanno più scuri e profondi, i capelli più lunghi. I giovanotti si danno gomitate quando passa per la strada, i bottegai allungano l'occhio dal banco, le donne che fanno il bucato in cortile hanno sempre qualcosa da dirsi quando lei se ne è andata. Ma nessuno mai che dica: l'orfana. Lei è Sascia che vive da sola in quattro stanze al numero nove. Sascia, la lavorante di Giggi 'o Strassé. Lavorante di cosa? Mah, non si sa.

Con le sue mani perfette pesta, pesa, miscuglia, ripesa, prepara bustine da un grammo virgola cinque. Guadagna dei soldi, ci paga l'affitto, il mangiare, un cappotto, una camicia d'organza, due di garzina. Suo padre le manda biglietti e lei non li apre. Ogni tanto passa un fratello, ormai più di rado; le porta un pandolce, un pezzo di burro, qualcosa, e poi se ne va. Cosa pensi Sascia è un mistero; per quanto se ne sa non è detto nemmeno che pensi.

In realtà Sascia pensa in continuazione, non c'è un solo momento in cui non lo faccia, solo che quanto pensa se lo tiene per sé, ecco tutto.

Un giorno, ad esempio, diventa inventrice. Perché Sascia lavora sodo, ma anche lavorando non cessa mai di pensare, e osservare. Nota, per caso, che un filo di lana che le si è bruciacchiato con il fornelletto a spirito, ha lasciato sul tavolo delle fibrille carbonizzate di un colore arancio rugginoso. Se non sta attenta e non pulisce con la massima attenzione, quando si metterà a lavorare con lo zafferano, facile che quelle si confondano con gli stami. Così pulisce per benino, ma non butta via la lana, ne fa un cartoccetto e la mette da parte per quando avrà più tempo. Appena può ne brucia dell'altra e constata che, sì, mischiandola agli stami di zafferano neppure lei saprebbe riconoscerla. Così migliora di molto la redditività della sua società anonima, visto che lo zafferano venduto in stami vale tre volte di più di quello in polvere, e se la lana è del colore di quello d'Abruzzo, anche quattro virgola cinque volte. Sascia non è disonesta.

Sascia non alza la cresta anche quando l'occasione lo consentirebbe, e ha informato Giggi della sua scoperta. Si sono messi intorno al tavolo, e 'o Trafegun ha guardato, riguardato, annusato, palpeggiato, e poi ha detto: "Brava!", e ha sbattuto il suo pugno sul tavolo facendo volare per aria almeno un diecino di zafferano purissimo. Ha detto brava come da lui non se l'è mai sentito dire nemmeno la grande soprano Bianciotti, ma non per questo Sascia se n'è compiaciuta in alcun modo. Ha passato lo straccio dove il pugno di Giggi ha lasciato un'ombra di unto, e al suo solito modo ha chiesto:

"Per me quanto farebbe?".

"Una lira a fialetta."

Quella ragazza gli piace sempre meno, e più è brava più

resta indigesta. A me sta in sciò stomago comme 'na resca de buga, la strunzetta, borbotta mentre si butta giù per le scale, testa bassa, berretto calato sugli occhi, schiumante di impotente rammarico. In piazza una donna si scansa per lasciarlo passare, poi, cautamente, sussurra al suo bambino: "Ti veddi chi u passa? Stale atento figgè: l'è l'ommo du sacco e i te porta cun lè".

Con massima discrezione Sascia compirà altre grandi scoperte nel ramo anonimo dello zafferano. Osserva, pensa, prova e riprova. Impara a usarlo come tintura e si applica nella pittura. Tinge le stoffe per sé e ci cuce ogni genere di indumento nei toni di giallo e giallino. Indossa quelle cose e se ne fa un vanto, come se fossero una divisa di gala. Come tanti anni prima con la gallina al guinzaglio, finisce per impazzare tra le giovanotte di San Lorenzo la moda dei baveri gialli e delle bluse galline. È un colore che dà luce ai vicoli, che mette di buon umore chi lo guarda passare; è un colore che si intona bene col nero, proprio ora che anche le ragazze hanno preso l'abitudine di mettere sempre qualcosina di quel colore quando vanno a passeggio per corso Emanuele. Naturalmente non ci sono solo frivolezze nelle cure di Sascia. Non se ne è mai attribuita il merito, ma è grazie a lei che i pizzicagnoli della città possono finalmente, senza strozzarli, accontentare i clienti più raffinati con del raro formaggio parmigiano stravecchio. Perché è lei, con il pennello di martora tra le sue mani perfette, che dà colore ai pallidi tocchi di giovane formaggio. Tanto per fare un esempio.

E Giggi batte il pugno, dice "Brava!", incassa e paga.

Di questo passo gli anni camminano in fretta. Affacciata alla finestra del quarto piano, Sascia li osserva scivolare via nelle canalette di piazza Stella gorgogliando tranquilli come pioggia marzolina. A meno che non si metta nel conto il pendolo catarroso che batte il tempo della mesata d'affitto, il vecchio amministratore che si sta facendo decrepito oscillando senza requie su e giù per le scale, non c'è nessuno lì a contarli con lei. Passano e vanno oltre la piazza giù per il porto, e dal porto al mare.

Dalla sua finestra Sascia lo vede il mare, ma solo la striscia iridescente di nafta e di olio che dalla diga finisce a sciabordare sulle banchine. Ci sono cento navi e più che se ne stanno lì, giorno e notte su quella specie di lago, a dondolarsi e a farsi trafficare come pigre puttane. Dalla sua finestra Sascia ne legge i nomi dipinti sulle fiancate e molti di quei nomi li sente sbraitare e invocare alle finestre e nei portoni sprangati di San Bernardo e Giustiniani, biascicati e schiamazzati attraverso le tendine bisunte delle osterie di Sarzano. Esmeralda, Annina, Eritrea, Gioconda, Astra: nomi di puttane, appunto. Sascia conosce molte puttane, o signorine che dir si voglia; il sestiere dove vive è adeguatamente attrezzato per tutte le esigenze del porto e delle sue guarnigioni militari, quindi è ben fornito anche di bassi, stanzette e case dove loro vivono e lavorano, e Sascia vive con loro nelle stesse piazze e nelle stesse vie, compra nelle stesse botteghe, fa il bucato nello stesso treuggio. Spesso scambia qualche parola, a volte discorre, perché quando non sono assillate dalla necessità di trovarsi da lavorare, diventano tipi molto ciarlieri e socievoli.

Sono quasi sempre tristi, o preoccupate, o furibonde, e hanno bisogno che Sascia le stia a sentire mentre raccontano storie che hanno il più delle volte a che fare con dei pugni. Possono anche essere semplici storie di schiaffi, ma assai più di rado. Sascia conosce il rumore di un pugno e il segno che lascia su un tavolo di legno, ma non conosce il suono di uno schiaffo, né l'effetto che facciano l'uno e l'altro su un corpo; così le puttane le fanno vedere i loro colli, le loro spalle, le loro pance, e la informano molto generosamente sul rumore e sull'effetto che hanno provocato dentro di loro, oltre a quello che si vede di fuori.

Sascia ha saputo molte cose dalle signorine e ne ha anche imparate per sé, ma non ha mai potuto stabilire una connessione certa, evidente come evidenti sono i grandi caratteri dipinti sulle fiancate, tra le puttane e il mare, tra loro e le navi che solcano il mare. A differenza delle navi, a quelle ragazze piaceva starsene sempre nel solito posto, lavoro o non lavoro. Le trovava a gruppetti sedute a prendere il sole davanti a un basso o sui gradini della loro casa. Quando erano così, in libera uscita, diventavano nostalgiche e parlavano dei loro paesi; Sascia ha imparato molta geografia ascoltandole, ma non ricorda di averne mai visto una prendere e partire, tornare dai suoi parenti, fare anche solo una piccola gita. "Sono così pigre," pensava, "cosa c'entrano con il mare?"

A lei non sembra di essere così, anche se a onor del vero non si è mai mossa di un passo oltre la solita strada, né ha mai pensato di andare da qualche parte, nemmeno al mare. Anche se il mare continua a guardarlo dalla finestra della sua cucina: ma quello che vede, unto e ingombro, non le basta. "Bisognerà tornarci, un giorno o l'altro laggiù in fondo," medita nostalgica, credendo di ricordare il grande mare che ha attraversato per arrivare fin lì. E poi lascia perdere. Del resto è sempre molto occupata: se ha finito con le cartine, le fiale e le tinture, se ha già mangiato, pulito e lavato, si applica a inventare qualcosa, o, semplicemente, si mette a pensare. Pensa spesso all'amore, da un po' di tempo.

Sono state le puttane a convincerla dell'importanza che ha l'amore. Non fanno altro che parlare dell'amore quelle lì. C'è un luogo segreto dove possono intrattenersi con Sascia senza 'comprometterla', come le hanno spiegato che può succedere se la gente, i giovanotti in particolare, la vedono troppo in confidenza con loro. È un posticino riparato dietro al chiostro abbandonato di Santa Maria. Lì ci vanno la sera le coppiette, ma di giorno ci si ferma solo qualche bambino a giocare alla guerra. Bevono vermut da certi bicchierini che si portano in borsetta e fumano sigarette sottili che a Sascia fanno venire in mente l'odore della lana quando la brucia alla candela per la sua attività anonima. Sascia non beve e non fuma, ma sta a sentire con grande attenzione.

"Non la menata di tenere le cosce aperte," è stata più

volte avvertita. Naturalmente è con le più giovani che parla, le più anziane sono scostanti e non hanno voglia di parlare di stupidaggini. “Non il fatto della marchetta, ciccina, ma il sentimento, è il sentimento, che senza non si può vivere.” “È quando c'è il sentimento che allora puoi anche soffrire. Ma cara, di quelli che ti fanno soffrire ne trovi quanti ne vuoi, ma che ci hanno il sentimento...” Sono tutte innamorate le puttane che parlano con Sascia, ma il loro lavoro le rende così delicate e sofferenti, sempre lì con le cosce aperte, sempre così belle e attraenti, che vanno soggette a molti gravi errori in fatto di sentimento.

Sascia non è innamorata, ma crede di capire cos'è questa cosa delle cosce. Le capita sempre più spesso di sentire qualcosa proprio lì, qualcosa di elettrico, caldo e lucente come la lampadina da venti candele che ha in cucina. Le capita in certi momenti di sentirlo tanto forte che non ce la fa più a essere precisa nel lavoro, e ha voglia di alzarsi e di andare alla finestra anche se piove, ha voglia di smangiarsi le unghie e di fare la scema come una bambina. Come una bambina ma insieme molto diversa da una bambina. Non è mai “andata dietro” a un ragazzo, così come vede fare alle ragazze che passeggiano la domenica strette a braccetto in tre o quattro, sempre lì a ridacchiare, ma non può negare di averne guardato qualcuno con interesse e, nel farlo, di sentire l'elettricità cominciare a formicolarle in quel posto là nelle cosce. Diversamente capita se è un ragazzo che la osserva o, peggio, “le sta dietro”. Allora non sente formicolii né altro, ma serra le labbra, lo punta diritto con gli occhi socchiusi, e quello si leva di torno.

Riguardo invece al sentimento, Sascia ha le idee piuttosto confuse. Naturalmente non parla solo con le puttane del sestiere. Conosce altre giovani donne e le capita qualche volta di chiacchierare anche con loro. Ma non ci sono né un posto segreto, né discussioni, e naturalmente neppure il vermut e le sigarette; non c'è confidenza, insomma. Sono le altre ragazze che danno a vedere di non essere interessate; finché si tratta di ridacchiare o di darsi spintarelle quando passa un bel ragazzo, va bene, ma poi tornano alle tinte, alle scarpette delle dive e così via. Lei non osa fare domande e forse anche alle altre manca il coraggio. Non ha mai chiesto niente neppure alle puttane; ma loro non hanno bisogno che gli si chieda qualcosa, le domande ce le hanno già tutte nel corpo. Sta di fatto che tutto ciò che riguarda l'amore, il sentimento, "non la menata di tenere le cosce aperte", le proviene da un'unica fonte, una fonte che sgorga le sue acque con vortici e vapori che non l'aiutano a farsi un'idea chiara a cui affidarsi.

Ciò che confonde Sascia è il disordine che concerne l'amore. A sentire le sue amiche signorine pare che la cosa più importante della vita, e la più bella, non trovi modo di svolgersi serena e ordinata; ma che tenda ineluttabilmente a inciampare, cadere, sporcarsi in ogni sorta di trogolo. E a fuggire, soprattutto; fuggire e scomparire. Tant'è che al presente non c'è mai, ma è sempre passata, senza che si trovi un modo pratico per farla ritornare. E la preoccupa il fatto nudo e crudo che in questa cosa così dolce – "Guarda, ti si scioglie tutto ciccina, che te la fai sotto" – si finisca sempre per sentire odore di pugni e schiaffi.

"C'è da vedere pugni dappertutto nella vita? C'è solo da fare il pugilato?" si interroga sconcertata.

Ma non esiste inventore che non sia posseduto da un fervente desiderio di aggiustare ogni sorta di incongruità e di disordine che incontra, e Sascia è convinta che in definitiva si tratti solo di fare un po' di ordine, di prendere l'amore per un capo e dipanarlo per bene. Più o meno come fa quando, passato lo straccio sul tavolo, dispone la bilancina, gli attrezzi, gli ingredienti, e procede al suo delicato lavoro con lo zafferano. Se è così, se i fili di lana si possono mischiare agli stami, allora può darsi anche che il sentimento possa filare d'amore e d'accordo con le cosce. Questo le sarebbe di gran sollievo, visto che l'elettricità in quel punto si fa sentire sempre più di frequente, e ci sono momenti che le arriva alla radice dei capelli, le fa scuotere la testa, la porta alla cannella dell'acqua e la costringe a bere finché non ne può più, come un cavallo alle fontane di Madre di Dio.

Sascia non conosce gli uomini, ha avuto a che farci con troppo pochi per potersi fare un'idea generale. Lei non sa se siano buoni o cattivi. Propende a pensare che siano balzani e sciocchi quando incontra qualcuno che si mette a fare le mossette con lei. Crede che siano deboli e paurosi quando pensa ai suoi fratelli che se ne stanno in piedi davanti a lei dondolandosi sulle gambe e cincischiando tra le mani un cartoccio spiegazzato. Per quanto riguarda Giggi 'o Strassé, lui è troppo singolare, più vicino a una bestia che a quello che pensa sia un uomo, all'uomo che potrebbe aver desiderio di toccare. C'è suo padre. Non è che avrebbe voglia di pensarci neanche un po', ma suo padre è l'unico uomo che possa dire di aver conosciuto, l'unico che ha toccato e da cui è stata toccata; molto meno di quanto avrebbe voluto, tra l'altro. Suo padre che se n'era andato alla collina e non era più tornato, proprio come gli amori malvagi delle puttane. Alberico era cattivo? Aveva fatto una cosa cattiva, l'aveva fatta a lei, e lei ne era restata afflitta e sdegnata; e non voleva più pensarci e basta. Ma la sua vita non era stata la vita di un uomo cattivo, questo no. Se aveva bisogno di tenere a mente un sentimento tra uomo e donna che potesse essere tranquillo e dolce, lontano dalla puzza dei pugni, bastava che alzasse gli occhi dal tavolo della cucina e desse un'occhiata alla fotografia sulla parete: cos'era quello, se non era amore? E non era forse cresciuta lei sentendosi ordinata in una vita fluente e limpida, dolce anche quella? "Forse è mia madre che ha tenuto buono mio padre; forse gli uomini sono tutti così, che lasciati a se stessi diventano pazzi. Ma le signorine, allora? Loro non vorrebbero mai di certo lasciarli a se stessi i loro uomini, se li vorrebbero tenere stretti stretti; si prendono anche dei pugni per questo."

Sascia è davvero molto confusa circa questo problema. Si sforza con tutta la sua buona volontà di inventrice per trovarne un bando, ma i suoi sforzi tardano a illuminarla. Non le resta che applicarsi nel suo lavoro, bere tanta acqua, e la notte sognare ancora di diventare abbastanza grande da riempire tutta la casa. Le ci vorrebbe proprio di diventare grande e forte come un elefante, che non ha paura di pugni e schiaffi, che le pazzie degli uomini gli fanno il solletico, che il sentimento non sa nemmeno cos'è.

Sascia ha ormai vent'anni, i suoi seni non crescono più, ma sono già cresciuti abbastanza per essere tondi e belli come pochi in San Lorenzo. È giusto il momento per lei di uscire per strada a conoscere Paride.

Paride viene dalla Maddalena; dalla Maddalena e dal porto. Ma anche se è nel porto che vive, e tra il Passo Nuovo e Ponte Assereto si può ben dire che sia di casa, è alla Maddalena che torna ogni volta a dormire, ed è da lì che ogni volta riparte.

La gente del porto è molto legata alla casa e tende a mantenere la stessa per tutta la vita e per più generazioni. Se la sceglie di preferenza lungo il fronte del mare, e se questo non è possibile, se ne cerca una che abbia almeno qualche finestra da dove si possa vedere il porto. Sono case vecchie di secoli, a buon mercato, ma tenute con grande cura e sfavillanti di bronzi e ottoni. È risaputo come i portuali siano dei grandi artisti nel congegnare tapolli, nel trasformare, cioè, oggetti apparentemente inutilizzabili in fantasiose dotazioni domestiche. Sono sempre lì a frugare tra il cassame, le demolizioni, i pezzi di rispetto, in cerca di una bella tavola di tek, un rubinetto di ottone, una molla o che so io, per ricavarci qualcosa che vada bene in qualche parte della casa. Passano la vita intera tra le calate e i ponti lavorando o aspettando di lavorare, o anche solo godendosi la risacca o intrallazzando nelle osterie, ma adorano sapere che a un certo punto, di giorno o di notte che sia, possono tornare da dove sono venuti. Adorano soprattutto sapere che lì ci sarà qualcuno ad aspettarli: gli uomini del porto amano la famiglia, e senza una famiglia si sentirebbero morti, e forse morirebbero davvero, in pochi giorni. Come per un pioniere in terre vergini, o un lupo tra le montagne innevate, per loro la solitudine può essere deprimente fino alla consunzione, pericolosa forse fino alla morte. Per questa ragione, per una profonda avversione alla solitudine e all'incertezza, e non certo per una lascivia che quegli uomini neppure conoscono, spesso di famiglie ne hanno due. Qualcuno particolarmente ricco di mezzi e di energie può metterne su anche tre. E nessuno, ma proprio nessuno, ha mai trovato da fare osservazioni sull'equità e la generosità con cui sanno regalare affetti e premure nel poco tempo che avanza dal loro duro lavoro, correndo di qua e di là ad amare le loro donne e ad allevare i loro figli.

Per inciso, pare che nei purparlè della cena in prefettura durante una sua visita alla città, il Duce degli Italiani sia stato informato con ricchezza di particolari circa l'eccezionale devozione dei camalli verso le proprie case e le proprie famiglie. Questo ha contribuito non poco alla particolare considerazione con cui il cancelliere ha dimostrato di tenere in conto le corporazioni del porto. Ma il Duce è venuto e se ne è andato; la sua considerazione ha lasciato uno strascico di miglioramenti tariffari, parecchi brindisi e qualche lite. Quello che conta davvero c'era prima di lui e continua imperterrito a regolare la vita anche adesso.

Chi lavora nel porto, qualunque lavoro, dal più bestiale al più fine, sa di essere soggetto a una regola inesorabile, a un potere assoluto: la Merce, la Regina come la chiamano. Non c'è posto per nessuna legge, né di Dio, né del Duce, né dello Stato, che possa contendere con la legge della Regina. Tutti lo sanno, ma chi è in intimità con lei lo sa meglio di chiunque altro e gli intimi della Regina sono i camalli, i facchini, caravana o carbunè. Sono quelli che la toccano, la spostano, la trattano, l'accatastano, la pesano, la consultano, l'accudiscono. Sono quelli che stanno nudi al suo cospetto, nudi con un paggetto in testa, uno scosà sui fianchi e un gancio nella mano.

E Paride il carbunè, che non è mai andato alla scuola politica dei socialisti, lo sa a memoria che la Merce ha fretta di levarsi di torno e continuare il suo viaggio, la Merce pretende la massima attenzione e tutte le cure, la Merce non apre e non chiude, non ha orari e riposi, non ha comprensione per il freddo o la fatica. E se c'è mareggiata o neve o macaia da non reggersi in piedi, non gliene frega niente alla Merce.

Quando c'è da lavorare, né Paride né nessun altro, ricevitore milionario o giornaliero a dieci lire, può dire in coscienza di essere andato a pisciare pensando di prendersela comoda. Se invece di lavoro non ce n'è, allora è solo fame, perché nessuno al porto è pagato per quello che avrebbe potuto fare, ma unicamente per quello che ha già fatto e se lo ha fatto bene, se la Regina può lasciare il porto più ricca di come c'è entrata. E allora anche nel caso che i moli siano deserti, non è il caso di levarsi di torno. Alla chiamata prima dell'alba ci sono cinquemila uomini che gridano il loro nome nella speranza che i caporali lo trovino abbastanza simpatico da aggiungerlo nei cinquecento che chiameranno. E se anche non ci fosse niente di niente, è meglio lo stesso stare nei paraggi per annusare, dare un'occhiata qua e là, discorrere con questo e con quello. Qualcosa può sempre capitare: che ne sai di quello che s'inventerà la Merce tanto per far vedere quanto è immenso e potente il suo impero?

Ecco che a questa gente serve una casa, e dentro alla casa, qualcuno. Un riparo, una sosta, un balcone, un tabernacolo di ottone. Come preti consacrati di una religione, nel loro lavoro sono insieme principi e schiavi: intimi del loro dio sono consumati nella carne e nello spirito dalla sua immanenza. Le loro case, le loro donne, i loro figli, li rinfrancano e li ristorano, li rendono liberi e fecondi, ricchi e generosi. E li rimettono a nuovo per continuare vita natural durante a tornare sui moli in balìa dell'unica cosa che sanno fare e l'unica che desiderano.

Paride ha la casa in Maddalena, precisamente nel vicolo di Posta Vecchia, al terzo piano di una torre che era per l'appunto una delle antiche guardie di posta della città. Ci è arrivato da ragazzo, quando ha lasciato il Ponente per venirsene a fare il carbunè, ci vive con il fratello della madre di sua madre, che lui chiama zio. Suo zio vive lì da quando è nato. È vecchio, gioviale e cieco; ha un bel nome antico, Erminio, ma naturalmente è conosciuto da tutti come: 'o Guerso. A vederlo sembrerebbe più uno svagato che un cieco. La cecità è controversa, e si basa sulla sua testimonianza e sulla constatazione pratica che non guarda direttamente mai niente e nessuno. Oltretutto continua a fare il suo lavoro, governa la casa e non si priva di niente, compreso il camminare spedito per strada. A onor del vero, per strada lo si vede solo nel raggio di cento metri da casa sua e unicamente per recarsi al lavoro e per entrare in due distinte botteghe: una dove compra da mangiare, l'altra dove compra da bere. È diventato cieco, dice lui, dopo aver passato un'intera mattina a fissare lo sguardo sul viso di una monaca. Nessuno gli ha mai creduto. Prima di tutto perché non si è mai saputo di una disgrazia del genere capitata a qualcun altro nel mondo, secondo perché la monaca fulminante non era neppure in carne e ossa, bensì ritratta in un dipinto, e anche di quelli vecchi. Ma visto che Erminio, divenuto nel frattempo 'o Guerso, non ha mai chiesto indennizzi o pensioni o carità di alcun genere, né ha mai voluto tornare sopra la questione, ma continua a fare quello che ha sempre fatto e a svolgere correttamente il suo lavoro, non c'è motivo perché qualcuno trovi da ridire sul suo nuovo stato; 'o Guerso ha un buon carattere ed è assai benvoluto alla Maddalena.

Il quadro della disgrazia si trovava, e tuttora si trova e probabilmente lì resterà per sempre, in un salotto del primo piano del Palazzo dei Principi Andrade in Pellicceria. 'O Guerso svolgeva presso quel nobile e antico palazzo varie mansioni di portineria al soldo del principino residente. La monaca ritratta nel dipinto è un'antica parente del principino, che chiama familiarmente la sua ava 'la Bagona', la scarafaggia, e dopo la disgrazia occorsa al fedele portinaio si è domandato se non era quella l'occasione per voltare il quadro verso il muro e mettere in mostra il bel telaio di legno.

'O Guerso è più conciliante e non ha mai chiesto o attuato alcuna ritorsione. Tra i suoi uffici di portineria è compreso l'accompagnamento dei curiosi e degli studenti che chiedono di visitare le parti del Palazzo aperto al pubblico, in particolare la ricca quadreria. Svolge con solerzia e molta cura questo compito che gli frutta un bel po' di mance, non inciampa quasi mai e sbatte contro qualche visitatore solo se non segue le sue raccomandazioni; conosce tutti gli oggetti e sa cimentarsi in esaustive presentazioni. Quando arriva alla monaca, volta gli occhi all'insù come una santa Lucia e racconta brevemente e modestamente della sua disgrazia.

'O Guerso beve a sazietà e tutto quello che beve pare che gli faccia buon pro, ma non ha mai speso una lira del suo stipendio per comprarsi un dito di vino: per principio si beve solo le mance.

Suo nipote Paride ci vive bene con lui. Sono due uomini diversi che conducono vite lontane e non hanno mai trovato modo di questionare; si vedono di rado e in genere non hanno tempo per le chiacchiere. Anche se non gli è mai stato chiesto, lo zio lo accudisce con convinzione, e a modo suo procura di rendergli agevole quel poco di vita domestica che Paride trova necessario consumare in Posta Vecchia. Singolarmente, per un uomo che è invecchiato fuori del porto e che per il porto non ha mai mostrato alcun interesse, ha imparato in fretta quel genere di cure di cui un camallo ha più bisogno e che richiedono una profonda conoscenza delle sue necessità. Che Paride si ricordi, e sono più di dieci anni ormai che vive in quella casa e fa il suo lavoro, non gli è mai toccato di svegliarsi un attimo prima dell'ultimo minuto per cercarsi gli indumenti adatti al lavoro e al tempo che avrebbe trovato ai ponti; perché 'o Guerso ha sempre indovinato quello che gli sarebbe servito e glielo ha fatto trovare al capo del letto. Così come i paggetti lavati nella soda, e gli scarponi ingrassati con il sego, e la gamella di minestra calda, e tutte quante queste cose qui.

E in più la madunetta. Che è tutto quello che 'o Guerso ha mai chiesto al nipote in cambio della sua dedizione.

"Tegnitela stretta, figgè. Maniman, maniman..." Paride si è trovato addosso sin dal primo giorno di lavoro, qua e là in qualche tasca sperduta, un'immaginetta sacra, un santino, appunto, di cartone robusto come cuoio, apparentemente inattaccabile da carbone sudore e bestemmie. "Famme o piacè, tegnitela streita." E Paride non ha mai avuto cuore di dire di no, perché 'o Guerso ha davvero un buon carattere, e quando è insistente diventa giocondo come un bambino e ridacchia e piagnucola da far schifo, senza denti com'è. Paride è un uomo e non ha paura di un santino; se gli capita tra le mani cercando il tabacco o cacciando fuori dei soldi, se lo rificca dentro la tasca senza tanti complimenti, ma anche senza disprezzo; infatti non l'ha mai perso in tutti quegli anni. Per essere sciupato è sciupato, non c'è che dire; ha i bordi smangiati e l'incisione sbiadita e corrosa, ma si capisce ancora bene cos'è. Non è proprio un santo; è un uomo, un uomo che piange; che piange o che sta per farlo.

Nel tempo Paride ha osservato più di una volta e con molta attenzione quell'immaginetta, ma non sa decidersi su questo punto, sul punto del pianto. Lui vede un giovane uomo a torso nudo, le spalle grandi e la pelle liscia, con una corda legata a cappio lento intorno al collo. Dalla posizione delle spalle tese si capisce che tiene le braccia incrociate dietro la schiena: è senz'altro un prigioniero. Ha i capelli lunghi tenuti indietro e tra questi una rama di rovi intrecciati che gli hanno graffiato un poco la fronte, tant'è che ci sono delle gocce di sangue. Gli occhi non sono grandi, ma li tiene aperti e quasi sbarrati, e le sopracciglia gli si sono arcuate all'ingiù dallo sforzo e dal dolore. Gli zigomi sono tesi e segnati da un'ombra; in quell'ombra possono essere passate delle lacrime o passeranno di lì a poco. Ha la bocca chiusa, ma anche lei è piegata all'ingiù da una smorfia. Paride guarda quell'immagine e capisce che dentro c'è un uomo che non ce la fa più. Così pensa: quell'uomo non ce la fa più. Non sa se dal dolore o dalla paura o dalla vergogna, ma sta di fatto che è disperato, tanto disperato che non c'è un solo indizio in lui da poter dire: ora farà qualcosa, scapperà, si butterà per terra, salterà addosso a quello che lo tiene per la corda, prenderà la rincorsa e volerà in cielo. Niente. Paride pensa anche che il giovane potrebbe forse essere il santo protettore dei carbunè, un martire o che so io di un porto antico: il più bello e il più forte dei carbunè potrebbe benissimo assomigliarci. Ma non ce lo vede un camallo a piangere, non capisce come ci si possa ridurre a quel punto, senza nemmeno più la forza di reagire. E anche se non è un teologo e non sente prediche da quando è stato cresimato, si è pure chiesto, senza darsi risposta, come sia possibile che a ridursi così possa essere stato il figlio di Dio.

Infatti il santino non è il ritratto del protettore dei camalli, bensì quello di Gesù. Un Ecce Homo, come correttamente sa dire 'o Guerso quando elenca, tra le opere che i visitatori di Palazzo Andrade purtroppo non possono godersi, l'originale di quella incisione, un piccolo quadro che il principino tiene nel suo studio privato. Lui ha avuto la fortuna di vederlo prima della disgrazia ma, a giudicare dal tono con cui lo descrive, pare che non sia mai stato sfiorato dagli interrogativi di suo nipote.

Anche 'o Guerso è un po' che non sente di prediche e non lo si potrebbe proprio definire un praticante della religione. A suo tempo lo è stato, quando in Palazzo Andrade c'era il comodo della cappella e i genitori del principino facevano dire messa tutte le domeniche. Allora tra i suoi doveri di portinaio c'era pure quello di fare da chierichetto all'arciprete di San Luca. Ma è passato del tempo e ci s'è messa di mezzo la disgrazia. Se è così insistente nel raccomandare alle tasche del nipote il santino dell'Ecce Homo, è per una forma di devozione che all'arciprete, ormai defunto, puzzerebbe di pagano. Nei postumi della cecità, 'o Guerso ha irrobustito la sua fede nel soprannaturale compiendo un grande sforzo di sintesi. "Maniman" è da allora la sua religione, "Maniman" la preghiera per tutte le ore. "Maniman, figgè", non si sa mai figliolo. E intende che la monaca fulminante è pur sempre in agguato e che la vita di suo nipote, la vita in genere, è palesemente indifesa al cospetto del suo sguardo. Nel suo candido buon senso, 'o Guerso ha dotato il nipote dell'unico talismano che gli è sembrato efficace: lo sguardo supplichevole del figlio di Dio, così bello e così perduto che nemmeno la Bagona potrebbe dirgli di no. Il portinaio non ricorda di aver mai visto ombra di lacrime su quel viso.

"Maniman," biascica tra le gengive ogni volta che accomoda il santino in fondo a una tasca della giubba di Paride. "Maniman," ripete, rinnovando la benedizione a ogni bicchiere di vino che butta giù. Paride non ha mai usato quell'espressione, né parlando tra sé, né rivolgendosi a qualcun altro. Se gli fosse mai venuto in mente di pregare, non l'avrebbe di certo fatto con quell'invocazione: non è nel suo carattere temere gli agguati.

Il giorno in cui incontrerà Sascia si è messo in strada di buon mattino e se ne sta andando verso San Lorenzo svicolando la Maddalena tutta sbarluccicante nei suoi piani alti di un bel sole asciutto di vento provenzale. Porta la giacchetta dei giorni di riposo e affondando le mani in tasca sente tra le dita ancora una volta, per la millesima volta, la madunetta. Anche se è domenica, sfiorandola, non eleva alcuna preghiera alla divinità, né tantomeno gli passa per la testa la fatale eventualità di un agguato. Semplicemente, tiene l'immaginetta lì dov'è, a consumarsi ancora un pochino.

Svolta in piazza Banchi e si ferma a fare colazione. Nel mezzo della piazza, dove si fatica a passare per il zeppo di gente che se ne sta a chiacchierare, è precipitata giù dal cielo una gran pozza di sole e le vetrate della vecchia borsa riflettono la facciata del palazzo di San Giorgio e il mare lucido e nero della Darsena. Sui banchi di pietra se ne stanno seduti i vecchi del porto con il Lavoro in mano ancora da sfogliare, muti e attenti come se ci fosse bisogno di loro per presidiare anche solo il riflesso del varco al Caricamento, l'ultima porta della città. Non è né caldo né freddo, siamo alla fine di febbraio, la primavera in mare. I giovani portano tutti le giacchette della festa, corte come era la moda solo pochi anni fa, e tengono il Lavoro infilato nella tasca posteriore dei calzoni. Il giornale spunta fuori dal lembo della giacca come un attrezzo di lavoro tenuto pronto per l'evenienza. Chiacchierano mentre mangiano e bevono attorno a dei minuscoli carretti. Paride saluta, dà e prende pacche, ammicca ai suoi compagni e si avvicina a un carretto. Senza che abbia bisogno di chiedere, un ragazzo gli mette in mano un piatto di muscoli crudi, già aperti, e un mezzo limone. Paride sparge un po' di succo sull'animale, si accerta che sia vivo abbastanza da palpitare al contatto dell'acido e lo succhia. È la cosa più buona e più nutriente che ci sia per la colazione ed è il lusso della domenica. Finisce i suoi molluschi, beve un bicchiere di vino, si pulisce le labbra con il dorso della mano e si rimette in cammino. Vuole arrivare in vico Pietre per cercare di combinare un affare con Giggi 'o Strassé.

Anche Sascia è per strada con il suo fagotto di libri. Anche lei intende combinare un piccolo affare con 'o Strassé. Il suo piccolo affare di vendetta filiale.

4.

Si sono incontrati in vico Cavoli, un carrugio lungo uno sputo a un passo dal vico Pietre e dalla bottega di Giggi 'o Strassé.

Non c'è stata premeditazione, in nessuno dei due, ma non poteva succedere altrimenti: il vicolo era stretto, molto stretto. E buio pesto in quell'ora del giorno e di quella stagione, era buio da non vederci a un passo. Tranne, proprio nel mezzo, grondante a dirotto dalla fessura tra i due palazzi del vico, per una bracciata di luce. La luce era inzuppata della polvere ballerina, che un uomo, il fornaio di vico Cavoli, spargeva all'aria sistemando la sua bottega. Sbracciandosi al sole dalla soglia, rivoltava, scuoteva e scopettava sacchi e setacci e mastre. Lo faceva con tanto di quel fervore che sicuramente ci provava gusto. Come dalla bocca di un mangiafuoco si alzavano dal fondo nuvole di pula e farina che il sole impastava con l'oro e l'argento; il fornaio se le stava a guardare con il naso all'insù, come se in un giorno di festa si fosse voluto levare la soddisfazione di rimbambire, lui che di figli ne aveva tre e li faceva rigare diritti come i marinaretti della Garaventa.

Sascia ha svoltato da San Cosimo ed è andata a infilarsi diritta nel fascio di sole; la luce improvvisa le acceca un istante la vista. In quel preciso momento Paride sbuca da vico del Coro e le è dietro di un passo. I suoi occhi, a parte lo sguardo da tango, sono occhi attenti, occhi scaltri; ma anche per loro non è facile farsi un'idea della rivelazione che li attende oltre lo scuro mattino di carrugio a cui si sono abituati. Un lampo di sole compatto come la scia di una fotoelettrica di bordo, nel sole un vortice che impazza, e nel mezzo la silhouette di un passo frusciante di gonne che si dissolve nella circonfusione come nell'ultimo quadro di un cinematografo sentimentale. Se gli occhi dello zio non fossero stati fritti dalla Bagona, avrebbero visto la scena originale di un dipinto appeso nella parete a capo del letto della camera da notte di Palazzo: l'Assunzione al Cielo della Vergine Maria. Paride vede e non vede, e per cercare di capire si para la vista con lo schermo della mano. Protetto in quel modo, il suo sguardo osserva l'Assunzione valicare la colonna nebulosa della luce e disperdersi nell'ombra accompagnata dai colpi secchi di un tacco di donna sul selciato: Sascia sta riprendendo nell'ombra la verosimiglianza di quello che è. Paride fa mente locale e già il suo sguardo da interdetto si rianima indagatore. Ma ecco che dal cielo precipita in picchiata lo schianto di una pioggia di piccioni che rivolta l'aria e manda a scatafascio tutto quanto nel carrugio.

I colombi non piacciono quasi a nessuno in città. I colombi di città si chiamano piccioni e il loro piumaggio grigiastro e pidocchioso non invoglia tenerezze e il loro costume terricolo di ruzzare nell'immondezza schifa anche un po'. Piacciono solo a qualche vecchio che ha ancora la piccionaia sul tetto, e questi vecchi non piacciono proprio a nessuno, e la gente si fa l'idea che siano vecchiacci immondi sempre inzaccherati di guano anche se non è vero. In uno dei due palazzi di vico Cavoli, su in soffitta, abita un piccioniere, timido e scontroso come i pochi altri suoi colleghi. È un bravo vecchio che alleva regali colombi polacchi argentati, gli ultimi discendenti della razza di campioni viaggiatori che ancora cento anni prima facevano i postini per tutta l'Europa inanellati alla zampa sinistra con lo stemma della compagnia Turn und Taxis. Ogni mattina di bel tempo il vecchierello sale alla baracca su nel tetto e si impegna ad addestrare gli uccelli. Che non hanno più niente da portare in qua e in là per il continente, ma si danno a svolazzare in formazione tutt'in tondo al sestiere per fare contento il padrone anelando unicamente a tornare al più presto al loro becchime. Questa mattina hanno preso il volo come sempre, con l'intenzione, magari, di fare qualche giravolta in più con il favore del maestrale. Il capostormo li ha portati in quota, ma prima ancora che si disponessero nella loro elegante formazione da parata, ha dato contrordine derapando improvviso e scomposto. Sembrava ai suoi occhi che avessero inaugurato il paese della cuccagna giù nel vicolo: centinaia, migliaia di chicchi di tenero grano adocchiavano dal selciato sotto una pioggia di pula. I piccioni sono sempre di buon appetito, e oltre a questo sono anche pazzi, chiunque lo può dire. Basta vederli quella mattina che si schiantano a capofitto accalcati nella fessura del vico, atterrando uno sull'altro con le ali che battono all'impazzata per cercare di non spiaccicarsi. E tutti che vanno a finire sopra, sotto e intorno a Sascia.

Sascia non ha paura dei piccioni anche se non le sono graditi. Sa che difficilmente la beccheranno o le faranno alcun male. Ma in quell'angusto passaggio, in quella luce incerta, in quel mattino di vendetta, vorrebbe essere lasciata in pace, vorrebbe che ci fosse più rispetto per lei, che si evitasse almeno di battere pugni per l'aria. E comunque non ci si provasse nemmeno a scagazzare sul suo vestito o peggio ancora tra i suoi capelli. Forse il suo è più sgomento che stizza, comunque lascia cadere il fagotto a terra e si mette a menare grandi bracciate e grandi pedate intorno a sé. I regali colombi polacchi si scostano soltanto di quel poco che permette loro di continuare a becchettare e non fanno il minimo caso al fatto che questo fa aumentare ancor di più i nervi a Sascia, che a vederli così menefreghisti si impegna con maggiore energia a sbracciarsi e a calciare. Come se non li conoscesse, i piccioni.

È trafelata, sgualcita e tutta scompigliata, e gli uccelli sono ancora lì, che le ruzzano attorno svolazzando, litigando tra loro e, magari, cercando di inzaccherarla di guano da qualche parte che lei non può vedere. Non le resta che cercare di riprendersi i libri e levarsi in fretta di torno. Si china, si torce per assestarsi la gonna – la lunga gonna a piegone vanto del suo cucito e ultimo grido della moda – e poi si rialza.

In sincrono perfetto con lei, come se quel breve, banale spostamento del suo corpo da giù a su l'avesse trasformata nel principe Turn und Taxis in persona che dà il segnale ai suoi campioni, lo stormo dei colombi prende il volo all'impazzata. È un'onda di spuma frangente che si alza e si apre a ventaglio attorno a una polena piantata chissà come nella risacca; Sascia vorrebbe piangere e gridare di sdegno, se non fosse che è la ragazza dalle labbra chiuse, la brava ragazza che sa come tenere gli occhi perché le lacrime non si sprechino in giro. Si stringe il fagotto tra le braccia e cerca una via di scampo tra le piume che planano leggere intorno al suo viso; non ha ancora mosso un passo che gli uccelli sono già sui tetti. Allora, tra le ultime piume cadenti vede per la prima volta Paride.

Al momento non Paride tutto intero, ma solo la sua mano. La mano di Paride che tiene stretto un palpitante colombo argentato. Con un gesto elegante e gentile la mano le mette sotto il naso un piccione. Così, per offrirlo. Sopra la mano c'è la faccia di Paride e dentro alla faccia ci sono i suoi occhi che la guardano. Non la fissano, non la scrutano, non ammiccano: la guardano. Dentro hanno un lieve movimento, come un saluto. Poi la mano si apre e l'uccello con calma distende le ali e se ne va. Se Sascia non avesse alzato i suoi occhi dal piccione a quello sguardo ora avrebbe aperto la bocca per dire un paio di quelle paroline che si è tenuta da parte ascoltando le sue amiche signorine parlare degli schifosi che le hanno rovinato il sentimento. Ma gli occhi di quell'uomo le stanno dicendo qualcosa, e lei ascolta. Non per molto, naturalmente. "È un matto," pensa, e con un fremito si volta e se ne va.

Nel corso della sua vita Sascia ripenserà molte volte alla domenica dei colombi, e non sempre con la stessa disposizione d'animo. Purtuttavia, finché vivrà, rimarrà fermamente convinta di aver visto Paride quella mattina compiere la sua impresa più notevole e sconsiderata. Non ne parlerà mai con il suo uomo – non sono cose che possano essere discusse tra loro due queste – e per lei rimarrà dunque un mistero insoluto come abbia potuto in mezzo alla sarabanda del vico Cavoli prendere al volo quell'uccello e poi offrirglielo. Perché lo ha fatto? Si è mai sentito di qualcuno che abbia conquistato una ragazza con un piccione? No. Ma Paride ha conquistato Sascia, questo è indiscutibile. Solo che Sascia non sa capacitarsene, ed è portata a dubitare che possa essere accaduto in virtù di quel piccione. Allora in virtù di cosa, visto che nasce tutto da lì? Visto che ai suoi occhi Paride non farà mai niente di più conturbante, di più amorevole.

Già, amorevole.

Quella mattina per la verità le cose hanno poi girato per un verso assai poco amorevole. Visto che Sascia il matto se lo ritroverà tra i piedi davanti alla bottega di Giggi, e la cosa le farà andare di traverso la giornata e il giorno dopo e il giorno dopo ancora.

Arriva da 'o Strassé, non certo in ordine come avrebbe voluto, trattandosi di un affare. Entra, si inoltra nella caverna fino alla scrivania, saluta "buongiorno signor Giggi" e gli svolge davanti il fagotto.

Oggi Giggi si sente più che mai il Duca di Mantova. Se ne sta seduto su un relitto di sedia vestito alla maniera dello Strassé, ma ha ancora impigliato tra i filacci della barba il profumo della Colonia Coty. È stato a teatro ieri sera e ha avuto una serata di dispendio e congestione, una di quelle sere che poi non si può tornare a casa come se non fosse successo niente. Notte di sangue per il Duca, sangue dappertutto, pugnali e coltellate, e cornuti e cornificanti: ovverossia la Cavalleria e i Pagliacci. Traditi e traditori morti e ammazzati come capponi a Natale. Anche nel letto gli pareva di averci le lenzuola infradiciate di sangue fedifrago; ansimando e boccheggiando inquieto fino all'alba, aveva sognato fette di sanguinaccio e budella sparse per la strada. D'accordo che il sanguinaccio ce l'aveva messo di suo nella cena prima dello spettacolo, ma tutto il resto era roba di quei maniaci della moda verista. Secondo lui bisognava che si dessero una calmata al Carlo Felice, perché con quel repertorio prima o poi gli sarebbe venuta l'apoplessia. Troppi urli, troppi strombazzi, troppi delitti, e artisti con certi ghigni da delinquenti che alla prima aria c'era da chiamare i carabinieri. Il Duca rispettava l'opera finché era svago sano ed edificante e non amava l'ondata del verismo e la smania del pim pum pam che piaceva ai giovanotti in camicia nera solo per far dispetto ai padri in redingote. Che se ne andassero al cinematografo. Lui si impressionava, tutta la gente per bene si impressionava, e toccava andare a letto senza aver digerito. Oltretutto, a rigor di contratto, era stato costretto a spingere a più non posso la soprano Iacabò, quando invece, se avesse dovuto agire secondo coscienza, l'avrebbe ammazzata lui al posto di Tonio e Turiddu. Dio, come gli dava sui nervi quel modo di recitare alla "saatime addossu e famme de tutto", come se a fare le parti di Colombina e Santuzza bisognava essere più bagasce delle bagasce. Magari la Iacabò era bagascia davvero, nel qual caso si facesse timbrare la marchetta a casina sua, non al Carlo Felice. Fatto sta che il mazzo di trentasei rose fornite dalla direzione il Duca aveva fatto in modo di tirarglielo diritto sul muso: "Bada Santuzza, schiavo non son".

Il Duca di Mantova è un uomo all'antica. E adesso che è lì tranquillo a vedere di sistemarsi una buona volta i sanguinacci in pancia e a cercare di smaltire i turbamenti di uno spettacolo insalubre inebriandosi finché può dei vapori della Colonia Coty, eccoti la Singerina, un'altra che ti mette le mani nel sangue. Peggio della Iacabò quella lì. "Bada Santuzza, schiavo non son..."

Ma il Duca è educato e saluta "'ngiorno, Singerina, qualche bella novità?".

Sascia fa segno di no e indica con un cenno del mento i suoi tre libri sparsi davanti a lui. Si vede che la Singerina non ha la sua educazione, si vede che si è messa per strada di domenica mattina per andargli a rovinare la giornata. Ma 'o Trafegun ricorda al Duca che ci sono affari tra loro, c'è un'anonima società che male non procede; dunque, piuttosto che raccogliere i libri dal tavolo per servire Sascia allo stesso modo che ha servito di rose la cantante, ci passa una mano sopra, adocchia la costa per leggere i titoli, socchiude gli occhi da intenditore, e pieno di buona volontà tenta di mettere un poco d'armonia tra i sanguinacci che son tornati a gorgogliare, la bella mattina di vento provenzale, e la sua preziosa lavorante, la 'strunzetta'.

"Bella cosa i libri, Singerina, eh? Beata voi che avete il tempo di leggere."

Sascia ha per la testa ancora piccioni e matti con piccioni in mano, non libri. Riguardo a questi le sue intenzioni sono ferme e non inclini alla socievolezza.

"Non li ho letti, signor Giggi. Quanto farebbe?"

Il Duca scuote la testa scontento: non c'è modo di aggiustare le cose con quella lì.

"Ah, non li avete letti, eh? Ma allora teneteli, che i libri in casa non ci stanno mai male."

"Portateli a casa vostra, signor Giggi. Per me quanto farebbe?"

Beh, a questo punto il Duca ha finito il suo turno: per lui non c'è più niente da fare lì. Gli dà il cambio 'o Trafegun che si assesta con comodo sulla sedia, si calca il berretto da nostromo sulla cocuzza, riprende uno a uno i volumi in mano, li rigira, li impila, e ci sbatte sopra il suo pugno.

"Vinti citti, Singerina."

Con un gran frullo i piccioni che si sono attardati per la testa di Sascia prendono il volo e spariscono tra le masserizie. Anche il ricordo del matto ora si è fatto in disparte, sprofondato nell'ombra con il suo colombo tubante tra le mani. Venti centesimi non sono uno strozzinata, sono un'offesa. Anche il pugno è un'offesa, ma è indirizzata ai libri di suo padre; venti centesimi sono un'offesa a lei. Sascia serra con forza le labbra già chiuse e stringe tra i denti un lembo di pelle. Cerca un punto di forza dentro di sé per rispondere all'onta dei citti e anche al pugno, già che c'è. Cerca qualcosa di molto duro da scaraventare addosso a quel bestione. Qualcosa che la faccia diventare grande come un elefante e scaraventi lei a travolgere 'o Strassé. Ma non lo trova; non ci fosse stato tutto quel trambusto di vico Cavoli, forse avrebbe potuto, ma ora riesce solo a guardare interdetta Giggi e a chiedere, come se non glielo avesse già detto bello chiaro e tondo:

"Venti centesimi?".

"Sissignori, venti, ecco qua." Ce l'ha fatta 'o Trafegun a mettere a posto la strunzetta. Bada Santuzza, schiavo non son. E con gesto da gran signore è già lì con la mano che pesca dentro la bacinella dei soldini.

"Sono tre libri, signor Giggi." Le fa così male il labbro che si è morsicato che ora la sua voce sta prendendo un che di roco, come se si stesse affievolendo in un imbuto giù dentro i polmoni.

"La siensa a casa mia, cara signorina, a c'entra dentro con venti citti. Alua, cosa femmu?" 'O Strassé non ha più tempo da perdere in chiacchiere; tiene tra il pollice e l'indice il nichelino e lo muove nell'aria davanti agli occhi di Sascia. Ha sulla faccia una composta espressione di trionfo, l'espressione che avrebbe voluto vedere ieri sera sulla faccia del baritono nel supremo momento in cui la vendetta di Tonio si compie.

"Alua, piggiemmu o lasciemmu?" E siccome, che lui ricordi, nessuno ha mai lasciato, depone il soldino ben in vista tra sé e Sascia e si predispone ad acquisire la pila dei libri: affare chiuso.

Sascia ha frugato nel suo cuore e finalmente ha trovato qualcosa di meglio dello sgomento: ha trovato finalmente l'ira. L'ira che come una macchina idrovora asciuga le espressioni dal suo viso, pompa via il sangue dalle vene, la trasfigura in un liscio pezzo di pietra. 'O Strassé avverte un vago fastidio di prurito sotto la barba e tra i capelli; si metterebbe a grattarselo di buona lena, se non avesse gli occhi di Sascia troppo vicini. Osserva invece le sue mani, e gli danno l'impressione di muoversi veloci come coltelli da circo. Le osserva mentre affettano l'aria e infilzano i libri. L'ira di Sascia è calma e serena; educata saluta, gira le spalle e se ne va. Dietro di lei 'o Strassé ricorda i suoi affari e la chiama con impegno di sirena: "Singerina, Singerina, mi racamando...".

La Singerina si lascia le raccomandazioni alle spalle e si avvia per lo stretto passaggio tra i cumuli di ravatti. La masserizia spande odore di legno ammuffito e antica salsedine e dal cuore delle cataste si sprigionano angoscianti scricchiolii. Tutto quanto in quella bottega dà l'idea di essere sul punto del disfacimento, ma Sascia passa tranquilla, infuriata e tranquilla. Un refolo di maestrale si ferma a miagolare fin dentro la soglia. Un filo d'aria arriva fino a lei, le muove delicatamente i capelli e le porta all'orecchio il suono di un canticchiare sommesso. Sembrerebbe la voce del vento e invece è qualcuno che le sta venendo incontro lungo l'andito buio e intanto canta a fil di voce. È una melodia che non conosce, un'ombra che non distingue, ma prima ancora che arrivi alla sua altezza e lei possa intravvederlo, non si sa come, ha già capito chi è.

"Oh, me cheù!" Sascia si lascia sfuggire un lamento.

"Oh, me cheù!" Oh, cuore mio, si lamentavano sempre le sue amiche puttane fumando e bevendo al chiostro di Santa Maria.

Sascia si stringe il suo fagotto al petto, ma c'è troppo poco spazio perché incontrandosi non si tocchino. Nel farlo, nello scivolare l'uno sull'altra con la leggerezza di ombre sfuggenti, gli occhi di Sascia sono all'altezza del naso di Paride, e a lei non sfugge il particolare che si tratta di un bel naso, un naso gentile, se si può dire, un naso che anche delle ciglia ritrose come le sue potrebbero forse sfiorare senza provare schifo. Gli occhi di Paride arrivano alla chioma incrocchiata di Sascia, ma a lei, che ha la vista riempita dal suo naso, viene l'orribile sospetto che stiano guardando dell'altro; teme che stiano adocchiando la sua bocca per controllare se è proprio da lì che è uscito fuori quel lamento irresistibile da puttana. E così "Oh, me cheù," le sgorga di nuovo irresistibile un lamento. Ed è talmente costernata per tutto quell'incontrollato vociferare della sua bocca che se la tapperebbe con le mani, se la piomberebbe ficcandoci dentro un libro, se non fosse che mani e libri sono già impegnati a fare il loro dovere a guardia dell'integrità della sua ormai remota collera.

In realtà Paride non le sta guardando la bocca, e neppure i suoi bei capelli, ma gli occhi. Trova gli occhi di Sascia infinitamente più interessanti. Non che la bocca non lo sia, in vico Cavoli ha già avuto modo di apprezzarla aprirsi in un momento di splendida morbidità prima di tornare a chiudersi, così com'è ora. Per quanto riguarda i suoi lamenti, poi, non hanno destato in lui il minimo interesse, tanto che forse non li ha nemmeno sentiti. Crede invece di aver trovato qualcosa negli occhi di Sascia, qualcosa che ha avvertito nonostante in quel posto ci sia così poca luce. Ma poca che sia, gli occhi di Sascia riescono a raccoglierla e a rifletterla: sono occhi profondi e trasparenti, come si è detto. Dunque Paride sta guardando gli occhi di Sascia e cerca di capire se stanno dicendo qualcosa per lui: diversamente dalla sua bocca, evidentemente gli occhi fanno discorsi senza che lei se ne accorga. E secondo Paride, stanno dicendo di sì.

Paride è un uomo genuinamente ottimista. Ed è anche un uomo semplice, almeno per le cose della vita che più gli premono. Nella sua semplicità è convinto che un uomo e una donna che si incontrano non hanno da fare tra loro grandi discorsi, e le parole che davvero contano sono poche. Pochissime, anzi, e nemmeno parole troppo lunghe da pronunciare: o sì o no. Il resto del discorso – quando viene, e c'è sempre un momento che viene – è gazzosa, frizzantino sulla lingua. E Paride sa bene quanto le ragazze abbiano tutte un debole per la gazzosa; ciononondimeno, o è sì o è no. E Sascia ancora non lo sa, ma pare che abbia detto di sì.

Per intanto lei crede che i suoi occhi siano solo troppo vicini al naso del matto e li toglie in fretta da quella imbarazzante posizione. Per un attimo la sfiora l'idea di salutare lo sconosciuto, uno sconosciuto con cui è stata in particolare intimità per ben due volte nello stesso mattino; un'intimità che non ha mai avuto prima di allora con nessun maschio, vecchio o giovane che sia. E già che ci sta ragionando, un'intimità che le ha dato meno fastidio delle occhiate e dei sorrisi assai più distanti dei giovanotti che l'hanno incontrata. Certo, quello è un matto, uno che prende al volo i piccioni e li sbatte sulla faccia della gente. Così decide che è meglio non salutare, che dalla bocca invece del buongiorno le potrebbe uscire qualche altro "oh, me cheù". Che comunque lei è infuriata e non c'è alcun motivo di abbandonare la sua furia per salutare persone estranee. Disimpegna gli occhi dal viso di Paride e allunga diritta verso l'uscita. Finalmente.

Fuori, in vico Pietre, il sole più alto ha allargato la fetta di luce che spetta al carrugio nell'ancora avara spartizione dell'ultimo inverno. Non ci sono matti e piccioni né per terra né per aria; sembra tutto tranquillo e Sascia si ferma al sole per sistemarsi un po'. Rimette a posto il fagotto dei libri, che a questo punto se li mangerebbe piuttosto che portarseli a casa, rassetta la gonna all'ultimo grido, e prima di tornarsene per la sua strada si volge a dare un'occhiata alla bottega dello Strassé, come per dire: "Qui abbiamo finito". Sulla porta, dove adesso arriva anche lì un po' di sole, se ne stanno arrembati alle spalline di antica pietra Paride e Giggi. Non stanno guardando lei, tengono gli occhi davanti a loro, sovra pensiero. Giggi sta zufolando, Paride canta ancora a fil voce. Sascia non può sentire le parole, ma l'aria la ricorda bene, perché saranno passati non più di cinque minuti da quando l'ha sentita venirle incontro in bottega.

Paride sta dicendo: "Lola c'hai ddi latti la camisa, sì bianca e rossa come una cerasa, beatu chi tta datu u primo vasu...". Anche Paride è stato a teatro ieri sera, anche se molto in su nei loggioni. Di nuovo colma di fresca collera, Sascia dà un'ultima volta le spalle al matto e se ne va. Il matto non la segue con lo sguardo, ma lascia perdere la canzone e si rivolge a Giggi:

"Alua, chi a l'è?".

"A te l'ho zà dito, a l'è a Singerina, a mé lavurante ne u mé traffego do zafferan."

"Ma a l'ha un altro nomme, o a l'è a figgia da fabbrica?"

"A l'ha un nomme che mi non so. Sissa, o Sassa, fa' un po' ti. Ma a l'è a figgia du Rico 'o Sardu, u badilante de ciassa Stella, o marito da elefantessa. Ti te ricordi?"

"Si che me ricordu."

"Beh, lascia perde, l'è robba da fà vegnì l'angoscia. Fa' come ti veù, ma mi te l'ho ditu."

Paride si liscia pensoso il naso. Sulla punta delle dita gli restano minuscole tracce di polvere finissima, impalpabile, di un bel giallo acceso. Non se ne accorge neppure e prende a parlare di certi interessanti tapolli con Giggi 'o Trafegun; era venuto lì per questo.

A casa Sascia si prepara a lavorare. Riempie un catino d'acqua e si lava con grande cura le mani. Le sue mani sono belle, il resto non sa. Si dà un'occhiata allo specchietto appoggiato alla mensolina di marmo del lavabo e trova un piccolo segno nero sulla fronte, poco sopra la radice delle sopracciglia. Ci passa sopra le dita e se ne va. Ma resta nelle dita: sembra polvere di carbone, chissà dove l'ha presa. Comunque è ora che si metta a combinare qualcosa, non è che finora la giornata sia andata per il verso giusto. Mentre è lì che pesta, pesa e raffina, la prende una gran sete; lascia perdere il lavoro e si butta alla cannella. Beve, beve, beve, e quando ha finito ha ancora sete. Riprende a lavorare, si alza, gira per la cucina, prende il fagotto dei libri di Alberico e apre la finestra. Fuori il sole di mezzogiorno scalda in piazza Stella gli afrori di salmastro della primavera in mare. Resta un po' lì, con il fagotto a penzoloni giù dal davanzale. Poi ci ripensa, chiude la finestra e attraversa di corsa la cucina, entra nella camera di suo padre e sua madre e infila il fagotto nell'ultimo cassetto del comò. Poi si butta sul letto e si prende gli occhi nelle mani. E preme, preme, preme, finché non ne escono fuori goccioline.

Sascia piange, all'inizio con una certa fatica e fastidiosi bruciori, poi sempre meglio. Piange a dirotto finché non si addormenta. Poi si sveglia e si rimette a frignare; un giorno, due giorni, tre giorni. Se ne leva la voglia di piangere, Sascia. E dopo che si è svuotata ben bene le saccocce non lo farà mai più, per tutta la vita.

Tre giorni dopo, e siamo a mercoledì, quando Sascia esce di casa per la spesa, c'è ad aspettarla in fondo al portone Paride. La ferma con un gesto della mano, un gesto delicato. È un richiamo, non un arresto, e con quello la invita per il sabato al Ballo dei Carbunè, la festa più grande di tutto il porto e di tutta Genova. Questo è quello che dice Paride, aggiungendo in fondo un'informazione:

"Mi chiamo Paride, piacere signorina. Posso venirvi a prendere alle otto?".

Sascia risponde di sì con un cenno del capo e riprende la strada per i fatti suoi.

È a questo punto che incomincia la storia vera e propria.

Che è una storia curiosa e disordinata che si spande attraverso le epoche e i mari del mondo portando dentro con sé re e paesi, popoli e regine. È la storia che ha dentro anche un prete, un giovane prete il cui singolare destino ha dato l'avvio a straordinarie vicende, ben più grandi di lui. Perché questa storia si compia sarà necessario che il prete navighi attraverso molte migliaia di miglia, dovendo spingersi fino alle lontane isole Tumumuoto, nel cuore dell'Oceano Pacifico.

Il nome del prete è Giacomo ed è nato nel 1928 nella città di Genova. All'atto di prendere i voti, nel 1949, sarà tra i più giovani sacerdoti d'Italia, e quando, pochi mesi dopo, partirà per il Pacifico, sarà senz'altro il più giovane missionario tra i numerosi confratelli benedetti dal papa.

Le circostanze della sua vocazione sono fonte di dubbi ed equivoci da parte di quanti hanno avuto a che fare con lui, tranne forse per il direttore del seminario che ha frequentato. Ogni vocazione, e non solo di natura religiosa, è fonte di fraintendimenti, sempre dubbia e sempre in cerca di confortanti banalità che la sistemino nell'angusto rifugio della ragionevolezza. Ci sono vocazioni che risultano insensate agli stessi chiamati, e sono le vocazioni più sincere e durature. Ma nel caso di Giacomo, l'equivoco è il motore stesso della sua storia e del suo destino. Gli equivoci hanno fatto famiglia nella sua vita come zecche sul vello di un cane frequentatore di pagliai.

Chi dovesse chiedersi qual è il filo logico che lega quello che verrà a tutto quello che è già stato, sarà presto accontentato: Giacomo è figlio di Sascia la Singerina e del bel Paride dei carbunè. A questo punto sarà bene andare per ordine, per così dire; o, meglio ancora, provare a fare ordine dove ordine non c'è. L'unione stessa di Paride con Sascia, il suo svolgimento e i suoi frutti, sono ricchi di confusione e incognite.

C'è stato dunque il Ballo dei Carbunè.

La Compagnia Corridoni degli scaricatori del carbone era a quei tempi la più potente del porto di Genova. Contava seimila soci che dopo aver assolto ai loro numerosi e faticosi doveri di uomini avevano tutti voglia di ballare e di fare bisboccia alla prima occasione. Si inaugurava la nuova sede della Compagnia, il grande palazzo in Calata Giaccone che i carbunè si erano costruiti con la colletta dei risparmi di tre generazioni. Era una costruzione al passo con i tempi, funzionale e allusiva, un po' littoria e un po' cooperativa; all'ultimo piano avevano fatto fare una mensa dove potevano mangiare assieme mille persone, ed era lì che volevano fare festa, naturalmente. E fu in quel salone zeppo fino all'inverosimile di gentaccia del porto che fu portata Sascia a ballare. Si divertì, non c'è dubbio su questo, visto che da lì a una settimana fu concepito Giacomo. E con il divertimento deve esser venuto dell'altro, altrimenti non si spiegherebbe perché poco più di un mese dopo Sascia era già sparita da piazza Stella.

Secondo la Combattuta, alla festa della Compagnia Sascia fece un unico ballo, e non con Paride. La Combattuta era tra gli invitati extra ed è forse quella che ne sa più di tutti sulla faccenda: del saperne più degli altri sull'amore e sugli amorosi Altare Maria, vulgo la Combattuta, se ne fa un punto d'onore. È un mestiere.

All'epoca Maria è una donna di quasi quarant'anni. Non bella, tutt'altro; ha un corpo piuttosto massiccio e la faccia spessa della gente dell'Appennino. Probabilmente è da lì che era venuta la donna che l'ha posata davanti all'altare della cappella di San Giacomo. Aveva due o tre giorni di vita. È stata allattata e svezzata dalle suore di quel convento, e la superiora l'ha fatta battezzare e registrare con il solito nome delle trovatelle. Dopodiché è stata presa in casa – in una delle diverse case e precisamente nella villa rustica di Quezzi – dalla famiglia Andrade. Non per farne una figlia, che non ne avevano bisogno di altre donne in casa, ma una maritina, così come comandava la carità nobiliare. Sarebbe stata educata, mantenuta e corredata per tornarsene al più presto in convento, non appena le prime avvisaglie della vocazione al cucito e alla preghiera l'avessero predisposta al rientro. Le prime avvisaglie di cui furono edotti gli Andrade andavano in realtà in tutt'altra direzione, e a quattordici anni, Altare Maria era già fuggiasca per l'angiporto di Malapaga. Fu fatta cercare e ripresa due o tre volte, poi, man mano che andarla a pescare diventava più difficile e meno confacente alla dignità del casato, fu lasciata andare al suo destino. A sedici anni, Maria aveva una posizione in vico Soziglia. Prima dei diciotto, con la guerra di Libia, si era già presa tra le gambe tutto lo stato maggiore del corpo di spedizione d'oltremare. Lo scoppio della guerra europea ha coinciso con la sua maturità professionale, e con il furoreggiare nella fama popolare del soprannome con cui è universalmente conosciuta. In quel nomignolo c'è tutta una carriera di apprezzata sussistenza alle regie truppe e alle loro vittorie, ma c'è anche, non precisamente definita, l'ombra di qualcosa che sta dentro Maria, qualcosa che riguarda quello che è e non quello che fa. Strano che la gente, solitamente così spiccia e greve riguardo alle puttane, si sia presa la briga di osservare con attenzione quella donna tanto da averlo saputo cogliere. Ma in fin dei conti non è difficile neppure per un fante in calore restare turbato dall'eco rauca e dolente che ogni risata della Combattuta lascia dietro di sé.

È evidente che la Combattuta non è una prostituta tra le tante, nulla a che vedere con le signorine pigre e sofferenti che parlano d'amore con Sascia. Maria si distingue e si eleva dal rango comune con la sua singolarità: non c'è niente in lei della fragilità e della vacuità delle ragazze che si prostituiscono a norma di legge. Non è un caso, appunto, che ella eserciti apertamente e priva di inibizione alcuna la sua professione senza sottostare a una sola delle leggi che la regolano. La Combattuta non è registrata a libretto presso una casa autorizzata, non ha tesserino medico, non si sottopone a regolari controlli sanitari; la Combattuta è, unica nella città, apertamente e fieramente fuorilegge. Perché ciò le sia possibile ha bisogno di numerose protezioni, e queste non le mancano perché ha saputo procurarsele nel corso degli anni con tanta oculatezza da collezionarne adesso più di quante gliene servano. Sulla soglia dei quarant'anni, quando ormai nel suo ramo non si avrebbe più nulla da dire, Altare Maria è presente al Ballo dei Carbunè dove pullulano mogli, fidanzate e sorelle che sbirciano la sua scollatura neanche fosse la porta dell'inferno. Ma il giorno prima ha fatto ingresso senza la minima precauzione nel gabinetto del sottoprefetto, e il giorno dopo lo farà nell'ufficio dello spedizioniere più potente del porto, e il giorno dopo ancora, se è questo che vuole fare, in quello del federale. Senza contare quelli che, necessariamente con le dovute precauzioni, entrano nel suo di ufficio, le due stanze del basso di San Luca, talmente zeppe di cianfrusaglie coloniali che per trovare il letto bisogna inciamparci sopra.

Chi primeggia tra i suoi protettori ed estimatori è il principino Andrade di Pellicceria. Si può pensare che rispetto a chiunque altro lui abbia trovato una ragione in più di eccitamento dalla sua frequentazione: la Combattuta è pur sempre la sorellastra di campagna perduta e ritrovata. Sta di fatto che tra loro due c'è qualcosa di non precisamente puttanesco; non si sa bene se affetto o complicità e, almeno da parte del Principe, una dedizione che stupisce. Lo può vedere chiunque quando il Principe se la porta a spasso per la città, con quella signorilità senza strafottenza che non può esser confusa con la provocazione o il dileggio. Quando la fa sedere al caffè dei Romanengo e dice: "Voi cosa prendete, Maria?". Maria, mai che si sia permesso di chiamarla in altro modo, persino in sua assenza. Naturalmente se ne sono dette di tutti i colori su loro due, ma sempre a debita distanza, e senza che qualcuno avesse mai avuto qualcosa di veramente interessante da raccontare.

Ma come ha costruito la sua fortuna la trovatella di San Giacomo, fuggiasca in una città dove a quattordici anni una ragazza come lei poteva essere già fritta e finita? Non è mai stata neppure una bellezza, a parte forse quegli occhi irridenti da zingara affogati come brillanti nell'ombra delle occhiaie. Affascinante, molto affascinante, se è fascino quel che i maschi non sanno spiegare alle loro mogli, quella rivoltella che loro ci godono a vedersi puntata contro da speciali femmine, quel senso di pericolo e di spossessione che certi occhi e certe mani e certe lingue sanno infondere nell'infingarda supponenza maschile.

Quello che i suoi estimatori si dicono e ripetono tra loro è che la Combattuta ha di bello la lingua. E non intendono quello che con la lingua ci fa, che poi sono più o meno le solite cose, ma bensì quello che con la lingua ci dice. Incredibile che possa sembrare, tutta la sua fortuna è nata e cresciuta lì; e se all'inizio è stato sicuramente un colpo d'ingegno per cavarsela alla disperata, ben presto è diventata una scienza. Perché la Combattuta non sarà bella, ma intelligente lo è, eccome.

Ha una bocca grossa con denti bianchi e forti, tranne che per un canino che si è fatta incapsulare con l'oro, e lei ha delle abajur messe qua e là per la stanza del ricevimento clienti che quel canino lo fanno brillare a ogni movimento. Ha la voce roca che migliora man mano che da sera si fa notte e va avanti a fumare le sue odorose Macedonia. Quando vuole, la fa sembrare la voce di un'orca, e i suoi clienti adorano quella somiglianza. Sono contenti che si riveli una donna cattiva, e fremono d'ansia in attesa che dica cose cattive con la sua voce da orca: in questo modo tutto quanto assume un imbattibile effetto di verosimiglianza. Vanno da lei e lei li bacia, li lecca, li succhia e li lappa. Quando ormai li ha mezzo tramortiti con l'anestetico delle sue blandizie, allora comincia a parlare: bisbiglia, insinua, sussurra, poi sbraita, strepita e urla; racconta.

La Combattuta mugola e racconta, suggerisce e si dilania in singulti, raccoglie nel suo grembo pesante le confidenze e le tradisce con zelo; riunisce famiglie disfatte e le degrada. I suoi clienti formano un circolo dove solo molto di rado chi entra saluta chi esce, ma dove ognuno può comprare l'intimità di tutta Genova. E lo fa. E sapere di dividere con questo e con quello i propri e gli altrui segreti, di servirsi di un'unica bocca per le turpitudini di tutti, è fuor di misura eccitante.

Il principino è un suo coetaneo. Con lui, si è detto, le cose sono messe in modo diverso. Per cominciare è lui ad essere in qualche modo diverso. È un Principe, uno dei due principi ancora in vigore nella città di Genova. La nobiltà del suo casato è talmente vasta e indiscutibile che suo padre non si è preso la briga di diseredarlo nemmeno quando l'ha visto con i suoi occhi partecipare ai tumulti socialisti degli anni addietro. Lo deve aver rassicurato constatare che al ritorno dalla sedizione i guanti e le ghette gli erano restati candidi come se li avesse appena messi. Mentre tumultuava, il principino faceva altre cose: studiava l'arte, commerciava, arricchiva e viaggiava. Quando i carbunè della Compagnia, e siamo nel venti, hanno messo insieme abbastanza collette da potersi pagare un carico di cibarie e di vestiario per soccorrere i bolscevichi nella guerra civile, sono andati da lui per trovare un bastimento che arrivasse a Vladivostok. Lui non solo glielo ha trovato, ma pare che il nolo se lo sia pagato di tasca propria. A quei tempi nessuno in Genova ha pensato che questa fosse una pazzia: in una città grande e antica si era abituati a una gran scelta di ogni cosa, anche di nobiltà, e si ascoltavano predicatori anarchici che raccomandavano l'alleanza delle masse proletarie con il fiore dell'aristocrazia per sconfiggere la stolida e disumana borghesia.

Quando sono finiti i tumulti e sono cominciate le purghe e le ronde delle camicie nere, naturalmente nessuno si è sognato di andare a recare disturbo davanti al portone di piazza Pellicceria, e il principino ha continuato a fare e a dire quello che gli pareva. E a studiare l'arte, ad arricchire e a viaggiare per il mondo. Chi ci capisce dice che la quadreria sua personale sia tra le più belle d'Italia. La massa dei borghesucci sbava invece dietro i suoi completi inglesi di Lauren e le scarpe Church che gli arrivano da Londra in colli sigillati con la ceralacca. La gente della Maddalena che gli vive intorno e lo vede passare eretto e dinoccolato in ghette bianche e bacchetto d'argento, e i carbunè che lo invitano alle loro feste, pensano invece che prima o poi un Principe come lui viene sempre a servire per qualcosa.

Che si sappia, il Principe Andrade non è solito andare a casino. Invece, si fa vedere spesso entrare e uscire dal basso della Combattuta e portare la signora a passeggio a piedi o in carrozza. Il Principe non paga le donne e neppure Maria: la sua dedizione riguarda lo stile, non il tariffario. Quando ne ha voglia fa dei regali alla sorellastra, regali non richiesti. Regali messi via e immediatamente dimenticati, perché in fatto di abbigliamento, o di gioielleria o di qualsiasi altra cosa da applicare sul corpo o intorno al corpo, i loro gusti sono molto distanti. La Combattuta, che ha imparato praticamente tutto quello che c'è da imparare della vita, da quell'orecchio non ci vuole sentire, ed è pervicacemente attaccata ai suoi pregiudizi in fatto di moda e di addobbi domestici. La Combattuta adora l'eccesso e il dipiù e l'uno e l'altro progrediscono attorno a lei inesorabili in una fantasmagoria sguaiata ed eccentrica. Il principino sa da dove le viene questo gusto, come crede di indovinare dove la porterà. Mettendole tra le mani un monile o uno scialle o qualche altra cosa raffinata ed elegante le ricorda:

"Maria, Maria, ti sei messa in testa di fare la Madonna della Guardia".

Ciò che fa dei loro incontri qualcosa di veramente unico è la divisione delle parti. In quelle occasioni la Combattuta parla assai meno di quanto ascolti; anzi, è più facile che non apra bocca per niente.

Si mette comoda sul letto, il pacchetto di Macedonia alla mano, e lascia che il fratellastro racconti di quello che gli passa per la mente. Storie d'Oriente e d'Occidente, storie di mari e di paesi, storie di uomini e di donne vissuti e già morti, lontani e inservibili. Può darsi addirittura che l'Andrade apra un libro che si è portato e legga qualcosa o le mostri delle incisioni. Può darsi che il Principe parli di un male mortale, di una gloria perenne, della stella cometa, del sacro Falascià, di un dipinto ormai dato per perso. Per tutto quel tempo, con gli occhi zingareschi socchiusi, la Combattuta non è più reperibile in vico San Luca.

"Portime via a néspoa da San Luca, Principe."

La Combattuta che sa tutto e non si risparmia di parlare, sostiene dunque che alla festa dei carbunè Sascia ha ballato una sola volta. E non con Paride. Sostiene questa tesi con il Principe.

"Nu l'ha toccà, tipicu de lù."

"Tipico di cosa?"

"Tipicu de la perfiddia de n'ommo comme o Paride."

"Perfidia, Maria?"

"Perfiddia, sì, perfiddia. U l'è perfido comme o Valentinu."

"Ah."

"U l'ha faetta ballà o Tirreno, proprio un bell'ommo o Tirreno. U me se strappa u cheù a viddilu fa' da ruffian pe' u Paride."

"Non saprei, Maria."

"Nu ti me stè a sentì, Principe?"

"No che non ti sto a sentire, Maria."

"Ma che ti me stè a sentì o no, u Paride u l'è cagou e spuò o Valentino, e o Valentino u l'ha u cheù malandeto, pover'anima duvu l'è."

Paride, che non ha mai pensato di essere la reincarnazione di Rodolfo Valentino, non è neppure mai stato nel basso di San Luca: Paride è la perla che manca alla collana della Combattuta. La Combattuta vorrebbe Paride per la sua bellezza.

La Combattuta segue con occhio indulgente Sascia che fa il suo ingresso imbronciata e guardinga nella sala del ballo perché pensa che quella ragazza rappresenti una buona occasione per Paride e in ultimo una buona occasione per lei: le basta averle dato un'occhiata di straforo perché lei abbia la certezza che quella ragazza porterà prima o poi Paride in San Luca.

"Ti sè cosa a l'ha quella figgia, Principe?"

"No."

"L'è bella fin troppu, e a l'è muta."

"Oh."

"Sì, a l'è muta."

"Oh."

"Nu ti me stè a sentì, Principe, ma te u dico lo stesso. A l'è muta comme i sascii."

Pensa queste cose, chiede un fernet, e decide che vorrà bene anche a Sascia.

"Ah, a figgia da elefantessa, ah."

E con questo ha disteso intorno a Sascia l'impenetrabile rete della sua protezione.

Sascia non pensa di aver bisogno di alcuna protezione, la Singerina non nota neppure la Combattuta che la osserva dal tronetto in disparte allestito per lei. Vede invece Paride che si muove tra la gente, beve vino, saluta questo e quello, seguendo una rotta a larghe spirali che discretamente lo sta portando verso il punto di calma piatta dove la sua invitata sta aspettando.

Guarda Paride avvicinarsi lentamente e vede che è bello e sente che lo vuole. Guarda se stessa come fanno le ragazze che non hanno uno specchio, sfiorandosi i punti nevralgici del suo sentimento, e scopre di essere bella, bella abbastanza per non avere paura. Per questa ragione ha deciso che non ballerà con lui, che non si farà ondeggiare né trascinare né stringere. Sascia accetta invece l'invito di un ragazzone grande e grosso che le fa l'inchino. "Gradite signorina?" Sì, gradisce, e con la naturalezza di chi non ha mai ballato, sale sui piedi di Tirreno e si fa portare. Tirreno non è il ruffiano di Paride. Tirreno è amico di Paride ma non farebbe per lui niente di simile, né per lui, né per nessun altro: è, come si dice, una creatura innocente. Ha invitato a ballare Sascia semplicemente perché pensa che sia la ragazza più bella che ha mai visto. Tirreno è alto un metro e novanta centimetri più o meno, ha delle spalle enormi e muscoli dappertutto, ha dei buffi capelli castani fini fini come quelli di un angioletto e grandi baffi all'ingiù. Ha sempre fatto squadra con Paride; quella squadra di cuffinanti si è fatta un nome in tutto il porto per essere l'ultima rimasta a saper ballare sugli scalandroni. Naturalmente Tirreno non intende danzare con Sascia quel ballo, ma un semplice valzerino alla francese, quel genere di valzer veloce e un po' sincopato che amano ballare i bolscevichi per onorare il paese dell'uguaglianza e della libertà.

Sullo scalandrone invece il tempo della danza è assai più disteso e il ritmo necessariamente più lento, più o meno come un'antica quadriglia. È buffo come vadano d'accordo certe cose, per esempio la fatica e l'eleganza. Nonostante i carbunè si siano forniti da tempo dei migliori elevatori elettrici del mondo – per loro indole i carbunè fanno sempre le cose in grande –, c'è ancora bisogno in certe occasioni di scaricare e caricare carbone a mano. I cuffinanti fanno giusto questo lavoro: si caricano la cuffa – che è appunto una grossa cesta – in spalla e trasportano il carbone da una parte all'altra. Una cuffa piena pesa dai centoventi ai duecento chilogrammi. Non c'è uomo al mondo, pur grande e potente che sia, che possa andarsene in giro con quel peso senza schiattare dopo pochi metri. I cuffinanti non schiattano, se non a una certa età e dopo un bel po' di lavoro, perché hanno imparato la somma efficacia dell'eleganza, perché, appunto, sanno ballare. Distendono lungo il percorso, mettiamo dal bordo della nave a un carro, una strada di tavole di legno poggiate su dei sostegni, e su quelle vanno e vengono con un passo cadenzato ed elastico di danza che le tavole assorbono flettendosi. Più facile a dirsi che a farsi, s'intende, ma bello a vedersi, senza dubbio, come sono belli i cavallerizzi che sfilano montando all'inglese, e ancora più bello. Dieci e venti omaccioni in una fila perfettamente cadenzata, il paggetto in testa, la cuffa sulle spalle, sempre mezzi nudi, neri come tizzoni, le palle degli occhi bianche e splendenti di lacrime, che fanno la quadriglia per portarsi a casa il pane senza rimanerci secchi.

Tirreno è molto forte e dunque molto elegante, e porta per la sala giro a giro Sascia come sanno fare i veri ballerini, sopportando e annullando con la loro grazia tutte le incertezze e gli inciampi del compagno. A cagione della sua anima innocente, gli farebbe piacere innamorarsi della ragazza che sta danzando con lui. E ancor più si augurerebbe che fosse la ragazza a innamorarsi repentina, se non fosse che qualcosa in lei gli dispiace. Non sa cosa pensare: è come se... Beh, proprio non saprebbe dirlo, ma è come se fosse troppo silenziosa. A parte che quella ragazza non ha ancora spiccicato una parola, e Tirreno va un po' incoraggiato in una circostanza come questa, ma silenziosi sono anche il suo bel seno e i suoi bei fianchi che lo sfiorano e lo solleticano insensibili e assenti; silenziosi addirittura i suoi piedi che non sanno nemmeno chiedere scusa per la loro sbadataggine. Il giovane Tirreno è costernato dalla solidità del silenzio di Sascia.

È dunque con un certo sollievo che la riaccompagna al suo posto; peccato solo che sia la più bella ragazza che abbia mai toccato in vita sua. Forse, chissà. Ma poi vede Paride che le si avvicina, e vede Sascia che aspetta Paride; e nota il movimento delle sue mani nel grembo e il movimento del suo petto nella camicetta, e come questi minuscoli movimenti parlano per lei, e cantano. E va in cerca di un'altra ragazza.

Come si vede, la Combattuta in qualcosa ci ha indovinato.

In questo e in un'altra cosa la Combattuta ha predetto il giusto: la stessa sera, esattamente una settimana prima che ciò accadesse, ha annunciato al Principe il luogo e il modo della deflorazione di Sascia.

"U se la va a piggià 'n to mà."

"Credo anch'io, Maria."

"U se la va a piggià 'n to mà drentu a u carbun."

"Non so se farà così, Maria."

"A te dico Principe, chi u se a piggià 'n mezzu a u carbun."

Centinaia, forse migliaia di tonnellate di bei tocchi di antracite brasiliana. E successe in mare, naturalmente, nel pozzetto di prua del barcone di un caddraio. Era ancora un giorno di vento provenzale, era in piena fioritura la primavera in mare. Fiori non se ne vedevano sul pelo dell'acqua, né frotte di avanotti di cefalo e loasso a sguazzare poco sotto, ma chiazze di nafta eccome che se ne vedevano – porpora, d'oro antico e lillà – e torsoli di verza e carnose foglie di bietola a profusione.

Il barcone del caddraio beccheggiava alla boa nel mezzo di un branco di chiatte appisolate in attesa del rimorchio alla banchina. La squadra di Paride aveva caricato quelle chiatte con il carbone camallato da una carboniera alla fonda; per via del loro pesante carico ora le chiatte dondolavano lente e maestose, con il bordo a filo dell'acqua, e dal pozzetto dove Paride aveva fatto accomodare Sascia sembrava che tutt'intorno galleggiassero montagnole di carbone intente a discutere tra loro e a farsi inchini. Il barcone profumava di stoccafisso accomodato. Lo stoccafisso con i ceci e le bietole era il menù che quella mattina il caddraio aveva offerto ai marinai dei piroscafi alla fonda.

Per tutta la mattina il caddraio era sfilato sotto le murate gridando: "Stocche e bacilli, stocche e bacilli" e dai ponti avevano calato gamelle fiasche e pignatte appese a delle cordicelle, perché tra tutti i marinai del mondo è giustamente diffusa la fama dello stoccafisso con i ceci e del vino bianco di riviera, e in ciascuna delle loro ignote lingue c'è una frase che dice a chiare lettere "Stocche e bacilli". Ora il caddraio aveva finito il suo lavoro e si stava giocando a carte il suo lauto guadagno in valute straniere, ma il barcone continuava a profumare intensamente.

Sascia non amava particolarmente quel pesce che bisogna bastonare lungamente per addomesticare abbastanza da renderlo digeribile. Né amava il carbone, fosse esso composto da montagnole ondeggianti di antracite o da secchielli di carbonella per i fornelli di casa. Il carbone è un pericoloso nemico di tutti i lavori delicati e Sascia ha imparato a sue spese a tenerlo sempre ben lontano dalle sue alchimie con lo zafferano. Il carbone è così fatto, che anche quando sembra abbastanza distante da non poter nuocere, ecco qua che ne spunta uno sbaffo dove meno te lo aspetti. Prova ne sia che se ne è ritrovato un po' anche sul viso non molti giorni orsono, e si è a lungo scervellata per cercare di capire da dove poteva essere sbucato. Ma ora, nell'umido e puzzolente ricovero del barcone, distesa sopra una pesante coperta da marinaio, Sascia pensava a tutt'altro.

Pensava a com'era bello un uomo bello, anche quando non aveva più i pantaloni, e com'era interessante e piacevole essere viva dopo il dolore che l'aveva fatta avvampare. Era stata la bellezza che i pantaloni avevano disvelato ad accenderle dentro la reconditа del suo corpo quel cocente dolore. E le due cose, bellezza e dolore, ancora confliggevano tra il suo cuore e le sue cosce.

Si stava chiedendo ora Sascia, tenendo gli occhi ben chiusi con la sua collaudata tecnica acchiappalacrime, se su quella barca odorosa dello stufato di stoccafisso si fosse per caso compiuto il suo destino. Cosa sarebbe venuto d'ora in poi? Non ci vedeva chiaro in quel destino, e si interrogava dubbiosa se per caso non fosse lo stesso destino puttanesco delle signorine del coro di Santa Maria.

No, riflette Sascia, non è questo ciò che fa soffrire le ragazze; forse è quello che verrà. Loro soffrono il dolore del sentimento che dura sempre, notte e giorno; io ho avuto dolore nel corpo e ora ho piacere. Ma che strano che ora io senta un piccolo piacere proprio lì dove quest'uomo mi ha fatto male, strano che adesso provi la voglia di rifare quella cosa che mi ha fatto soffrire. Forse non mi farà più male, forse lui è un uomo abbastanza buono da non farmene più. Invece il mio sentimento non sente dolore adesso e non ne ha provato prima: è un dolore che deve ancora venire?

Quest'uomo bello che sta sopra di me e – oh, come lo sento – mi sta sfiorando la guancia con il suo bel naso, sapeva di farmi male in questo modo che ho sentito? Sa che potrebbe farmi soffrire in quell'altro che devo ancora sentire? Sta sopra di me però non mi schiaccia, anche questo lo sento.

Come ci riesce, si chiedeva Sascia, a starmi sopra e a non pesarmi?

Sascia che teneva gli occhi chiusi pensava che alla fine avrebbe dovuto aprirli per capirci qualcosa di più; solo che non voleva bagnarsi tutta di lacrime.

L'uomo bello, il bel Paride, stava invece pensando al carbone. E che il carbone era l'unica cosa di cui sentiva la presenza oltre l'orizzonte circoscritto dal profumo e dal calore del corpo della sua ragazza. La sua ragazza – sfacciatamente, ottimista com'era, Paride aveva pensato a Sascia come alla sua ragazza sin dal vico Cavoli – dormiva, ma lui voleva continuare a sentirla e stava sopra di lei poggiando sui muscoli delle braccia e della schiena in modo da non pesarle. I muscoli avevano preso a intorpidirsi e la presenza del carbone lo distraeva.

Pensò che non avrebbe potuto continuare ancora per molto in quella posizione. Decise che prima di crollarle addosso avrebbe preso la sua ragazza, l'avrebbe sollevata piano piano perché non si svegliasse, e poi, nel modo che usavano i caravana per la merce delicata, l'avrebbe camallata a cavagneto e posata sull'antracite in una delle chiatte vicine. L'avrebbe lasciata lì, nel mezzo del carbone lucente, e lui, anche se l'acqua era ancora molto fredda, avrebbe fatto a nuoto quelle poche bracciate per arrivare sottobordo alla carboniera.

Si sarebbe tirato su per la catena dell'ancora e poi sarebbe salito sull'asta del bigo; da lassù avrebbe visto la sua ragazza dormire tra le montagne del carbone in mezzo alla Darsena del porto, e il suo orizzonte si sarebbe spinto fino alle montagne delle Alpi da una parte e sotto agli scoglioni della Corsica dall'altra. Così le proporzioni si sarebbero chiarite e la donna avrebbe ripreso il suo posto consueto.

Non era per niente consueta, invece, la sensazione di vastità che aveva provato prendendola. Non pensava al grande piacere, quello lo aveva già conosciuto, ma a qualcos'altro di assai meno chiaro. Era l'impressione, che provava tuttora, di non poter prenderla tutta assieme, di non avere braccia abbastanza grandi per tenercela stretta senza che ne sentisse qualche parte sgusciargli via. Eppure la sua ragazza era della misura giusta. Infatti capiva che non era una questione di ossa e di carne e sospettava pertanto di essere innamorato, o qualcosa del genere. Qualcosa che aveva a che fare con un modo di dire assai comune ma non per questo meno inquietante: perdere la testa. Qualcosa che lo privava del senso delle proporzioni, una disgrazia che se fosse accaduta durante il suo lavoro gli sarebbe potuta costare la vita. E questo non andava bene.

Paride si sollevò sul busto. Sotto di lui ora poteva avere il quadro completo di ciò che gli stava facendo perdere la testa e si lasciò scappare un commento a bassa voce: "Quanto ti sei bella figgetta; nu so pensà quanto ti me costiiè". Continuò a guardare Sascia a lungo, incuriosito da tanta bellezza, cercando di rilassare i muscoli indolenziti delle spalle e delle braccia. Quando si sentì bene in forze, si alzò e cominciò a rivestirsi: era sera.

"No," disse ancora a bassa voce, "lasciemmute dormì fino a che ti veù. Lasciemmute 'n pace."

E allora capì cosa gli faceva venire in mente quella ragazza, cosa poteva essere il di più in lei, ciò che non poteva prendere tra sé. Una bestia: ha gli occhi e la forza di una bestia, pensò guardandola ancora una volta. Un animale che gli sei padrone a metà e metà servo, e addomesticarlo tutto è un'illusione che può portare alla rovina. Una capra, una cagna. Una cavalla. Una cavalla bizzarrina di quelle che aveva visto correre a sangue sulle piste di terra buttate giù di notte sugli acciottolati di qua da Madre di Dio: piste clandestine per scommettitori clandestini, che alla mattina con il primo passaggio dei tram erano già sparite. Ma cavalli veri e fantini veri, soci e nemici per trecento lire e un po' di biada con lo zuccherino.

Cosa a l'è che pensa 'na cavallina quando ti le monti in ta groppa? Che a l'è ciù grande de ti. E ti sta segùo che se la dorma nu l'è u cavaliere che a se sogna.

Ma Sascia non dormiva, e ora che l'uomo bello sopra di lei se ne era andato, aveva freddo. Cominciò a tremare, e quantunque si sforzasse di tenere la bocca ben chiusa, sentiva i denti tintinnare come tante monetine da un ventino. Avrebbe voluto aprire gli occhi, ma non era sicura di aver rispedito indietro le lacrime. Paride prese i suoi vestiti e glieli adagiò sul corpo, forse il rumore dei soldini lo aveva sentito anche lui.

Oh, pensò Sascia prima di decidersi ad aprire gli occhi e a vestirsi, ecco un assaggino dell'altro dolore. Ed è bastato che se ne andasse un momento da sopra di me. Intorno a lei le montagne di carbone continuavano a farsi inchini tra loro e nella lingua sfrigolante delle gomene d'ormeggio rivolsero a Sascia un enigmatico: "Come sì come no, come sì come no, come sì come no...".

Paride mollò la cima alla boa, salpò l'ancora e si mise alla voga. Il vento si era fatto più teso e il mare increspato aveva preso a frangersi sui bordi spargendo dappertutto schiuma e odore; non era più profumo di stoccafisso, ma il dolce, pungente afrore delle alghe fiorite in altomare che il vento stava portando a marcire sottocosta. Oltre le caserme di San Benigno il sole declinava spingendo avanti a sé sottili strisce di nuvola color cremisi e con quel poco di acetilene che gli era rimasto ritoccava di giallo bruciato le torri dei silos granari e i piani alti dei magazzini del cotone. Sascia si mise al riparo tra le casse di poppa. "Farò un figlio," fu l'ultima cosa che pensò, "farò un figlio e lo farò anche bello grande." Poi chiuse ancora una volta gli occhi e si lasciò portare a casa.

Il barcone del caddraio che portava a casa Sascia e che Paride conduceva con remigate lente e precise si chiamava *Estrella*. Pur essendo una navicella non più lunga di dieci metri, aveva al pari delle sue sorelle maggiori un nome esotico; se Sascia l'avesse saputo avrebbe constatato che era anche il nome di una delle sue amiche puttane e quindi si sarebbe riconfermato in lei questo strano accostamento.

Ancora più strano del solito, avrebbe pensato, perché se era vero che quella barca non aveva certo l'abitudine di fare grandi viaggi per mare, non c'era niente che potesse essere più lontano dai gusti delle sue amiche dell'odore di stocche e bacilli. Il caddraio proprietario della *Estrella* era noto come il Giaguaro e le aveva dato quel nome perché gli ricordasse per sempre una certa storia che aveva a che vedere con una donna che non aveva mai svolto lavori di alcun tipo, se non quello, assolutamente non remunerato, di spezzargli il cuore.

Il Giaguaro era amico di Paride e di Tirreno, anche se era molto più vecchio di tutti e due, e quando la mattina Paride gli aveva chiesto il permesso di usare la *Estrella*, non aveva mosso ciglio. Paride era stato franco con lui e gli aveva spiegato a cosa, più o meno, gli sarebbe servita la chiatta. Il Giaguaro fu felice di accontentarlo. Lo fu innanzitutto perché era la prima volta che la sua vecchia *Estrella* era chiamata a un compito così delicato, e l'essersi fatta onore in una circostanza del genere l'avrebbe resa ancor più amata ai suoi occhi. E poi perché aveva saputo da Tirreno che Paride avrebbe avuto presto la più bella e la più strana ragazza che si fosse mai vista a un Ballo di Carbunè, e sapere di essere stato scelto per un viaggio di nozze così straordinario lo riempiva di genuino orgoglio. Diversamente da Tirreno, il Giaguaro aveva un sincero e radicato temperamento da ruffiano. Qualunque cosa ne pensasse la Combattuta, non è detto che i ruffiani siano persone cattive o inette o immonde: il Giaguaro è lì per dimostrare il contrario davanti all'intero globo terracqueo.

Invece la Combattuta non intende dimostrare alcunché davanti a nessuno, la Combattuta è discreta. Discretamente, per tramite del più che discreto Giggi, offre a Sascia una piccola casa in Salita degli Angeli.

Nelle spoglie del Duca di Mantova, Giggi è ricorso con frequenza ai servizi della Combattuta. La Combattuta è quel tocco di mondanità che rende completa la soddisfazione del capo clac del Carlo Felice.

Andava in San Luca ancora in marsina subito dopo un'opera e non mancava di portare una bottiglia e un fazzoletto pieno di pasticcini sottratti al rinfresco. Poi si toglieva i pantaloni e si metteva supino sui broccati del letto. La Combattuta allora montava sul suo buzzone e gli diceva:

"Cantime 'n 'arja, Duca,"

e il Duca cantava un'aria delle molte che aveva imparato a memoria durante la stagione operistica. Cantava indifferentemente parti da tenore, baritono o basso, con grande energia e sentimento, gonfiandosi e sgonfiandosi sotto il peso della donna come un tricheco in agonia.

Poi, spossato per la sua immane impresa, il Duca rantolava le sue richieste:

"Contime do Bione" oppure: "Contime da Baudassi e do Bracchi" oppure ancora: "Contime do Gigli". E la Combattuta, con la sua voce roca piena di lussuria, gli raccontava cosa aveva fatto, e come l'aveva fatto, con il divino Gigli, con il gigantesco Bione, e con il Bracchi e la Baudassi assieme: storie di divi immortali. Era un servizio di tutto riposo per la Combattuta, che poteva perfino fumare durante lo svolgimento. Solo, doveva stare un poco attenta, perché con tutti i lardi e le flanelle di Giggi non riusciva sempre ad accorgersi per tempo quando il Duca godeva, e 'o Trafegun mirava a tirare le cose per le lunghe anche dopo la sua onesta soddisfazione.

Poi consumavano il rinfresco. Il Duca gradiva solo un dito di vino spumante e relazionava sulle notizie salienti giunte alle sue orecchie di melomane, stracciaio e trafficante, mentre la Combattuta si ingozzava di peti di monaca e di pignolatine. La Combattuta mangiava e beveva e stava a sentire. Era così venuta a sapere, tra cose ben più importanti, che la Singerina voleva andarsene da piazza Stella.

Sascia non prova rancore per quell'uomo pugnesco che l'ha umiliata, che ha umiliato lei e i suoi tre libri, e in quel periodo dimostra di essere dedita più che mai alla sua attività societaria. Dal canto suo Giggi ha i suoi buoni motivi per assecondare lo zelo della sua lavorante, anche se gli fa venire le sferze. Sascia si è rivolta a lui perché gli trovi una casa. Giggi è in grado di procurare qualsiasi cosa, e le case non sono un problema, sa dove trovarne di ogni prezzo e posizione a decine. Ma, naturalmente, con la Singerina anche una casa è un problema.

Le aveva già fatto vedere parecchie case che lui riteneva perfettamente intonate alle sue esigenze e persino al suo pessimo carattere. Giggi gliene parlava, la invitava a visitarle, ma Sascia continuava a scuotere la testa. Cercava di capire cosa le sarebbe piaciuto, o almeno quello che non andava in quelle che le proponeva, ma Sascia continuava a scuotere la testa e a non spiegare. Se non fosse stato per la loro attività, se non fosse che la Singerina era fresca fresca di una nuova invenzione che prometteva visibilii, avrebbe lasciato perdere volentieri, ma da come si erano messe le cose era necessario che la 'strunzetta' fosse accontentata. Così il Duca si è confidato con la Combattuta.

La Combattuta ha investito un po' di soldi in diverse attività orchestrate da Giggi. Queste attività comprendono la commercializzazione dello zafferano prodotto dalle ricette della Singerina e altre, più complicate e ancora più anonime, a cui recentemente Sascia ha apportato le interessanti innovazioni che stanno tanto a cuore a Giggi. Maria è un'avveduta e discretissima socia di minoranza. Dunque è a ragion veduta che Giggi mette a parte la Combattuta delle sue pene con la Singerina, e la Combattuta ha trovato la casa giusta.

"E i saià che a vulesse cangià arja, Giggi."

"Perché, ti dissi che a l'è malatta?"

"Ma, mi non so, ma avieì en quartetu ben posizionnoù d'arja bonna. Se lo gradisce u se u pè piggià pè dui palanche, che a mi u nu me serve."

Oh, Sascia non è malata, tutt'altro. Sta portando la sua bellezza in giro per le strade della città con uno slancio che è quasi leggiadria, qualcosa nel suo lungo passo e nel suo sguardo eretto, che non si sarebbe notato poco tempo prima. Una piccola bellezza in più che avrebbe fatto ricredere il vecchio pittore, se mai stava ancora cercando una modella per i suoi angeli o per le sue odalische.

Sascia lavora e ricerca e sperimenta con passione, ma poi scende per strada, cammina spedita, s'infila per le crose e sale in alto dove la vecchia città è ariosa e lucente e i tetti sono di antica ardesia chiara, e da ogni girata e crocicchio si vede il mare azzurro ben oltre la diga, e dalle crepe dei muri di sasso crescono piante di fico, e dai cortili si intorcignano su per i travi e le chiavarde dei terrapieni enormi serpenti di glicine; così profumati nei primi giorni di marzo che Sascia arriccia il naso e si ferma un momento per non mancare. Cerca casa la Singerina, salendo a Sarzano e fino a Castelletto e più in su, da Castello MacKenzie fin quasi a Begato, dove la bougainville ripara le ville dei grandi signori dalla promiscua nudità delle casette delle donne dei marinai. I marinai che non sono più tornati e hanno lasciato le vecchie ad aspettare sui gradini della crosa come se fosse normale. E nei virginali ortetti di quelle vedove le lattughe sono gonfie come mazzi di rose e le fave hanno già messo i fiori e gli amareni trasudano miele novello.

Cerca casa Sascia, ma non la trova. Scuote la testa e torna da basso. Si ferma al chiostro diroccato di Santa Maria a scambiare un saluto con le sue amiche. Mangia con loro il pane e la mortadella, assaggia un cincino di vermut ma non prende la sigaretta. Siamo sempre punto e a capo con loro, con le lacrime e i lamenti del sentimento, con quel porco che è venuto e se n'è andato, con quello che non c'è, poi si vedrà, ma non c'è da sperare, che quasi certamente non verrà. Sascia mastica e ascolta, compiange con sincerità i patimenti delle sue amiche, e poi scuote la testa. Cerca casa lei, con la porta fatta in un certo modo che non ci entra il dolore.

È stata anche al mare in quei giorni. Ha preso il tranvai e si è fermata alle spiagge di Ponente, ben oltre il porto. Si è seduta sulla sabbia ed è restata a guardare le onde che andavano e venivano senza dighe, né battelli, né moli e banchine che le disturbassero. Le è piaciuto così tanto che si è levata le scarpe e ha immerso le gambe nella risacca. Sascia non ha mai fatto bagni di mare, i bagni di mare vivevano molto lontani dalla strada maestra di sua madre Camilla. L'acqua era fredda, così fredda che le hanno preso a far male i piedi. Ma la spuma era così bianca e frizzante che le sembrava di dormire e sognare agitata in un lenzuolo di lino da sposa.

"Avrò un figlio," aveva detto alla spuma, "avrò un figlio che saprà nuotare lontano e nessuno lo prenderà. Avrò un figlio così grande che ci vorranno le lenzuola di tutte le case di Genova per coprirlo tutto quanto."

E si era messa a camminare sulla spiaggia, e siccome con la sabbia non sapeva cosa farci, se non riempirsi dappertutto di granelli, era salita su un moletto di legno. Sul moletto, ormeggiata di prora, c'era una barca e sopra la barca c'era una casa. La barca era grande e tozza né più né meno di quella del caddraio, ma sopra, invece che pignatte, fornelli e damigiane, c'era una casetta di legno con la sua porta e le sue finestrelle da casetta perbene. Alle finestre c'erano vasi di gerani e davanti alla porta un gracile pergolo di vite americana che saliva da un bidone di latta. Una casa che andava per mare, questa Sascia non l'aveva mai vista.

Si era fermata a lungo a guardarla, aveva messo i piedi sulla passerella che portava in coperta; aveva rischiato di finire in acqua, ignara com'era dell'equilibrio dei marinai. Aveva cercato di vedere oltre le finestre se c'era qualcuno, se ci fossero abitanti normali in una casa così strana, e non fosse stato invece un teatrino o non so cosa. Non c'era nessuno, ma aveva visto panni stesi sullo specchio di poppa e sentito odore di minestrone freddo. Una casa nel mare, una casa nel mare, una casa nel mare, aveva ripetuto a se stessa per assimilare un'idea così straniera. Ma non era neppure una casa nel mare la casa che andava bene per lei.

Naturalmente in quei giorni ha visto anche Paride. È la donna di Paride adesso, lo sa senza ombra di dubbio. Lo sa guardandolo mentre la guarda, toccandolo mentre la tocca. È mio, annuisce Sascia, è mio. E allunga le sue bellissime mani per prenderlo con la stessa delicatezza e la stessa fermezza con cui manipola lo zafferano. E senza dover più scomodare il caddraio, ha fatto l'amore con lui sulla paglia pulita e crocchiante nella casa dei cavalli di manovra alla Lanterna, al caldo puzzolente di una balla di lana inglese ai Magazzini generali, su una poltrona di velluto di un idrovolante Aermacchi ormeggiato all'Idroscalo.

E a ogni capolinea delle funicolari, da Magenta a Righi, a Lagaccio e Rivarolo. Paride la portava in gita, non era solo una cosa da andare a fare l'amore. Aveva questa accortezza, e gli veniva naturale. Non erano mai saliti alla casa di piazza Stella né in quella dello zio 'o Guerso; passava a prenderla sotto casa di sera, finito il suo turno, tutto lavato e stirato, con un fagotto sottobraccio con dentro qualche cosa per la cena avvolto in una coperta. Le diceva:

"Ti porto a vedere una bellezza"

e la teneva sottobraccio di modo che conformasse il suo passo lungo e deciso al più sinuoso ed elegante di lui.

Cercava per lei ogni volta qualcosa da farle vedere di bello e grandioso, una a una le cose che nella sua anima positiva e ottimista componevano il grande paesaggio della bellezza. Era partito dalle imponenti navate dei Magazzini generali del Molo Vecchio e pensava che l'avrebbe portata fin sulla vetta selvaggia del monte Caucaso, da dove, gli avevano detto, si vedeva in mezzo al blu Genova come uno schizzo d'argento fumante appena colato.

Cenavano accendendo un lumino ad acetilene, e quando erano sulla collina, all'aperto, Paride lo velava con il suo fazzoletto perché nella semioscurità risaltassero meglio le luci della città e le luci dei bastimenti nel mare. Poi la prendeva, e lei si lasciava prendere sulla lana e sull'erba sentendosi forte e piaciuta come una regina. Non sentiva più nessun dolore, ma ogni volta un po' più di piacere. E il piacere la faceva guizzare, tendersi e lasciarsi, come un pesce spinarello nei giorni che è in amore.

Paride stava sopra di lei e la stringeva, la baciava, la faceva saltare. E la vedeva tremare e allungarsi e rimpicciolire e allargarsi. E ormai aveva capito che con le sue sole braccia non l'avrebbe mai presa tutta. Se la guardava negli occhi, quando gli occhi di Sascia si aprivano umidi e scuri, anche lui pensava di essersi preso una regina. Non parlavano quasi mai, mai delle cose che si dicono gli innamorati. Tornavano a casa, ognuno alla sua, in tempo per sentire la campana di mezzanotte in San Lorenzo. Paride accompagnava Sascia in piazza Stella ancora a braccetto e ogni volta, preciso preciso come fosse stabilito da una legge o da un ordinamento segreto dei carbunè, le passava una mano sulla fronte, e dalla fronte alla nuca, e dalla nuca alle guance, con la punta del dito di mezzo che sfiorava le sopracciglia e quella del pollice – il pollice di ferro del camallo – le labbra. Lo faceva con grande attenzione e delicatezza, ma non era proprio una carezza.

C'era qualcosa come di un saluto o di una benedizione, forse; ma non solo questo. Paride passava la sua mano sul viso di Sascia come se volesse provarne la consistenza, con un gesto delicato e fermo: da innamorato e da competente, da provetto manovratore di pesi e misure qual era. In quel modo si portava a casa Sascia, impressa nella sua mano come l'impronta di un dattero di mare in uno scoglio. Questo voleva fare: tenersi il viso di Sascia un po' per sé.

Quando ciò accadeva, Sascia si faceva fare, restando immobile e compunta, proprio come se fosse un compito importante che doveva essere svolto. Poi ricambiava quel gesto sorridendo franca e aperta; sempre così. Saliva in casa e prima di mettersi a dormire si guardava con molta cura allo specchio sul lavabo e si spogliava tutta nuda per vedere se per caso era rimasto qualche sbaffo di polvere nera. A volte lo trovava a volte no. Paride invece non faceva caso a nulla e cercava di dormire più che poteva per arrivare fresco alla chiamata delle cinque. Suo zio, il Guerso, lo sentiva arrivare ed era contento perché il suo passo non era né incerto né pesante, dunque non aveva bevuto, dunque non si era accecato, e di nientaltro, come per queste due cose, il Guerso aveva ragione di temere per lui.

"Maniman, maniman..." mormorava lo zio prima di riprendere il sonno, piano piano per non farsi sentire dal nipote.

In quei pochi giorni era nata tra Paride e la sua ragazza una confidenza come forse solo le cose che vengono di notte possono dare: l'intimità di qualcosa che è stato rubato al sonno, prosperando in complicità e segreto al cospetto di tutta una città dormiente.

Eppure al suo uomo Sascia non ha chiesto di trovarle una casa.

Ma quando Giggi le ha raccontato di una casa in Salita degli Angeli, questa volta la Singerina ha fatto di sì con la testa ed è voluta anche andarla a vedere. E con il Giggi di prima mattina, Giggi pieno di cispe e segrete speranze, "Non si preoccupi Singerina, che ci vengo su io a prendere e a portare il lavoro; già che fare due rampette di crosa non può farmi che piacere", è partita sul tranvai litoraneo per San Teodoro. Arrivati alla casa, Sascia ha chiesto, prima ancora di entrare a darle un'occhiata, di trovarle qualcuno per portare su la sua roba.

Dall'amore sul barcone del caddraio era passato un mese esatto; Sascia era incinta e non poteva saperlo. Invece lo sapeva, lo sapeva da un mese.

San Teodoro è un sestiere di marinai e di gente del porto, famiglie nuove che non hanno trovato più posto nelle case del centro antico. Ci si arriva seguendo il corso litoraneo verso ponente, tra Di Negro, il Passo Nuovo e gli sbancamenti di San Benigno. È una palazzata di grandi case popolari proprio davanti a Calata Chiappella e Calata Lazzarino e per entrare in porto basta attraversare la strada. Dal basso si arriva alla collina del Lagaccio e dei Piani di Fregoso e ai forti di Napoleone andando sulle crose. La più grande e la più bella è Salita degli Angeli, che parte dalla piazza Di Negro e non si ferma più. Man mano che sale le case diventano più vecchie, più piccole e più complicate, e il sestiere diventa un vecchio borgo intorcignato allo scoglio del monte, pieno di passi e volti, crosette e traverse.

Salendo ancora si arriva alle ville degli antichi patrizi di collina difese da una cintura di casermette, cappelle e conventi. Non c'è casa che non abbia le sue finestre voltate al porto, e quelle più in alto oltre al porto si godono il mare aperto. A mezza costa Salita degli Angeli ha una breve diramazione, un passo che si scava un passaggio sotto le volte di un'antica casa mezzo demolita e si ferma su un'aia stretta. L'aia appartiene a una piccola casa a due piani, con i resti di due o tre mani di intonaco che la rallegrano con sfumature di giallino e rosato. Davanti all'aia c'è il mare, la casa ha il numero dodici dipinto al lato sinistro della porta dipinta di rosso. Più in alto sotto una finestra c'è murata una formella di marmo. Dentro la formella, che si capisce che è molto antica, è scolpito a rilievo un angioletto che sta volando ad ali spiegate tenendo tra le mani una piccola arpa; la mostra a chi viene con orgoglio, come se fosse una gran cosa suonare l'arpa nei cieli. Porta un mantello che gli svolazza sulle spalle tra le ali, ma ha il pisello di fuori. Quando Sascia ha visto l'angioletto scolpito ha pensato: "Eccoci qua". E si è fermata.

È in questa casa che lei ha vissuto, nelle tre stanze del piano terreno, senza avere mai qualcuno che abitasse sopra di lei. È in questa casa che è nato Giacomo, Giacomino. E prima ancora che vedesse il mare, la prima volta che sua madre gli ha fatto prendere aria, Giacomino ha visto l'angioletto con il suo pisello e la sua arpa.

Giacomo è cresciuto in Salita degli Angeli, nel sestiere di San Teodoro, un posto pieno di bambini e di giovani madri, il borgo dove i camalli avevano preso il costume già da decenni di affittare per le loro amanti, per le loro seconde e terze famiglie. Questo Sascia non lo sapeva il giorno che si è fermata, e quando lo ha capito non ha trovato la cosa di particolare interesse; né per sé, né per il suo figliolino. E nemmeno per il suo uomo.

Il suo uomo, quando ha saputo del trasloco, ha pagato un'intera compagnia di trallallero, quattro tenori, quattro baritoni e due bassi, e la sua prima notte nella nuova casa Sascia l'ha passata appoggiata alla porta nel fresco grazioso di aprile a godersi la nobile polifonia dei più audaci e sboccati cantori del porto di Genova.

5.

Vent'anni dopo, sempre in una notte di aprile, Sascia sarà ancora lì, appoggiata allo stipite della porta, ad ascoltare un concerto canoro. Non più trallallero questa volta, non più irriverenti mottetti d'amore, ma pur sempre una serenata. Solo che non sarà per lei, ma per suo figlio Giacomo. Nella stretta aia, le spalle voltate al panorama del porto, i compagni del Seminario Arcivescovile salutavano Giacomo che partiva. Gli cantavano per dirgli addio i maestosi canoni del gregoriano, e finiti quelli anche un paio di canzoni che il loro maestro di canto, un temerario, aveva inserito nel repertorio senza il dovuto imprimatur. L'ultima di queste canzoni era in lingua spagnola e sulla bocca dei futuri sacerdoti appariva in qualche modo sconcertante. Non si rivolgeva a Dio ma a sentimenti che apparivano molto grandi lo stesso, tanto grandi che i seminaristi non erano certi di comprenderli a fondo, né di scommettere sulla loro santità. Ma nonostante i suoi aspetti dubbi, era pur sempre una canzone bellissima, di suggestiva melodia, imparata apposta per l'occasione; e con questa si rivolgevano un'ultima volta al loro amico in modo struggente e amoroso.

Giacomo stava accanto a sua madre, sua madre gli teneva un braccio sulla spalla. Sascia era allora una donna di quarant'anni bella e forte, gli occhi ancora scuri e le mani perfette e senza segni. Teneva la spalla di suo figlio con un gesto morbido, come se in quel gesto non ci fosse alcuna intenzione materna, quasi come una fidanzata che tiene il suo ragazzo per non perdersi nella confusione. Giacomo aveva ascoltato il concerto in silenzio, composto e tranquillo, ma quella canzone, che lui aveva già sentito molto tempo prima, ha voluto cantarla anche lui. Ha chiesto che fosse ripetuta e così ha potuto unirsi al coro. Non ricordava tutte le parole, e ha cantato soltanto i versi d'inizio:

Adiós con el corazón
que con el alma no puedo,
al despedirme de ti,
al despedirme me muero.
Tu serás el bien de mi vida,
tu serás el bien de mi alma,
tu serás el pájaro tinto
que alegre canta por la mañana...

poi, muto, ha lasciato che le voci dei suoi compagni gli si stringessero d'attorno impedendogli con la loro persuasiva dolcezza di mettersi a piangere. Come i suoi compagni, anche Giacomo non capisce come sia possibile che il cuore possa fare qualcosa che l'anima non può, ma a differenza dei suoi compagni, non ritiene pericolosamente blasfemo il sentimento di morte per una separazione. Giacomo non è dotato di una robusta costituzione dottrinale perché è sinceramente, intimamente, un giovane sacerdote ateo. Ma egli sa che quella canzone non è per Dio, quella canzone è per gli uomini, e in particolare per lui. *...Il mio cuore lo può... ma a lasciarti io muoio... sarai la mia vita...*

Quando, più tardi, nel cuore della notte, Giacomo scenderà a passo svelto la grande crosa degli Angeli, avrà ancora quella canzone a occupargli la mente. La canterà senza volerlo attraversando la strada, alcuni dei versi che pensava di aver dimenticato gli usciranno silenziosi di bocca mentre aspetterà il suo turno nella sala della dogana. Continuerà a scoprirne di nuovi avanzando sulla passatoia d'imbarco e mentre darà un'ultima occhiata al carico del suo bagaglio. E altri ancora gli torneranno in mente mentre il commissario di bordo controllerà i suoi documenti e gli assegnerà la cabina. Sentirà che sono versi appesantiti da un fardello di mistero e incertezza.

Addio con il cuore
perché con l'anima io non posso,
a separarmi da te,
a separarmi da te io muoio.
Tu sarai il bene della mia vita,
tu sarai il bene dell'anima mia,
tu sarai il pettirosso
che allegro canterà nel mio mattino...

Quando ormai si è fatto giorno e la nave che lo porterà all'altro capo del mondo si sta facendo mollemente trainare in mare aperto da una coppia di rimorchiatori, il giovane prete missionario è ancora a gingillarsi nei pressi del verricello di prua. Non è ai parapetti con gli altri viaggiatori a godersi i saluti e a mandare baci alle luci della città che stanno tramontando. C'è stata una lunga contrattazione e infine un accordo perché non ci fosse nessuno al Ponte dei Mille a sventolare fazzoletti per lui. Sua madre, il Giaguaro, don Rino, il suo prete preferito, e tutti gli altri, gli hanno fatto quest'ultimo regalo: gli hanno risparmiato il colpo d'occhio finale, il giro di sguardo sulla banchina che gli avrebbe ricordato in eterno che tra tutto quello sventolio non c'era il fazzoletto di suo padre, non c'era Paride per niente.

Così adesso può fare a meno di accalcarsi nella ressa del ponte lance, ora può iniziare con tranquillità, lentamente come è lento l'avanti piano che il capitano ha appena ordinato, la sua traversata oceanica. *...Il mio cuore lo può... ma a lasciarti io muoio... sarai la mia vita...*

Primo sbarco Sydney, via Suez, Aden, Karachi, Bombay, Colombo. Secondo sbarco Tonga. Terzo e ultimo sbarco Moku Iti. Moku Iti dove non c'è più Dio da un bel po', Moku Iti dove, gli hanno spiegato, non c'è nessuno che è lì ad aspettarlo. Moku Iti che vuol dire Piede Felice in una lingua che ancora non ha imparato. Ci saranno un sacco di cose da fare in quel viaggio, prima di tutte imparare a memoria quel nome. Ma per fortuna ha un bel po' di tempo per applicarsi.

Chissà se intanto gli farebbe piacere sapere che quella canzone che non smette di risuonargli dentro ha anche un titolo. Gli ricorderebbe senz'altro qualcosa di familiare e di buono. Quella canzone è assai nota in America Latina, e in Argentina è conosciuta con un nome di donna: *Estrella*, Stella. Quella canzone non è solo molto cara al maestro di canto del seminario, il don Rino così simpatico a Giacomo. È stata e rimane la grande passione del caddraio, il Giaguaro, che Giacomino ha conosciuto quando ancora si teneva malamente in piedi, il marinaio con cui ha giocato un'infinità di volte ad andare per mare, il cuoco che a Giacomino ha insegnato a mangiare lo stoccafisso e a sputare i ceci il più possibile lontano nell'acqua.

Il Giaguaro sa a memoria quella canzone, se la canta anche lui, silenziosamente, forse ogni volta che monta sul suo barcone, certamente tutte le volte che gli capita l'occhio sul nome dipinto sulla fiancata: *Estrella*. L'ha cantata qualche volta anche a Giacomino, al tempo che lo portava sul suo canotto a prendere l'aria d'alto mare. Giacomino a quel tempo era troppo piccolo per interrogarsi sulla natura dei versi di una canzone straniera, ma oggi sarebbe forse contento di sapere che il Giaguaro ha risolto il dilemma dell'anima e del cuore, di come il cuore può e l'anima invece no. Lo ha fatto a suo modo, con la ferocia e la decisione che merita il nome che porta: si è masticato il cuore ben bene fino a ridurlo a una pappina che ha buttato giù in un boccone; e l'anima, quella che non sa dire addio, l'ha stracciata in mille pezzi e gettata in mare. E ora i suoi resti navigano placidi e disfatti a pelo d'acqua tra i bastimenti del porto, e qualche brandello si spinge oltre il porto sulla linea curva dell'oltremare. E molti si sono arenati al di qua, nei film d'amore e d'avventura dei cento cinema della città.

Così non è per Giacomo: seppur dolenti, la sua anima e il suo cuore sono ancora intatti. Dolenti per cosa? Ora che la nave ha guadagnato la sua rotta e ogni cosa sopra di lei ha trovato il suo ordine, e tutto si sta sommessamente accomodando al lento vibrare dei motori, il giovane prete ha modo di schiarirsi le idee con tranquillità. Si è portato sul cassero di prua, ha trovato un buon posto tra il cordame imbisciato, si è tolto la tonaca, ci si è fatto un fagotto per appoggiarci la testa, e se ne sta sdraiato in una bella cuccia riparata dal vento. Prende tra le mani il suo portafogli e si accinge ancora una volta a controllare le carte. Le istruzioni di viaggio, la lettera di affidamento per la casa missionaria di Tonga, il passaporto della Repubblica Italiana, le dispense della Congregazione, le bollette di trasporto, qualche fotografia, un'immagine sacra, una madunetta, come anche lui usa dire. Fa un po' di spazio davanti a sé nella cuccia e prova a mettere in fila le carte cercando di stabilire una precedenza; dalla più importante in giù, come con le figurine della Perugina.

Prova e riprova, un ordine non si trova. Alla fine riprende il santino tra le mani e decide di concentrarsi su di lui. Lo contempla con fervida devozione. È sgualcito, unto e sfaldato lungo i bordi, ma il ritratto che vi è rappresentato è ancora visibile ed evidentemente esercita su di lui una potente attrazione. Infatti, di lì a poco Giacomo pare colto da un'estasi; continuando a fissare il volto dell'immagine comincia a dondolare il capo su e giù, e lentamente dai suoi occhi scuri e profondi incominciano a scendere, limpidamente infantili, silenziose lacrime.

L'Ecce Homo del santino vorrebbe piangere anche lui, ma è troppo disperato per lasciarsi andare a un pianto. Forse lo farà, ma per il momento la sua intensa espressione di dolore e angoscia è ancora asciutta. Il giovane nazareno dalle spalle larghe e dai bicipiti così potenti da poter passare per un camallo è un compagno da lunga data di Giacomo e prima ancora di Giacomino. Se è solo da poco che è venuto in possesso di quel sudicio cartoncino, l'immagine del Cristo offeso e umiliato davanti al Sinedrio, dipinta in meravigliosi colori su una tavola di antico legno, è la seconda cosa notevole che abbia potuto vedere dopo l'angioletto affisso sulla porta di casa. Poggiato contro il muro e tenuto ben fermo da un blocchetto di granito su un tavolinetto nella stanza di sua madre, dove lui è stato allattato, curato, addormentato, e dove Sascia ha continuato per tutti gli anni di Salita degli Angeli a fare il suo lavoro.

Giacomino lo ha visto dunque centinaia di volte quel quadro. Crescendo ha pure notato impercettibili mutamenti nell'espressione del viso e sfumature di tinta diverse; ormai ragazzino ha sicuramente capito che, nel tempo, quello che sembrava lo stesso viso non era proprio lo stesso, quello che doveva essere lo stesso quadro non poteva esserlo per davvero. Finché, semplicemente, ha trovato sua madre che lavorava a quel viso, con pennelli, polveri e tinture.

Per le insondabili ragioni che sono dei bambini, Giacomino non ha mai avuto paura dell'uomo che adesso lo sta facendo piangere, forse perché una così incolmabile disperazione non può entrare dentro un'anima piccola; almeno non lo può abbastanza a fondo da diventare a sua volta disperante. Sta di fatto che Giacomo e l'Ecce Homo sono diventati amici, quel genere di amicizia che i bambini sanno saldamente stabilire con certi oggetti inanimati. Come fanno pure tutti i bambini quando sono sicuri di non essere ascoltati, Giacomino ha tenuto conversazioni lunghe e accalorate con il suo uomo dipinto. Il prete che sta piangendo non ricorda molto di quei colloqui. Ricorda in particolare che, nonostante Sascia gli avesse chiarito che si trattava di Gesù, e che Gesù era il figlio di Dio, per un lungo periodo non ha voluto tener conto di quelle spiegazioni. Aveva deciso di pensare che quel viso fosse di un amico di suo padre; non di un camallo, ma di un marinaio, un marinaio sconosciuto afflitto da misteriosi dolori venuti dal mare, da vicende in mezzo al mare. Certamente il bel marinaio si era imbattuto in Sandokan e negli adoratori della dea Kali, e forse era scappato dalle grinfie dei bucanieri nel Mar dei Sargassi, e forse anche dalle galere del feroce Saladino. Era facile che la sua tristezza venisse da quelle terribili avventure, dalle torture e dai pugnali a zig zag. Giacomino poteva certamente aiutarlo, poteva salvarlo; anzi. Per il solo fatto che ora era lì in buone mani, nel cuore della stanza di sua madre, voleva dire che l'aveva già un po' salvato: si trattava solo di fargli capire che ora era tutto a posto lì, in Salita degli Angeli. E non senza vergogna il prete piangente deve pur ricordare che ancora dopo il suo ingresso nel seminario, l'idea di aver salvato il figlio di Dio dalle torture del Saladino sotto sotto non l'aveva ancora del tutto scartata.

Il santino invece lo teneva con sé da poco tempo. Gli è stato recapitato assieme alle altre cose di suo padre dentro una scatola di cartone: pochi capi di vestiario e i documenti. Il santino però non era assieme alle altre carte, ma l'ha trovato Sascia nella tasca sinistra di un paio di pantaloni. Quando Giacomo l'ha chiesto per sé, lei gliel'ha dato senza fare commenti, ma certamente a Sascia non sarà sfuggito quel particolare, che dopo tante vicissitudini e rivoluzioni Paride avesse avuto l'accortezza di conservare il giovane piangente lì dove lo aveva lasciato tanti anni prima 'o Guerso. Maniman, maniman.

Il suo pianto cessa placidamente come è cominciato. Tira un po' su col naso, si asciuga il viso con un lembo della camicia e riprende a giocherellare con le carte. No, nessuna combacia, nessuna sta bene prima o dopo un'altra. Non c'è ordine, e invece bisogna trovarne uno prima che il viaggio finisca, prima di sbarcare a Moku Iti, l'isola che non lo aspetta, l'isola del Piede Felice.

Giacomo si leva scarpe e calze e si mette a passeggiare sulle assi del ponte a piedi nudi. Così è a suo agio; le vibrazioni della sala macchine gli solleticano un poco le piante dei piedi e gli mettono allegria. La nave gli piace e gli piace l'aria inzuppata di goccioline di salsedine, e il sole senza riparo e i colpi di vento improvvisi. Gli piace l'odore di morchia e i marinai silenziosi che si danno da fare attorno alle incostanti mansioni della navigazione in calma. I marinai lo salutano quando gli passano accanto, lo fanno con un cenno del capo e non nel modo untuoso e sprezzante con cui riveriscono i passeggeri: vedono che è uno che sa come muoversi in coperta, uno che non darà fastidi ficcando il naso qua e là senza sapere dove andare a sbattere e che non chiederà cose stupide. I marinai sono in effetti tutti vecchi marpioni e la nave è un glorioso bastimento invecchiato anzitempo.

Se non proprio lei, Giacomo conosce bene le sue sorelle, tutte le allegre ragazze della classe Liberty che hanno riempito il porto dalla Liberazione in poi. Le prime erano arrivate cariche di cannoni con la culatta all'aria, ma poi ne ha viste zeppe di camion, di farina, di fagioli, di gomme americane, di macchine per il cinema, e di ogni altra cosa fosse possibile immaginare. E sempre piene di altoparlanti con la musica e di marinai scalmanati, vogliosi come diavoli di mercato nero e di puttane. Solo con quello che buttavano a mare da una di queste navi ci mangiavano diverse famiglie verso la fine del quarantacinque, ricorda bene Giacomo, e l'arcivescovo in persona andava in porto a scremare gli avanzi per la mensa del seminario.

Quella su cui sta viaggiando ora si chiama *Good Hope*, ma sulle fiancate si intravvede ancora la sigla militare con cui ha cominciato la sua carriera transatlantica. Batte bandiera americana e sul fumaiolo nero ha dipinto in bianco il segno di riconoscimento del dollaro, che indica la sua appartenenza a una delle più grandi compagnie di navigazione americane. È partita da New York e prima di tornarci farà per la sua millesima volta il giro del mondo, scaricando qua e là ogni ben di dio. Lui compreso; che è, per l'appunto, un fiore all'occhiello tra i beni di Dio.

Glielo ha detto il papa in persona questo. Il papa che poi l'ha guardato da dietro gli occhiali d'oro come se stesse chiedendosi cosa ci fosse in quel ragazzo che non andava. Lui che, alzando gli occhi dalla dolorosa genuflessione sul selciato di piazza San Pietro, ha ricambiato lo sguardo cercando di spiegare con un cenno del capo che era tutto a posto, che non era per niente un cattivo ragazzo. Il papa che aveva posto la mano dell'anello ancora umido del suo bacio sulla sua chierica nuova di zecca e aveva aggiunto che il prete che gli stava tra le mani era uno strumento del bene di Dio, strumento dell'evangelo, meccanico progresso. O qualcosa del genere, ma con un tono che si capiva che il suo dubbio era rimasto. Forse non bisogna guardare il papa, una cosa che si erano dimenticati di dirgli. Forse avrebbe dovuto spiegarsi meglio; anche se non si poteva parlare, e questo invece glielo avevano detto e ripetuto. Forse il papa aveva il potere di guardare nell'anima dei suoi preti e non c'era possibilità alcuna di spiegarsi. Sta di fatto che si è messo di mezzo il cardinale che accompagnava Sua Santità e toccava le cose al posto suo. Quel cardinale gli ha messo in mano una busta di pelle e dandogli uno spintone gli ha sibilato: "Scostate fijo, che tocca a quell'appresso. Nun vedi che stai a scoccià er santo padre? Sistemiamo poi, figliolo".

Invece non si era sistemato niente: c'era stato disordine e confusione anche nel giorno della sua benedizione.

Giacomo si rimette le scarpe e si avvia verso la stivetta di poppa per dare un'occhiata al frutto del disordine. L'ufficiale addetto al carico era già lì che se lo stava contemplando, con la matita ficcata in bocca e il bollettario tenuto a visiera sopra gli occhi come se, nella debole luce delle lampade di stiva, l'oggetto che gli sta davanti lo abbagliasse di luce propria. Giacomo si accosta silenzioso al suo fianco e si pone a osservare anche lui quella meraviglia che è bagaglio suo.

Ingabbiata in un castelletto di assi rizzato alle caviglie del fondo, i due uomini guardano una motoretta. Una motoretta Vespa della ditta Piaggio; un motoscooter, per la precisione.

Un trabiccolo di stupenda fattura che la stessa ditta aveva donato al papa Pio XII nel corso di una toccante cerimonia per mano del suo presidente. Una motoretta scoppiettante e strombazzante che papa Pacelli, avendola frettolosamente benedetta, ha subito provveduto a far levare di torno, girandola in omaggio meno di un'ora dopo.

C'era in San Pietro, tra lo stuolo dei preti genuflessi al Soglio, un povero parroco. Portava grandi scarponi dalle suole chiodate e certamente era pieno di calli ai piedi. Era titolare di una sterminata parrocchia di Frisia, così larga e così lunga che anche il fatto che fosse piana non voleva dire un granché. Non era giovane ma era forte, e sarebbe ancora una volta partito volentieri e avrebbe messo uno scarpone dietro l'altro in cerca delle sue pecorelle per l'eternità senza curarsi di calli e duroni, se così era il volere di Dio.

Ma in un colpo solo, quella mattina, Iddio aveva finalmente benedetto la tecnica e il progresso e illuminato la curia pontificia: tra protocollo e cerimoniale era stato concordato che il papa stesso gli avrebbe regalato la sua Vespa, quella delizia del progresso che sembrava fatta apposta per lui e la sua terra. Per uno sventurato errore dello spirito santo, o per uno scherzo del cardinale Ottaviani, il cardinale che stava sempre con le mani in pasta appresso a Sua Santità, quella meraviglia era toccata a un giovane, immeritevole prete di mare, avanti di un posto nella fila dei benedicendi.

Sua Santità forse ha capito forse no; forse è rimasto interdetto davanti a Giacomo proprio per questa ragione, forse pensava a dell'altro: nelle sue narici c'era ancora puzzo di olio bruciato dove egli avrebbe voluto sentire ben altro profumo, e questo non doveva fare per niente piacere a un papa che amava ancora farsi scorrazzare su un seggiolone spinto a braccia d'uomo, piuttosto che salire su un'autovettura. Naturalmente, non appena il Santo Padre con aristocratico garbo ha voltato la schiena ai suoi dubbi, il frisone si è fatto sotto per rivendicare quello che legittimamente aveva già fatto suo. E tutto stava finendo lì, perché Giacomo non è abituato a prendere quello che non gli spetta. Perché non gliene importava niente a Giacomo di una cosa che non aveva mai visto prima, né tantomeno toccata con mano. Di cosa poteva importargli alla vigilia di undicimila miglia per mare?

Senonché, a fermare la mano che fraternamente porgeva un portadocumenti di vera pelle, è arrivata la mano dell'arcivescovo di Genova in persona; un bel manrovescio, per gentilezza e amore impartito dalla mano tranquilla, quella senza l'anello. Perché l'arcivescovo ama i suoi preti di un amore possessivo e terribile. E ama l'ordine delle cose e la grazia perfetta di un ordine ben dato. E un ordine del papa non può essere che un ordine perfetto, e un atto del vicario di Cristo è un ordine di Dio: scienza perfetta dell'immutabile sfera.

L'arcivescovo era abbastanza grande e grosso, di corpo e di dottrina, da presidiare con successo la motoretta anche contro l'intero sinodo frisone, senza contare che aspettava da tempo un corpo a corpo con il cardinale di Trastevere che troppo rozzamente usava le mani al posto di Sua Santità. Ed è stato così che il povero parroco di Frisia se n'è partito ancora una volta a piedi e Giacomo in motoretta. Lui che non capiva cosa poteva farsene di quell'arnese e non aveva cuore per l'ingiustizia, e gli è toccato per di più di passare gli ultimi giorni nella sua città nel tormento di prove e riprove, partenze e frenate. Finché, poco prima di doverla imballare, non è riuscito a portare tutto d'un colpo la sua Vespa con sopra se stesso per i due lunghi chilometri da Caricamento a San Teodoro.

Ma ora che è lì davanti a lui, lontana da San Pietro e dalle mani dell'arcivescovo, ora che dal tabernacolo di assicelle si fanno largo le sue rotondità spandendo faville dalle cromature e incensi di buon grasso, Giacomo constata che è una cosa bella, bella come nessun altro giocattolo mai avuto o visto in mano di altri.

"How modern," bisbiglia l'ufficiale con grande compunzione. "How modern," ripete, schiarendosi la voce.

"Moderna," traduce tra sé Giacomo, e asserisce con il capo anche se non riesce bene ad afferrare il concetto.

E se ne va a prendere finalmente possesso della sua cabina. A passo svelto e giocondo, ripetendo tra sé con gusto il ritornello di una canzonetta che gli è venuta lì per lì. Il ritmo alle sue parole lo danno gli altoparlanti di bordo che stanno strombazzando ai quattro venti la musica con i sassofoni e le trombe e i tamburi che ha sempre accompagnato le allegre navi Liberty: "Pa pa, pararira pa pa. Moderna, sì, oh sì, moderna, moderna, come no, parapira punzi pa, oh sì, moderna tara tara ta". Quella musica proibita in seminario, ma sparsa al cielo così alta dalle navi all'ormeggio, dai dancing di Sottoripa e dai bassi dei carrugi, che bastava affacciarsi alle finestre per sentirla da tutta Genova. E quando, trascinato dal ritmo, finisce per dare una zuccata sulla bassa traversa del corridoio passeggeri, la canzonetta se ne va, e al suo posto, a tradimento, arrivano dal mare, echeggianti come tuoni lontani, le parole dell'arcivescovo contro quella musica e contro l'elettricità che la spargeva tra il popolo.

Lascivia e peccato, disordine e malattia, sovvertimento e confusione.

Giacomo era nato invece nella chiarezza.

Sua madre Sascia l'aveva partorito un venerdì di dicembre alle dieci di mattina. C'era una luce così chiara e uniforme sulla città di Genova che pareva ci avessero steso un lenzuolo nel cielo. E sotto il lenzuolo pulito e stirato ogni cosa aveva preso un colorito latteo, il mare oltrediga e l'ardesia dei tetti, gli ulivi di collina e i selciati delle strade. Il particolare è importante perché tutti sanno che nascere nei giorni di calma di vento, quando appunto il cielo si spalma di un velo sottile di nuvole alte e bianche, non aiuta la sorte. La ragione è perché una volta il vento muoveva tutte le cose; ora non più con la nafta e il carbone, le caldaie e i motori, ma il detto è rimasto lo stesso.

Di questo la levatrice non ha ritenuto necessario mettere al corrente Sascia, ma quando ha raccolto la placenta nel catino, è subito corsa fuori a benedirla con il segno della croce intinto in un po' di acqua di mare. L'acqua se l'era portata da casa: in quella stagione le levatrici tenevano sempre a portata di mano dell'acqua di mare purissima, perché tra novembre e dicembre le giornate di calma sono tante.

Giacomo è nato senza dare tormenti a sua madre; è nato bene, dopo tre ore di doglie, piangendo e con il cordone disteso. Suo padre era lì, fuori di casa. Quando, fasciato bene bene, la levatrice gli ha fatto prendere la prima aria, Paride non se n'è neppure accorto. Era voltato verso il mare, attento a un bastimento che ormeggiava a Ponte Assereto. Così la levatrice gli ha dovuto battere sulla spalla e Paride nel voltarsi ha urtato con la mano la faccia di suo figlio, dandogli, senza volerlo ma senza neppure fargli male, il suo primo schiaffo. E Giacomo ha fatto il suo secondo pianto, non di dolore, ma ancora una volta di sorpresa. Dopodiché, tranquillo come un bimbetto già in là con i mesi, si è fatto prendere dal padre, si è fatto portare al cospetto del porto e del mare ed è restato ancora in silenzio a sentire quello che Paride aveva da dirgli.

Non che Paride avesse molti discorsi da fare: i carbunè, così come gli altri ordini antichi del porto, sono usi investire i loro figli maschi dell'eredità del loro mestiere sin dalla nascita; e questo è riconosciuto persino dalla legge. Dunque lo ha solo informato che aveva per lui un buon lavoro e che ora gli toccava solo di impararlo. La levatrice che conosceva queste usanze ha lasciato fare prima di riprendere Giacomo e riportarlo al seno della madre. Dove c'è rimasto per un bel po', fino quasi a estate fatta. L'inverno è stato mite quell'anno e Sascia ogni giorno portava il suo figliolino a prendere aria nell'aia e su e giù per la crosa. Passava anche un'ora nell'aia davanti a casa a ninnarlo e a cantargli canzoncine per farlo digerire e dormire, ma per paura del vento, anche quando vento non c'era, procurava di tenerlo protetto con le sue spalle dal mare. Così Giacomo è cresciuto nei primi quieti mesi della sua vita vedendo molto poco il mare e sempre, invece, l'angioletto di marmo sullo stipite della porta di casa.

A giugno Sascia e Paride portarono il loro figlio a battezzare nella cappella del convento di San Giacomo. Per fortuna che quel giorno non era troppo caldo, perché in quel tempo non c'era ancora la funicolare e per arrivarci hanno dovuto fare a piedi un bel po' di su e giù per le crose: loro, Giacomino, il padrino Tirreno, la madrina Eritrea e i cestini del rinfresco.

Hanno scelto quella piccola chiesa nonostante fosse scomodo arrivarci perché era l'unica nei paraggi che andasse bene per loro; in particolare il prete che la teneva era uno dei pochi in tutta Genova che fosse intenzionato a impartire quel battesimo. Già, perché Giacomino era figlio del peccato. Come figlio del peccato aveva pur sempre diritto a un nome e a un battesimo, ma c'era modo e modo di somministrargli questo e quello. Il prete di San Giacomo non minacciava né insultava: aspergeva e salava i neonati con molto amore e pazienza e scriveva i dati prescritti sul suo registro senza fare una domanda più del necessario. Scriveva con una bella calligrafia all'antica il nome del bambino seguito dal nome e cognome della madre, perché quelle erano le uniche certezze che secondo lui bisognava testimoniare: che ogni cristiano avesse per sé una madre e un santo. Non angariava i genitori peccaminosi, né li faceva sentire troppo in colpa; apprezzava il fatto che credessero in Dio e che amassero il frutto della loro colpa abbastanza da volerlo cristiano.

Dopodiché chiedeva che si facesse un'offerta al convento che pativa la fame, e insisteva perché i maschi prendessero nome dal santo della cappella e le femmine quello di Maria Maddalena, sorella di Giacomo. Era un prete talmente vecchio che non si ricordava più tanto bene nemmeno il latino della messa, e ci vedeva così poco che doveva farsi dire dai padrini se aveva per le mani un maschio o una femmina. A volte andava da lui una donna con il neonato e basta, e allora doveva cercare lui due testimoni, e chiamava le suore del convento e il mezzadro del legato. Per via della sua pazienza in fatto di peccati e per la sua bontà, battezzava più dell'arciprete della cattedrale. Andavano da lui le donne dei marinai e dei camalli, le serve e le ragazze delle case. Molto spesso con i loro uomini, qualche volta, come si è detto, da sole.

Non tutte tra quelle che arrivavano da sole poi se ne tornavano via con il loro bambino, capitava a volte che lo lasciassero lì, alla carità del convento. Dicevano, rosse di vergogna: "Ora sistemo, bisogna che prima sistemo e poi torno a prenderlo", oppure: "È solo questione di due o tre giorni, al massimo una settimana, che devo avvisare suo padre con il telegrafo, che è in mare, poi veniamo tutti e due". E non tornavano mai, e nel convento questi bambini crescevano insieme agli altri Giacomi e Marie trovatelli. Era contento il vecchio caritatevole prete che andassero da lui con il bel tempo, perché in quel caso c'era l'evenienza di un po' di rinfresco sul sagrato: era goloso come i bambini, e se gli davano qualche pasticcino e un paio di bicchieri di vino allora si metteva a raccontare la storia di san Giacomo e di tutta la strada che ha fatto dalla croce di Gesù fino alla Spagna.

E benediceva tutti; gridava "Viva viva Gesù che u l'ha vosciù ben a tutti, belli e brutti", si faceva dare un pezzo di sigaro e si metteva da qualche parte a fumare finché non lo sentivano che cominciava a russare. Allora gli levavano il sigaro di bocca prima che gli prendesse fuoco la tonaca e venisse a mancare un apprezzato dispensatore di battesimi.

Sia Paride che Sascia non consideravano il loro figliolo come un figlio del peccato, tutt'altro. Anzi, al peccato, o ai peccati, non ci pensavano affatto quando consideravano la loro unione e i suoi frutti. Non erano in preda all'angoscia o ai sensi di colpa avviandosi per la loro scampagnata verso San Giacomo, ma erano invece piuttosto allegri. Era una piccola festa; a dire il vero, la prima festa che facevano assieme dal famoso Ballo dei Carbunè. D'altro canto, non erano neppure due sprovveduti e conoscevano le principali regole sociali e gli inevitabili inconvenienti a cui si andava incontro infrangendole, o semplicemente eludendole. Più che altro loro avevano eluso, andando a ingrossare una cospicua schiera di elusori.

Paride avrebbe voluto senz'altro sposare Sascia, su questo non c'è dubbio. Sascia invece no.

Sascia amava intensamente Paride; lo amava senza alcuna riserva o dubbio in proposito. Se aveva dubbi, se teneva in conto delle riserve, queste non riguardavano il suo amore per Paride, né l'amore di Paride per lei: ogni volta che lo incontrava, lei sentiva e constatava quell'amore addirittura con le proprie mani. I suoi dubbi riguardavano semmai le conseguenze dell'amore. Ciò che l'amore poteva indurre ad accadere. Temeva, Sascia, per sé e il suo bambino.

Per essere più precisi, Sascia aveva ragione di temere che ci fosse da qualche parte, vagante in piena libertà, una bestia possente e crudele pronta a balzarle addosso. Non un astratto timore, una vaga ubbia, bensì un dato di fatto concreto, con il suo nome e cognome: l'elefante Selim. O forse suo fratello, o sua cugina, o magari anche solo un suo lontano parente. Se mai cercava di raffigurarsi il dolore e la pena, e la morte, questi assumevano nei suoi pensieri l'aspetto di un grosso elefante dalla proboscide arricciata e dalle zampe scalcianti nell'aria. Credeva ciecamente negli elefanti, e pensava che ce ne fossero abbastanza qua e là per il mondo perché ne toccasse uno a testa. Tutto stava nel saperli evitare, nel rimandare il più a lungo possibile quello che forse era l'inevitabile incontro con il destino; e per quel tempo, intanto, essersi organizzati a dovere per contrastarlo. Secondo Sascia il segreto, o il trucco, stava nel saper tracciare lungo la propria vita un sentiero abbastanza sicuro e profondo che nessun pachiderma avrebbe mai potuto ficcarcisi in mezzo. In quella trincea c'era posto solo per lei e suo figlio; per farci entrare un uomo grande e grosso avrebbe dovuto aprire una breccia pericolosamente ampia.

Naturalmente non parlava con nessuno di queste cose, né svolgeva al riguardo dei veri e propri ragionamenti. Sapeva dell'elefante né più né meno che una suora di San Giacomo sapeva dell'esistenza di Dio, sentiva il dolore come un cavallo nella stalla sente il fieno nei prativi. E questo sapere e sentire orientava le azioni della sua vita con fluida naturalezza.

Quindi, senza vero contrasto, amava con libera e colma dedizione il suo uomo senza volere un marito; avrebbe fatto un figlio, ma non una progenie. Badava a scavare il suo sentiero, a farlo ben fondo e sicuro, a fortificarlo per quando avrebbe incontrato il suo destino. Per questo era arrivata alla casa della Salita degli Angeli, perché piazza Stella sarebbe stata troppo esposta al dolore con dentro un figlio e un amore. E a giudicare da quello che aveva già visto, come le si potrebbe dare torto? E come si potrebbe obiettare all'evidenza che la ripida crosa non era certo il posto dove un elefante potesse arrivare a passo di carica?

Paride era all'oscuro di tutto questo, e in un certo senso era un bene, perché non avrebbe mai saputo spiegarselo né Sascia avrebbe potuto aiutarlo in qualche modo.

Paride non era possessivo, non nel modo comune in cui i giovani uomini intendono esserlo. Osservava le azioni della sua ragazza e se ne stupiva compiaciuto. Aveva saputo sin dalla prima volta che gli era stato concesso di amarla e stringerla a sé, che non avrebbe mai potuto capirla per intero, e ciò che di lei sarebbe riuscito a trattenere avrebbe avuto un prezzo. Paride aveva deciso che sarebbe stato comunque un buon affare, che la bellezza di Sascia valeva ciò che lei, muta, chiedeva di pagare: l'imperscrutabilità dei suoi disegni, la singolarità del suo agire.

Se era vero questo, era pure vero che tutto quello che la sua ragazza gli concedeva gli era dato senza riserva alcuna, senza tentennamenti e dubbi. E questo era agli occhi di Paride più che sufficiente: era enorme. Era tutto quello che della sua vita lui poteva spendere con allegria, il carico che si sentiva di portare sulla sua bella e forte schiena: pensava di consumare per lei quello che aveva. Anche Paride dunque amava Sascia con intensità, perché anche gli uomini a volte ne sono capaci.

Certo che aveva trovato strana la silenziosa partenza di Sascia da piazza Stella e la sua nuova casa, una casa per lei sola. Ma non era forse questa selvatichezza una bellezza ulteriore, la singolarità che portava con sé il fascino di una bestia forte e bizzarra? E la naturalezza con cui aveva fatto ogni cosa, la franca dolcezza con cui aveva continuato per tutto il tempo a darsi al suo uomo, non poteva sopportare dubbi e sospetti. Certo che nessuna ragazza di quelle da lui conosciute si sarebbe mai comportata in quel modo; ma, se è per questo, nemmeno lui si era mai sognato di pensare quello che adesso pensava per Sascia. "A me sun bello che 'nnamoù." Era un uomo semplice Paride, e nella sua semplicità faceva in modo che i pensieri non lo soverchiassero.

Arrivava alla casa di Salita degli Angeli senza avvisare, ma senza averci le chiavi; entrava senza bussare dalla porta che trovava sempre aperta. E se era già buio e la porta era chiusa con la cricca, tamburellava piano piano sui vetri della finestra, certo com'era che Sascia era lì, a lavorare senza aspettarlo, ma pronta a riceverlo. Portava fagotti di mangiari prelibati e una quantità di quelle piccole meraviglie che si trovano frugando qua e là per il porto: statuine di gesso, stuoie di vimini, posacenere di onice, stuzzicadenti di avorio, piume di uccelli esotici e così via. Sascia sistemava tutti quei doni sul piano del comò della sua camera, che ben presto divenne una specie di altare zeppo di grazie ricevute. Le cibarie se le sbafavano in quattro e quattr'otto, ma non sono mai restati a godersele in casa. Prendevano una coperta e una sporta e continuavano per un po' ad andarsene in giro, notte e giorno, ancora a incontrare tutte le bellezze che Paride conosceva. Facevano l'amore che lei aveva sempre i piedi gonfi; e più passavano i giorni più le si gonfiavano e il fiato le veniva a mancare. Finché lei un giorno disse basta, non ce la faccio più a starti dietro, mi dispiace. E quel giorno fecero l'amore per la prima volta nel letto dentro la casa di Salita degli Angeli. E nel far l'amore Paride toccò con mano la gravidanza di Sascia. E qualcosa dentro di lui cambiò: divenne padre.

Le ha subito chiesto di sposarlo. Ovvero non glielo ha detto a voce alta, ma comunque c'è quasi arrivato. E lei senza alcun dubbio ha capito perché ha socchiuso gli occhi e si è preso il labbro di sotto tra i denti. È stato lì lì per aggiungere la voce all'intenzione, forse gli è pure scappato qualcosa; poi si è fermato. In definitiva il dialogo c'è stato: lui le ha chiesto la mano con quei suoi occhi da tango che erano capaci di aprire in due le meglio donne di Genova, lei gliel'ha rifiutata serrando le labbra alla sua solita maniera.

E Paride si è rattristato; per la prima volta da quando ha conosciuto Sascia ha sentito il bisogno di capire qualcosa che non riusciva a capire, e se n'è incupito. E lei se ne è molto spaventata, e ha visto e sentito pugni che si abbattevano intorno a lei e su di lei, anche se non c'era nessuno a tirar pugni da nessuna parte. I discorsi non erano il loro forte, quindi, silenziosamente, si sono tenuti stretti a lungo. Per vedere di rimediare alla paura che uno aveva dell'altro, per cercare di tenere le mani a posto e non mettersi a menarle. E quando il grosso della paura se ne è andato, Sascia ha posto a Paride una inaspettata domanda:

"Glielo vuoi dare il tuo nome?".

Paride che lì per lì non ha capito cosa volesse Sascia, non ha risposto, ma ha soltanto chiesto:

"Ti piace così tanto il mio nome?".

"No." E Sascia ha girato di scatto la testa. E allora Paride ha finalmente capito.

E tanto per non sbagliare, il giorno che Giacomino è nato Paride ha lasciato ad aspettare Tirreno in fondo alla crosa con la motocicletta tenuta accesa, e un quarto d'ora dopo aver rimesso il figliolino nelle mani dell'ostetrica era già lì a registrarlo davanti all'ufficiale di stato civile di turno al municipio di via Garibaldi.

Per intanto però, il giorno dell'annunciazione della sua paternità se n'è uscito dalla casa di Salita degli Angeli confuso e indebolito, allungando giù per la discesa un passo sgraziato e fiacco che non era da lui: lì per lì essere padre gli aveva tolto le forze.

Poi, già dal giorno dopo, ogni cosa è tornata a sistemarsi. Paride non ha più chiesto niente, non con la voce e neppure con la sola intenzione nello sguardo, e Sascia ha cessato di avere paura di lui. Hanno continuato ad amarsi e a fare all'amore, cambiando solo posizione man mano che il tempo della gravidanza progrediva. Ciò che di incerto Paride soffriva nel suo nuovo stato risultava per chiunque invisibile e inudibile. In un certo senso anche per lui, che nonostante tutto rimaneva un ottimista e speranzoso padre di famiglia, degno erede di una onorata tradizione di uomini per bene. Gente per bene davvero, abituata a portare con sé le fatiche della responsabilità come un onore e un premio; gente poco incline a considerare i più sottili e incerti moti dell'anima diversamente da un po' di mal di stomaco o da una sbucciatura sulla mano.

Quella bella mattina di giugno, mentre andava a farsi battezzare portato a braccia felice e beato su e giù per le vie di collina, Giacomino era dunque di suo padre già da un bel pezzo davanti allo stato civile del re, e il suo nome era stato a suo tempo appeso all'albo pretorio perché la città intera, qualora interessata, ne potesse prendere atto. Quel giorno poi sarebbe diventato nel registro dei cristiani anche di sua madre. E di san Giacomo, il grande santo camminatore, il pellegrino scalzo che ha per compagna una conchiglia. Un bambino molto voluto, non c'è dubbio, e molto posseduto.

Il fatto che vent'anni dopo la vita gli avesse assegnato come meta un'isola chiamata Piede Felice, e che appena sbarcato in quell'isola fosse stato accolto da una ghirlanda di fiori intrecciati e da una grande distesa di meravigliose conchiglie, questo non può onestamente attribuirsi a un segno della potenza del suo santo protettore.

Certo, è questo che avrebbe candidamente pensato il prete che gli ha dato il battesimo, ma in verità il nome di Giacomo lo ha scelto suo padre essendogli fugacemente passato per la mente un Giacomo che non aveva mai dimostrato alcuna propensione al pellegrinaggio. Un uomo, ironia di certe parole, considerato da molti un martire, ma proprio da nessuno un santo. Paride ha scelto quel nome d'impulso, davanti all'impiegato del comune che stava aspettando di trascriverlo nel suo registro. L'uomo aspettava con una certa impazienza, desideroso com'era di mostrare la sua splendida divisa d'orbace alla manifestazione che era forse già iniziata in una piazza piuttosto distante dal suo ufficio.

Strano in effetti che Paride non avesse già bell'e pronto un nome per suo figlio, e ancor più strano che Sascia non se ne fosse mai curata, che lo avesse lasciato andare a far quel che doveva senza fargliene cenno. Un bambino molto voluto, ma assai poco nominato; e non è che di solito fanno così i padri e le madri. Sta di fatto che appollaiato sullo scomodo seggiolino della motocicletta, mentre Tirreno tirava la manetta del gas come se dovesse consegnare il passeggero a qualche ospedale prima che tirasse le cuoia, Paride si lambiccava sul nome da dare a suo figlio, e a ogni sobbalzo e contraccolpo l'ispirazione veniva meno, come se un nome fosse una cosa così delicata che bastava uno spostamento d'aria a farlo spaventare. Così si è presentato all'ufficio preposto del tutto impreparato.

L'impiegato stava aspettando i nati e i morti del giorno tenendo l'orecchio all'erta casomai la fanfara annunciasse l'inizio della manifestazione a cui lui doveva presenziare nello splendore dei suoi ghingheri neri e d'argento. Quella mattina in particolare non si sentiva affatto bendisposto verso le incertezze: l'incertezza e il ritardo in genere erano spregevoli vizi agli occhi di quell'uomo, anche nel caso non avesse avuto cose urgenti da fare. Così quando alla sua semplice e sbrigativa domanda: "primo nome?", Paride non ha saputo dare una celere risposta, si è concesso di incalzare con sarcasmo: "Alua, u l'è nato o u l'è spario sto figgè?". E siccome ci teneva a far notare che stava perdendo la pazienza, batteva intanto con insistenza l'asta della penna sulla riga ancora deserta del registro. Tac Tac Tac Tac Tac Tac, che nella quiete dell'ufficio municipale sembravano colpi di un minuscolo moschetto.

È a quel punto che a Paride gli è venuto improvvisamente di dire: "Giacumo, a lo ciammemo Giacumo e basta". E nel pronunciarlo si è sentito subito rinfrancato, come dopo un bicchiere d'acqua fresca. Giacomo era un bel nome, un vecchio nome genovese amato e rispettato già da parecchi secoli, ma l'intenzione che glielo ha fatto sgorgare dalle labbra era tutt'altro che ossequiosa della tradizione. E per fortuna che la sua coscienza aveva avuto l'accortezza di tenerla a bada, così da non creargli fastidi proprio in quel fausto giorno, perché la natura di quella intenzione era temibilmente sovversiva e radicalmente avversa alle idee dell'impiegato. E alle idee dominanti in qualsivoglia ufficio dell'epoca.

Il Giacomo che si è fatto largo nella memoria interdetta di Paride era uno sfortunato eroe dei tempi di allora, un martire appunto. Un uomo non particolarmente amato e popolare da vivo, se non dai compagni suoi, ma venerato dalle moltitudini non appena si era compiuto il suo martirio: Giacomo Matteotti era sparito un giorno, dileguato nel nulla come un nome che si invola nell'aria. Giacomo Matteotti era stato fatto sparire da forze avverse e crudamente trionfanti, e quella sparizione aveva commosso la gente in modo inaspettato. C'era allora un senso della pietà e dell'onore che pretendeva lealtà anche negli assassini. E a martirizzare con il metodo vigliacco della sparizione quell'uomo, tutti lo sapevano, erano state delle persone assai apprezzate dall'impiegato in divisa d'orbace, se non addirittura amiche sue. Per fortuna dunque che Paride sorrideva e ammiccava cordiale mentre dettava il nome del suo primogenito.

In verità, Paride non ha voluto compiere alcun atto significativo o di protesta; non aveva neanche lontanamente immaginato, anche solo un minuto prima che gli uscisse di bocca "Giacumo, a lo ciammemo Giacumo", di manifestare opinioni eccentriche e pericolose.

Come certe idee e certi sentimenti abbastanza potenti da permettersi lunghi sonni senza per questo doversi dissolvere,

Giacomo Matteotti si era insediato in qualche parte nella sua anima – come poteva non essergli simpatico quell'uomo con quei suoi grandi denti sorridenti e gli occhi allegri, come poteva non aver odiato i vigliacchi e la loro vigliaccata? – e lì si era ricavato un caldo giaciglio dove aveva sonnecchiato per un bel po'. E dove avrebbe continuato a sonnecchiare a tempo indeterminato se una complicata sequenza di combinazioni non avesse fatto scattare lo svegliarino. Tac Tac Tac Tac Tac. Per un istante, un solo istante, davanti alla faccia del frettoloso uomo in orbace si è aperto inaspettatamente il largo sorriso equino di Giacomo Matteotti. Dopodiché il martire è tornato al sicuro, a riposare nelle profondità interiori di Paride. Che, nel miracolo di quella piccola resurrezione, non ci ha messo nulla che potesse avere a che fare con la volontà: è stato un puro, semplice, atto del sentimento. Frutto, come molte delle cose che riguardano i sentimenti, della confusione, dell'incertezza, della sconsiderata fierezza e dello spirito di contraddizione.

Di tutto questo all'ufficio dell'anagrafe nel municipio non se ne è avuto nemmeno il sentore.

Né sulla motocicletta che tornava senza fretta verso San Teodoro con Tirreno che a ogni incrocio si voltava verso il passeggero per informarlo della sua perplessità: "Giacumo? Mah, nu ti avievi de megio?". "Mah, e duve te l'hai piggioù sto Giacumo?"

Né in Salita degli Angeli, quando Paride ha confidato a Sascia il nome nuovo di zecca del suo bambino, e la madre ha cessato un attimo di allattare per pensarci su bene e mandarlo a memoria, ed essere convinta una volta per tutte nel dire: "Sì, è un bel nome Giacomo".

Ma per tornare ancora una volta al battesimo di Giacomino, sarà bene ricordare che sì, tutto filò liscio; che fu una bella festa. Che il bambinello fu sballottato e sbaciucchiato e benedetto a dovere. Che nel rispetto della consuetudine fu svezzato subito dopo la funzione con una pupattola imbevuta di vino rosso e zucchero, dopodiché pianse e sbavò e si riempì le guancette di couperose come doveva essere.

E Sascia era bellissima mentre se lo teneva in braccio all'ombra del velo che si era fatta per entrare in chiesa. E quel velo era fatto con un pizzo antico di sua madre Camilla, le arrivava più giù della vita e l'avvolgeva con delle pieghe ampie e molto eleganti. E le suorette che si godevano la funzione di là dalla grata del coro furono unanimi nel constatare la straordinaria somiglianza di quella donna e il suo bambino con la statua della Madonna del Bambin Gesù che faceva fior di miracoli nel Santuario della Guardia. "Ma piuttosto, Dio ci perdoni, sorelle, non vi sembra che il padre sia tale e quale Lucifero scacciato dai cieli?" "Il signore la protegga, quella povera figlia."

E non solo questo. Bisogna ricordare che Sascia mise la sua firma accanto al nome di Giacomo nel registro della parrocchia, confortata dai testimoni e dallo sguardo liscio come velluto del suo uomo. E che il suo uomo, ancorché luciferino, riempì la cappella e il cappellano di ogni ben di dio nazionale e di importazione. E che quindi fecero festa per tutto il pomeriggio sotto gli olmi del sagrato. E Sascia era tutta rossa perché l'avevano convinta a bere il vino, così come aveva già fatto con molto onore il suo figliolo, e Paride era, seduto all'ombra dell'olmo, quieto e vigoroso padre di famiglia, ancora più bello del diavolo.

Stava lì, appoggiato al tronco, uno stuzzicadenti tra le labbra, le mani infilate in tasca, a contemplare l'abbondanza di quello che aveva e l'incerta natura di quello che non poteva avere. Contemplava la bella stagione, il seno della sua donna e le dita della sua bellissima mano che lo premevano con delicatezza sulla bocca di suo figlio. Contemplava il grande roseto addossato alla cappella e i turgidi grappoli di rose antiche, odorose e sguaiate come puttane e rosse come bandiere, che il suo amico e fratello Tirreno aveva raccolto in un mazzo per la sua nuova ragazza Eritrea. Contemplava le tracce di odore di mare che ancora persisteva nell'aria asciutta di tramontana, e ogni tanto gli veniva da pensare che "A seconda de comme ti la metti, a l'è fin troppu".

E ficcando soddisfatto le mani ancora più in profondità nelle sue tasche, gli capitava tra le dita il vecchio santino dell'Ecce Homo. Allora ci giocherellava un po' e poi cercava di sistemarlo ben in fondo in modo che non gli si sciupasse più di quanto già non era.

Fu una bella festa e non la guastò Tirreno quando finì per ubriacarsi.

Ma Tirreno aveva un dispiacere e gli sembrava giusto ammorbidirne il dolore nel vino. Il dispiacere che lo rodeva concerneva tuttora la scelta del nome per il suo figlioccio. "Giacumo? Ma Paride, nu ti avievi de megio?"

Glielo aveva dovuto dire anche quel giorno, in mezzo alla festa, perché era un uomo franco e sincero. E Paride non si era degnato nemmeno di rispondere, come se il nome del primogenito fosse una cosa da niente. Così Tirreno si era sentito misconosciuto e offeso nelle sue aspettative per quel bambino che aveva tutte le carte per diventare un grand'uomo, se solo lo si fosse affrancato da un nome così insignificante. Per questa ragione aveva bevuto e alzato la voce, facendo piangere di imbarazzo la madrina Eritrea. Che mentre frignava sbatacchiava il suo bel mazzo di rose su ogni parte a tiro di quell'uomo, rinfacciandogli che grande e grosso com'era non aveva più cuore di tutte le altre carogne che aveva conosciuto.

Eritrea era una persona molto sensibile e delicata in fatto di sentimenti. Era una delle ragazze che Sascia incontrava al chiostro di Santa Maria, una signorina molto giovane che aveva già sofferto abbastanza per mano di manesche carogne. Ci voleva poco a farla ripiombare nella disperazione, proprio quel giorno che si era tanto commossa, proprio quel giorno che si era goduta la prima festa in borghese da quando era bambina.

E così, sbronzo com'era, Tirreno dovette rinsavirsi in fretta per calmare la sua ragazza, per non rovinare tutto quanto per davvero. Diede prova del pentimento mettendo dentro la sua voce da basso quanto più zucchero e miele poteva, coprendo Eritrea dei petali del mazzo di rose dissolto e rifacendone per lei un altro ancor più grande. Rimettendo a posto ogni cosa in quattro e quattrotto, perché quel giorno ogni cosa non voleva altro che mettersi a posto.

Fu solo per curiosità che alla fine Sascia chiese a Tirreno, ridendo perché quel giorno ogni cosa aveva voglia di ridere: "Ma qual è allora il nome giusto per Giacomo?".

E Tirreno si liberò del suo peso:

"Benito o Vladimiro; ma megio de tutti l'è Benitu. Mettemughe de primmo Benitu e de segundo Vladimiro".

6.

La *Good Hope*, la nave di belle speranze che nella primavera del quarantanove sta portando Giacomo all'altro capo del mondo, ha saputo affrontare con signorilità la fine della guerra, lo stato di necessità per cui era stata pensata e costruita. Senza cedere a scoramenti e sentimentalismi, si è sottoposta di buon grado a una drastica cura di ricondizionamento che l'ha trasformata da austero cargo militare adibito al trasporto di artiglieria in una funzionale unità commerciale capace di stoccare ottomila tonnellate di carico variamente fragile e prezioso. In questo viaggio porta ad esempio due locomotive destinate alle ferrovie indiane, ma anche derrate alimentari e fosfati, pezzi di ricambio di biciclette e autocarri, un'intera fabbrica per la spremitura della colza, apparecchiature elettriche di uso domestico. Diverse altre cose caricherà lungo le molte tappe del suo viaggio. Oltre a tutto ciò porta pure alcuni passeggeri in cabine da due e quattro posti, senza distinzione di classe.

Alla fine della guerra gli ingegneri progettisti americani che si occupavano con entusiasmo e rinnovate speranze alle imprese pacifiche non vedevano di buon occhio tutto quello che poteva suonare contrario ai principi democratici che avevano finalmente trionfato anche in virtù dei loro generosi sacrifici. Per questa ragione chi viaggiava sul bastimento in rotta per Sydney, aveva il privilegio di poterlo fare in classe unica. Stava alla discrezione del commissario addetto ai passeggeri decidere se avrebbe avuto uno o tre compagni, se sarebbe stato alloggiato nel castello di poppa o a centro nave nelle sovrastrutture di plancia. Chi alloggiava a poppa aveva la comodità di una cabina biposto, ma per consumare i pasti e per ogni altra necessità comune doveva avventurarsi lungo i quaranta metri di ponte che lo separavano dal centro nave; questione di un attimo finché era bel tempo e il mare si manteneva calmo, un bel contrattempo in caso di avversità meteorologiche, quando il mare spazzava con montagne di spuma tutto il ponte di coperta.

A Giacomo era toccata una cabina a due posti. L'ufficiale che gliel'aveva assegnata, notato che si trattava di un prete cattolico, aveva pensato di dovergli offrire un minimo di privatezza e un po' di scomodità. L'uomo era originario di una piccola città dello Iowa e al pari di tutta la sua famiglia, e di chiunque altro da quelle parti, era un fedele osservante della chiesa presbiteriana. Aveva dei preti cattolici un'idea vaga e non suffragata da alcuna esperienza diretta. Secondo quello che aveva sentito dire i preti papisti erano costretti a una innaturale vita di solitudine e di privazioni che li trascinava prima o poi nei gorghi della sregolatezza e del peccato. Per mortificare la loro carnaccia corrotta portavano sempre con sé dei cilici e dei grossi sassi appuntiti con cui si martoriavano anche nel sonno. Aveva anche sentito dire che non potendo avvicinarsi a una donna in nessun modo, finivano spesso per innamorarsi dei colleghi preti, dei chierichetti e dei sagrestani, di chiunque insomma gli capitasse sotto tiro. E che quelli tra loro che intendevano mantenere il voto di castità, finivano poi per suicidarsi nei modi più bizzarri: dicevano tutti così laggiù nello Iowa.

Il commissario era un brav'uomo e non aveva nessuna intenzione di angariare il giovane prete nonostante fosse così lontano dalla sua idea di umana dignità. Per questa ragione non si era fatto guidare da sentimenti spregevoli quando ha scelto per lui una sistemazione che incoraggiasse le sue pur discutibili pratiche penitenziali. La cabina di Giacomo era infatti esattamente sopra la ruota di timone, nel punto della nave dove era più sicuro soffrire il rollio. Questo, con l'aggiunta dei cilici e dei sassi, avrebbe certamente contribuito alla disciplina spirituale del papista. Poi, per evitargli l'umiliazione di tentazioni carnali contronatura, gli aveva assegnato come compagno un soldato dell'esercito degli Stati Uniti, un negro: come altri suoi compaesani anche il commissario era dell'idea che i negri non potessero piacere a nessuno se non a loro stessi. Un cocktail niente male, aveva pensato dando a ciascuno il talloncino dell'assegnazione; un'occasione di vero spasso andando in là nei giorni di traversata. E aveva sorriso a entrambi nel modo affabile e cordiale dei contadini dello Iowa.

Giacomo non aveva mai avuto sassi appuntiti tra le lenzuola del suo letto, a meno che non ce li avessero messi i suoi compagni per fargli qualche stupido scherzo, né era particolarmente desideroso di penitenze in genere. Non era neppure abituato a stare troppo solo, anzi. La vita di seminario si svolgeva al cospetto di una moltitudine di persone, e la meditazione solitaria, se non scoraggiata, era comunque considerata dall'arcivescovo direttore un esercizio da amministrarsi con grande parsimonia. Gli anni del seminario erano stati anni di classi, refettori e camerate, e uno spazio da dividere con un'altra sola persona era per lui una novità.

Giacomo prende dunque possesso della sua cabina con circospetta aspettativa. L'arredo è democraticamente alieno dai lussi e le frivolezze di un transatlantico. Nello spazio appena sufficiente perché ogni cosa non inciampi nell'altra, ci sono pochi e austeri arredi; su una parete è aperto un oblò e un piccolo ventilatore è appeso al centro del soffitto; tra le pale sciaborda cangiante il riflesso del mare che filtra dal vetro dell'oblò. Su una delle due cuccette se ne sta sdraiato il suo compagno di viaggio. È vestito con una maglietta, un paio di grosse mutande a righe e pesanti scarponi da soldato. Sulla testa, ben calcato sopra gli occhi, tiene un cappello militare, tra le mani ha invece uno straccio, e con quello si dà da fare per pulire un violino. Nella penombra il legno dello strumento emana un lucore vibrante.

La prima cosa che colpisce Giacomo mentre varca la porta sono gli scarponi: sono talmente grandi che sembrano una réclame da appendere sopra la bottega di un calzolaio; e sono lucidissimi, di uno splendore che fa concorrenza ai riflessi sul soffitto. Poi nota il violino, che gli sembra spropositatamente piccolo in confronto agli scarponi. E infine il colore dell'uomo, che è appunto nero. Un negro piuttosto sottile ma lungo abbastanza da occupare tutta la branda e doverne tenere i piedi fuori. Ha la faccia rotonda, il naso schiacciato, le sopracciglia sottili e due grosse labbra; quello inferiore, arricciato in fuori, è segnato nel mezzo da una fossetta.

"Good morning, father."

Giacomo si confonde, si riempie nelle guance di rossa couperose. Mi ci vorrebbe qui il Giaguaro adesso, lui sì che se la saprebbe cavare da signore. Io cosa dico? Buongiorno, piacere? Dico: Dominus vobiscum? No.

E come se il Giaguaro fosse arrivato davvero ratto come il fulmine, e con un gioco di prestigio gli si fosse infilato nella favella, Giacomo si illumina, e stringendo forte forte la mano senza violino del soldato Abe, finalmente ricambia il saluto:

"Gotta nabe daa fre!".

Adesso è Abe a rimanere confuso. Apre la bocca interdetto, poi la richiude.

Molti anni prima che Giacomo stupisse il soldato Abe con il suo ineffabile "Gotta nabe daa fre!", il Giaguaro si era trovato nella necessità di procurarsi una lingua, e alla fine se l'era inventata tutta da sé. Questo avvenne nell'ambito del suo Viaggio Lungo, intorno ai primi anni del secolo. Il Viaggio Lungo del Giaguaro ebbe risvolti straordinari, e alcuni suoi esiti appartengono alla leggenda. Il Giaguaro non è né vanesio, né una lingua lunga: la leggenda è nata senza di lui, per la forza delle cose, ed è prosperata in Darsena che lui ancora era da tornare. E la sua lingua nuova di zecca non ne è neppure la parte maggiore di quella leggenda: è solo, questa lingua, un dato di fatto che tutti possono corroborare con l'esperienza personale, basta che passino per le calate e si incontrino col caddraio.

Dunque, bisogna sapere che prima o poi tutti i marinai vanno incontro al Viaggio Lungo. Ce ne sono che dicono: ah, io piuttosto mi affogo, ma c'è da stare sicuri che partire partirò partir bisogna. Capita un debito, arriva una disgrazia, c'è bisogno di un matrimonio prematuro, ma qualcosa succede sempre che costringe un marinaio a firmare l'imbarco del Viaggio Lungo.

È una firma quella che vincola per cinque anni di navigazione senza un solo giorno di franchigia. Vuol dire stare per mare cinque anni senza mettere piede a casa. Può voler dire fare dieci volte il giro del mondo, o cento volte la tratta Genova-New York, o uno zig zag di centomila miglia tra l'Oceano Indiano e il Pacifico, ma la sostanza è che salpi, arrivi, scarichi, imbarchi un altro vapore, carichi, salpi, vai, arrivi, sbarchi, imbarchi per milleottocentoventisei giorni.

C'è gente che all'arrivo nei porti non mette neppure piede a terra pur di non farsi venire in testa delle idee, come prendere e andarsene e non farsi più vedere. C'è gente che per non farsi tentare dalla diserzione preferisce chiudersi in cabina e mandare un compagno a prendere qualche stupidaggine da portare a casa e far vedere di esserci arrivato davvero a Singapore. Le diserzioni sono numerose durante un contratto di Viaggio Lungo; specie tra i ragazzi. Gli anziani sanno farsene una ragione, e soprattutto hanno motivi più che buoni per essersi impegnati a portare a casa quei soldi.

Certo che il dolore è grande, il dolore di una vita di anni e anni dentro un pezzo di ferro puzzolente in mezzo agli sconosciuti in un mare che non finisce mai. Niente finisce mai in un Viaggio Lungo, e questa è la fatica più dura in un contratto così. I più svegli partono senza orologio, quelli che se lo portano dietro dopo un paio d'anni lo buttano oltre murata anche se è il regalo di nozze.

Ma dopo un Viaggio Lungo, un marinaio, se è stato giudizioso, può incominciare a farsi una casa, può preparare il corredo per tre o quattro figlie e cominciare a lavorare un po' meno, può mettere un banco di frutti di mare sulla passeggiata, può pagarsi un letto decente per morirci dentro tranquillo. Insomma, il Viaggio Lungo risolve, se c'è da risolvere. A meno, appunto, che uno non vada a finire nelle tentazioni e si metta a fare il matto agli arrivi con le puttane e tutto il resto: è risaputo che le puttane di porto vadano in cerca di un marinaio di Viaggio Lungo come della Mecca, perché uno così si innamora anche solo con un sorriso di sbieco e una palpata sul davanti.

Ora, il Giaguaro è partito per il suo Viaggio Lungo che aveva ventidue anni ed è tornato che ne aveva il doppio. All'andata si chiamava Giovanni, 'Zanin', e quando alla fine è tornato in Darsena sapevano già tutti che tornava da Giaguaro. In vent'anni e passa aveva mandato ben poche lettere. Ma il mondo non è abbastanza grande perché prima o poi la gente di un porto non venga a sapere di un suo marinaio, anche se fosse andato a seppellirsi nelle foreste del Rio della Plata. E tra l'altro il Giaguaro aveva fatto anche questo.

Non era un buffone, non era un 'pellicula' come si diceva allora degli smargiassi, ma era un giovane di riviera intelligente e fantasioso. Essendo di riviera aveva un carattere indocile, ma non andava matto per le risse come si sospetta invece di tutti i rivieraschi. Era sottufficiale di sala macchine e di caldaia, diplomato alla scuola nautica, dunque un tecnico di responsabilità. Un uomo così doveva essere più che bravo per farsi fare un contratto, e lui per giunta era volenteroso e amava il suo lavoro. Tutti del resto in sala macchine è bene che abbiano un'attitudine amorosa con il loro lavoro, altrimenti un bastimento farebbe bene a non partire nemmeno.

La questione della lingua che il Giaguaro si è inventata viene proprio di lì, da una cosa sentimentale come quella di far andare un bastimento e non rischiare di farlo saltare per aria.

Era successo, per sua grande sfortuna e certe speculazioni degli armatori, che egli avesse cambiato nei primi due anni del Viaggio non meno di una dozzina di bastimenti, e ogni nave avesse fatto la muta dell'equipaggio a ogni carico, e gli equipaggi fossero stati scelti in accozzaglia tra la feccia dei porti del mondo. Tranne, naturalmente, i cinque o sei alle macchine e al timone che dovevano tenere a galla la baracca; lui tra questi.

Per farla breve il Giaguaro – o per meglio dire, all'epoca, Zanin – aveva avuto a che fare con una bolgia malvogliosa di sottoposti cinesi, malesi, turchi, norvegesi, irlandesi, greci, e anche di certe altre parti che secondo lui non esistevano nemmeno nella carta geografica. Tutti che si imbarcavano per due lire e che poi sparivano appena messa in tasca la busta. Pochi che sapessero lavorare con decenza e nessuno che fosse davvero pratico della lingua franca di mare; la lingua che si parla sulla nave e in porto, che è messa insieme con un po' di inglese, un po' di francese e di italiano, e molta sveltezza di comprendonio. Magari, neppure lui era troppo pratico in quell'estrema contingenza.

Sta di fatto che si era dannato fino al malore e non gli era mai riuscito di farsi capire da tutto questo turbillon di gente che andava e veniva, neanche a cantargliela in tutte le inflessioni che gli erano note: nella sala macchine di quei bastimenti, dove capirsi al volo è la prima cosa che serve, si andava avanti tale e quale le ultime ore di Babilonia. È probabile che la feccia fosse unanimemente dell'opinione che Zanin era troppo giovane per dare ordini a destra e manca, e se la spassava a fargli fare vita dura. Così lui lavorava per sé e per gli altri, visto che ripetere un comando dieci volte è troppo pericoloso e ci si mette più tempo che a fare da sé. E lui ci soffriva.

Ma nella sofferenza silenziosamente prosperava la sua fantasia e il suo ingegno.

A Maracaibo, avendo egli un pistone da tre quintali da rimontare sulla biella tenuto a forza della sua schiena su a un gancio di un paranchetto mezzo morto di ruggine, e due mozzi a disposizione, di cui un siamese mezzosangue e un francese di Louisiana, il Giaguaro vide per la prima volta nella sua giovane vita la morte apprestarsi a mettergli in mano cappello e casacca per portarselo via. Aveva supplicato inutilmente i due assassini che gli stavano intorno:

"Vira bailucc, vira bailucc,"

perché manovrassero l'argano in modo da sollevare i tre quintali di ghisa dalla sua schiena. E questi stavano lì a guardarlo come dire:

"Cosa?".

In quel momento estremo fu illuminato. Rinunciando a ripetere ancora una volta il consueto comando franco, prese a urlare a più non posso:

"Te cum, te cum, te cum!"

perché 'te cum' doveva essere qualcosa che aveva dentro e che aveva voglia di tirar fuori prima di lasciarci la pelle.

Naturalmente sono in tanti a straparlare quando le cose si mettono male, e nessuno si sogna di lambiccarsi su cos'è che farfugliano, ma quel giorno di Maracaibo, per qualche ragione soprannaturale, i due delinquenti si erano precipitati a fare quello che dovevano fare.

Ecco come è nata la lingua del Giaguaro, sviluppandosi leggiadra e senza un briciolo di regola e di senso da quel solido nucleo originario di disperazione e di ghisa pendente: "Te cum, te cum, te cum!". E sarà anche difficile crederci, ma da allora, quando ha voluto farsi capire dalla gentaccia dei porti e dei vapori, non ha più parlato in nessun altro modo. Ancora adesso, che è tornato e sguazza nell'acqua di casa sua, quando fa il suo giro con il barcone da caddraio, quando traffica sulla banchina con il contrabbando dei marescialli delle Calabrie, quando litiga con i norvegesi al baretto del Mandraccio, come credete che parli?

E come ha parlato, quando a nome dell'Italia insorta e ormai libera è andato a chiedere la resa del battaglione di panzergranatier del famigerato colonnello Hoffe che si era rinchiuso nel porto minato per l'ultima difesa?

"A te debas, mane se spiro. Sonti nene ca delando bucche te pio. Cra nuc, cra met, salerto porne tudi se ma."

Così gli ha detto, con lo straccio bianco in una mano e lo stern scarico nell'altra.

E un quarto d'ora dopo il fior fiore dell'invasore filava via con la coda tra le gambe.

L'incredibile non è, naturalmente, che dopo ormai quarant'anni dal drammatico pistone continui ancora con questa assurda manfrina, ma che le genti siano state per tutto questo tempo lì a sentirlo. Come se lo capissero davvero, e trovassero quella sua ridicola invenzione più convincente di una qualsiasi delle antiche, sagge, dignitose lingue del genere umano. O hanno fatto finta di capirlo. Che è lo stesso, se poi succede che viene realizzato un guadagno, concluso un accordo, compiuta un'azione, o addirittura sviluppato un pensiero. Forse c'è qualcosa in quei suoni. Forse il Giaguaro è stato miracoloso nel trovare alla disperata una risorsa segreta e sconosciuta dalla scienza.

Ma lui se ne impippa, poco ma sicuro. La sua lingua è uno strumento di lavoro né più né meno che il gancio o la chiave a stella. Casomai ci ha giocato un pochino, o forse un tantino, laggiù a Mar del Plata.

Con Giacomo ci ha giocato perché Giacomino era il suo crecco e il suo gnocco, e se c'era da fare i salti mortali per farlo sgaiolare, lui si buttava, e se c'era da farsi grande agli occhi suoi e i salti mortali non bastavano, lui prendeva a parlare come sapeva fare nei momenti della verità:

"Gotta nabe daa fre!"

che poteva dire buongiorno, ma anche tutto quello che uno voleva.

Giacomo non si è dimenticato le lezioni di lingua giaguaresca. Per fortuna, altrimenti come avrebbe mai potuto cavarsela con il maggiore Abe? E quale canzone avrebbe potuto cantare dentro la sua musica negra?

Giacomino si era fatto largo nel cuore del caddraio partendo direttamente dalle braccia di suo padre Paride. È successo il giorno stesso della solenne ostensione del primogenito maschio al cospetto del folto pubblico delle calate. Quindi Giacomino avrà avuto sì e no un anno allorché, tra tutti gli uomini riuniti intorno a lui per constatarne compiaciuti l'autenticità e omaggiarlo come meritava, aveva senza indugio scelto proprio il Giaguaro dalla faccia spinosa di barba e dagli occhi raminghi di nostalgie lontane. Si era proteso dalle braccia del padre e aveva infilato una delle sue tenere zampette nella fessura che un pezzo di sigaro teneva aperta nella bocca del caddraio. L'avventuriero dei due mondi, il caballero di Mar del Plata, il filibustiero del Rio Paraná, il giaguaro di Cochabamba, se n'è rimasto paralizzato, in posa come un pappagallo a far fare al pupattolo i comodi suoi nella sua grande e onorata lerfa.

Contrariamente alla gran parte degli adulti, e a prescindere dal cattivo esempio di chi li ha generati, i bambini sanno scegliere con grande decisione e oculatezza le persone a cui intendono affidarsi. Cosa abbia trovato di così interessante e intimamente convincente nella bocca del Giaguaro, oltre al pezzo di sigaro spento che ha tentato di ficcarsi a sua volta nella boccuccia, è un mistero che l'infanzia di Giacomo ha portato con sé là dove è andata a finire. È indubbio però che quel giorno Giacomino si è scelto il suo vero padrino. Peccato per Tirreno, che così poco pratico di sentimenti e amori c'era rimasto un po' male, giungendo alla melanconica conclusione di veder così duramente ripagata dal destino l'ostilità verso il nome del suo figlioccio.

Non c'è modo, per chi è stato scelto da un bambino, di tirarsene fuori. Il Giaguaro non ci provò neppure. Quella mattina fu eletto 'barba' – un po' più di zietto, meglio di nonno, quasi un piccolo padre – dall'erede infante del principe dei carbunè.

"Ammià, u fantin che u s'è truvou u barba" avevano prontamente dichiarato con viva soddisfazione i convenuti. E il Giaguaro se ne sentì consacrato, e Paride stesso lo unse, ponendogli il bambino tra le braccia mentre i suoi compagni carbunè fischiavano e berciavano giulivi.

E, saputolo, ne fu felice anche Sascia. Sascia che con il suo lungo sguardo vedeva come Giacomino non avrebbe potuto scegliere meglio. Sascia che sapeva bene come il Giaguaro, tra tutte le persone che suo figlio avrebbe potuto incontrare, era l'unico affrancato dalla servitù delle calate, libero di muoversi con l'anima sua nostalgica, oltre che con i piedi, di qua e di là dal porto e dall'orizzonte della diga foranea. E il figlio di Sascia che deve ancora crescere ha bisogno, secondo lei, di nutrirsi di grandi spazi e molta aria buona.

Fino ai fatti del quarantatré, sinché Giacomo non fu condotto in seminario, il Giaguaro si mosse con lui come la sua grande ombra. Lo andava ad aspettare all'uscita della scuola al Lagaccio, gli fischiava da sotto il volto della crosa di casa, e lo portava con sé, mentre Paride finiva la sua chiamata e Sascia continuava il suo delicatissimo lavoro. Il caddraio, vuotati i calderoni di stocche e bacilli nel suo giro del mezzogiorno, era libero di fare quello che voleva fino all'alba del giorno dopo, e la sua libertà la consumava con Giacomo.

Lo faceva per amore, così come a suo tempo, per amore, aveva risalito il Paraná fino al Mato Grosso, senza sentire pena o fatica. Forse al Giaguaro piaceva lo spettacolo dell'amore, forse era il suo svago e il suo riposo. Chissà, poteva essere che magari la sua stessa famosa lingua, quella che avevano accolto reverenti i perfidi coolie di Maracaibo e il famigerato colonnello Hoffe, era una lingua amorosa. Comunque era perlopiù con quella che parlava a Giacomino, quella l'unica cosa che ha voluto insegnargli, essendo lui totalmente privo di spirito didattico, alieno da qualsiasi intenzione educativa. Proprio come i rari perfetti compagni di un bambino che cresce.

"Teck, teck, libra undi flic, libra uni blac,"

aveva detto al suo figlioccio il giorno che gli era sembrato abbastanza grande.

"Cosa vuol dire, Giaguaro?"

"Che da chi in avanti te lo devi capì da solo, figgè."

Perlopiù girovagavano oziando per la città: era dentro la città che si trovavano in abbondanza i grandi spazi che il Giaguaro aveva da mettere a disposizione di Giacomino. Erano valli lussureggianti, pianure sconfinate, foreste inestricabili che avevano per nome Universale, Dioniso, Moderno, Chiabrera, Olimpia, Savoia, Orfeo e così via: i cento cinematografi della grande Genova, compreso il Pioceto di San Fruttuoso, dove dai secolari panneggi del palcoscenico i pidocchi saltavano in sala come saltimbanchi.

Ci arrivavano con calma, zigzagando attraverso una città di palazzi e castelli, viali e giardini, budelli e passaggi, piazze e torri. Ma tutta quanta Genova non era che lo splendido fuaié, la sala d'attesa e il fumuar dei suoi cinematografi. La osservavano, il grande e il piccolino, con uguale stupore e meraviglia, ma anche con quella specie di perversa frenesia di chi ha un'altra meta e fa il vecchio giochino di tirare per le lunghe il tempo e i passi in modo di arrivarci per piccoli innumerevoli ed eccitanti passaggi.

Poi si infilavano nella sala e ridevano e piangevano e tremavano e schiamazzavano allo stesso modo, o quasi.

Tornando dal suo Viaggio Lungo, il Giaguaro aveva portato con sé un bel po' di nostalgie. Erano nostalgie forti e doloranti, ma non una vera e propria malattia, tant'è che se le curava con la celluloide, che è un divertimento e non una medicina. E quando la celluloide le aveva un po' calmate, allora le sue nostalgie se le andava a fasciare strette strette nell'aria di mare, nell'aria del mare grande e aperto. Che era anche l'aria buona che faceva bene a Giacomino mentre cresceva.

Quando grecale e provenzale erano abbastanza tesi da sollevare il pelo gattino sul collo del bambino, quando sentiva, diceva lui, che era arrivata l'ora del diportista, portava Giacomino alle Grazie e lo imbarcava sul suo canotto.

Era un vero canotto all'inglese di mogano e tek, una sciccheria di barchino portato via a qualche bel veliero dei tempi andati, armato di un'ampia ed elegante aurica che lo muoveva sull'acqua preciso e senza fretta come la vestaglia di seta di una signora in una camera da letto. Ogni cosa era elegante su quel canotto, anche il comandante, che teneva riposto nel carabottino una divisa da ammiraglio della marina da guerra peruviana, con i nastrini della campagna di guerra paraguaiana, e la indossava appena varcato il frangiflutti.

Per Giacomino c'era un berretto confezionato a suo tempo per un marinaio della marina sovietica – un marinaio nano imbarcato in qualche nave di bagonghi russi, si sarebbe detto, visto che al bambino gli stava a pennello – e un solino. Il solino era pure quello russo sovietico, con la falce e il martello al posto della stelletta, ma preparato per un uomo di grandezza normale, per cui addosso a Giacomino svolgeva le molteplici e utili funzioni di mantellina, parasole e parapioggia. Quella di cambiarsi d'abito non era una cosa sciocca come un mascheramento di carnevale, era invece il minimo che potessero fare per rendere il giusto onore a quel nobile canotto.

Il grecale li portava per una rotta di ponente, il provenzale per levante; si spingevano per due o tre miglia al largo, nella stagione delle giornate più lunghe anche di più, poi si mettevano alla cappa e oziavano respirando l'aria dell'alto mare. Chiacchieravano del più e del meno, ripassavano le fasi salienti delle pellicole più interessanti che avevano visto assieme, si scambiavano opinioni sulla vita con la cauta nonchalance che avrebbero usato un ufficiale e un marinaio durante un quarto di guardia comune. A richiesta di Giacomino, il Giaguaro cantava le canzoni del cinema e quelle della sua gioventù. È sul canotto di tek che Giacomo ha ascoltato la canzone dell'*Estrella*, la canzone dell'*adiós con el corazón que con el alma no puedo*, e alla sua piccola anima quelle parole sconosciute suonavano di una vaga mestizia, come se nel cielo sopra di lui, al posto dell'aria limpida e del sole frizzante, ci fosse stata una pioggerella lenta e grigia. Ma aveva sentito un bel po' di altre canzoni, e storie. Compresa la vera storia e le numerose avventure capitate a se medesimo, che il Giaguaro gli ha raccontato per filo e per segno nella sua lingua giaguaresca, visto che non intendeva annacquare la verità, neanche a un bambino.

Indaffarati com'erano a godersi i grandi spazi e l'aria buona, andavano poco in porto loro due assieme; anzi, quasi mai, e solo se il Giaguaro aveva da prendere qualcosa sul suo barcone. Negli stipi del pozzetto di prua, chiusi con grandi lucchetti di ottone, c'era la dispensa del caddraio piena di ogni ben di dio. La sera, tornando verso casa, se non allungavano troppo, passavano dalla banchina dove era ormeggiato il barcone e il Giaguaro sceglieva dalla sua dispensa un piccolo regalo che Giacomino avrebbe portato alla madre: il barba e il suo figlioccio non si dimenticavano mai di questo, non scordavano che c'era Sascia in Salita degli Angeli. Amavano tutti e due oziare e fantasticare, ma non avevano alcuna intenzione di dimenticare alcunché.

Sascia accoglieva sulla porta di casa il suo bambino, riceveva il regalo, lo baciava senza troppe smancerie e poi ascoltava per lungo tempo quello che aveva da raccontarle. Alla fine lei sapeva che Giacomino era cresciuto un poco ancora anche quel giorno, ed era contenta.

Naturalmente questo accadeva non solo quando era il Giaguaro a riportare Giacomino, ma anche quando lo faceva suo padre Paride. Sascia si muoveva poco da casa sua e non certo in cerca di grandi spazi e avventure. Andava a fare le compere giù in San Teodoro, e qualche volta saliva in collina dove già era stata condotta dal suo uomo a contemplare le bellezze che ancora non conosceva. A volte andava da sola, a volte portava con sé Giacomino, ma mai per troppo tempo e troppa strada. Non è che per questa ragione Sascia si sentiva costretta in un piccolo spazio: la sua crosa, la sua casa, l'aia davanti alla casa, il suo lavoro, tutto ciò le sembrava un paesaggio vastissimo dove lei poteva scorrazzare in piena libertà senza arrivare mai a una fine.

Senza contare che le persone che lei amava o di cui aveva bisogno, la gente che le faceva piacere vedere, avevano tutte quante una spiccata propensione ad andare e tornare da lei in Salita degli Angeli. E desideravano in genere ripartire il più tardi possibile. Sascia non era, nonostante le apparenze, una persona che potesse soffrire la solitudine.

Al porto, per l'appunto, Giacomino ci andava con suo padre la domenica mattina e alle altre feste comandate. Con tutta la cerimonia di Paride che andava a prenderlo in Salita degli Angeli, lo faceva scarrozzare in tranvai fino a Caricamento, lo portava a comprare un bel biscottone da Klainguti, un biscotto abbastanza grande da tenerlo occupato mentre lui faceva la solita colazione dal muscolaio di piazza Banchi. E quindi, caricato a cavallina – a gigiò, come aveva imparato a dire Giacomino –, gli faceva fare tutto il giro dal porto franco fino alla Compagnia, guardando ogni cosa, spiegando ogni cosa, indicando e salutando.

Paride, diversamente dal 'barba', aveva intenzione di insegnare molte cose a suo figlio; e così faceva, in modo amorevole ma fermo, incessantemente. Quando lui e Giacomino stavano assieme, percorrevano una strada che portava ineluttabilmente a una cosa nuova da capire o da rivedere e capire meglio. In questo, e in cuor suo sentiva che era solo in questo, Paride sapeva che quel figlio era suo. Non di Sascia, non del Giaguaro, non di Tirreno né di nessun altro che sarebbe potuto venire, ma solo suo: figlio di Paride progenie di carbunè, da San Giorgio alla Lanterna. Nel corso degli anni il biscotto è stato sostituito da sei muscoli belli grassi e un bicchiere mezza acqua e mezzo vino, poi da due razioni uguali. Sceso da gigiò, Giacomo è stato portato per mano e poi tenuto libero al fianco, ma il paesaggio della lezione del padre al figlio non è mai mutato.

Come un bravo maestro all'antica, Paride ha per prima cosa tracciato i limiti del mondo, poi ha proceduto a riempirlo di tutto quello che ci deve stare dentro; infine, con pazienza e dedizione, ha offerto ogni cosa al suo figliolo perché la capisse e la facesse sua. Le navi, le merci e gli uomini; l'acqua, il vino e i camalli; le mancine, i binari e i piloti; l'onore, la fatica e il merito.

E Giacomo amava tutto questo, che era una scuola infinitamente più interessante di quella di Lagaccio dove stava imparando a leggere e a scrivere. E amava suo padre. Amava quell'uomo con la venerazione dei bambini per la forza dell'appartenenza. E a lui apparteneva in un mondo di cose gigantesche e bellissime e potenti, cose che gli stava insegnando a governare e possedere a sua volta; con lo sguardo, tanto per cominciare.

Amava poi che lo venisse a prendere e lo riportasse. Lo riportasse da Sascia, lo riportasse dal Giaguaro. Amava che venisse alla casa di Salita degli Angeli e si fermasse a mangiare la cena mischiato a Sascia, e restasse anche un po' dopo. E che qualche volta si mischiasse anche al Giaguaro e a Tirreno, e all'Eritrea e a qualchedun altro ancora, e che assieme andassero in gita o anche al salone della Compagnia per giocare a tombola, che era un gioco noioso ma con il bello che poi suonavano i musicisti e ballavano i giovanotti con le ragazze, Paride con Sascia, Tirreno con Eritrea, Giacomino con se stesso.

Ma Giacomo amava soprattutto che questo non succedesse troppo spesso, che tutto intorno a lui non si mischiasse troppo e non ci fosse troppa confusione; voleva avere spazio sufficiente per amare per bene sua madre Sascia e bearsi di lei.

Lei era l'abbraccio che riduceva tutto quanto a un'unica cosa, il vigile cantunè che regolava il traffico della veglia e dei sogni, il fortino dove i cow-boy vanno a riposare, la ragazza dai lunghi capelli che prende prigioniero il figlio di King Kong.

Tutti i bambini temono confusione e disordine intorno a loro e desiderano sopra ogni cosa crescere indisturbati in un solido e ordinato castello. Desiderato come era stato, amato com'era, eppure Giacomino sospettava vagamente che qualcosa intorno a lui non fosse perfettamente in ordine, che si celasse da una qualche parte senza che lui riuscisse a vederlo un uomo nero, l'ommo du saccu, il babau che portava dentro il suo sacco il buio pesto dell'incertezza e dell'assenza: i nemici giurati dei bambini.

E Giacomino sapeva con tranquilla e arbitraria certezza che il giorno che si sarebbe fatto vivo, l'ommo du saccu avrebbe dovuto fare i conti con Sascia, perché lei e nessun altro sarebbero stati lì con lui a salvarlo. Sua madre sarebbe stata contro quell'uomo più forte di Maciste contro i leoni. E questo pensiero lo rendeva un bambino piuttosto pensieroso ma felice.

Quando alla fine l'uomo nero si è fatto vivo, disvelandosi in tutta la sua orribile forza, Giacomo era ormai un ragazzo abbastanza robusto da potersela cavare in qualche modo da solo, aiutandosi con quel po' di Maciste dentro di sé che si era messo via nel corso della sua infanzia felice. Ed era per di più abbastanza grande da non sentirsi autorizzato a dare al proprio destino il nome piuttosto sciocco di babau.

Riguardo poi all'uomo nero, all'ommo du sacco, sì, ci furono anche uomini vestiti di nero, e altri ancora vestiti di varie gradazioni del grigio, uomini che esistevano appositamente per mettere paura a chiunque, grandi e piccolini. Ma si è trattato di comparse, di piccole e insignificanti parti del Grande Scompaginatore, che non era uomo né donna, bianco né nero, ma tutto quanto assieme. Il mucchio di confusione e disordine, dolore e abbandono, che si è messo in marcia per martoriare ogni cosa, così che ha avuto anche un minuto di tempo per fermarsi accanto al destino di Giacomo e posare la mano su di lui.

Giacomo è stato scompaginato dalla guerra mondiale. Quando la guerra mondiale si è fatta viva con lui, Giacomo aveva appena compiuto dodici anni. Quando la guerra se ne è andata aveva sedici anni e da un paio ormai viveva nel seminario di via degli Archi; era cresciuto e in ottima salute. Giacomo a nessun titolo può essere considerato una vittima della guerra, ma uno dei privilegiati che le sono sopravvissuti.

Come tutti quanti i bambini e i ragazzi sopravvissuti alla guerra, Giacomo non sa farsene una ragione della guerra neppure oggi che è adulto e sta viaggiando attraverso i mari del mondo, dopo averla sognata per un'infinità di notti, dopo averci pensato su ogni volta che dai suoi insegnanti gli è stato chiesto di esercitare il suo spirito. Presumendo che nell'isola dove si sta recando ci fosse qualche curioso che gli volesse chiedere: "raccontaci un po' cos'è successo lì da voi", lui non saprebbe come rispondere in modo ragionevole e comprensibile, né tantomeno nel modo giusto di un prete. Annasperebbe a lungo inghiottendo aria e cercherebbe in tutti i modi di trovare le parole senza poterci riuscire. Giacomo non saprebbe neppure disegnarla la guerra, e questa è una menomazione tipica tra i giovanissimi sopravvissuti.

E passano Suez, passano Karachi, arrivano a Bombay. E a Bombay la corsa rallenta, ma solo per poco.

A Bombay capita a Giacomo una cosa assai strana: sente l'odore di casa. Lo sente tanto intenso che quasi gli fa male.

Giacomo non scende mai agli approdi dei porti, come gli sarebbe consentito, non sente una particolare necessità di distrarsi o di fare nuove conoscenze o di visitare luoghi esotici. Aspetta tranquillo che la nave faccia il suo lavoro di carico e scarico e quello che vede dal ponte gli basta per farsi un'idea di quanto sia sempre più lontano dalla città di Genova e sempre più vicino alla sua meta.

A Bombay la *Good Hope* è arrivata di notte e non si è accostata a una banchina, ma si è fermata nella grande rada assieme a decine di altre navi. Ciascuna delle navi è attorniata da un gran numero di piccole barche, ognuna con il suo lume acceso, collegate tra loro e con la nave da passerelle pericolosamente gracili e traballanti. Un impressionante esercito di piccoli uomini nudi e bercianti si muove senza un'apparente logica su e giù, di qua e di là, sotto la soma di vertiginosi carichi. Già di prima mattina Giacomo se ne sta appoggiato al corrimano del ponte comando e osserva accigliato quel modo di trattare la merce e gli uomini sotto di essa. Quella vastità di acqua torbida e brulicante a lui appare un luogo innaturale e crudele, e la fantastica città di Bombay niente di più di un orizzonte indistinto e poltoso che cerca di farsi spazio sgomitando tra la nebbia gialla e rosa del mattino.

Sotto di lui, su di una chiatta sbandata e con il bordo a

pelo d'acqua, degli uomini di pelle chiarissima, vestiti di uno straccio avvoltolato ai lombi e uno alla testa, si fanno sotto al verricello del bigo per issare dei sacchi imbragati a una giapponese. Nel movimento i sacchi mandano odore, l'odore è potente e inconfondibile: è l'odore di Sascia, è l'odore dello zafferano, zafferano del più buono.

Giacomo scende in coperta a contemplare i sacchi, a toccarli. Sotto l'involucro esterno di ruvida tela di canapa, sente la superficie più fine e delicata del lino, e sotto ancora la consistenza degli stami tenuti pressati. Giacomo prova nausea e non capisce se è l'afrore reso così intenso dall'aria calda e umida o se è solamente nostalgia. Spera ardentemente che non si tratti di nostalgia, perché capisce bene che è l'unica cosa che ora non gli deve capitare.

Ma come può non essere nostalgia?

I sacchi, manipolati con una specie di rudimentale sappetta da quegli uomini che gli appaiono come gli antenati non ancora del tutto umani dei camalli della sua città, hanno stampigliato in inchiostro rosso il loro mittente: Bombay-Gama Zagolby. È più di un secolo che i caravana del porto franco scaricano al Mandraccio i sacchi di spezie del mittente Gama Zagolby. I caravana stessi hanno un modo di dire per le ragazze che si imbellettano: "tidorenu cumme un sacco du Gama". Di quei sacchi, vuoti, ce n'è almeno uno in ogni famiglia del porto: ci si avvolge il cibo da conservare perché l'essenza della spezia continua a profumare per anni e, tenuta lì dentro, "anche 'na suola de scarpun la sa de bun". Nell'infanzia di Giacomo, Gama Zagolby è un nome familiare come Binda o Bertoni.

Si china ancora una volta ad annusare, accarezza i sacchi e poi si porta le mani al naso. Ai montanari dell'Hindukush che fanno i facchini in un porto a duemila chilometri dai loro villaggi e dai loro campi di crochi, quel ragazzo dagli occhi spiritati può ben sembrare un mercante scrupoloso e feroce; rispettosamente si fanno da parte e lasciano Giacomo nuotare tra lo zafferano di Oxiana. Giacomo non sa capacitarsi di essere così lontano da casa e gli fa male lo stomaco, e non sa nemmeno dov'è con tutte quelle facce pallide attorno che aspettano che dica qualcosa. Giacomo che non ha niente da dire e prende e se ne va in cabina, e quando ci è arrivato si mette a fare una cosa assai poco pertinente.

Inginocchiato a terra con le spalle alla porta, come se quello che sta facendo dovesse farlo di nascosto, estrae dalla grossa valigia che contiene i suoi indumenti e tutte le cose che non ha voluto lasciare nel bagaglio in stiva, un pacco imballato nella carta di giornale, legato con lo spago e fermato da un bel po' di nodi. Disfa i nodi uno a uno con pazienza, lentamente, con i gesti di un prete celebrante; scarta il pacco cercando di non lacerare i fogli di giornale e uno a uno li ripiega e li pone in disparte.

Alla fine resta tra le sue mani un piccola tavoletta di legno dipinta. Tenendola per i bordi con estrema cautela, la solleva in alto perché possa ricevere tutta la luce di cui è capace l'oblò della cabina. La superficie, da opaca e indistinta prende lentamente a rilevarsi finché appare la figura di un volto. È il viso del misterioso marinaio suo compagno d'infanzia, l'Ecce Homo, la bella copia dell'immaginetta che tiene tra i suoi documenti, quella che suo padre Paride ha conservato in tasca per molti anni, quella su cui ha frignato appena la *Good Hope* ha lasciato il porto della sua città cinquemila miglia orsono. La bella copia, il gemello identico, o quasi, del quadro che apparteneva alla parete più significativa dello studio privato del Principe Andrade.

Inginocchiato, con le mani tese in alto verso la luce, l'immagine tra le mani e gli occhi fissi sull'immagine, è così che appare al maggiore Abe che sta entrando in cabina. E il maggiore Abe non può fare a meno di pensare di aver sorpreso il suo compagno mentre sta celebrando qualche rito cattolico denso di mistero. Gentile com'è cerca di togliersi di torno, ma Giacomo si volta, si alza e gli mostra il ritratto:

"Guarda!" gli dice sorridendo orgoglioso.

Il maggiore guarda, poi guarda meglio, e alla fine manda un bel fischio da nostromo:

"How beautiful!".

"L'ha fatto mia madre," risponde compiaciuto Giacomo.

7.

Da brava inventrice qual era, Sascia si era dedicata con acuta attenzione all'osservazione delle cose attorno a sé. Osservare, capire, trasformare, era il modo per migliorare il suo lavoro e non annoiarsi mai. Nonostante quello che comunemente si crede, gli inventori non inventano quasi mai niente. In realtà sono piuttosto degli esploratori, persone dotate di una buona vista e di una grande sensibilità. Sanno vedere molte cose che agli altri sfuggono per pura distrazione e, soprattutto, sanno creare relazioni tra le cose che vedono.

Naturalmente gli inventori, come appunto gli esploratori, devono essere anche persone estremamente fiduciose: devono saper cercare, curiosare, fantasticare e sperimentare senza essere trattenuti da un temperamento troppo guardingo e pessimista. Per questa ragione gli inventori corrono spesso grandi rischi senza che neppure se ne rendano conto: loro mettono volentieri le mani dove è apparentemente sventato che le vadano a ficcare.

È con tale spirito di fiduciosa lungimiranza che una certa mattina Sascia si è imbattuta nella più grande scoperta della sua carriera di contraffattrice, correndo nel contempo, ignara, un rischio tremendo per la sua stessa vita.

Siamo al tempo del suo incontro con Paride, siamo ancora al tempo della casa di piazza Stella. E della bottega di vico Pietre, il buio magazzino di Giggi 'o Strassé.

Che così buio poi non era, visto che dall'ingresso la luce trovava sempre il modo di tracciare una strada – né ampia né ridente a onor del vero, ma polverosa e dai chiaroscuri piuttosto inquietanti – per tutta la sua lunghezza, spingendosi fino alla scrivania zoppa, arrivando addirittura a lambire il muso stesso di Giggi. Ispirato da quella poca luce che aveva il coraggio di presentarglisi davanti, egli meditava i suoi solitari e segretissimi affari di trafegun. Che erano oscuri e gradivano l'oscurità, e forse riuscivano perfino a emanarla, e in questo modo facevano della bottega un luogo che sembrava buio anche quando proprio buio non era.

L'oscurità si diffondeva abbondante dalle enormi cataste di roba abbandonata a marcire, le pareti insondabili che per l'intera longitudine della bottega salivano al soffitto ai lati del passaggio scavato dalla luce del giorno. Sull'orlo di queste pareti il chiarore combatteva una guerra paziente e testarda contro l'oscurità, una guerra sfibrante ed eterna che aveva dato come solo frutto la tregua di una penombra incerta e puzzolente.

Su questa indefinita linea di confine, i clienti di Giggi erano autorizzati a rimestare in cerca di qualcosa che potesse soddisfare i loro variegati bisogni. Non era mai Giggi in persona a mettere mano alle sue cose. 'O Strassé si limitava a dare vaghe indicazioni del tipo: "Ammià un po' lì, a tra de u mobilettu e a sganzia che ghe dovieiva ese accostou a u caregon du barbè". E il cliente tastava, annusava e sbirciava senza osare oltrepassare il limite della penombra, non desiderando oltrepassarlo per avventurarsi nel mondo di là, nelle tenebre perenni dove forse, ma solo forse, giacevano abbandonati per sempre oggetti di grande valore e utilità.

Neppure Sascia, che frequentava la bottega con la noncuranza della socia d'affari, aveva mai pensato di discostarsi dal viottolo sgombro che la conduceva alla scrivania e di inoltrarsi nell'ignoto delle cataste. Intanto era convinta che non potesse esserci niente di utile e di bello per lei in nessuna delle cose che possedeva 'o Strassé, e poi aveva paura.

Aveva paura, e non se ne vergognava, che tra il milione di cose oscure e puzzolenti di quella bottega, poteva ben nascondersi qualunque orribile cosa; compreso qualche vecchio e feroce elefante tenuto lì in letargo a sonnecchiare in attesa di un non si sa mai. Tirava di lungo Sascia, e il suo passo diritto e deciso era quello che le ci voleva per attraversare quella bottega come il mondo intero.

Cionondimeno Sascia era un'inventrice, e un'esploratrice dunque, e perciò un'osservatrice attenta e intrepida, che non si risparmiava di spingere il suo sguardo ben oltre dove non osassero i suoi piedi e le sue mani. Fin dove le era possibile scorgere il barlume di un contorno, avvertire la consistenza di cose appena appena esistenti.

E una bella mattina di maggio, nei giorni di più alta e intensa luce, avendo un improvvido raggio di sole trovato a fargli sponda il relitto di un antico specchio di comò che 'o Strassé aveva scordato di voltare verso le tenebre com'era nel suo solito stile; avendo in tal modo quel raggio avventuroso aggirato un'ansa tra le cataste, e tra queste scovato qualcosa di abbastanza interessante su cui soffermarsi; ebbene, date tutte queste speciali circostanze e irripetibili coincidenze, trovandosi Sascia a passare da quella singolare bottega per non si sa quale particolare motivo, e transitando per lo stretto corridoio che la portava al cospetto di Giggi, capitò che notasse quel gioco di riflessi a lei del tutto nuovo e, naturalmente incuriosita, si soffermasse un attimo a sbirciare dove mai andasse a posarsi quel fiotto di luce prima di estinguersi nell'immota vacuità.

Sascia allungò il collo e vide uno sguardo. Lo sguardo pareva averla aspettata perché era fisso sui suoi occhi. Lo specchio del comò era talmente malridotto che la luce che illuminava quegli occhi era appena sufficiente ad accendere la loro luce interiore: la luce che emanava lo sguardo era velata, luce di un'indicibile tristezza. Sascia aprì la bocca per urlare e immediatamente dopo ci premette sopra la mano per impedirsi di farlo: il suo spavento era durato meno di un attimo. Aveva la vista buona lei, e memoria di ferro, e spirito di esploratrice: anche in quel momento così propizio agli equivoci e alle allucinazioni, e aveva riconosciuto lo sguardo che la fissava implorante. Lo aveva già incontrato, sebbene in ben altra situazione.

Era accaduto in un frangente d'amore tra lei e Paride, che dalla tasca dei pantaloni di lui sgusciasse fuori quello sguardo sotto forma di santino e andasse a posarsi silenzioso ai suoi piedi. E da quella lontananza terra terra le desse un'occhiata non diretta, quella volta, ma di sbieco, quasi di sfuggita. Lei ricambiò, raccogliendo il cartoncino e soppesando tra le mani l'entità della disperazione che emanava, la profondità della tristezza sotto la superficie gualcita e opaca della vecchia stampa.

Ci fu un'intesa immediata e segreta tra il ragazzo sul punto di piangere e Sascia; qualcosa che era negli occhi di lui andò a posarsi in quelli di lei. E lì si fermò. E fu talmente evidente che qualcosa era successo tra i due, che Paride non ritenne di dover dire alcunché, né per spiegare, né per chiedere. Ma, passata una settimana, nell'ambito della gita a una delle molte bellezze che sceglieva per lei, Paride portò Sascia alla villa del Principe Andrade in Pellicceria.

Qui Sascia fece la conoscenza con 'o Guerso, che per l'occasione si era imbragato nelle pompe della sua antica divisa d'alta ordinanza. Ricolmo di tutta la sua scienza esplicatoria aveva accompagnato la ragazza – "Quanto l'è bela, figgè, mi dispiace solo de no poeì dà in unn'occià, maledetti occi guersi" – attraverso gli splendori della quadreria fin dentro le private stanze, perché, lei che non aveva mai visto un dipinto in vita sua, godesse del privilegio di constatare davanti al ritratto della Bagona il nefando potere dell'arte pittorica.

Con molta educazione Sascia aveva espresso allo zio il suo orrore per quel quadro malvagio, ma non era lì per stupirsi di una suora. Tutti quei ritratti, quelle facce torve a fatica ingentilite dalla mano lesta dei pittori e quei corpi rigonfi di damaschi e acidi urici, tutte quelle spade e corone e cavalli e pecorelle e sirenette ficcate nelle loro mani, e tutti i fronzoli e i navigli e i castelli e i boschetti che facevano da sfondo alle smancerie, erano per lei un grande circo equestre che la faceva sorridere appena un po'. Non ne sapeva niente Sascia dell'arte, e in particolare non ne sapeva niente dei suoi poteri e delle sue virtù.

Era stata portata in Pellicceria perché potesse rivedere il viso di un uomo con niente addosso, fatta eccezione per un pezzo di corda. E non è stato lo zio, ma Paride, che l'ha accompagnata davanti all'Ecce Homo, dopo aver scambiato qualche parola in disparte con il principino. Sascia è stata ferma davanti al piccolo quadro per qualche minuto, solo per sincerarsi se nel frattempo, se nella settimana che gli aveva lasciato dal loro primo incontro, avesse deciso di piangere tutte le lacrime che aveva sotto gli occhi.

No, era ancora al punto di prima. Più bello, naturalmente, e più vivo – più vero di un uomo vero, ha pensato Sascia che non si intendeva di pittura – e al punto che la sua disperazione non era ancora abbastanza tremenda da uccidere la sua bellezza, ha constatato con grande soddisfazione. E lei che se ne intendeva di lacrime non versate più di chiunque altro in quella città e forse nel mondo intero, gli ha fatto in silenzio i suoi complimenti. E poi se ne è andata con Paride in uno dei posti che sapevano loro a fare l'amore.

E quando è tornata a casa e si è messa a dormire ancora non sapeva, perché non l'aveva chiesto e perché i suoi modi di fare non l'avevano chiesto per lei, e perché dunque non gliene importava niente, di chi era quella faccia e perché l'aveva Paride con sé. E perché il principino la teneva in così grande considerazione nelle sue stanze, e perché mai un pittore aveva voluto dipingere quel pianto che non veniva mai giù. Come se queste cose le sapesse già tutte: il che non era vero.

Quello che è certo è che Sascia quello sguardo se lo ricordava bene, ma proprio bene, quando l'ha rivisto sbarluccicare tra le tenebre della bottega dello Strassé. Proprio per questa ragione, dopo il primo istante di sorpresa e sconcerto, l'ha riconosciuto, bene come fosse un fratello, e nel farlo ha notato che qualcosa c'era che non andava. Una remota impressione, la questione di un nonsoché, che però l'ha lasciata spaesata nella mezz'aria di un piccolo dubbio.

E il dubbio se l'è portato davanti a Giggi, che aspettava paziente come un grasso ragno satollo laggiù in fondo alla bottega. E di lì fino a casa.

A casa ha messo mano ai suoi elementi, sovrappensiero ma ancora con il dubbio galleggiante a mezz'aria con lei. Ha pestato noccioli d'oliva, ha mischiato stami e pistilli di zafferano di Spagna, ha impastato cremor di tartaro nell'olio di lino, e ne ha fatto un brodetto. Poi il brodetto l'ha scaldato e ne ha fatto una pastetta lenta e liscia, e quando la pastetta s'è raffreddata, ha portato il pentolino davanti allo specchio sul lavabo. Lì c'era posato in un bicchiere d'acqua un pennellino; ha preso il pennellino, lo ha asciugato per bene e poi l'ha intinto nella pastetta. Quindi ha dipinto tre brevi pennellate sullo specchio, precise uguali identiche, con la stessa forza della mano e lo stesso movimento da su in giù. Le ha osservate a lungo, cercando di sovrapporle al riflesso delle proprie guance sullo specchio. Come se volesse giocare al capo Sioux. E il dubbio le è passato, e se ne è andata finalmente a dormire.

Ma prima di coricarsi ha segnato sul suo quadernetto le dosi della pastetta appena inventata per riprodurre alla perfezione il delicato incarnato del volto dell'Ecce Homo dipinto da Antonello da Messina, eccelso pittore di tanti secoli fa.

Con comodo, la prima volta che le è capitato di passare dalla bottega, Sascia si è presentata davanti a Giggi con un barattolino di vetro pieno a metà della sua pastetta. Non si è attardata a curiosare tra gli anfratti della masserizia, ma è arrivata diritta alla scrivania zoppa, ha parlato e ascoltato delle solite faccende societarie, e poi ha mostrato il vasetto.

"Se le interessa signor Giggi, questo è per la faccia di quello di là." E ha fatto un cenno con la testa volgendola verso l'indefinita oscurità.

Non ha aggiunto parola, come se la cosa fosse in discussione tra loro due già da tempo, come se Giggi non aspettasse altro che quella pastetta per sistemare la faccia di quello di là.

Forse era proprio così, perché Giggi 'o Trafegun ha preso il barattolo, se lo è rigirato tra le mani, lo ha avvicinato alla lampadina, lo ha ancora trastullato per un bel po', e poi, senza nemmeno guardarla, ha detto, semplicemente:

"Provemmu, Singerina, provemmu. Ma l'è un affare ciù delicou do zafferan. Ciù delicou de brutto".

E si è alzato e si è dileguato nel buio. Alle sue spalle Sascia si è ripresa la pastetta e alzando un po' la voce perché la potesse sentire distintamente anche da quell'orrido dove si era cacciato, ha concluso al suo solito modo conclusivo:

"Per me quanto farebbe, signor Giggi?".

Un bel po' di soldi se la pastetta avesse funzionato.

Se il Duca di Mantova versava le sue propensioni nella musica lirica, Giggi 'o Trafegun aveva un debole per la pittura. Purtroppo le condizioni in cui si trovava a praticare questa sua passione non gli consentivano di goderne alla luce del sole, nel pieno soddisfacimento della sua sete di bellezza. Era purtroppo costretto a cibare la sua anima del prezioso nettare ben lontano dalla luce e stando ben attento anche nell'ombra. Cionondimeno anche quel poco che l'arte si concedeva, era per lui fonte di immenso piacere e di notevole guadagno.

In realtà Giggi teneva presso la propria bottega una piccola quanto preziosissima collezione d'arte. Ben celata tra gli ammassi di robe, artatamente confusa nelle spazzature, era un minuscolo museo clandestino di capolavori. Ondivago e incostante perché itinerante, transitante dalla bottega il tempo necessario per imbarcarsi verso le Americhe, era pur sempre all'altezza delle più belle collezioni nobiliari. Più precisamente, era un resumé delle opere più pregevoli della grande collezione di Palazzo Andrade.

Si era accennato a suo tempo della grande cultura artistica del principino e di come la sua conoscenza dell'arte pittorica fosse rigorosa e completa. E di come il suo temperamento fosse aristocraticamente eccentrico e i suoi costumi un tantino bizzarri. Democratici, forse, è l'espressione giusta riguardo a quei costumi; democratico con una latente propensione all'anarchismo, era il giudizio – privato – delle competenti autorità di polizia della città riguardo all'erede Andrade. Orbene, il Principe Andrade era davvero un democratico, democratico non solo nei modi esteriori, ma nell'intimo del cuor suo e nelle multiformi azioni che una sincera convinzione genera per coerenza. Riguardo all'arte, egli era certo che fosse una necessità e non un lusso. Il fatto che la sua famiglia avesse accumulato una notevolissima collezione di capolavori dell'arte pittorica gli procurava la non piacevole sensazione di un privilegio privo di una vera ragione se non quella assai meschina del denaro.

Ciò detto, aveva scelto di guadagnarsi il pane nel ramo della pittura e, non essendo un artista, di dedicarsi al settore specifico del suo commercio. Nell'ambito di questo aveva escogitato il modo di risarcire almeno indirettamente il suo imbarazzante privilegio. Nel modo piuttosto eccentrico che il suo temperamento richiedeva, il principino si era ingegnato di togliere dall'angustia del suo esclusivo godimento opere di grande ed emozionante bellezza, elettivamente destinate all'umanità tutta. E siccome l'umanità tutta è davvero troppa in una volta sola, era partito dall'umanità residente negli Stati Uniti di America, che era pur sempre una sua parte significativa. Gli Stati Uniti, una vera e generosa democrazia, che egli aveva proficuamente frequentato sin dalla prima gioventù.

In cosa consisteva l'impegno democratico del Principe Andrade nel molto aristocratico commercio dell'arte? È presto detto.

Il guaio di un quadro di Rubens – tanto per fare un esempio – ciò che fa di un atto di generosa bellezza partorito dalle mani di Rubens un oggetto ignominiosamente antidemocratico, è il fatto che sia unico: un solo Ritratto di Nobildonna, un solo Condottiero a Cavallo, una sola Crocifissione e così via. È la sua unicità che rende l'arte intrinsecamente aristocratica e, per ciò stesso, vista la temibile resistenza degli aristocratici e dei ricconi in genere a spartire ciò che possono avere solo per sé, interdetta al godimento delle masse.

Se di questo stupendo San Giorgio in atto di trafiggere il Drago – e non pensava a vanvera, dato che il quadro ce lo aveva proprio davanti alla scrivania nel suo studio – se ne potessero avere tre o quattro esemplari, si potrebbero almeno diffondere i semi della grande arte in più luoghi. Potrebbero essere acquistati a prezzi abbordabili anche dai piccoli musei di provincia, dalle sperdute comunità della prateria desiderose di elevare il proprio animo e la propria cultura. Se solo potessi moltiplicare per dieci quello che io solo mi sto godendo adocchiando le pareti di questa vecchia casa, anche i rancheros del Texas potrebbero permettersi, con una rapida colletta, un Rubens nella sala del municipio, un Van Dyck nella loro povera chiesetta, un Cambiaso nel saloon.

L'arte al popolo; di più: l'arte ai popoli. Naturalmente il progetto del principino era ambizioso, di un'ambizione smisurata, e di incomparabile difficoltà. Ciò nonostante ci si era applicato con grande impegno e innegabile successo già da qualche anno. In gran segreto, naturalmente, visto che la temperie dei tempi non era certo favorevole a simili esperimenti di democrazia.

Coadiuvato da due o tre validi collaboratori reclutati tra i migliori pittori antichisti di sua conoscenza, aveva cominciato a diffondere l'arte presso le fiorenti comunità americane. Con grande accortezza viaggiava per gli stati nel cuore profondo del continente contattando facoltosi mecenati, ambiziosi rettori di college e università, consigli di amministrazione di musei di contea, consigli di grandi chiese settarie. E vendeva, vendeva a prezzi più che onesti, diffondendo a piene mani cibo per l'anima alle giovani anime di una giovane nazione.

Naturalmente non è che il principino impacchettasse cinque o sei quadri e se li portasse in giro per l'America a mo' di campionario: non vendeva giarrettiere. Il suo era un delicato lavoro di rappresentanza e di promozione artistica. Era un Principe, veramente un Principe, ed era colto, saggio e ricco, ovverossia era egli stesso, agli occhi buoni e innocenti degli americani, un'opera d'arte. Lui trattava sulle antiche autentiche e sulla propria parola, sulle ricevute notarili calligrafate nella pergamena e sui bozzetti preparatori degli autori. Le opere venivano consegnate a tempo debito, tramite canali commerciali di raffinata discrezione a saldo di effetti cambiari internazionali riscuotibili presso il Banco Nacional de Paraguay.

E siccome non vendeva giarrettiere, ma capolavori dell'arte, all'epoca in cui Sascia compie la sua mirabile invenzione il Principe Andrade ha condotto a buon fine otto transazioni in tutto. Ottime transazioni, gran bel lavoro. E siamo alle soglie della Grande Depressione mondiale, e questo il principino non lo sa e, al pari di molte altre persone intelligenti, anche sapendolo forse non gliene importerebbe un fico secco.

È invece ormai da un anno deciso a elargire all'umanità il più bel quadro della sua collezione, un volto del Cristo flagellato e deriso nel Sinedrio, dipinto da uno dei più grandi e inquietanti pittori del Quattrocento, noto come Antonello da Messina. È da un anno che sotto la sua direzione due valenti artisti sono all'opera per democratizzare l'esecranda unicità di quella splendida opera, è da un anno che i risultati sperati stentano a farsi vedere. Ciò che Sascia intravvede tra le masserizie della bottega dello Strassé è uno dei molti tentativi non andati a buon fine.

Ma cosa ci faceva lì?

Questo non è chiaro. A meno che non si voglia pensare a una complicata macchinazione ordita con fine intelligenza per adescare, diciamo così, la Singerina di modo che fosse messa a parte di un geloso segreto senza l'onere di un coinvolgimento diretto. E confidando nelle sue doti e nel suo temperamento, la si compromettesse nell'affare eccetera eccetera eccetera.

Ciò che sappiamo, invece, è che nella galleria di Giggi transitavano di norma unicamente opere perfette, pronte per la consegna. Nell'ingegneria commerciale del principino, Giggi era un vertice del triangolo formato da lui stesso, il Giggi e la Combattuta. Questa semplice geometria consentiva all'arte democratica di valicare l'Atlantico senza rischi per se stessa e per la delicata posizione dell'Andrade. Il quale non toccava neppure per un secondo le opere dei suoi artisti. Queste venivano consegnate alla signora Altare Maria che le tratteneva nel suo basso buttate lì in mezzo alla chincaglieria esotica. Come c'era da aspettarsi, nessuno dei suoi clienti, neppure quelli che pullulavano i ricevimenti a darsi arie di raffinati, neppure gli autorevoli e autorevolissimi membri dell'ufficialità, avevano mai soffermato un occhio anche minimamente interessato su un Reni o un Cambiaso sparsi tra le crinoline e i narghilè.

Al momento opportuno, quando un certo spedizioniere, un certo vapore, un certo doganiere, si erano messi d'accordo per un certo giorno a una tale ora, il Duca di Mantova faceva una delle sue visite del dopo opera alla Combattuta, si tratteneva il tempo giusto per le sue cose e se ne usciva in San Luca con un pacco incartato nel giornale. A chi gliene importava in tutta la città di Genova di quello che si portava appresso il capo clac del Carlo Felice? A nessuno. Dopodiché il pacco veniva scartato e sistemato in certi anfratti della bottega dove poteva soggiornare indisturbato, invecchiando serenamente fino alla sua dipartita.

Perché mai il pacco veniva disfatto, visto che poi bisognava ricomporlo di lì a pochi giorni? Questa era la grandezza del Duca di Mantova, dello Strassé, du Trafegun. Perché voleva godersela anche lui l'arte, perché il guadagno non è tutto, perché finire agli arresti per dui palanche non ne valeva la pena. C'era stato un patto da veri gentiluomini tra il principino e Giggi: "A lu saveì Principe che a mi son n'ommo de na sola parolla. Cun me se pè stà comme 'n te na butte de ferru. Faccio u travaggio a regula d'arte e cun a bocca tappà, ma mi ghe voggiù dà n'occiadina. Sotto a mé respunsabilité, s'entende. Il mio mistero è chiuso in me, il nome suo nessun saprà, pe' dirla cun l'immortale Puccini. Anche l'occio vu a lo saveì pe' primmo, i veù a sua parte no? Du restu in ta mé buttega se veù vegnì a frugà un che nu l'è invitato u se deve aprì a stradda cun a corassata Duilio".

"Per me quanto farebbe, signor Giggi?"

Eppure Sascia non era avida, non aveva un particolare interesse per accumulare il denaro, né per spenderlo. Nutriva e vestiva se stessa e suo figlio, e quello che le avanzava lo metteva in un grosso bricco per il caffè, il primo posto dove sarebbe andato a mettere le mani un ladro che si fosse introdotto dalla soglia sempre aperta di casa sua.

"Per me quanto farebbe, signor Giggi?" era la formula con cui pretendeva una distanza definitiva tra sé e lo Strassé, ma era anche il modo per dare una ragione limpida e semplice come il denaro alla sua attività di mescolatrice truffaldina. Altrimenti, senza una ragione onesta come la mercede, cosa avrebbe dovuto pensare di sé?

Di lei che riceve infagottato ben bene in un pacco di stracci luridi il malriuscito ragazzo piangente e se lo porta a casa. E a casa se lo mette sopra il comò. E lì in piedi passerà per anni almeno un paio d'ore ogni giorno per cercare di farlo perfetto. "Non ha ancora lo stesso sentimento," dirà ogni volta che si rifiuterà di consegnarlo a Giggi che reclama, come se il suo mescolare noccioli e zafferano in una certa sfumatura di tinta fosse né più né meno che impastare la mota per fare Adamo. E in quegli anni non vorrà mai più mettere piede in Pellicceria per dare almeno ancora un'occhiata, per controllare. Come se 'il sentimento' o che altro andava cercando di perfetto se lo fosse stampato a inchiostro copiativo qui nella testa e lì nelle mani una volta per sempre. E non solo.

Quando alla fine l'Ecce Homo le era stato portato via praticamente a forza per andarsene a finire beato e tranquillo a New York appeso alla parete di un museo con i fiocchi, aveva chiesto e ottenuto di avere per sé un'altra delle copie sopravvissute ai tentativi falliti degli esimi artisti. E ancora per anni, in piedi davanti al comò, ha passato il suo tempo a cercare di farlo perfetto, davvero perfetto, non come era sembrato senza esserlo al principino, al direttore del museo americano e a chissà quanti altri sapientoni. E nel frattempo continuava a mescolare zafferano truffaldino per le drogherie e metteva a posto l'incarnato di una bella dama del maestro Cambiaso e il cielo premonitore di un tragico calvario di Francisco de Zurbarán.

E Paride, cosa diceva Paride del ragazzo sul comò e della sua donna? Nulla. Per la stessa ragione per cui nulla aveva detto quando lei aveva scambiato la prima occhiata con il santino caduto a terra e, silenzioso, l'aveva accompagnata nella quadreria del principino. Bisogna capire che Paride amava davvero Sascia, voleva amarla per tutto quello che lei aveva da farsi amare, e sapeva farlo questo con tutta la forza del carbunè e l'incoscienza della sua bellezza. E per uomini fatti in quel modo i misteri non sono d'intralcio e i silenzi non portano né distanza né malinconia.

E poi, quando è venuto Giacomino? Giacomino giocava intorno a sua madre e cresceva, un occhio all'angioletto suonatore d'arpa e un occhio al marinaio scampato a Sandokan.

Finché a un certo punto è venuta la guerra. La guerra che Giacomo non sa raccontare.

È venuta di mattino presto un giorno di domenica mentre Giacomino era nel suo letto che stava sognando. Sognava nell'ultimo sonno incerto se svegliarsi del tutto o lasciare che il centravanti Bertoni terminasse il suo dribbling e provasse a infilare la rete. Bertoni di solito non sbagliava, ma quel dribbling durava da troppo tempo e poteva anche essere che non finisse mai. Forse era meglio alzarsi e farlo un po' riposare, forse era invece meglio dargli ancora un minuto: poteva aiutarlo lui allungando qualche sgambetto. Non sapendo come decidersi smaniava e arava nel letto. Quando la guerra è arrivata, Giacomino aveva un occhio ormai aperto del tutto e Bertoni aveva perso la palla nel groviglio di lenzuola e coperte.

L'occhio che Giacomino teneva aperto guardava senza ancora distinguere bene in direzione di sua madre. Succedeva tutte le domeniche mattina e ogni altro giorno in cui non andava a scuola che Giacomino si svegliasse guardando sua madre. Se non doveva affaccendarsi dietro al figlio, Sascia si metteva a lavorare al ragazzo dipinto; dedicava le prime ore del mattino a quella attività perché riteneva che fossero le uniche con la luce adatta. Anzi, era certa che quel lavoro le riuscisse bene, e meglio che agli artisti, solo perché la casa di Salita degli Angeli aveva la luce giusta per vedere il sentimento.

Si esprimeva tra sé con queste esatte parole, mentre in piedi davanti al comò considerava compiaciuta i progressi di quella mattina nella delicatissima sfumatura di peluria all'altezza dell'orecchio destro del ragazzo. La guerra è arrivata nell'attimo preciso in cui Sascia ha staccato il pennellino dalla tela e ha cessato di pensare alla luce per rispondere allo sguardo di suo figlio. Il suo gesto non è bastato a salvare il paziente lavoro di quegli ultimi anni, perché la prima cosa maligna che ha fatto la guerra è stata quella di costringere la mano di Sascia che teneva il pennello a ritornare con forza inconsulta sulla tela e a segnarla con una lunga e prepotente striscia di colore.

Naturalmente sia Sascia che Giacomino sapevano da parecchi mesi che c'era la guerra: questo lo sapevano tutti nella città e fin nelle montagne e in mezzo al mare. Ma non avevano la più pallida idea in cosa consistesse praticamente. Quale fosse il suo odore, ad esempio, e che rumore facesse, se avesse un sapore, cosa avrebbero visto gli occhi, che dolore si sarebbe sentito. I cinegiornali, i manifesti appiccicati sui muri, la radio, non spiegavano nulla al riguardo, e i soldati che erano partiti già in molte migliaia nei bastimenti dal Ponte dei Mille, ancora non erano tornati per dare delucidazioni.

Cosicché i sensi di Sascia e di Giacomo erano del tutto impreparati all'arrivo della guerra. Così oscura e vaga era la sua natura che lì per lì non l'hanno neppure riconosciuta.

Hanno creduto ambedue in un primo momento che si trattasse di un abbaglio della mente. Il ragazzo si è sentito precipitare di nuovo dentro il suo angosciante sogno senza goal, la donna – figuriamoci! – ha creduto che fosse giunto il momento del temuto arrivo dell'elefante selvaggio. Questo hanno patito all'arrivo della guerra: l'oppressione insopportabile di un incubo, il peso mortale di un elefante, perché la guerra è arrivata da loro nella fattispecie di una salva di cannoni da 381 millimetri di diametro.

Molte miglia al largo del mare, tanto distanti da essere invisibili oltre il grigio orizzonte dell'inverno, quindici grandi navi da battaglia hanno aperto il fuoco dei loro cannoni contro la città. Non contro Sascia, né contro Giacomino, né contro nessun altro uomo o donna in particolare – la gente è così piccola che i telemetri di tiro non potevano davvero vederla – ma contro il grande bersaglio, quello facile sì da traguardare, che i cannonieri e i capopezzo e i comandanti e gli ammiragli e i ministri e i re conoscono con il nome di installazioni nemiche.

Al segnale stabilito, in sincronia perfetta, centoventicinque cariche di polvere pirica da mezza tonnellata ciascuna sono esplose all'interno della culatta e hanno espulso altrettanti proiettili di ferro contenenti tre quintali ciascuno di esplosivo. I proiettili hanno allora preso a vorticare pazzamente lungo la spirale incisa nella canna del cannone, assumendo all'atto di uscirne fuori traiettoria e velocità costanti. La traiettoria descriveva un arco di venticinquemila metri, la velocità era di seicentoventi chilometri alla partenza e poco meno di cinquecentocinquanta all'arrivo. L'arrivo sul bersaglio. Il bersaglio erano le installazioni nemiche. In mezzo alle installazioni nemiche se ne stavano, fino a quel momento tranquilli assieme a un altro mezzo milione di persone più o meno tranquille, Sascia e Giacomino. E Paride e il principino, e Tirreno e la Combattuta, e tutti quanti gli altri, insomma. Bum bum bum bum bum.

Per essere precisi ciò che la guerra ha inferto a Sascia e a suo figlio quando ha bussato alla porta di Salita degli Angeli, quello che a loro al momento era parso come il precipizio in un incubo elefantesco, è stato solo un suo effetto secondario e, in definitiva, lieve. Se avessero subito l'effetto primario del bombardamento della città, mettiamo l'arrivo in casa loro di uno dei proiettili da 381, non avrebbero provato niente, o provato troppo in troppo poco tempo per poterne ricavare un'impressione qualsiasi, visto che sarebbero morti sul colpo. Invece sono rimasti vivi. Non vittime, ma superstiti.

L'effetto secondario consisteva, semplicemente, in un forte e repentino turbamento dell'aria. Tempeste di suono che si spostano nell'aria, e aria che si sposta avanzando su se stessa comprimendosi. Aria che all'improvviso opprime il corpo come un incubo e gli pesa sopra come un elefante. Non possono dire di avere sentito l'esplosione delle cariche, la corsa dei proiettili, lo scoppio delle bombe, perché il loro udito non ne è stato capace; più delle orecchie hanno potuto sentire tutto questo le loro viscere che si sono ritorte e ispessite e di nuovo distese e poi ritorte e scomposte, spinte dalle vibrazioni a cercare di sfuggire dai loro abituali ricettacoli diventati insopportabilmente angusti. La prima cosa che hanno potuto sentire davvero è stato il suono tutto sommato familiare dei vetri delle finestre che andavano in pezzi. Ma prima c'è stato ben altro.

Prima una grossa mano ha stracciato il cielo sopra le loro teste come si straccia per il dorso un libro in due; poi la casa ha cessato di stare in piedi su se stessa e la stanza non ha più avuto né un su né un giù, né un di qua né un di là, ma un unico posto a mezz'aria dove ambedue sono andati a sbattere anche se non c'era apparentemente nulla lì dove poter sbattere. Si sono trovati accartocciati per terra, l'uno vicino all'altra, e prima che potessero muovere un muscolo – Sascia, che era forte, cercava già con tutta la sua forza di allungare una mano verso suo figlio, ma non riusciva a pensare bene dov'era la sua mano e dov'era suo figlio anche se credeva di vedere l'uno e l'altra – prima che potessero anche solo capire che potevano farlo, i due pezzi del cielo appena stracciati hanno preso a fregarsi l'uno contro l'altro, sbriciolandosi in milioni di pezzetti che saettavano tutto intorno a loro, e alcuni sopra di loro e altri dentro di loro. O così almeno sentivano di patire. Tutto questo perché nella Salita degli Angeli, un centinaio di metri sotto la loro casa, era arrivato giusto un proiettile da 381 millimetri di diametro. Ed era esploso, naturalmente.

Poi le cose hanno preso ad andare un po' meglio. E hanno cominciato a capire in fretta, tutti e due, senza che ci fosse lì nessuno ad insegnarglielo. Hanno imparato a distinguere: gli spari, le esplosioni, il frastuono delle colline in alto che si rompevano come tazze vuote – e invece era solo l'eco degli spari e delle esplosioni – e infine le sirene. Le sirene, le sirene, le sirene. Poi più niente, niente di niente; un botto di silenzio, come se nel mezzo della notte Sascia avesse spento la radio. Più nulla da sentire con le orecchie ma molto odore da sentire con il naso.

Odore di polvere, polvere scopata con la saggina, odore di qualcosa di bruciato da qualche parte, odore di castagnole e fuochi artificiali; odore di pipì. E sotto gli odori, alla fine un altro suono. Non un suono cattivo, ma dolce. E lungo, lungo e sempre uguale per tutta la sua lunghezza: qualcuno da qualche parte intorno a loro frignava senza avere il fiato per piangere.

A quel punto, mezz'ora dopo la prima salva della *Home Fleet*, Sascia era distesa sopra Giacomo. Distesa per tutta la lunghezza del suo corpo, le labbra premute sulla sua fronte come se stesse consultando quella parte preziosa di suo figlio in un interminabile controllo della febbre. Sentiva sotto il grembiule da lavoro, sulla pancia e sullo stomaco, il tepore della sua urina. E sapeva per certo che lui era vivo, che lei era viva, e che l'elefante selvaggio era passato, ma aveva scartato di lato.

Dal porto, Paride è arrivato talmente di corsa da trovarli ancora così.

Per quel giorno la guerra ne aveva avuto abbastanza delle installazioni militari nemiche. Dall'aia davanti a casa, il carbunè, il ragazzo e la pittrice guardavano la città di Genova fumare come un'infinita torta di polenta squagliata sopra il mare. Il mare era del colore latteo del marmo, il sole, che ora era alto nel cielo e fin troppo splendente per essere quello di febbraio, faceva in mezzo ai fumi strani giochi di luce che filtravano tra la polvere dei calcinacci fin in fondo ai carrugi. Dove la gente, a migliaia, aspettava in silenzio che succedesse ancora qualcosa per mettere fine a quella domenica mattina.

Nel pomeriggio la città ancora fumava e i tranvai non avevano ancora preso ad andare. Cosicché Paride Tirreno e Giacomino sono andati allo stadio in motocicletta, anche se, teoricamente, era proibito viaggiare con mezzi privati soprattutto se per ragioni private. Nel lungo viaggio tutto fatto quasi a passo d'uomo da San Teodoro a Marassi, il ragazzo non ha avuto modo di vedere praticamente nulla, stipato com'era tra padre e padrino. Ma dalla gradinata genoana dello stadio, alzando gli occhi anche senza volerlo, vedeva fumo sulle colline e nebbia sul sole, e sentiva cattivo odore di polvere e di qualcosa di bruciato da qualche parte. E si chiedeva come sarebbe potuta andare quel giorno. E come lui, se lo chiedeva anche tutta la gente sugli spalti, un bel po' di gente che si agitava innervosita desiderosa di vedere qualcosa di buono laggiù nel campo.

Sul prato erboso, perfetto come sempre, i giocatori c'erano tutti, raccolti a centro campo per le strette di mano e il sorteggio della palla. Ma erano un po' troppo ammassati, questo sì, e si guardavano attorno con aria distratta, come se non avessero voglia di cominciare. Ma poi è andato tutto bene. E il centravanti Bertoni ha mantenuto la promessa fatta in sogno a Giacomino: dopo un lungo, interminabile dribbling, è andato finalmente a rete.

Nove febbraio quarantuno, Genoa-Juventus due a zero.

Reti di Lazzaretti e Bertoni. E sì che la Juventus a quel tempo schierava giocatori del calibro di Foni, Rava, Colaussi e Gabetto.

Passeranno tre anni, e Giacomo sarà ormai un giovinetto e il Genoa una squadra dispersa, quando la guerra si insedierà definitivamente nella sua vita come la macchina ingovernabile dei disguidi del suo destino.

Ancora una volta Giacomo della guerra patirà soltanto gli effetti secondari; la mano della guerra sarà eccezionalmente lieve con lui, a tal punto da lasciarlo in vita, e se non grasso, neppure troppo affamato. In quei tre anni la sua vita, come la vita di gran parte della città di Genova, non subirà grandi mutilazioni e traumi. Continuerà ad andare al cinematografo e vedrà film diversi, ma non per questo meno interessanti. Continuerà a passeggiare con il Giaguaro e a inoltrarsi con lui nel mare aperto. Giocherà a pallone nel campetto di terra battuta in San Teodoro e per via del pallone si farà grande onore tra i balilla e gli avanguardisti del quartiere. Continuerà a frequentare la scuola lì vicino. Finita la quinta, andrà in sesta e dalla sesta passerà all'avviamento al lavoro, in attesa che i carbunè, sotto gli occhi intenditori e pieni d'amore di suo padre Paride, lo giudichino abbastanza sano, robusto e adulto per poterlo prendere con loro in compagnia, in attesa che di carbone al porto ne arrivi e ne parta un po' di più di quello appena necessario a non far morire la guerra.

Tessera o non tessera, Sascia sa dove trovare cose nutrienti da mangiare, e Giacomo cresce proprio sano e robusto come suo padre e i suoi compagni carbunè si aspettano da lui. Solo di notte, ogni tanto, le sirene dell'allarme antiaereo gli disturbano il sonno. A volte le sirene sono quelle vere della casermetta in cima alla Salita degli Angeli, e allora Sascia gli butta qualcosa addosso e se ne vanno tutti e due a passare il pericolo sotto il massiccio volto a un passo dalla loro casa. A volte invece le sirene se le sogna, e in questo caso la paura è più grande. Tanto grande che Giacomo non di rado si sveglia per l'odore forte e vergognoso della sua urina. Ma di quei tempi non c'era da farne un dramma; e questa, forse, era una delle poche novità.

Né la guerra ha cambiato Sascia, e men che meno in lei l'amore per il suo uomo e l'amore per il suo figlio, né il modo con cui intende l'uno e l'altro. Non è davvero una bomba che può far cambiare certe idee di certe donne.

Solo Paride, nonostante a prima vista non possa apparire, sarà cambiato, e non poco, dalla guerra; e questo lo si vedrà tra poco.

Alla Combattuta la guerra piaceva, piaceva a tal punto che, a detta dei clienti più sensibili, l'aveva anche un po' ringiovanita. Non che avesse preso iniziative di tipo propagandistico, come arruolarsi volontaria nei corpi ausiliari o cose del genere; non faceva nemmeno parte dell'UNPA, e i suoi numerosi amici avevano fatto in modo che non dovesse umiliarsi, costretta a presentarsi di primissima mattina agli appelli delle esercitazioni antiaeree. La Combattuta era a tutti gli effetti militesente.

Ciò che amava della guerra, quello che della guerra le faceva bene, era il terrore, l'incontrollabile terrore che si era impossessato degli uomini, di tutti i maschi, nessuno escluso.

La Combattuta vedeva in questo decadimento un atto di giustizia che le procurava una refrigerante sensazione di ristoro. Intelligente com'era, e sensibile, non aveva tardato a capire che ciò che stava corrodendo gli uomini non era la semplice e commovente paura di morire, loro così lontani dal teatro sanguinolento delle battaglie, ma una paura molto più sottile e malsana.

Così andavano dalla Combattuta a farsi medicare l'anima pensando scioccamente che l'anima, se mai ce l'avevano, fosse incorruttibile. E la Combattuta vedeva che la guerra non aveva fatto che il suo stesso identico lavoro di sempre. Certo con ben altri mezzi e sovrumana forza: li aveva trattati come pezze da piedi dando loro a intendere di considerarli i signori della terra. E gioiva, e se fosse stato per lei la guerra non sarebbe mai dovuta finire, almeno fino a che non fossero stati tutti quanti piallati ben bene. Se li prendeva dentro quando pretendevano di averne voglia o li faceva semplicemente accomodare con un caffettino in mano, e incominciava il solito lavoro. Metteva in moto i timbri più neri della sua voce e parlava, parlava, parlava. Li intontiva e poi li maneggiava, li rivoltava e li strizzava.

È appunto nell'ambito di questi sentimenti che va inquadrata l'attività spionistica della Combattuta.

Parlava con tutti e spifferava qualsiasi cosa le venisse in mente, cominciando dalle confidenze più intime; rispondeva alle domande avventatamente, come le pareva, senza riguardo di alcun genere, senza prudenza e, in un certo qual modo, senza malizia. Non essendo a libro paga di qualcuno, faceva comodo a tutti pensare che fosse un'amica sincera, una fedele alleata. E il basso di San Luca, ben lungi dall'essere considerato un covo di spie, si era conquistato un onorevolissimo status di extraterritorialità, un porto franco dove si poteva andare a degustare l'ebbrezza di agognati segreti e quella ancor più sottile della congettura.

A quel tempo il Principe Andrade continuava a visitare la sorellastra con regolarità e il loro sodalizio si manteneva inalterato nel tempo. Il principino era l'unico uomo in cui la Combattuta non intravvedesse alcun segno della follia che dilagava tra i suoi clienti, l'unico che la guerra non sembrava aver minimamente toccato o cambiato in alcun modo. Era semmai ancora più signore, più compito e grazioso.

L'accompagnava ancora al caffè, cercava ancora, senza riuscirci, di raffinare il suo abominevole gusto per le chincaglierie con regali eleganti e preziosi che la Combattuta metteva in un angolo e poi faceva scomparire sotto lo spesso strato delle sue amate cineserie.

Sin dall'inizio della guerra aveva preso a leggerle una storia che la commuoveva in modo straordinario, fino a farle sgorgare una copiosa pioggia di lacrime. Era un libro stampato in lingua inglese e glielo traduceva man mano che andava avanti nella lettura.

Aveva portato la storia di Davide Copperfield nel basso di San Luca con l'intento di confortare un poco le pene della sorellastra. Il fatto che la Combattuta gioisse dell'orrendo stato delle cose intorno a lei, non significava che questo la rendesse una persona felice. L'infelicità, l'eterna irrimediabile infelicità di una creatura nata male, era la bellezza del suo furore.

Le carni della Combattuta avevano un leggerissimo sentore di autentico, umano dolore, un sottile profumo di cosa che stava per morire già nell'atto di nascere. Gli aliti dei suoi profumi non riuscivano a celarlo del tutto; e non c'è niente che ammosci la voglia di sangue degli uomini e susciti in loro un rispetto ossequioso come la traccia di sangue già versato. Anche questo li distingue dalle bestie; il fatto che non si buttino ad azzannare chi è ormai condannato a morte, ma gli ficchino una sigaretta in bocca. E forse per questo è stato così a lungo e crudelmente oltraggiato il ragazzo nel Sinedrio: perché si rifiutava di sentire l'odore di morte che aveva già addosso, perché diceva che non sarebbe mai morto.

La guerra aveva impresso slancio ulteriore al furore della Combattuta, ma non per questo, ovviamente, lenito la sua infelicità.

Sarebbe stato così del resto, fino alla fine dei suoi giorni. Di questo era certo il Principe Andrade, che non riteneva che la redenzione fosse democraticamente messa a disposizione di tutti. Che la sorellastra non avesse alcuna possibilità di salvarsi da se stessa, il principino l'aveva saputo già la prima volta che l'aveva incontrata: egli era dotato in modo straordinario dell'acuta sensibilità che la gente comune si aspetta da un aristocratico fannullone.

Da allora in poi aveva preso a frequentarla con l'amorevole e franca sollecitudine di un fratello che assiste la lunga estenuante agonia della sorella minore malata di un male incurabile. Questo era il segreto del loro sodalizio, la ragione di un'intima complicità: Maria concedeva al Principe l'onore e il piacere di infrangere tutte le apparenze e le convenienze principesche in nome di una causa irrimediabilmente perduta.

Ora egli era al corrente degli intendimenti della Combattuta circa la guerra, gli uomini, se stessa nella guerra e tra gli uomini, e conosceva la disinvoltura e l'avventatezza con cui procedeva nel suo temerario gioco di scacchiera. La vedeva davvero ringiovanita e più bella man mano che la guerra procedeva e cresceva in lei la pazza illusione di poterla combattere alla sua maniera dal canapè di vico San Luca, e poterla anche vincere. Era arrivato il tempo della morfina per il male della Combattuta, e la storia di Davide Copperfield era la dose più potente che il principino avesse trovato da somministrarle.

Così come non credeva all'eventualità della redenzione, tanto meno era convinto che potesse qualcosa in proposito la letteratura. Ma poteva lenire, questo sì, lenire e calmare: le leggeva la storia dell'orfano buono per farla un po' riposare da se stessa, visto che da se stessa non poteva salvarla.

E già che c'era usava quel grosso romanzo rilegato in rosso marocchino perché un certo frequentatore del sopraddetto canapè ogni tanto rinvenisse per caso, sfogliandolo con l'ottusa apatia dell'illetterato senza rimpianti, un cartoncino a mo' di segnalibro. Vecchie cartoline postali con brutte litografie di paesaggi delle colonie africane, con cui il tizio si gingillava un po' prima di rimetterle al loro posto.

Per tre anni interi il libro è stato in bella evidenza sul tavolinetto accanto al canapè, illuminato all'occorrenza dalla luce infingarda di una abajur, senza che nessuno dei molti sagaci clienti della Combattuta avesse mai avuto voglia di prenderlo in mano, sfogliarlo, e chiederle cosa diavolo ci facesse con un libro scritto nella lingua nemica. E, tanto per cominciare, chi cavolo fosse questo Davide Copperfield. Il principino aveva preso l'abitudine di lasciare tra le pagine il segnalibro verso la seconda metà dell'anno 1943 e l'aveva mantenuta fin verso la primavera del quarantacinque.

Nel retro della cartolina postale il principino era solito scrivere, nella sua asciutta ed elegante calligrafia, alcune brevi note e appunti, perlopiù di carattere tecnico, inerenti la vita militare della città. A volte scriveva dei semplici indirizzi, altre volte serie di numeri, operazioni aritmetiche o cose del genere.

La guerra aveva brutalmente interrotto il suo ambizioso disegno di democratizzazione dell'arte, e nell'attesa che si ripristinassero le proficue rotte per il grande paese della democrazia, occupava il tempo dando una mano a chi voleva ripristinarle al più presto; non in nome dell'arte, magari, ma più in generale in nome della giustizia e della libertà.

Praticava questo suo passatempo in assoluto silenzio e ferrea discrezione, nello stesso stile con cui aveva svolto la sua attività di promozione artistica. Con lo stesso stile di sempre si esponeva con parsimonia ai rischi, ma non lesinava energie nel produrre materiale di alta qualità. Questo non gli era sempre possibile, non era tutto oro colato quello che scivolava silenzioso nel retro delle cartoline; ben lo sapeva il tale che lo raccoglieva e doveva poi sottoporlo a snervanti e rischiose controverifiche.

La ragione stava nel fatto che gran parte delle informazioni che sintetizzava nelle sue note provenivano dalla viva voce della sua sorellastra. Dal profluvio atono e senza zelo, come il vociare meccanico di un centralino telegrafico, di informazioni, chiacchiere, indiscrezioni, che la Combattuta riversava su di lui senza che l'avesse mai interrogata in proposito. Aleggiava nel basso di San Luca una spessa e vischiosa atmosfera di disincantata ipocrisia e cinica doppiezza. E quella melassa sembrava funzionare come una marinatura che proteggeva e conservava miracolosamente cose e persone in momenti e luoghi dove nessuno poteva sentirsi legittimamente al sicuro.

Lei, per dire, non ha mai preso in mano o mostrato il benché minimo interesse per i segnalibri fittamente compilati infilati nel suo amatissimo libro. Figuriamoci se quei cartoncini non la potevano interessare davvero, visto che per lunghi mesi era venuto a sedersi sul canapè per rigirarseli tra le mani il bel Paride. L'agognato Paride.

Alla fine dei conti la Combattuta aveva visto bene: anche Paride sarebbe passato prima o poi dal suo nido in vico San Luca. Non per le ragioni che aveva predetto quel giorno lontano del gran Ballo dei Carbunè, e questo le dispiaceva non poco. Con tutta evidenza non era stata l'inadeguatezza di Sascia a farlo approdare da lei, non qualcosa di cui avevano indomabile bisogno i suoi uomini e che difettava in modo patetico in quella ragazza. La indignava profondamente la cortesia di Paride, la sua scarsa attenzione al magnifico teatro che apparecchiava per lui; la scandalizzava il modesto interesse che lui mostrava di avere per il perfetto allestimento del suo corpo. E per la sua bocca poi, la sua bocca stupenda e la lingua nella sua bocca, la magnifica polifonia della sua lingua.

Lei che aveva voluto così bene a 'u Valentino e lo aveva aspettato con tanta pazienza, ora che ce l'aveva lì sul canapè soffriva come una bimba per la sua mancanza di rispetto.

Perché c'è una cosa che bisogna dire subito, per onestà e per amore. Nonostante quello che la Combattuta possa avere detto a questo o a quello, nonostante quello che lei abbia sognato, agognato, voluto pazzamente, Paride non ha mai fatto altro che sedersi, ascoltare, dare un'occhiata alla cartolina postale, salutare e andarsene. Tutte le sante volte che ha messo piede nel basso. Tutte tranne l'ultima, pochi giorni prima dei fatti dell'autunno del quarantatré.

Quella volta ciò che ha letto nel segnalibro era evidentemente di così grande importanza che si è lasciato andare a un gesto spontaneo e innocente di allegria: ha sorriso alla Combattuta. Le ha sorriso e le ha fatto un bel gesto di saluto; lui in piedi davanti al canapè, lei accoccolata come una vecchia tigre che osserva astutamente noncurante l'abbeverata di una graziosa antilope.

La questione di un attimo: un semplice, aperto, sincero sorriso, un gesto della mano prima di andarsene via. E lei era già attaccata ai suoi pantaloni, e se l'era già preso.

Voleva sorbirgli la luce degli occhi, e buttarla giù come una medicina. Voleva succhiargli la bellezza, masticarsela ben bene con calma e inghiottire anche quella. Era la sua una fame e una sete covata da così gran tempo che ora che poteva finalmente saziarla doveva stare attenta a non morirne soffocata.

"Te veuggiò portà via l'anima, Paride."

E così ha fatto, e ha pensato subito di stare un po' meglio. Un poco di sollievo dopo tanti e tanti anni.

E Paride ha lasciato fare, accondiscendente verso tanta voglia e tanto dolore. Sospeso ancora nel suo sorriso e nel gesto di commiato che non sapeva come esaurirsi.

Poi è stata ancora lei a rimettergli a posto la patta e affibbiargli la cinta. Nel farlo, veloce, esperta come un'infermiera alla medicazione, dalla tasca sinistra di Paride è scivolato via un cartoncino, la madunetta che è restata a terra tra loro con la faccia piangente all'insù, prima che Paride, ratto, la raccogliesse e la rimettesse al suo posto, là dove avrebbe dovuto proteggerlo.

La cartolina postale contenente la notizia così importante è stata invece ritirata il giorno dopo dal Principe Andrade e, al pari di tutte le altre, è finita in una collezione segreta che teneva, e per quello che se ne sa conserva ancora, in qualche anfratto del suo Palazzo.

L'appunto che è costato la verginità di Paride, e la sua libertà, e il destino di suo figlio, conteneva informazioni dettagliate e precise sul minamento del porto della città di Genova. Le mine sistemate a cura dell'Alto Comando Germanico perché, alle strette, saltasse in aria un bel pezzo di città.

8.

Non era passata una settimana che la Combattuta s'era già venduto Paride. L'ha regalato, anzi, così come a suo tempo gli ha messo gratuitamente a disposizione le informazioni a lui tanto gradite.

L'ha sputato fuori, l'ha raschiato via dal gargarozzo dove le si era incastrato come una spina di pesce, una crosta di pane. Se li era sorbiti i suoi occhi, se l'era portata via la sua bellezza; aveva preso la sua medicina, ma non era più riuscita a digerirla. Giorno e notte, notte e giorno continuava a graffiarla dentro senza darle requie, e il momentaneo sollievo si era rivelato un'illusione, e il balsamo un lento, amaro veleno. Smaniando di paura e frustrazione, la Combattuta ha avuto alla fine la forza di vomitare il bel Paride.

L'ha dato ai tedeschi perché la guardia repubblicana non le sembrava abbastanza fine per la bellezza di Paride. Siccome non aveva rapporti diretti con i tedeschi – non riteneva opportuno ricevere alcuno straniero in casa sua, e in verità, vista la concomitanza tra la sua specialità e l'ignoranza di ogni altra lingua che non fosse quella della città, non avrebbe avuto modo di accontentarli un granché – aveva dovuto far compiere al suo messaggio una complicata gimcana che, scivolando via tra le gambe dei suoi abituali clienti, approdava alle orecchie di un industriale milanese ghiottamente solidale con lo sforzo bellico germanico. Aveva rischiato non poco la Combattuta per consegnare la sua pillola alla bocca giusta, nel momento giusto: in base al suo severo principio di equità, aveva fatto in modo di fregare Paride un attimo dopo che Paride aveva finito di fregare i tedeschi.

Per ben figurare aveva fatto assieme al suo un mazzo di altri tre o quattro nomi, tra questi si conoscono già quelli di Tirreno e di Sascia. Oh, la Combattuta non si è dimenticata di Sascia: come avrebbe potuto? Aveva o no, deciso di voler bene anche a lei la notte del famoso ballo? E così ha dato ai tedeschi anche lei, prefigurandosi molto romanticismo e commozione nella drammatica separazione dei due colombi.

Siccome tutto questo non le bastava a far quadrare la sua crudele geometria, aveva anche fatto in modo che il principino scrivesse una delle sue cartoline postali in tempo perché fosse letta da un tale e quel tale potesse comunicare a chi di dovere che ci sarebbero stati problemi per Paride e gli altri. Il perfido cronometro della Combattuta aveva combinato in modo che quest'ultima informazione arrivasse a destinazione esattamente nel momento da lei desiderato: troppo tardi perché Paride non fosse bruciato, abbastanza presto perché avesse ancora la possibilità di salvare la pelle. Dal suo punto di vista questa macchinazione rappresentava la perfezione assoluta, l'eccellenza di una carriera.

E il successo è stato totale.

Vediamo adesso di capire bene cosa è successo, dato che tutto si è compiuto nell'arco di una manciata di ore; e per la precisione, dalle cinque di mattina al mezzogiorno appena passato di una bella domenica invernale, fresca e asciutta come non poche quell'anno.

A quel tempo Paride aveva una banda di cinque uomini. Finito il suo turno di carbunè, amato suo figlio, amata la sua donna, fatte due chiacchiere in piazza Banchi e qualche bravata con la tessera annonaria, il bel Paride diventava a tutti gli effetti un bandito di città, un clandestino.

È sorprendente come la vita sappia certe volte essere più

vasta di ogni logica prevedibilità, prendere il destino di un uomo e piegarlo verso direzioni impreviste, meravigliose e tragiche, fuori dalla portata di ogni ragionevole intenzione. La vita è grande. Rovina e fortuna, patimento e gioia, schiavitù e affrancamento, rotolano e si cozzano tra loro su un tavolo talmente vasto, in un gioco così complicato, che solo un pazzo può pensare di poterlo governare per intero e per sempre, per se stesso e per gli altri.

Naturalmente i pazzi di questa natura abbondano. Capita addirittura che alcuni di loro invece di passare per quello che sono, per pazzi scatenati, godano momentaneamente fama di persone avvedute, sapienti oltre ogni limite sopra il proprio e l'altrui destino, dotati di provvidenziali capacità e poteri. Costoro se la spassano da signori per un po' di tempo, fino a quando la vita, la tragica grande storia della vita, si incarica di svelare l'obbrobrio della loro follia. Chi l'avrebbe mai detto, lamentano sconcertati i loro seguaci ed estimatori.

Già, chi l'avrebbe mai detto. Il fatto è che la vita non finisce mai, il suo orizzonte è oltre l'ultimo orizzonte visibile. Il fatto è che lo sguardo, anche il più acuto, è sempre meno lungo di quanto faccia piacere crederlo. E per fortuna che è così, altrimenti gli umani sarebbero già finiti da un bel pezzo; malamente, miseramente, prevedibilmente finiti. E invece, dopo tante sventure e disastri, sono ancora lì a stupire l'universo.

Paride non aveva certamente messo in conto di diventare un bandito. Paride è un uomo buono e fiducioso, ottimista e semplice; se pensa al suo destino lo pensa come una via diritta e sgombra. Non ha paura della vita né di quello che gli può parare davanti, fosse anche stupefacente come la donna che gli ha fatto incontrare, perché ogni cosa può agevolmente comporla dentro la vasta semplicità del suo universo. Il suo destino è nella lingua che parla, nelle spalle coperte dal paggetto, nella faccia, la sua bella faccia, e nelle sue mani, come si usava dire a quel tempo. La linea del suo orizzonte si sovrappone armoniosamente al limite della diga foranea e può legittimamente aspettarsi solo quello che riesce a immaginare. La guerra non era riuscito a immaginarla.

Al pari di molti altri uomini del porto, aveva avuto nei confronti del Duce degli Italiani e del suo Fascismo un atteggiamento di sufficienza e di maschia condiscendenza. Il che significa che dopo essersi azzuffati ben bene con i fascisti al tempo delle squadracce, erano addivenuti, Paride e i carbunè, a una tacita e duratura tregua con il nuovo potere.

Loro avevano perso, ma gli altri non avevano stravinto; e, soprattutto, nessuno aveva perso la faccia. Secondo il punto di vista dei contendenti era stata quella una delle tante battaglie di una guerra onorevole tra forti, che era cominciata mille anni prima e, per quanto loro ne sapevano, sarebbe durata per altri mille anni: la guerra eterna dei ribelli.

Dopodiché tra ponti e calate poco era cambiato: Benito Mussolini non aveva mai più osato alzare la mano sul porto e aveva anzi provveduto a tenersi benignamente alla larga dalle consolidate guarentigie dei suoi uomini, pretendendo da loro solo ogni tanto una bella coreografia di virile sottomissione e un po' di formalità: meglio di altri padroni, a dir la verità. E un padrone rivoluzionario, per di più; uno che faceva fuoco e fiamme contro i soliti, immortali carognoni.

Di questo, ad esempio, ne era fervidamente convinto Tirreno. Tirreno 'u Russu, che nel venti era arrivato fino a Vladivostok con la nave dei carbunè per sostenere con centocinquanta tonnellate di carne congelata e maglie di lana la rivoluzione bolscevica. E nel ventotto si era fatto fotografare nel picchetto d'onore alla mostra del Fascismo di Roma. Tirreno che avrebbe voluto che il suo figlioccio portasse per primo nome quello del Duce e per secondo quello di Lenin. E sia chiaro che non era un traditore: non era contemplata tra i carbunè l'eventualità della codardia e del tradimento.

Tirreno, Paride e gli altri, appartenevano a una casta di principi pezzenti che non tollerava alcun dominio, ma che sapeva apprezzare chiunque rispettava il loro orgoglio e la loro dignità. Principi progressisti assai più del Principe

Andrade, poco propensi alla bellezza dell'arte forse, ma amanti dell'elettricità e delle macchine, grandi estimatori della velocità che piace così tanto alla Merce, che era il loro unico pane.

Poi sono venute le guerre. Quella di Etiopia, e passi, e quella grande, invincibile, del quaranta.

E il Duce degli Italiani non aveva da dire più niente di rivoluzionario in proposito, niente che potesse suonare passabilmente convincente. E quando il Cavaliere ha perso, si è ben guardato dall'accettare la maschia sconfitta, ma si è preso i tedeschi in casa per nascondercisi dietro; altro che onore.

I tedeschi non erano solo cattivi, com'era arcinoto sin dai tempi dei tempi, ma anche eleganti fuori luogo e disumanamente strafottenti. E hanno alzato la mano sulla città e si sono fatti dominatori. E i carbunè sono tornati ribelli. Senza tanti discorsi e con poca dottrina, senza sorpresa e pentimenti, è ripresa, com'era già scritto nella millenaria natura delle cose, l'eterna guerra dei ribelli.

La banda di Paride era una delle prime che si era organizzata nel porto subito dopo l'otto settembre e aveva preso il nome fiducioso di Invitta. C'era Tirreno, naturalmente, poi un mancinante piccoletto che chiamavano tutti Bruto, e due fratelli, due cuffinanti grossi e sempre appaiati come una coppia di buoi, chiamati Pietro e Paolo perché ogni volta che passavano dall'edicola della Madonna al Molo Giano non mancavano mai di farsi il segno della croce.

La banda aveva il compito di controllare l'intera diga del Molo Galliera e si addestrava al sabotaggio durante la pausa mensa dentro le stalle dei cavalli di manovra alla Lanterna; di notte faceva la ronda alla diga su un barchino con la copertura della pesca dei polpi. Erano specialisti delle mine. Al momento specialisti non delle mine da far scoppiare, ma di quelle da non far scoppiare. I tedeschi avevano sparso mine per tutto il porto e il loro compito era quello di renderle inoffensive. Per questo era con loro il mancinante Bruto, perché per trattare con le mine bisognava intendersi di elettricità.

Le mine che i tedeschi avevano utilizzato per il loro piano di distruzione del porto erano note ai militari con l'appellativo di 'eventuali', per la ragione che potevano venir bene in un sacco di occasioni. Erano degli oggetti piuttosto interessanti. Avevano l'aspetto innocuo di barilotti del tipo di quelle latte che si usavano allora per dieci galloni di olio. Al posto dell'olio contenevano cento chili di tritolo fuso, e fin che stavano così ci si poteva giocare a pallone che non succedeva niente. Per farle esplodere veniva inserito nel loro interno, nel cuore, un minuscolo cilindro metallico zeppo di tritolo compresso. Nel cuore del tritolo compresso era alloggiata una fialetta di vetro contenente fulminato di mercurio, e questa delicata fialetta era collegata a un circuito elettrico che andava a finire in un interruttore alloggiato chissà dove. Allorché si dava corrente, la fialetta si spezzava, il fulminato faceva esplodere il tritolo compresso e questo quello fuso. Il bidone intero era capace a sua volta di fare esplodere un palazzo, una nave, un sommergibile, una diga e qualsiasi altra cosa si avesse in mente di annientare. Più difficile a spiegarsi che a farsi, naturalmente. Era un metodo sicuro ed efficiente che teneva buoni questi mostri immersi nell'acqua, sotto terra, alla luce delle stelle fino a quando non sopraggiungeva l'eventualità.

Avuti nel modo che già sappiamo i piani di dislocamento delle mine, l'Invitta si era data da fare parecchio per trovare il sabotaggio giusto. Trinciare i cavi elettrici era il sistema più semplice. Ma il suo risultato sarebbe stato nullo, visto che era facile scoprire l'inghippo e i tedeschi avrebbero semplicemente aumentato la sorveglianza e spostato le mine. Dunque, niente da fare.

Pensa e ripensa, si era trovato il modo perfetto: bastava, si fa per dire, levare dal suo alloggiamento la fialetta di fulminato, richiudere tutto per benino, risistemare i cavi, e la mina sarebbe sembrata anche all'occhio vigile di un artificiere perfettamente in ordine, mentre invece era ridotta a un inoffensivo bidone. Era un lavoro che andava fatto mezzo metro sott'acqua, un lavoro per mani delicate. Era come, nel pieno di un terremoto, cercare di riempire una coppa di sottilissimo cristallo con del vino frizzante, e poi berselo senza versarne una goccia e rimettere la coppa al suo posto.

All'alba della domenica fatale era questo che avrebbe fatto l'Invitta. Si erano allenati a lungo su una mina identica a quelle che dovevano trattare; la mina era stata offerta da un industriale milanese proprietario del brevetto della fiala di acido. Il problema maggiore consisteva nel coordinare il respiro con le azioni: respirare, buttarsi giù in acqua a fare una parte del lavoro, risalire, ributtarsi, senza lasciare un'azione a metà e senza morire asfissiati. A Paride la fialetta, a Bruto il compito di trafficare con i cavi elettrici, Tirreno di protezione e aiuto anche lui sott'acqua. E i fratelli Pietro e Paolo sulla barca, di sorveglianza e copertura con ami, arpioni ed esca. I carbunè avevano il permesso di pescare in porto, una malleveria accordata intorno al millequattrocento.

La diga era lunga più di due chilometri e si stendeva diritta quasi parallelamente alla linea di costa dal Molo Giano ai bacini nuovi di Sampierdarena. Non c'erano sentinelle ma solo guardie di presidio ai fanali. Si erano portati per tempo, ben prima dell'alba, al lato estremo di Sampierdarena per procedere man mano che il giorno avanzava verso il centro del porto ed essere a giorno fatto davanti alla Darsena, sapendo di essere meno sospetti a trafficare alla luce del sole dove era più facile vederli. Di lì, finito il lavoro, se ne sarebbero andati tranquilli tranquilli in Darsena a bersi un bel brodo di trippa caldo bollente.

Si erano imparati a memoria i siti delle mine, e appena si è fatta abbastanza luce per distinguere le proprie mani nell'acqua, hanno cominciato a lavorare. I tre che stavano sotto indossavano mute di tela, e grosse cuffie nere di gomma con gli occhiali ricavati da vecchie maschere antigas, ma dovevano tenere le mani nude e l'acqua era così fredda che ben presto a Paride sembrava di avere al posto delle dita una sappetta di legno. Meglio, con la sappetta non c'è pericolo di fare danni, pensava. E si è lasciato scappare un grappolo di bollicine tra i denti in un sorriso involontario, perché al porto durava da cent'anni la polemica tra i commessi che chiedevano di usare quel piccolo attrezzo di legno per le merci più delicate e i camalli che invece si fidavano solo del loro gancio di ferro.

Ma nonostante questo il lavoro procedeva regolare e spedito. Gli inneschi erano meccanismi perfetti, come perfette erano le macchine delle mani di Paride e Bruto. Non c'erano laschi, non c'erano frizioni, né sbavature. I tre uomini insieme facevano un'unica macchina che doveva semplicemente far combaciare i suoi ingranaggi in un'altra macchina altrettanto semplice e affidabile: un lavoro non troppo complicato per chi si guadagna il pane dentro l'immenso meccanismo del porto.

Si intendevano tra loro con il consueto linguaggio di gesti della squadra di camalli al lavoro, ma era talmente chiaro quello che dovevano fare che c'era da dirsi ben poco. C'è stato solo un momento di confusione, ed è stato quando Paride si è trovato nelle mani la prima fiala. Cosa doveva farci? Avevano pensato a tutto meno che a questo. Sono risaliti tutti e tre assieme per sentirsi dire dall'apostolo Paolo che stava giusto aprendo la gola di un'orata: "Ma buttelà in mà, nesci". C'erano già in mare e Paride non ha dovuto far altro che aprire la mano e lasciar andare la piccola coppa di cristallo colma di fulminato di mercurio giù giù per i dodici metri di fondale. Dove è arrivata adagiandosi nel fango senza infrangersi, incredibilmente, e dove tuttora dovrebbe essere in compagnia delle sue sorelle sparse qua e là.

Alle otto avevano già finito e l'Invitta se ne stava sul barchino tutta intirizzita cercando di scaldarsi con il primo sole e una bottiglia di rum brasiliano cattivo come il veleno. Aspettavano le nove per scendere alla calata com'era stato convenuto e riferire a un tale, un ingegnere che veniva di fuori, prima di filarsela a casa. Intanto continuavano a pescare, visto che ormai c'erano e quella mattina le orate si infilavano nei secchielli praticamente da sole. Con i secchi pieni di pesce avrebbero potuto vantarsi in giro per la Darsena di aver passato la notte in acqua per qualcosa di serio.

Poco prima delle nove, mentre sono lì a traccheggiare pulendo pesci, Paride vede una vela manovrare per accostarsi; la conosce bene e alza il braccio per salutare il Giaguaro e il suo figliolo.

Il Giaguaro quella mattina era andato a prendere Giacomino un po' prima del solito. Gli aveva portato un regalo e questo aveva aiutato non poco il ragazzo ad alzarsi da letto quando ancora sua madre non aveva scaldato ben bene la stanza. Il regalo meritava ben più di un po' di pelle d'oca: per quel regalo si sarebbero potute fare ben altre pazzie.

Era una stupenda giubba da sommergibilista, mai indossata da spalle d'uomo; un indumento che poteva fare di un ragazzo un uomo fatto e finito, un Clark Gable. Era di spessa tela cerata foderata di finissima lana merino, e aveva le cerniere lampo che scorrevano lisce come una vaporiera sulla rotaia. Solo per una cerniera lampo di quelle lì un giovanotto poteva vendersi sua sorella, per l'intera giubba non avrebbe avuto abbastanza fantasia per trovare qualcosa di adeguato da dare via.

Quel regalo non aveva un significato particolare. Il Giaguaro aveva trafficato un mese per venirne in possesso, ma non c'erano una ricorrenza da rispettare, né un altro motivo, se non quello, segreto, di chiedere scusa. Chiedere scusa a Giacomino se andava ancora a prenderlo per la solita vecchia gita in barca. Il Giaguaro vedeva anche lui che Giacomino era adesso un giovanotto di quindici anni. Un giovanotto che con quella giubba, o senza la giubba, di domenica avrebbe potuto fare dell'altro.

E infatti le visite del Giaguaro si erano fatte più rare; lui, uomo di mondo, conoscitore delle Americhe, non aveva bisogno di aspettare il primo no per capire cos'è il tempo e com'è che passa. Ma per adesso non era ancora il momento di rinunciare del tutto ad amare Giacomino al solito modo. Bastava solo farlo di meno e con maggior discrezione, mettendoci sopra magari una giubba, che era un prezzo più che equo.

E Giacomino era diventato davvero un giovanotto alto come sua madre. Aveva preso un corpo asciutto e un po' scontroso, ma anche gesti miti e larghi; non aveva ancora la minima traccia di peluria sulla faccia, e i capelli neri corvini gli si imbizzarrivano in un ciuffo che sapeva resistere allo sputo e alla brillantina. Nel calcio era un'ala cascatrice, e cioè correva in cerca di qualcuno che lo buttasse a terra in un posto abbastanza buono per una punizione che qualcun altro avrebbe dovuto poi mettere in rete. Faceva la sua parte con eleganza e agilità, e con una naturalezza che sembrava nato per questo ruolo che piace a pochi. Nel momento dello scontro guardava il terzino avversario con un certo sguardo lucido e un po' spiritato, e non è detto che poi avessero tutti voglia di cacciarlo per terra.

Quando sua madre incontrava quegli occhi, stringeva a fessura i suoi e si ricordava della prima volta in vico Cavoli che aveva amato il suo uomo: cercava di capire cosa avesse visto Paride dentro di lei, perché pensava che lo sguardo di suo figlio fosse lo specchio del suo di allora.

Giacomo continuava ad andare volentieri con il Giaguaro ed era anche contento di farlo di meno. Ancora alla sua età continuava a detestare la confusione e l'incertezza, e desiderava che tutte le cose proseguissero senza cambiare troppo. Le bombe da 381 della *Home Fleet* che avevano introdotto i suoi sensi alla guerra, gli avevano anche in qualche modo ristretto i sentimenti dentro Salita degli Angeli. Ad esempio non era ancora andato a passeggiare in via Venti a caccia di ragazze, e c'era in questo senz'altro un certo ritardo.

Naturalmente è andato in visibilio per la giubba da sommergibilista e se l'è tenuta indosso per mangiare il caffellatte e per lavarsi la faccia. Con il suo tascapane a tracolla della giubba ha salutato la madre e si è fatto lasciare un bacio sulla nuca, dopodiché si è buttato giù per la crosa lasciando al Giaguaro l'onore di provare a stargli dietro. Hanno preso il tranvai, che a quell'ora di domenica mattina era vuoto e ancora profumato di lisciva, sono scesi alla fermata di Caricamento, e mentre il sole sorgeva tardivo dalla cupola di Carignano erano già al moletto che armavano il dinghy.

Quando Giacomo è già imbarcato ed è intento a sgruppare la cima del corpo morto, un signore distinto, un ingegnere di fuori, si ferma a scambiare due parole con il caddraio che sta ancora armeggiando all'ormeggio. Non più di due parole e un buongiorno, poi il Giaguaro salta su e con due colpi di timone mette la vela al vento.

Il Giaguaro non è a capo di nessuna banda e non fa parte di niente. Il caddraio è cosmopolita, ha risalito il Rio della Plata e il Paraná, è stato amato dalla regina della Bolivia e condannato a morte da suo marito il Presidente. Il caddraio vende stocche e bacilli e parla con tutti. È talmente contento di parlare con tutti che, come si è detto, si è inventato una lingua apposta per farlo.

Il Giaguaro dà solo una mano, ci mancherebbe altro che si tirasse indietro se qualche amico ha bisogno; l'importante è che non si sappia troppo in giro, perché non sono tempi questi che premiano i generosi. Il signore distinto ha chiesto al Giaguaro di raggiungere l'Invitta alla diga e di farsi latore del seguente messaggio: non ci sarà nessun appuntamento alla Darsena, anzi, dovranno sbrigarsi a filare verso Ponente dove troveranno un approdo protetto al molo dei pescatori di Voltri; da lì bisognerà che prendano la strada per la montagna.

L'Invitta è stata fregata, bruciata.

Il Giaguaro sa che può succedere, è successo anche a lui ai bei tempi di Cochabamba: la mattina sei in brache di lino e camicia di seta a degustare sorbetti con la donna più bella del mondo e la sera ti ritrovi nudo, immerso nella palude fino agli occhi, sperando che non ti distinguano tra le ombre della mangrovia e gli sternuti dei caimani. Dunque il Giaguaro, l'uomo dei due mondi, non dà a vedere di essere minimamente turbato mentre passa il timone a Giacomo e gli chiede di mettersi a ridosso dell'ala di grecale per portarsi sottodiga. Osserva il ragazzo tutto gonfio della sua giubba manovrare con la sua solita destrezza – "u s'infià in tu vento comme 'n to grembo de 'na donna" – e cerca pacatamente di ragionare.

Ha bisogno di trovare una buona idea in fretta: Giacomino è già di prima mattina dentro la palude fino agli occhi. Già, perché se è bruciata l'Invitta, lo sono anche gli annessi e connessi. Il tale che gli ha parlato non si è soffermato al riguardo, ma certe cose non c'è nemmeno bisogno di dirle. Il distinto ingegnere ha solo fatto un breve cenno del capo in direzione del ragazzo prima di rimettersi il cappello e voltare le spalle.

Quando dalla sua barca Paride ha alzato il braccio per salutarli, lui un'idea buona l'aveva già trovata e ridacchiando alla giaguara stava provocando Giacomino sulla fame di cerniere delle ragazze d'oggidì e intanto preparava la cima per abbordare.

Il mare era corto e malignetto e la conversazione tra le due imbarcazioni arrembate che battevano in continuazione rollando e beccheggiando non poteva essere un granché profonda.

"Ciau Giaguaro, comme l'è? E ammià in po' chi Tirreno, che giubunetto che u l'ha u Minu. Ciau Minu."

"Ciau puè."

"Duv'è che l'andè?"

"Pe 'u mà, Paride. Au meuetto duve doveì sbarcà i pescii a Voltri."

"Ah."

"Coscì u m'ha dito l'ingegnere."

"A se semmu smerdé tutti?"

"Me pà de scì."

"Sasscia?"

"Quarchidun u va a trovala."

"E u Guerso?"

"Penso anche a lù."

"O se sa chi u l'è staeto?"
"No."
"Beh, mi a vegnu lì con voialtri. Tirreno, te ti sè duve andà, e se veddemmo lì."

Quando Paride è salito sul dinghy, sotto il suo peso la barca quasi toccava con i bordi il pelo dell'acqua. Con grande attenzione si è messo a poppa, al fianco del suo figliolo e ha posato la mano sulla sua spalla, delicatamente perché non si distraesse dall'importante missione di non sbandare e imbarcare acqua.

Poi, come ripensandoci, ha tolto la mano, è stato un po' lì a guardarsela, e si è accinto di buona lena a questa novità: la gran novità di parlare a suo figlio di una cosa che non possedeva, che conosceva appena, che a prima vista non c'entrava niente con i carbunè, con il porto e tutto quanto. Roba senza niente dentro che gli potesse insegnare e che non portava niente di buono al presente.

Doveva farlo in fretta di parlargli, perché con la pratica che aveva suo figlio con la vela latina ci voleva poco ad arrivare a Voltri, e a Voltri non gli avrebbe potuto dire più niente, neanche fissare un appuntamento, ma solo darsela a gambe di fretta. Il tempo era così poco che, anche volendolo, non poteva stare lì a raccontargli bugie. Per giunta la barca era talmente piccola, che mettersi a bisbigliare era ridicolo: il suo sarebbe stato per forza di cose un comizio. Il suo primo comizio, e l'ultimo, c'era da augurarsi.

Il Giaguaro che sapeva bene cosa doveva fare Paride se ne stava a prua a cincischiare la cima. Il resto dell'Invitta intanto andava avanti veloce remigando a otto mani.

"Stamme a sentì Minu."
"Cos'è successo puè?"
"Ora noi due se parlemmu in po' in italiano, ti veù?"
"Certo puè."
"Cosci a vaggu ciù cianin e ti mi capisci meegio. Vedi Mino, io e i compagni laggiù non è che andiamo a pescare

solo pesci... La questione è che non si può vivere con un gancio piantato nella schiena. Mi capisci Minu? Sì che ti mi capisci. Lo sai anche te cos'è la guerra. La guerra ci sta portando via tutto: il pane e il cervello. Mi capisci?"

"Sì, puè."

"Li vedi Minu i tedeschi e i Salò quando passano: loro ci vivono di guerra. Si ingrassano di morti, Minu. Non lo so che cosa hanno nel cuore... no, non lo so. Ma io non sono una bestia, Mino, questo ce l'ho bello chiaro, non me la sento di vivere nel letame. Ma tu lo sai cosa vuol dire averci un onore, Minu?"

"Sì, puè, penso di sì."

"Bravo Minu. Alua cosa te devu dì a ti? Che ho sercou de piggiame in po' d'unòr e de ciantarlo in to cù ai todischi e ai Salò. Te pà giusto, Minu? Ti o capisci se te u dico 'n dialetto."

"Scì, puè."

"Sì, ma vedi, in questo preciso momento siamo noi ad averlo preso in quel posto. Dobbiamo scappare Minu. E te e tua madre dovete ripararvi in qualche modo. Fa' quello che ti dice il Giaguaro, Mino, e vedrai che ci ritroveremo tra poco."

"Duve ti vè, puè?"

"Nu lo so Minu, andremo in un posto sicuro dove non possono venirci a trovare. Stanotte aveimu faetto 'n casin spettaculare, Minu; i saian tutti arrabbià a morte."

"Vegnu con ti, puè."

Durante il comizio di suo padre, Giacomo ha continuato a veleggiare tranquillo, "comme 'n to grembo de 'na donna", ma ora, bordeggiando stretto per entrare in Voltri, governava con gesti nervosi e secchi. Cambiava di bordo con sorprendente velocità e sicurezza, costringendo Paride a chinare la testa in gran fretta per schivare la randa che mirava diritta alla sua fronte. Nel compiere il movimento sbirciava da giù in su la faccia di suo figlio che gli si poneva per un attimo di fronte, e vedeva il suo sguardo lucido, e dentro quella lucidità il bagliore arrossato di un delirio di febbre infantile. Giacomo l'aveva messo in una posizione poco adatta a esercitare l'autorità paterna.

"Vegnu là cun ti, puè."

"No, Minu, che nu ti vegni. Comme te posso spiegà, Minu?"

"Ma cosa faccio allora io?"

"Niente. Sta al sicuro e aspetta. E pensa a tua madre."

"Ma l'é? Lei cosa ha fatto?"

"Niente, Minu. A muè a m'ha vosciù ben. E u basta e ghe n'è davanso."

"E io, cos'ho fatto io?"

"Niente figgè. Ma, ti veddi? U basta anche quellu."

Al Molo di Voltri Paride è saltato su andando incontro ai quattro dell'Invitta che già stavano aspettando assieme a due anziani marinai. Avrebbe voluto mandare un bacio a suo figlio, questo avrebbe voluto pensando a un onesto finale per il suo comizio, ma suo figlio non lo stava guardando. Era tutto intento a sistemare l'ormeggio assieme al Giaguaro, e il Giaguaro gli bisbigliava qualcosa all'orecchio e gli arruffava la zazzera.

Questa è l'ultima cosa che ha visto di suo figlio: il suo ciuffo sfuggire alla carezza di una vecchia mano.

Un'ora dopo, alla fine di una lunga corsa su un tranvai pieno di gente che se ne andava ai passeggi in centro città, Giacomo era seduto su un vecchio seggiolone vacillante nello studio di don Rino, professore di biblistica e maestro di canto del seminario arcivescovile di via degli Archi. Stava lì, composto e disinteressato, mentre il prete conversava calorosamente con il Giaguaro.

Il prete era piccolo e secco, aveva una faccia con un becco da gallo, compresa una floscia pappagorgia che sbatteva qua e là come una bandiera ogni volta che muoveva il capo. Era abbronzato, di un intenso colore di cuoio, e questa era una stranezza, visto che non c'era modo e tempo per lui di prendere il sole da qualche parte. Il sole nel seminario lo prendevano i seminaristi nel grande cortile dove giocavano a pallone. Don Rino non amava quel gioco, però aveva vissuto per più di dieci anni nella diocesi di Cochabamba, e lì di sole ce n'era dappertutto. Questo era successo molti anni prima, ma forse bastava a tenerlo ancora colorito. Laggiù aveva conosciuto il Giaguaro.

Finito di confabulare, si è rivolto a Giacomo con un sorriso pieno di denti appuntiti e neri di nicotina: "Ti fermi a studiare qui, figgè. Vedrai che non sarà brutto come ti sembra".

Anche il Giaguaro era d'accordo su questo punto: "Ti veddiè che u nu l'è troppo brutto come posto, Minu. U don Rino l'è n'amigo". E ha fatto l'occhietto e ha arruffato ancora una volta il ciuffo del suo unico e prediletto nipote. "Ora devu anda a pensà a Sascia. A te a portiò primma do scuo." E ha infilato la porta prima che Giacomo avesse il tempo di obiettare qualcosa.

E l'ultima cosa che ha visto di lui è stato un capello che si è trovato impigliato in un'unghia quando ormai era già in strada; un capello nero corvino che ha preso tra le dita e ha mandato a veleggiare nell'aria frizzantina. Doveva incontrarsi con l'ingegnere prima di andare alla Salita degli Angeli e si è avviato a passo svelto verso Caricamento fischiettando di sghimbescio tra quei pochi denti che gli erano rimasti il motivo immortale dell'*Estrella*.

Erano ormai le dieci passate.

Alle nove, un'ora assolutamente inadatta per quel genere di cose, si è presentato a casa di Sascia un maggiore delle SS accompagnato da due anziani graduati. Portava con sé due distinti mandati di arresto, uno per Paride e uno per Sascia, ambedue con il timbro e la firma del comando dell'autorità di occupazione. Ha bussato alla porta, ma trovandola aperta è entrato chiedendo il permesso nella lingua dell'ospite.

Sascia, che stava lavorando nella sua stanza, si è accorta della presenza dei tre solo quando erano ormai dentro casa: aveva confuso il richiamo dell'ufficiale per una delle tante voci che venivano dalla grande crosa. Sascia conosceva il maggiore. Si erano visti parecchie volte in Salita degli Angeli e naturalmente non si erano mai rivolti la parola; il nero e l'argento della sua divisa erano talmente splendenti che più di una volta Sascia si era trovata costretta a distogliere lo sguardo. Il maggiore era al suo primo arresto. Si chiamava Schaden, dottor Alfred Schaden, e si occupava di un particolare settore di polizia militare: il censimento e l'acquisizione dei beni indispensabili allo sforzo bellico nei territori occupati.

Tra questi beni la sua preoccupazione specialistica era rivolta alle opere d'arte. Con questa mansione aveva già svolto proficui incarichi a Nancy e a Bordeaux, dove si era guadagnato sul campo i gradi da ufficiale scovando e acquisendo beni per milioni di marchi. Dieci anni prima si era laureato a pieni voti in storia dell'arte antica e si era cimentato in un difficile dottorato svolgendo importanti ricerche sulle contraffazioni rinascimentali di sculture marmoree greche e romane. Ora, da alcuni mesi, era di stanza a Genova e aveva ufficio e alloggi nella casermetta alla sommità di Salita degli Angeli.

Quella casermetta fino a poco prima della guerra era un convento di suore; nel chiostro di quel convento, tra vecchi cespugli incolti di ortensia, Paride e Sascia avevano fatto l'amore ai primi tempi del loro fidanzamento; di notte, dopo aver mangiato pane e salame campagnolo al lume di una lanterna cieca. Per questa ragione dunque, perché erano vicini di casa, il maggiore Schaden e Sascia si erano già incontrati parecchie volte.

C'erano state tre ragioni di ordine pratico perché, in attesa di rinforzi e ulteriori istruzioni, fosse mandato uno storico dell'arte a compiere quegli arresti. La prima era che l'informazione riguardante il gruppo di banditi e i loro potenziali complici era arrivata al comando delle SS solo alle otto e mezza. Il tempo di valutarla e di predisporre i mandati di arresto e si erano fatte le nove meno dieci, un'ora niente affatto propizia agli appostamenti e agli arresti. Il distaccamento più vicino alla casa di Sascia era per l'appunto quello del maggiore Schaden che poteva intervenire in un minuto dopo aver ricevuto per telescrivente la documentazione essenziale: tardi ma sempre prima di chiunque altro.

La seconda riguardava la spinosa questione della popolazione e del suo atteggiamento non collaborativo nei confronti delle azioni di polizia. Già molte importanti operazioni erano abortite a causa dell'impossibilità di muoversi con discrezione nella particolare topografia della città. Evidentemente esisteva una rete di vedette, individui che sostavano per le strette strade del centro, che origliavano dagli androni e spiavano dalle finestre degli alti palazzi, per cui i ricercati erano avvisati per tempo e avevano modo di dileguarsi nel dedalo inestricabile dei vicoli. Certamente il maggiore e i due suoi assegnati che percorrono come al solito la strada di casa loro destano assai scarso interesse in eventuali conniventi.

Per ultimo, la dettagliata informazione descriveva Sascia come un complice passivo e scarsamente pericoloso e specificava, riferendo di dissapori tra i due soggetti, le quasi nulle possibilità di trovare al domicilio della donna il pericoloso capo del nucleo di banditi.

In effetti, nella casa non vi era traccia di nessun altro al di fuori della giovane donna, e la stessa mostrava un comportamento niente affatto pericoloso.

Sascia era in piedi davanti al maggiore. Una mano sul fianco e l'altra alla crocchia di capelli, guardava in faccia il giovane ufficiale tenendo gli occhi socchiusi e le labbra strette. Ascoltava la lettura, prima in tedesco e poi in italiano, del suo mandato di arresto, ma la sua espressione non denotava attenzione, anzi, dava al maggiore l'impressione che pensasse a dell'altro. Dava l'impressione, in quella posa, di ascoltare, seccata e confusa, le chiacchiere di un vicino che l'ha appena interrotta durante un'importante riflessione interiore. In osservanza del regolamento i due anziani soldati si erano disposti ai suoi fianchi, ma lei non sembrava dare a tutta la scena alcun peso.

Forse non capisce, pensa il maggiore Schaden, e ripete lentamente la lettura del mandato.

Sascia capisce quello che sta ascoltando anche se lo trova irragionevole. Sascia ha patito abbastanza della guerra per sapere che non può aspettarsi niente di ragionevole, ma è vero che sta pensando a dell'altro. Sta cercando di capire se dietro il suono delle parole ella possa avvertire per caso un altro rumore; il rombo, anche solo lontano, del trotto di un elefante imbizzarrito.

No, solo la voce del dottor Schaden. Aspetta che la lettura sia finita, aguzza il suo udito, ma non sente nient'altro. Allora gli angoli della bocca si stirano leggermente in un impercettibile sorriso. L'ufficiale non può fare a meno di notarlo, per breve e minuscolo che sia. Schaden ha studiato a lungo sui volti marmorei di antiche donne altrettanto belle impercettibili mutamenti di espressione.

C'è un grande silenzio nella stanza: da questo punto di vista il comportamento delle tre SS è esemplare. Poi la donna apre la bocca. Ha ancora il suo sguardo stretto fisso sulla faccia dell'ufficiale quando gli chiede con voce pacata, semplicemente:

"E alua?".

Il dottor Schaden non è molto addentro alle inflessioni dialettali della città, ma intende benissimo la richiesta di Sascia e risponde lentamente, per farsi capire: "Verrà tradotta presso il comando per accertamenti e interrogatori, poi eventualmente rilasciata o condotta davanti al tribunale di guerra".

Dice queste cose cercando di usare un tono rassicurante che, date le circostanze, risulta singolare anche a se stesso. Ma il dottor Schaden non può nascondersi di essere in imbarazzo: non è il suo lavoro quello e capisce di non svolgerlo con la cura che richiederebbe. Né gradisce intrattenersi in quella casa, al cospetto di quella donna stranamente consenziente, nell'attesa assai improbabile di un pericoloso bandito. Non è adeguatamente concentrato, teme di sbagliare per eccesso di zelo o per negligenza; ha paura di rendersi ridicolo agli occhi dei due soldati certamente abituati ad essere comandati con ben maggiore esperienza. E teme di rendersi ridicolo agli occhi della donna; il che, per un giovane storico dell'arte, è forse anche peggio. Fa accomodare Sascia su una seggiola, ordina ai suoi uomini di sorvegliarla a vista e cerca nella stanza una sistemazione onorevole per sé.

Così, vagando a caso con lo sguardo, gli casca l'occhio sul lavoro di Sascia. Sul giovane piangente sopra il comò. Naturalmente riconosce quel quadro a prima vista. Ne conosce l'autore, e durante i suoi studi ha visto di quell'autore la riproduzione di un identico soggetto, seppure non dello stesso quadro. Ci sono delle differenze che apprezza alla prima occhiata; differenze nella composizione e, assai importanti, nell'espressione del Cristo. Questa è un'opera più matura, di superiore bellezza e originalità.

Sa che in quella città avrebbe dovuto trovarsi qualcosa del genere ed era sua intenzione chiedere al proprietario di vederla e di studiarla; ma era a casa di un Principe e non di una complice di banditi che si era ripromesso di andare a consultarla. Irrigidito e irritato dalla sorpresa – troppe cose quella mattina erano fuori posto – si rivolge alla donna e le chiede ragione di quella presenza.

Dalla sua seggiola Sascia risponde tranquilla: "È mio".

"Naturalmente, signora. E come ne è venuta in possesso, prego?"

"L'ho fatto me."

"Ah, molto brava, signora."

Il maggiore trova sommamente ridicolo praticare la menzogna e disgustoso quando la menzogna è sfrontata. Volge le spalle alla bugiarda e si chiede se poi sia davvero così poco pericolosa come gli era sembrata a prima vista. Ritorna al comò e nota gli attrezzi da lavoro di Sascia, alza lo sguardo al piccolo quadro e osservandolo con attenzione nota particolari inquietanti che prima gli erano sfuggiti. Vede brevi tratti di pittura ancora fresca, vede parti apparentemente di antica fattura e altre sicuramente recenti. Vede soprattutto che l'opera non è ancora terminata: manca del suo definitivo equilibrio cromatico.

Il provetto cacciatore di falsi rinascimentali è affascinato e turbato da quello che ha visto. Mentalmente si inchina al genio di Antonello da Messina e a quello, sovrapposto e fedifrago ma non meno prezioso, del suo contraffattore. O contraffattrice. Si volge verso Sascia e incontra il suo sguardo sempre stretto dalle palpebre socchiuse, sempre diretto. E sente che quella donna può averlo fatto, e ritorna a contemplarne l'opera.

Alle undici e trenta una staffetta consegna l'ordine di abbandonare l'appostamento e di trasferire la sospetta presso la caserma in attesa di nuovi ordini, e Sascia sale l'ultimo tratto di Salita degli Angeli notando che in quella domenica mattina fresca ma soleggiata non c'è una sola persona per strada. Tutti in San Teodoro sapevano già tutto.

Alla caserma viene chiusa a chiave in un piccolo ufficio dove le viene servito per pranzo parte del rancio destinato alla guarnigione. Sascia annusa e prova ad assaggiarne un boccone: non è cattivo. "Giacomo," chiama in silenzio, "Giacomo." Si mette in ascolto, attende una risposta. Giacomo mangerà, si sente dire dalla piana sicurezza del suo cuore. E si mette a mangiare.

In quel mentre dal forte di San Benigno parte il colpo di cannone del mezzodì.

E proprio in quel preciso momento nel moderno palazzo dove si svolgono gli interrogatori degli arrestati per reati politici e militari, le tre guardie repubblicane del nucleo speciale che hanno in consegna 'o Guerso finalmente addivengono alla quasi certezza che il vecchio forse è cieco per davvero. Hanno risolto il dilemma con la vecchia e solida prova dello sgambetto, e adesso 'o Guerso giace immoto al fondo dello scalone centrale della Casa dello Studente.

L'Invitta al completo è nascosta nel cassone di un vecchio camion pieno di legna in marcia nel mezzo dell'Appennino.

Giacomo sta cercando di mangiare un piatto di minestrone piuttosto scipito a una tavolata di otto giovani seminaristi.

Ha sentito il colpo di cannone ed è trasalito, ma poi si è chinato tranquillo sul piatto cercando di stare composto come tutti i cinquanta e passa ragazzi che stavano cercando di mangiare la stessa minestra nel refettorio di via degli Archi.

Il Giaguaro sta facendo il suo giro con il barcone tra gli ormeggi, e siccome da un po' di tempo non è più tanto facile trovare stoccafisso, vende anche lui minestra. Ma di trippe, per fortuna dei marinai.

Il Principe Andrade sorseggia invece un Campari in un noto caffè del centro conversando amabilmente con un signore distinto che si vede benissimo che è venuto di fuori. Al colpo di cannone controlla l'orologio fermato all'occhiello del panciotto e annuisce soddisfatto. Nel pomeriggio, nell'immobile e muto pomeriggio domenicale del suo palazzo, il principino staccherà dal suo gancio alla parete l'odiato ritratto dell'avola suora, la temibile Bagona, l'avvolgerà in uno spesso telo di lino e con questo sottobraccio varcherà con la sua solita discrezione uno degli ingressi posteriori del moderno edificio della Casa dello Studente.

Lì sarà ricevuto da un funzionario italiano che lo sta aspettando con aria preoccupata in una delle latrine del secondo piano. Dopo un breve scambio di parole, il Principe riprende la strada verso l'ingresso secondario dove l'attende un furgone con il corpo del Guerso per il cui riscatto ha pagato il prezzo, secondo lui più che ragionevole, di quell'orribile dipinto. Nel ripercorrere soprappensiero i lunghi corridoi affollati, quasi inciampa nel passo deciso di Sascia. Nota che è accompagnata da due SS che la tengono per le braccia e nota anche che fanno una certa fatica a starle al passo. Incontra per una frazione di secondo i suoi occhi, ma né quelli di lui né quelli di lei mutano di una virgola espressione.

Nella Casa dello Studente non ci sono più studenti. È un fatto che in quel tempo ci fosse una grande carenza di studenti bisognosi di un pensionato, ragion per cui, lungi dal farsi deprimere dagli ampi saloni improvvisamente vuoti e silenziosi, dalle confortevoli camerette nude e polverose, dalle cantine sguarnite di rifornimenti e attrezzature, l'autorità di polizia cittadina, in accordo con il comando di occupazione germanico, ha deciso di riprendere un proficuo utilizzo dei locali come centro logistico per il trattamento dei reati politici e militari.

E così la Casa dello Studente è tornata a rifiorire di studenti, e assieme a loro di una quantità di altri giovani, operai per lo più, che sono tornati a riempire di grida e schiamazzi il grande e funzionale palazzo. Ora però la gente che passa dalle vie adiacenti non dice più "senti come sono i giovani di oggi, beati loro", ora la gente passa di fretta, gira la testa da un'altra parte, e si sforza di pensare di non averle sentite quelle grida. Preferisce di gran lunga credere che non si tratti di urla, ma del freno difettoso di un tranvai o lo stupido scherzo di qualcuno lì attorno.

Sascia è stata ospite tre giorni e tre notti nella Casa dello Studente nuova gestione, in una camera singola non pulita e non confortevole. Ha subito sei interrogatori sia di giorno che di notte in un seminterrato assai più ampio ma non per questo più pulito e più confortevole della cameretta. A interrogarla è sempre stato personale tedesco, due volte alla presenza del dottor Schaden, e questo pare sia stato una gran fortuna per lei.

Durante gli interrogatori Sascia ha detto sempre quello che pensava, e cioè sempre, semplicemente, la verità. Faticava solo a capire il senso logico delle domande, anche se queste erano poste in italiano molto corretto, ma per il resto si è comportata da prigioniera esemplare e collaborativa. La verità che sapeva e riferiva riguardava solo la sua vita, purtroppo, e questo aveva non poco deluso le aspettative di chi la interrogava e trovava assai più interessante la vita di persone che lei, si sapeva, aveva frequentato.

Per questa ragione si era presa non pochi rabbuffi e varie altre dimostrazioni dell'acerba severità dei nuovi professori della Casa dello Studente. Più per principio che per altro, dato che già si sapeva che la donna era un personaggio del tutto secondario e scarsamente informato dei fatti sovversivi dell'ordine nazionale e del buon andamento della guerra certamente vittoriosa.

Al termine del terzo giorno Sascia è stata riscattata dal maggiore Schaden o, per meglio dire, dalla speciale divisione delle SS a cui lui stesso apparteneva, e si è quindi immediatamente predisposta la sua deportazione in Germania come persona indispensabile allo sforzo bellico tedesco. Dato l'alto valore che ci si aspettava colà dal suo lavoro, le è stata offerta la speciale concessione di portare con sé alcuni effetti personali, un cambio di vestiti e un cambio di scarpe, che lo stesso maggiore ha provveduto a ritirare nella casa di Salita degli Angeli.

A Sascia non è stato concesso di vedere suo figlio, ma lei non ha fatto alcuna richiesta in proposito. Per tutti i tre giorni di permanenza alla Casa dello Studente e per i due del viaggio in ferrovia attraverso montagne e pianure e poi ancora montagne e pianure e valli e fiumi e foreste, Sascia ha tenuto sempre l'udito all'erta in attesa di sentire il rumore sordo e poderoso di un trotto di elefante. Non ha mai sentito nulla, proprio nulla, anche quando, per via dei rabbuffi dei professori, le orecchie le facevano così male che avvertiva il dolore di un fischio di sirena laggiù nel porto.

Nella cella, nel seminterrato degli interrogatori, sul sedile di un vagone di terza classe, sola o sorvegliata a vista, Sascia quando ha potuto ha sempre dormito della grossa, foss'anche per due soli minuti. Ha dormito saporitamente sopra tutte le sue disgrazie, senza che mai, anche solo per un istante, un'ombra le sfiorasse il viso e le palpebre chiuse. Nel sonno sognava sempre la stessa cosa e questo sogno le dava al risveglio una grande energia, pervadendo tutto il suo corpo di amorevole tepore.

Sognava Giacomo disteso per terra sul pavimento di cucina della casa di Salita degli Angeli e lei distesa sopra Giacomo, tutti e due vivi e caldi in mezzo alle bombe, mentre lontano la voce di Paride, la dolce e pacata voce di Paride chiamava:

"Sascia, Minu... Sascia, Minu, a sun chi che vegnu".

Per più di un anno Sascia è vissuta nel paese straniero di Turingia: la Turingia è una bella terra, ricca di foreste e di limpide acque correnti. Lei non ha potuto visitarla, purtroppo, né godere delle sue bellezze. Per tutto il tempo del suo soggiorno Sascia ha dovuto lavorare duramente e non ha mai avuto il permesso di varcare il triplo recinto di filo spinato che delimitava il luogo dove lavorava e viveva. Questo luogo era una grande fabbrica: la cartiera Mitteldeutsche Papier Werke. Annessi alla fabbrica che produceva ogni sorta di carte e cartoni, c'erano alcuni edifici particolarmente sorvegliati; Sascia mangiava e dormiva in una baracca di assi assieme a molte decine di persone che lavoravano con lei, e il suo lavoro si svolgeva in un piccolo edificio distinto dal corpo centrale. Le era severamente vietato di lasciarlo per qualsivoglia motivo se non per recarsi nella sua baracca alle ore stabilite.

Poteva passeggiare però nel tratto di erba incolta tra il fabbricato e il primo recinto di filo spinato. Grazie a queste sue passeggiate Sascia poteva godere un poco del maestoso paesaggio in cui era immersa la cartiera. Poteva vedere un tratto di fiume gorgogliante di allegre cascatelle, un bosco di maestosi e fragranti maggiociondoli e, all'orizzonte, delle verdi colline.

Poteva anche vedere il sole, la pioggia e la neve, poteva osservare le stagioni che passavano e tendere le orecchie al vento; poteva osservare liberamente una parte significativa dell'universo intorno a sé. Le era però assolutamente proibito scambiare parole con le molte centinaia di persone che venivano a lavorare allo stabilimento da fuori già prima che fosse chiamata la sua sveglia e che vedeva ripartire la sera quando lei stava già consumando la cena. Andavano e venivano a piedi, scortati da soldati muniti di grossi cani; erano uomini e donne vestiti con una identica divisa a strisce; alcuni avevano appuntato un distintivo sul braccio, altri sul petto. Portavano zoccoli di legno e nel camminare assieme facevano un rumore come di cavalli che si trascinassero in un trotto sbilenco. Tra lei e loro c'era una grande differenza che non ha tardato a capire: lei era una lavoratrice ben nutrita, loro erano derelitti prossimi alla morte. Non è che glielo avesse detto qualcuno, bastava averli visti una sola volta. L'idea che per lei ci fosse ancora così tanta strada prima di arrivare davanti alla morte ha tenuto in vita Sascia più del pezzo di lardo dentro la zuppa e della pesante coperta sopra il pagliericcio.

Il lavoro di Sascia era assai delicato e di grande importanza per la vittoria finale del Reich.

Per un certo periodo di tempo il suo compito consisteva nel riprodurre in modo assolutamente fedele le delicate sfumature di colore nel volto dipinto di Abraham Lincoln, antico presidente degli Stati Uniti di America. Aveva un modello per questo, e ogni sera un superiore passava a controllare con una potente lente di ingrandimento e una speciale luce. Intorno a lei, disciplinatamente seduti davanti a piccoli tavoli da disegno, valenti artisti di tutta Europa erano indaffarati a riprodurre i volti di altri antichi e venerati presidenti degli Stati Uniti. Altri, invece, si cimentavano in complicati disegni al tratto di forte inclinazione astratta.

Il modello era piuttosto piccolo e Sascia faticava non poco a soddisfare le aspettative dei controllori. Ma trovava sempre un pezzo di lardo nella minestra della sera e un piccolo pezzo di burro sulla fetta di pane del tè del mattino, e questo significava, fuori da ogni possibile dubbio, che lavorava bene. Gli uomini e le donne che venivano a lavorare a piedi alla cartiera lavoravano tutti molto più di lei e consumavano il loro pasto di mezzogiorno in piedi, con il sole e con la neve in uno spiazzo all'aperto nel retro della fabbrica. Però a loro toccava solo una patata in una scodella d'acqua e una fetta di pane di color grigio cenere. Sascia ha assaggiato quel pane un giorno che erroneamente è finito nel rancio del reparto speciale, e si è sentita male per tutto il resto del giorno e tutta la notte. Forse è quel pane che li fa morire, pensava, e si sforzava in tutti i modi di essere una lavoratrice perfetta.

Agli inizi del quarantacinque, al culmine della sua carriera nel reparto segreto della cartiera Mitteldeutsche Papier Werke, Sascia aveva la responsabilità suprema di preparare gli speciali colori per impressionare le matrici metalliche che servivano a stampare in un altro reparto segreto della cartiera milioni di dollari falsi.

I capi del Reich confidavano di poter far crollare in questo modo l'economia di quel paese in non più di un paio d'anni.

Tra i molti privilegi di cui godeva Sascia, oltre a quelli fondamentali di mangiare e dormire regolarmente, c'era anche quello non disprezzabile di tenere una corrispondenza. Ogni mese le veniva consegnato un foglio e una penna con l'invito a scrivere una lettera ai suoi famigliari.

Allora lei scriveva a Giacomo; gli raccontava del fiume e degli alberi, della pioggia e del sole, dei piccoli animali che lasciavano tracce nella neve, e di come facesse un buon lavoro che la teneva occupata e allegra senza aver bisogno di nulla, proprio di nulla. Scriveva a Giacomo solo la verità e lo faceva con una calligrafia grande e chiara, simile a quella che si usa per insegnare a leggere ai bambini. All'addetto che ritirava il foglio dava il nome di suo figlio e la città dove avrebbero dovuto farlo pervenire. Quel tale passava i fogli e gli indirizzi a un incaricato della Croce Rossa Germanica che provvedeva a smistarli presso i comitati delle varie città d'Europa dove risiedevano parenti di quelle fortunate persone al servizio del Reich.

In genere quelle lettere arrivavano davvero. Delle quattordici che Sascia ha scritto, a Giacomo ne sono pervenute sei, non tutte, ma sempre meglio di niente. Per quello che ne sapeva Sascia, ad esempio, agli uomini e alle donne che continuavano a venire a piedi alla cartiera, non era concesso scrivere alcuna lettera. E in questo si sbagliava, perché c'era da qualche parte un grande ufficio dove impiegati sensibili e zelanti disbrigavano addirittura la corrispondenza al posto loro, onde evitare di distrarli futilmente dai loro impegni lavorativi: tanto si sa che ai parenti si scrivono sempre le solite sciocchezze.

E si dà il caso che persino alcune di quelle lettere arrivassero a destinazione, a volte, caritatevolmente, con date di giorni e mesi posteriori alla mancata risposta del congiunto all'appello dell'alba.

Ogni mese, quando si sapeva che avrebbero fatto la chiamata, il Giaguaro andava a prendere Giacomo in via degli Archi e lo accompagnava davanti alla sede della Croce Rossa. Lì sostava ogni giorno sempre un sacco di gente, ma in quello particolare della chiamata si radunava una vera e propria folla in attesa che si aprisse la finestra del primo piano e un impiegato leggesse una lista di nomi. Gli eletti allora potevano salire uno a uno e ritirare la loro missiva. Giacomo è stato chiamato per ben sei volte dunque, ed è inutile dire che molte facce scure tra la folla si volgevano ogni volta verso il ragazzo con tristi espressioni di invidia e di sospetto.

Passava tra la gente con la sua grossa busta marrone come fosse stato un ladro colto in flagranza e con il Giaguaro se ne andava alla Darsena per leggere notizie di sua madre in santa pace seduto sul pozzetto di prua nel barcone del suo barba. Quando tornava in via degli Archi si metteva tranquillo in un banco della sala di studio e rispondeva. Il giorno dopo ritornava alla Croce Rossa perché la sua missiva fosse inoltrata per i dovuti canali. Nelle sue lettere Giacomo parlava a Sascia del mare, del vento, e di come studiava e si trovasse bene nel Seminario Arcivescovile dove non poteva mancare di nulla. Quelle lettere non sono mai arrivate a sua madre; non per particolari problemi di sicurezza, ma per principio.

Agli inizi dell'aprile del quarantacinque Sascia ha cambiato lavoro.

Da tempo ormai non vedeva più gli uomini e le donne mangiare la loro patata nel cortile, né aveva più sentito i loro zoccoli trottare sbandati nella strada. La cartiera non lavorava più giorno e notte e il progetto di sabotare l'economia degli Stati Uniti di America inondando il mondo di dollari falsi doveva aver avuto un ripensamento. Ora faceva la sarta, era tornata la Singerina.

Le venivano consegnate pezze di stoffa e lei doveva cucire abiti maschili: giacche, pantaloni, camicie, paletò. Arrivavano ufficiali delle SS, prima quelli che era abituata a vedere nello stabilimento, poi sconosciuti, si facevano prendere le misure e poi tornavano a ritirare gli abiti cuciti per loro. Verso la fine del mese hanno preso a portarle anche divise che lei doveva scucire e poi ricomporre in modelli borghesi. Il vitto era rimasto invariato eccezion fatta per il pezzetto di burro la mattina, che era venuto a mancare.

In quei giorni sembrava che in qualche posto lontano all'orizzonte della Turingia si verificassero continui temporali. Lei sentiva di giorno i tuoni e di notte vedeva i lampi che le disturbavano il sonno. Ai primi di maggio tuoni e lampi si vedevano e si sentivano assieme giorno e notte. La fabbrica venne chiusa e lei caricata su un convoglio di camion assieme agli altri addetti del reparto speciale. Dopo poco più di un'ora di strada il convoglio si è fermato e Sascia ha visto da un'apertura nel telone una linea di carri armati occupare tutto l'orizzonte, immobili e silenziosi sotto il sole. È rimasta lì a vederli che accendevano i motori e cominciavano lentamente ad avanzare, mentre le motociclette di scorta caricavano gli autisti dei camion e prendevano in grande fretta la strada nella direzione opposta.

Ad agosto Sascia era a casa. Un po' più tardi forse del prevedibile, ma i soldati dei carri armati che l'hanno trovata sul camion e poi i loro superiori, sospettosi di tutto dopo una lunga guerra crudamente impietosa, hanno avuto da chiarire molti particolari sul suo lavoro e sul fatto, a dir poco sconcertante, che fosse ancora in vita e in buona salute.

Per tutto il tempo che ha lavorato presso la cartiera Mitteldeutsche Papier Werke, e dopo, finché è rimasta a disposizione delle truppe di occupazione, Sascia non ha mai proferito una sola parola in nessuna delle lingue con cui le venivano rivolti ordini e domande, né in alcuna di quelle con cui le sue compagne e i suoi compagni di lavoro cercavano di comunicare con lei: si è sempre fatta intendere a segni, e nessuno l'ha mai sorpresa a borbottare tra sé o canticchiare, o che altro fa la gente con la propria lingua.

Ad agosto dunque era a casa, la chiave della casa ancora sotto un vaso di begonie, anche se le begonie non c'erano più. Nella casa era sola. Si è per prima cosa lavata ben bene e poi è andata a prendere suo figlio. Dov'era suo figlio lo sapevano tutte le donne e i ragazzini che si sono affacciati alle finestre e sono usciti a frotte dalle porte di Salita degli Angeli.

Giacomo era ancora al Seminario di via degli Archi. Giacomo studiava con volontà e profitto, Giacomo obbediva alla rigida disciplina e serviva compostamente ai suoi uffizi, Giacomo cantava con trasporto nella cappella diretta da don Rino, Giacomo giocava a pallone nel cortile del seminario, Giacomo passava un paio d'ore tutte le settimane con il Giaguaro, pranzava con lui sull'*Estrella* – qualche volta erano trippe e patate, qualche altra sbire nel brodo – e diceva al barba che scuoteva la testa che tutto andava bene. Tutto andava bene.

Sascia non è entrata in seminario, non ha battuto al batacchio, non ha chiesto permesso vorrei mio figlio Giacomo. Sascia si è seduta su uno scalino del portale e si è messa buona buona lì, a lisciarsi la bella gonna disegnata a rose che si era cucita a suo tempo per farci dentro per la prima volta l'amore. Si lisciava la gonna, guardava in su il cielo di agosto celestino, e aspettava. E a un certo punto suo figlio è venuto. E si sono amati lì sullo scalino, si sono amati per la strada e poi nel tranvai, si sono amati su per la crosa e dentro casa. Si sono amati dell'amore di una madre e di un figlio che hanno avuto uno per ciascuno una vita tragica e distante, una vita che costringe ogni giorno a mettere da parte l'amore soldino su soldino, citto per citto. Si sono amati come un figlio e una madre che non si sono mai potuti carezzare e baciare per tutta una dura guerra, e ora che lo fanno, non sanno pensare se è finita, se mai finirà.

E dopo che si sono amati ben bene, una volta che sono stati stanchi di essersi ritrovati, sono finalmente andati a dormire. La madre nel suo letto, il figlio accostato al muretto dell'aia, dopo aver passato un bel po' di tempo incantato a vedere la notte sul mare, il porto nella notte, le navi stanche e abbattute riverse nel porto e nel mare.

Poi, la mattina dopo di buon'ora, il Giaguaro se li è andati a prendere e li ha portati da Paride.

Paride era in tre punti distinti della città: sulla facciata del palazzo della Compagnia dei Carbunè alla Lanterna, sul pilastro di un portico in De Ferrari, sopra una montagnola di terra in un campo provvisorio di Staglieno.

Solo a Staglieno se ne stava da solo. In porto e in De Ferrari era assieme a un sacco di gente, e tra quella gente stava in alto, perché il suo cognome era fatto apposta perché potesse essere tra i primi. Ma il posto dove stava più in alto era senz'altro Staglieno: alto nella sua solitudine. Lì, un po' sbilenco perché non era stato ancora fissato per bene, c'era Paride vestito di marmo rosso di Portoro. Sopra il marmo era nudo, tutto nudo tranne per il paggetto che gli scivolava elegantemente dalla nuca sulle spalle. E sul paggetto teneva la sua corba che sosteneva leggera visto che dentro non c'era carbone.

E non c'era uomo più bello in tutto Staglieno. Il suo corpo asciutto e gentile, il suo naso corto e diritto, la bocca di sotto perfetta per il mezzo sorriso. E i suoi occhi, gli occhi di Valentino: non c'era uomo più bello non solo al cimitero ma in tutta la città di Genova. Dallo splendore del marmo Portoro guardava Sascia con i suoi occhi da tango e le diceva: "Vieni, ti porto a vedere una bellezza", guardava Giacomo con uno sguardo un po' meno impertinente e gli diceva: "Ti veddi Minu, che me lo son piggioù o mé unòr".

Il figlio e la madre andavano per la città in cerca del loro uomo silenziosi, a passo svelto, attraversando le macerie come se si aprissero davanti a loro. Il Giaguaro stava discosto: non sapeva bene nemmeno lui perché era lì con loro. Giacomo conosceva già le tre case di suo padre. Sono qui, si giustificava con se stesso il Giaguaro, perché gli può succedere qualcosa.

Invece non gli succedeva niente. Andavano, si fermavano, stavano un po' lì. Sascia leggeva i nomi, tutti i nomi, che stavano in compagna di Paride, sottovoce, muovendo le labbra come i bambini. Trovavano corone d'alloro e fiori, fiori stanchi e fiori vigorosi. Non toccavano nulla, stavano solo lì. Dai carbunè subito dopo il nome di Paride c'era quello di Tirreno.

Quella sera Giacomo ha dormito ancora una volta nella casa di Salita degli Angeli, poi, l'indomani ha ripreso la strada per il Seminario.

Ha detto a sua madre: "Io torno là", e sua madre non ha obiettato. L'ha baciato e ha aspettato di vederlo scendere giù per la crosa fino a che non si è confuso con la gente che andava a prendere il tranvai delle sette, il tranvai di quelli che vanno a lavorare. Prima di rientrare ha passato la manica del vestito sopra l'angioletto suonatore d'arpa che in quegli anni si era riempito di fuliggine. Dentro casa, appoggiato allo specchio del comò c'era il ragazzo piangente tale e quale l'aveva visto per l'ultima volta. Era stato rimesso al suo posto dal maggiore Schaden, il dottor Schaden, in un giorno di fine aprile, mentre fuori ciò che rimaneva del suo reparto aspettava impaziente con i motori accesi di aggregarsi alla colonna della grande ritirata.

Sascia ha guardato ancora un poco il piccolo quadro – l'aveva guardato assai più a lungo due notti prima quando aspettava che suo figlio, là fuori, si decidesse a prendere sonno – poi l'ha preso e l'ha riposto tra le lenzuola dell'armadio. Gli attrezzi del suo lavoro, pennelli, boccette, bilancette, scartoccetti, raschietti e tutto quanto, li aveva già fatti sparire.

Agli inizi di settembre Sascia era di nuovo la Singerina: cuciva per una ditta intermediata da Giggi 'o Strassé giubbe da lavoro per i camalli della Compagnia Merci Varie. Sulle calate ce n'era di nuovo bisogno. Giggi avrebbe voluto dare un nuovo e più impegnativo impulso alle capacità di Sascia, ma si è dovuto accontentare. Del resto quelli erano forse tempi in cui si poteva pretendere? Il Carlo Felice era chiuso sotto le sue macerie, il Duca di Mantova languiva tra ricordi struggenti e dolorose frustrazioni; per fortuna che per 'o Trafegun si intravvedevano nella foschia ancora densa lampi di nuovi orizzonti.

Il Principe Andrade è partito per il paese della democrazia con il primo piroscafo salpato sulla rotta di New York dal Ponte dei Mille rimesso in sesto per l'occasione.

La Combattuta è in città.

Al Giaguaro è arrivato il primo stoccafisso dalla Norvegia liberata.

E Giacomo studia da prete. E prilla il mappamondo avanti e indietro, di qua e di là. Vorrebbe con tutto il cuore che Dio esistesse e sta cercando un posto abbastanza grande per lui. La sua anima non è abbastanza grande, la sua anima è troppo piccola per qualsiasi cosa, non se ne parla nemmeno di farci stare dentro Dio. E nemmeno la città di Genova è abbastanza grande, né la terra che gli sta intorno. Forse solo il mare va bene per Dio, forse l'Oceano è grande il giusto. Solo che non c'è, che si sappia, una teologia del mare, e lui non si sente abbastanza in gamba per inaugurare questo nuovo ramo negli studi divini. Giacomo in verità si sente ben poca cosa.

La sa lunga Giacomo in fatto di pochezza: non è riuscito neppure a volare una volta, neanche un voletto da qui a lì, sì e no mezzo campo di calcio. Lui che era un'ala, un'ala cascatrice.

Un'ala che non vola e che lascia morire suo padre neanche cinquanta metri lì davanti a lui. Come può starci un dio dentro un'ala così?

Ma questo è un segreto tra lui e suo padre, e forse don Rino, anzi, senz'altro anche lui.

"Minu, Minu," gridava suo padre da sotto via degli Archi la mattina del ventiquattro aprile, "sciortì Minu, se semmu repiggioù l'unòr. Vegni zù che a sun vegnuu a repiggiate."

E Giacomo dalla finestra della sua camerata al terzo piano si sbracciava e salutava suo padre. "Aspetime puè, vegnu."

"Vegnì Minu."

"Puè, puè, puè..."

"Vegnì."

"Puè..."

Tump Tump Tump

Kra Kra Kra

Si era sbracciato Giacomo, più che sbracciato: si era messo in testa di volare. Allungava i suoi lunghi e flessibili arti e il torso snello oltre la finestra munita di un'alta ringhiera proprio per non far cadere di sotto i bravi seminaristi. Agitava le braccia per prendere il volo, ma non partiva, non si alzava, non ce la faceva proprio.

"Puè... Puè... Puè..."

E suo padre di sotto per terra che aspettava che lui arrivasse giù, che planasse su di lui e lo ricoprisse con il suo agile corpo di giovane ala.

Tump Tump Tump

Kra Kra Kra

Aspettava steso sulla strada che si posasse su di lui e lo salvasse dalle terribili granate che grandinavano sul suo bel corpo.

E lui non scendeva. E quando don Rino è arrivato gli si è buttato addosso, ma non riusciva a staccarlo da quella finestra, non ce la faceva a ripiegargli le braccia, mentre piovevano calcinacci da tutte le parti e il fracasso delle granate non gli faceva più sentire la voce di suo padre, neanche quella che era entrata dentro di lui e gli strappava i vestiti e lo chiamava "Minu, Minu, vieni cun me".

Questa è stata la pochezza di Giacomo nel giorno del ventiquattro aprile. Più o meno nello stesso momento che giù nel porto il Giaguaro conquistava il fiore delle truppe germaniche con il semplice suono della sua famosa frase: "A te debas, mane se spiro. Sonti nene ca delando bucche te pio. Cra nuc, cra...". E la città si godeva la fiera baldanza dei meglio giovanotti che erano venuti giù dalle montagne per lei. E in piazza De Ferrari liberata l'ultimo fiore del fiore della truppa tedesca irrompeva all'improvviso e sparava sulla folla festante e indifesa granate anticarro ad alzo zero. E un petalo di quel fiore si spingeva con un pezzo d'artiglieria fino all'imbocco di via degli Archi.

E ivi proditoriamente uccideva il comandante Paride, ultimo uomo in vita dell'intrepida banda dell'Invitta.

Per tutte queste ragioni Giacomo è il prete che sta navigando le sue molte migliaia di miglia per arrivare fino all'altro capo del mondo a vedere se c'è posto per Dio nell'Oceano più grande.

9.

Chi volesse cercare sull'atlante di casa l'arcipelago di Tumumuoto è destinato a rovinarsi gli occhi per niente. E non perché quell'arcipelago sia un'invenzione di chi sta raccontando questa storia ma, semplicemente, perché l'Oceano Pacifico è talmente vasto e la doppia pagina dell'Oceania così modesta e approssimativa che Tumumuoto finisce per annegarci dentro, sprofondato nel catino di seimila miglia quadrate di mare tra Tonga e le Isole della Società.

Avendone voglia ci si può procurare una carta più raffinata e completa, ad esempio il foglio *Pacific Ocean-Sector South East*, pubblicato dall'attendibilissimo Istituto Cartografico della Marina degli Stati Uniti. Allora si vedrà ben chiaro che l'arcipelago di Tumumuoto è un gruppo di sette isole segnate in modo inequivocabile con sette puntini di nero inchiostro tipografico nel quadrante di mare tra i 29° S e i 172° W. Più o meno.

I puntini sono disposti a semicerchio, orientati da ovest a est per un'estensione di mare di circa duecento miglia, e il terzo tra questi, che è qualcosa di più di un puntino, è indicato con un nome: Moku Iti. Che vuol dire Piede Felice, ed è il nome dell'isola capoluogo del distretto di Tumumuoto. Moku Iti è anche l'unica isola del gruppo a essere abitata. Nella carta infatti sotto il suo nome appare una minuscola ancora che indica la presenza di un approdo attrezzato e sotto l'ancora è segnato un nome in carattere corsivo, che a dire il vero è possibile leggere agevolmente solo con una lente: *Kapiidani*, il nome dell'unica città del distretto e il nome della leggendaria regina che tanti anni fa l'ha governata.

A essere precisi Moku Iti non è l'unica isola che abbia conosciuto la presenza dell'uomo. In realtà, altre due, Mukurai e Anakai, Piedino e Ditino, sono state per un certo periodo abitate.

Mukurai fu abitata dai lebbrosi per tutti i secoli in cui la legge vigente dichiarava tabù la loro faccia ed erano obbligati dunque a lasciare Moku Iti. Anakai, al vertice settentrionale dell'arcipelago, fu occupata per un periodo assai più breve da una ciurma di balenieri che si era trasferita in quel mucchietto di lava con la speranza di fare fortuna saccheggiando le navi che si rifornivano di acqua sulla rotta per Tahiti.

Quei pirati avevano preso con loro delle ragazze samoane che avevano fama di una buona indole, e si erano messi di gran lena a fare figli per ingrossare la colonia e tramandare la specie. Ma proprio a quel tempo la rotta commerciale si era spostata duecento miglia più a sud e i disgraziati si trovarono a non avere più alcuna nave da saccheggiare, né donna da deflorare, ma solo mogli e figli da mantenere. Così cominciarono a saccheggiarsi tra loro, e già all'alba della seconda generazione la colonia era assai sfiorita. Uno dei ricorrenti uragani ha completato l'opera devastando l'isola e cancellando ogni traccia degli improvvidi banditi e dei loro discendenti.

Così come è capitato all'isola dei lebbrosi, anche se molto più tardi, dato che Mukurai è in una posizione maggiormente protetta dai venti, e i lebbrosi che l'abitavano si erano rivelati assai meno ambiziosi riguardo al loro stile di vita.

Ora che la lebbra è stata quasi del tutto debellata e i pochi malati rimasti vengono spediti a carico del governo nella lontana colonia di Molukai, nessuno a Moku Iti sente la necessità di colonizzare altri luoghi, e le isole definitivamente deserte dell'arcipelago restano lì nel bel mezzo del limpido mare a disposizione dei pescatori di testuggini e dei raccoglitori di copra.

C'è una singolarità riguardo all'arcipelago di Tumumuoto: l'ultima isola, quella all'estremo levante, è una terra che sta ancora crescendo. All'inizio del secolo era solo uno scoglio e oggi ha una superficie assai considerevole, quasi pari a quella di Mukurai. Cresce giorno dopo giorno con costanza, eruttando dal fondo del mare lente e maestose colate di lava che si riversano mollemente in acqua cercando di solidificarsi in qualcosa di stabile che ancora non appare. L'isola non appare mai, del resto, eternamente avvolta com'è nei suoi vapori.

Per questa ragione, perché non riescono mai a vederla chiaramente, e perché stanno cercando di capire come butterà la cosa prima di impegnarsi in una faccenda così importante, gli isolani di Moku Iti non hanno dato ancora un nome all'ultima delle loro isole. Ogni tanto una spedizione di pescatori passa con la sua piroga abbastanza vicino per dare un'occhiata se casomai avesse attecchito da una qualche parte più solida e protetta una pianticella di cocco o un seme di pandano; ma non è ancora successo.

Anche Moku Iti è un vulcano, un austero e solido vulcano a forma di cono quasi perfetto. Se ne sta tranquillo al suo posto in mezzo al mare, e non ha mai dato alcun segno di impazienza, sin da quando, quasi mille anni or sono, i primi uomini hanno trascinato le loro piroghe sulla spiaggia della laguna sottovento e le hanno fatte a pezzi per non essere mai più tentati di riprendere il mare.

Erano stufi di viaggiare, visto che navigavano da mesi, ma hanno avuto ragione a fermarsi, perché l'Isola del Piede Felice è tra le più benigne del suo genere. Non solo è ben protetta dal mare e fertilissima, ma il terreno buono per le piantagioni di taro, di mango e di albero del pane si trova proprio a ridosso della costiera, in un'ampia valle dove scorre un limpido torrente che ha origine alla sommità della montagna.

Diversamente da come accade per la maggior parte delle isole in quel settore del Pacifico, non occorre valicare aspre colline in lunghe e dolorose marce tra rocce taglienti per trovare un buon terreno da coltivare, sempre che poi lo si trovi. A Moku Iti tutto è straordinariamente ben organizzato dalla natura: una laguna a ridosso dei venti e dei marosi per approdare con sicurezza, un'ampia spiaggia corallina e un comodo pianoro circondato da un boschetto di alte palme da cocco per insediare un villaggio, un torrente che ci scorre nel mezzo per bere e lavare, una valle ben protetta a due passi per coltivare, legname in abbondanza sulle pendici del cono silenzioso per costruire. E ovunque fiori per fare corone e collane per ballare: mai piede è stato più felice di quello che ha toccato per primo quella terra.

Il piede era di ceppo Maori, più specificamente di origine marchesana, quel genere di indigeno polinesiano che gli europei chiamano kanaki, indicando con quel nome il generico status di mangiatori di uomini. Ed essiccatori di teste.

Moku Iti è una colonia di mangiatori di uomini e provetti essiccatori di teste che si sono spostati per distanze inaudite sulle loro grandi piroghe da guerra in cerca di nuovi territori da abitare. I kanaki sono nomadi del mare capaci di viaggiare per un'intera generazione prima di trovare un luogo che sia di loro soddisfazione. Viaggiano portando con sé, religiosamente custoditi, semi e piantine e cuccioli di maiale e di cane perché amano coltivare e allevare e, una volta arrivati, darsi alla vita comoda. Portano i loro idoli e le sacre teste dei loro antichi capi avvolti nelle stuoie più preziose, perché sono straordinariamente pii e molto ossequiosi delle cose soprannaturali.

O almeno erano così anticamente, al tempo del loro insediamento nelle Tumumuoto. Ora le cose sono un po' cambiate.

Al tempo dell'arrivo di Giacomo, e siamo nel 1949, i kanaki hanno smesso da un bel po' di mangiare i loro simili: l'ultima grande cerimonia *kai kai* è stata registrata nel 1934 da un antropologo militare che non vi ha assistito direttamente ma ha solo creduto di rinvenirne le tracce in un tratto di spiaggia del desolato atollo di Anakai. Quando Giacomo sbarca dal vaporetto all'approdo piuttosto malandato di Kapiidani, molte cose sono cambiate dal tempo della regina che ha dato il suo nome al villaggio.

Kapiidani era una regina forestiera senza marito comprata a caro prezzo dopo che gli ultimi due grandi capi dell'isola non erano riusciti in nulla di buono e già si temeva di dover abbandonare Moku Iti tra litigi e carestie. Erano state mandate ambascerie su piroghe colme di provviste e di doni con l'ingiunzione di non farsi vedere se non con un re che potesse garantire pace e prosperità. Perché la ricerca non fallisse erano stati imbarcati a viva forza i più saggi capifamiglia e i più loquaci tra gli oratori che presero il mare maledicendo i figli e i nipoti che li avevano costretti alla loro venerabile età a un'impresa disperata.

Le piroghe erano tornate un anno dopo portando al traino una meravigliosa zattera illeggiadrita da fiori di tiare grandi come zucche. Nel mezzo della zattera, incoronata e inghirlandata, troneggiava in un enorme letto di ottone la regina Kapiidani. Gli isolani ignoravano cosa fosse un letto e chi fosse la donna matura dalle sembianze sepolte da non meno di trecento libbre di grasso. Percepirono però immediatamente la grandezza e la sacralità della donna e del suo letto, ancora mentre i loro capi si stavano piegando in due dalla fatica per sollevare e deporre l'una dentro l'altro al centro del sacro recinto. Decisero unanimemente che qualunque fosse stato il prezzo era stato speso bene.

E avevano ragione. Bastava aver ascoltato la sua genealogia. Il giovane e forbito cantore che era giunto con lei aveva declamato con stile finissimo una genealogia che si spingeva avanti nel tempo per ben trentadue generazioni, fino alla prima miracolosa generazione, che era stata concepita direttamente dal dio Kumi, il dio della fertilità, e dalla regina Malia, abitatrice di vulcani, il cui tempestoso amore aveva dato origine all'arcipelago di Mururoa e Marutea, le isole della passione che tuona. Era lì che Kapiidani regnava prima di accondiscendere all'offerta, e lì aveva lasciato a regnare il maggiore dei suoi undici figli maschi.

Ma oltre l'indiscutibile nobiltà delle sue origini c'era ancora dell'altro. C'era il letto, o per dirlo con lei, l'altare. Raccontò il suo cantore che Kapiidani, al tempo giovinetta appena nominata principessa, aveva avuto l'onore di incontrare la reincarnazione del suo progenitore Kumi a Moorea, l'isola dell'amore, un giorno che il dio si era manifestato su una grande piroga munita di enormi vele candide. Egli aveva cacciato via una moltitudine di regine e nobildonne che desideravano ardentemente accoppiarsi con lui, ma non aveva rifiutato Kapiidani, che aveva danzato davanti a lui e ai suoi dignitari la *hula* in modo così perfetto che il dio l'ha voluta trattenere con sé, giacendo con lei sul suo altare per tutta una notte. E congedandola, assieme al seme di un figlio che sarebbe nato con i suoi stessi occhi chiari e l'esile corporatura, le aveva donato l'altare che la regina portava in dote al popolo dell'Isola del Piede Felice.

Da tutto ciò non poteva venirne che del bene.

A quel tempo Moku Iti e l'intero arcipelago erano proprietà della Corona britannica – la proprietà più fuori mano della Corona, dissero i lord in Parlamento, quando si trattò di acquistarla da un gran capo alcolizzato e moribondo per una cassa di gin e poco altro – e la gente viveva miseramente oppressa dagli arcigni sacerdoti del dio britannico. Questi avevano imposto alle donne l'oltraggioso *mu mu* che le copriva dalla testa ai piedi, avevano proibito le danze sacre e si erano addirittura spinti fino a interdire la bevanda del *kava* durante le riunioni degli uomini. In cambio compravano la copra per poche pezze di cattiva stoffa, qualche coltello e un po' di *perandi*, la bevanda che fa ammalare e impazzire. Avevano curato molte congiuntiviti e molte elefantiasi, ma a che serve vedere e camminare se regna l'infelicità?

Non era ancora passato un anno dall'insediamento della regina che i quattro bianchi residenti sull'isola erano tutti morti in oscuri incidenti la cui colpa non poteva che ricadere sui lebbrosi di Mukurai o sui pirati di Anakai. A meno che non si volesse credere a certi spiriti maligni che girovagavano per le piantagioni di albero del pane; ma a quelli era ormai proibito credere.

Stessa cattiva sorte era occorsa alla goletta che ogni sei mesi attraccava al molo di bambù per raccogliere la copra. In quel caso pensare agli spiriti era inevitabile perché di quel piccolo ma solido veliero non c'era stato modo di rinvenirne neppure una tavola o un metro di cima.

Lungi dal trarne cattivi auspici, la regina Kapiidani ha provveduto immediatamente a nascondere ben bene sulla montagna gli antichi idoli di famiglia e il sacco delle teste dei sacri antenati. Quindi si è fatta caricare il divino letto sulla zattera. Dopodiché, attorniata dai suoi dignitari in gran pompa, sospinta dai più gagliardi remigatori dell'isola e accompagnata dall'eco del dolcissimo canto del *mele*, il canto dell'arrivederci, è salpata per la lontana Tonga. A Tonga ha parlato a lungo con i Padri Bianchi, i sacerdoti del dio protettore dell'Imperatore di Francia, al cospetto loro e del Delegato del governo imperiale ha bruciato in un fuoco di olio benedetto il vecchio atto di vendita, e ne ha firmato uno nuovo. Così Moku Iti, sotto l'illuminato regno di Kapiidani, è divenuta cattolica e francese. Ed è fiorita.

Intanto perché la regina non era né alcolizzata né moribonda e ha saputo tirar su di prezzo, e poi perché i Padri Bianchi erano di una specie amante delle grandi sfide e Moku Iti era – davvero – fuori mano. Il posto più fuori mano anche per Dio, e una sfida irrinunciabile per la vera fede.

A differenza dei loro concorrenti della chiesa della Corona, i Padri Bianchi non erano bigotti e intolleranti. Ritenevano che Iddio avesse dato esaurienti prove della sua propensione a chiudere un occhio in circostanze morali assai più delicate di quelle che si ponevano loro negli atolli della Polinesia. Stabiliti e sottoscritti pochi e indefettibili principi inderogabili, i tabù della nuova religione, il resto era cura di carità e buon senso.

E così, sotto la nuova guida spirituale, a Moku Iti le donne e gli uomini hanno imparato l'arte, sconosciuta ai loro padri, della discrezione. E grazie a quest'arte è stata debellata senza medicine la malattia *erimatua*, la malattia della tristezza che uccide. E le giovinette e i ragazzi sono tornati, con discrezione, a popolare i boschetti di palme per *moe aku moe mai*, dormire qua e là, al chiaro di luna. E con discrezione sono tornate le danze del *tamure* e, con più discrezione ancora, quelle della *hula*. E le donne hanno ripreso a indossare, appena un po' più lunghe, le loro gonne di sottilissima stuoia allegramente decorata, e gli uomini i loro *lava lava*. I capi hanno ripreso a incontrarsi cerimoniosamente e a bere *kava* e a discutere dei tempi nuovi e di quelli andati.

E Kapiidani ingrassava e ogni cosa fioriva e prosperava.

I Padri Bianchi avevano portato la pianta dell'arancio e quella pianta aveva attecchito bene, e avevano portato la canna da zucchero e anche quella aveva germogliato. E le famiglie lavoravano volentieri alla piantagione perché non soffrivano più la malinconia, cosicché ora vendevano arance alle navi della Corona, copra ai mercantili dell'Imperatore e zucchero alle golette del regno d'Olanda. E cani e maiali scorrazzavano ben rimpinzati tra le gambe dei bambini, e ogni notte le aragoste risalivano le profondità del mare per farsi infilzare sui coralli della laguna dagli arpioni dei giovanotti in debito di un dono a qualche padre offeso. E le vecchie filavano la fibra del cocco e le ragazze tessevano cianciando le stuoie del loro nuovo letto cristiano.

Il Delegato governativo veniva, stabiliva con i Padri Bianchi e la regina la quota di guadagno spettante all'impero, gustava il cibo, si godeva le danze e ripartiva. Il brigantino a palo che lo portava si chiamava *14 Julliet* che in beach-lamar, la lingua che i kanaki degli arcipelaghi parlavano con i bianchi, suonava: *Kara Juli*.

Dopo tanto tempo e tante vicende, il vaporetto che porta padre Giacomo si chiamerà ancora *14 Julliet*, *Kara Juli*.

Ma come se tutto questo non bastasse, sotto il regno di Kapiidani accadde pure che sopraggiunse la grandiosità.

Nell'avamposto australe della fede, là dove geograficamente parlando Iddio chiudeva il suo cerchio intorno all'umanità, l'unica cosa di simbolicamente tangibile e duraturo restava un letto di ottone, vetusto e forse di nobile lignaggio, ma pur sempre un sudicio letto, fasullo tempio dell'idolatria. E questo non andava bene affatto; questo turbava gravemente gli irrinunciabili principi.

I Padri Bianchi decisero di osare allora dove nessuno prima di loro si era mai cimentato a quelle latitudini, si proposero di spingersi oltre gli anglicani, i mormoni, i metodisti, i battisti e i loro stessi fratelli degli altri ordini e congregazioni: vollero innalzare una chiesa di pietra. Una vera chiesa in vera pietra in un paese dove l'uomo destinava per sé e per i propri dèi modeste tettoie di foglie di palma e banano, e se proprio voleva circondarsi di frivoli lussi metteva delle stuoie tra un palo di sostegno e l'altro.

Un monumento di dura pietra, non un qualunque *falesà* di legno e banane, un edificio che splendesse come un faro su tutta la Polinesia, questa era la sfida che pretendeva la vera fede.

I Padri fecero disegni sulla carta e tracciarono segni sulla terra; alla fine mostrarono un modellino di bambù alla regina Kapiidani e questa chiese se poteva collocarvi il suo letto. Mentirono spudoratamente e la regina convinse i suoi sudditi a cavare pietre sulla montagna e a lavorarle. Gli isolani pensavano che la regina e i Padri fossero impazziti, ma lo pensarono con discrezione: erano pagati il doppio di quanto rendeva loro la piantagione. Il modellino era una rozza ma efficace riproduzione della basilica di San Pietro in Roma, compresa del suo triplice colonnato. Era dunque fin lì che si volevano spingere.

In capo a due anni era approntata l'ossatura in legno della cupola michelangiolesca. Già così era impressionante. La chiave di volta era stata fissata a dodici metri di altezza dal suolo e non sfigurava con le chiome delle più alte palme da cocco. Nulla del genere era mai stato visto né raccontato tra i kanaki, i bianchi, i cinesi, i meticci e qualsivoglia altro abitatore degli arcipelaghi; giungevano con il brigantino del governo imperiale visitatori da Tonga e Samoa, e persino dalle Cook.

Di lì a vent'anni la cupola era stata ricoperta di pietra per un'altezza di cinque metri. E le era stato allestito intorno un colonnato provvisorio in legno tanto per rendere l'idea. E per conservare quell'idea ancora viva nei Padri e nei kanaki, che lavoravano alla corvée per la seconda generazione senza che gran parte di loro ricordasse ormai il progetto originale.

Dieci anni dopo, alla morte della leggendaria regina, si era più o meno allo stesso punto. Solo che l'intera struttura aveva ormai preso un aspetto di lavoro terminato da tempo e già sulla strada della classicità. La grande cupola e la palizzata, che con gli anni avevano assunto il colore e la consistenza della pietra lavica, emanavano il fascino inquietante di un'atroce bellezza, e tra gli arcipelaghi si era sparsa la voce che vi si praticasse un culto oscuro e cannibalico. Invece i Padri Bianchi vi celebravano messa e predicavano al popolo che partecipava sempre numeroso, e dopo così tanti anni ancora con il naso all'insù a contemplare pieno d'orgoglio la sommità della chiave di volta.

La regina Kapiidani morì lasciando i suoi sudditi lieti e soddisfatti per quello che era successo durante la sua lunga vita. Era stata una regina buona, lungimirante e piena di fantasia. Quando, ultimato il portale della basilica, aveva capito che il suo letto non avrebbe mai potuto passarci, non se l'era presa poi tanto; solo aveva preteso e ottenuto che nel suo sepolcro, scelto con cura dai suoi capi in una grotta nei recessi inviolati della montagna, fosse collocato il modellino di bambù della basilica di Moku Iti. Così fu fatto, e nottetempo, con discrezione, i capi aggiunsero anche il cofano degli antichi idoli e il sacco ricolmo delle sacre teste degli antenati.

Il letto toccò in eredità al suo successore perché si perpetuassero nell'Isola del Piede Felice la pace e la fecondità. Toccò il letto e, come la tradizione dettava, un bel pezzo di fegato grasso e profumato delle molte arance che la regina aveva gustato nella sua lunga vita.

Come sempre accade, al culmine dello splendore hanno fatto seguito ristagno e decadenza.

Nel corso del secolo passato e nei primi decenni di questo, Moku Iti fu presa, lasciata, comprata e venduta, presa di nascosto e persino regalata, da molti re e presidenti amanti dell'Oceano Pacifico. Più le sue arance e la sua copra perdevano di valore, più si allontanavano dalla sua visuale le rotte del Pacifico, più si costruivano altrove in Polinesia chiese e ogni altro genere di casa in cemento, e più Moku Iti e il suo arcipelago venivano trattati con sufficienza e distacco. Finché divenne una monetina che si dava di resto nei grandi affari internazionali.

Fu fatta americana, poi olandese e poi tedesca, e ancora francese e di nuovo inglese e, forse – solo forse perché nessuno degli eventuali interessati controllò di persona – giapponese. I Padri Bianchi furono cacciati e poi invitati a tornare, di nuovo cacciati e ancora invitati, e alla fine non gliene importò più niente a nessuno che fossero restati o no. Finì che neppure al vescovo di Tonga gliene importò più molto di loro e di quel glorioso avamposto della vera fede.

Moku Iti era tornata a essere il possedimento – davvero – più fuori mano di chiunque avesse avuto voglia di prendersela. Talmente fuori mano che nel corso del conflitto mondiale gli americani pensarono per un certo periodo di averci insediato un distaccamento di fanteria di marina che continuarono a rifornire di materiale con lanci paracadutati. Mentre i giapponesi ritennero fino al settembre del quarantacinque, e cioè fino alla definizione dei particolari della resa, di averla tenuta saldamente in pugno.

E invece nell'arcipelago di Tumumuoto non s'era visto un

solo soldato e l'ultimo uomo in divisa che ci aveva messo piede era stato il soldato che accompagnava un cartografo di Sua Maestà Britannica che doveva compiere i rilevamenti necessari perché il Parlamento fosse messo al corrente un poco più in dettaglio su cosa diavolo ci fosse da quelle parti. Era il 1939 e gli inglesi di lì a pochi giorni avrebbero avuto dell'altro a cui pensare.

L'anno prima era salito a bordo del *Kara Juli*, finalmente dotato di una macchina a vapore, l'ultimo dei Padri Bianchi, un vecchiaccio obeso e dispeptico che voleva tornarsene a morire a casa sua. Lasciava la basilica così come l'aveva trovata, e cioè allo stesso punto di cent'anni prima. Molti uragani e incendi e fulmini e tarli e termiti avevano cercato di metterci le mani sopra, con l'unico risultato di renderla ancora più solenne e misteriosa. Gli isolani avevano continuato a pregarci dentro, e inesorabilmente, con il trascorrere delle generazioni, avevano trovato più semplice e più logico, e più confacente alla semplicità del loro animo, pregare direttamente la magnifica cupola piuttosto che il dio inconoscibile a cui doveva favorire l'ascesa.

Quest'ultimo padre, un francese perigordino soprannominato Fransuà Kow Kow, Fransuà Molto Cibo, non aveva saputo ambientarsi a Moku Iti; soffriva di solitudine ed era spesso in preda alle febbri. Gli isolani non lo amavano perché trovavano offensivo che desse mostra di non trovarsi bene nella loro isola, e perché era costato loro un enorme dispendio di energie cercare inutilmente per quarant'anni di renderlo felice. Raramente trovava la forza di celebrare, e la melanconia e la scarsa lucidità di un uomo perennemente febbricitante rendevano le sue prediche e i suoi precetti oscuri e incerti oltre ogni dire. Perse presto l'autorità necessaria a mantenere in vita i principi inderogabili, cosicché sotto il suo dicastero il popolo perse interesse per la virtù della discrezione. Quando finalmente trovò il modo di andarsene, Moku Iti era tornata pagana, o quasi: del grande e unico Dio dei Padri Bianchi restava l'unica certezza della basilica, il resto era confusione e ricordo.

Poi venne la guerra, e finita la guerra l'arcipelago di Tumumuoto divenne francese.

Il vescovo di Tonga, dopo dieci anni di inascoltate richieste, ottenne finalmente un prete per quel posto troppo fuori mano anche per il papa. Se lo tenne un mesetto in episcopato per farlo istruire e per vedere se si pigliava subito le febbri. Gli parve che il giovane si ambientasse bene e che mostrasse una docilità rara e provvidenziale. Così passò sopra a certe sue originalità fuori luogo, a quel non so che nei suoi occhi così poco, così poco... mah, così poco sacerdotale. Passò sopra anche al fatto che si fosse presentato con un inutile e ingombrante trabiccolo a due ruote che aveva distratto per tutto il tempo la servitù che gli bighellonava attorno nel cortile: in fin dei conti era il prete più giovane che gli fosse capitato di vedere. Quindi, dopo un sommario esame di coscienza, lo spedì a destinazione, pregando Iddio di non vederselo capitare tra i piedi per almeno vent'anni.

Nell'aprile del 1949, nell'epoca dell'anno che gli isolani chiamano *Li' faa*, bocciolo di luna, per ricordare il primo uovo deposto nel cielo dall'antica madre testuggine, padre Giacomo arriva a Moku Iti sbarcando armi e bagagli dal vaporetto *Kara Juli*.

Schierato sulla spiaggia ad aspettarlo c'è tutto il popolo di Kapiidani e in prima fila, circondato dai dignitari e dalla sua famiglia, è assiso il re in persona, vestito del *lava lava* cerimoniale e del grande diadema di piume dell'uccello *o-o*, la tenuta con cui un re si deve presentare al cospetto di un dio o di un ospite altrettanto importante. Incurante della solennità dell'attesa gioca tra i suoi piedi con un cucciolo di cane Lucy u'i, la sua unica figlia. È adornata di ghirlande di fiori di ibisco, il *lei* delle principesse.

Il re dell'isola, sindaco del distretto e giudice della corte di prima istanza, è John Asibeli Tungi, un giovane e coraggioso capo, fiero di una genealogia che si spinge senza esitazioni fino alla regina Kapiidani e da lì per altre diciannove generazioni di limpida certezza ascende all'altezza di Tino Rua, il Signore dell'Oceano.

John Asibeli Tungi è un kanako faccia larga, sorridente e forte. Facendo onore al suo progenitore, da ragazzo ha viaggiato come marinaio sui vapori della copra, e su quelle navi è arrivato a Tahiti e Honolulu. Per questo può legittimamente vantarsi di conoscere il mondo e di parlare a ragion veduta quando, bevendo il *kava* con i vecchi sdentati nel consiglio, cerca di portare il discorso sulle cose nuove e profittevoli che potrebbero ridare all'isola rinnovato splendore e fama dopo un periodo così lungo di decadenza e oblio. Il nome John se lo è dato nel diventare re, ed è certo che questo nome anglé sia augurale e portatore di prosperità, così come ha visto prosperosi e fortunati tutti quanti i John che ha incontrato nei suoi viaggi. Non ha esitato neppure, da animo libero e coraggioso com'è, a dare alla sua primogenita il nome di Lucy, nonostante tutti i venerabili consiglieri lo abbiano supplicato di non farlo, di evitare una così grave offesa per i sacri nomi kanaki. Ma che altro nome avrebbe potuto dare alla sua principessa? Lucy, certo, l'Usignolo delle Hawaii.

A Moku Iti c'è una radio, una grossa radio militare ad onde corte.

È arrivata ondeggiando dolcemente nel cielo legata a un grande lenzuolo bianco partorito da un oscuro uccello notturno.

Nell'inverno del 1943, quando gli americani pensavano di aver lasciato degli uomini laggiù, sono giunte a Moku Iti molte altre cose nello stesso modo soprannaturale, alcune imperscrutabili nella loro bellezza e inutilità, altre invece di immediata comprensione e di facile uso; tutti egualmente straordinari doni divini.

Certune di queste cose hanno assai migliorato la vita nell'isola. Ad esempio la cassa di aspirina, salvarsan e chinino. Il mezzosangue cinese che aveva ereditato dall'ultimo padre il dispensario ha subito capito dal sapore che si trattava di medicine, e con quelle pastiglie cura ancora oggi le malattie e guarisce molte persone. O gli stupendi machete che piovevano a decine, infinitamente migliori dei coltelli di ferro dolce che, malamente, venivano ancora usati dopo un secolo dalla loro forgiatura. O le sigarette, che liberate dal loro involucro di carta e masticate erano un delizioso passatempo.

A volte, invece, piovevano cose sconosciute, puri segni della presenza divina e della sua indole artistica. Alcuni fucili automatici e diverse casse di munizioni, lunghi nastri di cartucce di lucente ottone, scatole metalliche sigillate di svariate dimensioni e forme, complicati indumenti che rifuggivano da ogni tentativo di venire indossati. Ogni cosa veniva portata alla chiesa e rimessa nelle mani di Dio. Veniva composta sull'altare una scultura sacra che cresceva col sopraggiungere di nuovi doni e prendeva forme sempre più complesse e affascinanti. Gli isolani non avevano cessato di essere uomini devoti e guardando l'altare ricolmo di enigmatici doni celesti si sentivano prediletti. Utilizzando il contenuto di una delle ultime casse piovute dal cielo, alla sommità della scultura avevano alla fine innalzato una croce, il simbolo più potente della religione del Dio solo. La croce era composta di due enormi mitragliatrici Remington legate assieme, e ogni giorno le donne del villaggio si spingevano fin nei remoti recessi della montagna per raccogliere le orchidee che servivano ad adornarla di sempre fresche corone.

Questo perché a Moku Iti le armi da fuoco erano ignote, bandite dagli avveduti Padri Bianchi sin dai primi tempi della loro venuta con un potentissimo tabù. Quel tabù era compreso tra i princìpi inderogabili, e anche i delegati governativi erano obbligati a lasciare il revolver o la carabina nel vapore. Per qualche imperscrutabile motivo questa prescrizione fu sempre rigidamente osservata: in altre occasioni e in altri arcipelaghi i governativi avevano dimostrato una particolare predilezione per lo sfoggio e l'uso delle armi da fuoco. A Moku Iti invece si presentavano sull'imbarcadero pittorescamente armati di antiquate sciabole, fruste e pugnali, a seconda dei loro gusti, senza dare a vedere di sentirsi esposti al ridicolo.

Successe proprio in virtù di questa ignoranza che il vecchio re del tempo dei doni provò ad aprire una bomba a mano che aveva tutta l'apparenza di una grossa noce di un albero del paradiso. Lo fece con la sua mazza da cerimonia e si volatilizzò nell'aria trascinando con sé due stimati capifamiglia. Si fece allora largo anche tra i più caparbi conservatori l'evidenza che le nuove manifestazioni della potenza di Dio richiedevano una drastica revisione della tradizione e dei suoi strumenti, e fu eletto a nuovo re John Asibeli Tungi, l'uomo che in fatto di novità ne sapeva più di tutti.

E per prima cosa John tolse il tabù dall'altare e ne prese due grossi pezzi. Con questi si ritirò per l'intero trascorrere di una settimana nel luogo più appartato della sua casa: un pezzo era la radio, l'altro un generatore a manovella. Finito il suo ritiro rimise le cose a posto e convocò alla chiesa la sua gente. Quindi chiese al capo di più alto rango di mettersi alla manovella e di cominciare a manovrare.

Sotto l'alta volta della cupola di Dio, tutta Moku Iti ascoltò silenziosa e atterrita alte grida di uccelli e rombi di maremoti e sibili di venti impetuosi, e tra tutto ciò le voci senza faccia che parlavano le lingue del governo e degli anglé e altre lingue indecifrabili. E poi, alta e melodiosa, si fece largo come una dea tra le tempeste, la voce dolcissima di una donna.

La cantante si chiamava Lucy Ngaruka, l'usignolo, e cantava una canzone nella lingua hawaiana. Gli isolani capivano quella lingua non tanto diversa dal kanako e il loro cuore fu inondato di passione e di romantico tormento per un amore tradito tra le ripide cascate di una foresta leggiadra e lontana. E tutti si inginocchiarono come era stato loro insegnato ai tempi belli della prosperità, quando i Padri celebravano il ritorno di Dio sulla terra, e pregarono per quell'amore e per quella foresta così belli e perduti. Il giovane re marinaio piangeva di languida commozione e tra le lacrime splendevano i lampi del suo orgoglio: aveva chiamato Lucy l'Usignolo, e lei era venuta.

Lucy, la sua voce melodiosa e le struggenti canzoni che spargeva come perle sulle onde del mare dalla radio di bordo, erano ciò che di più grande gli era rimasto nel cuore tra le tante cose meravigliose che John Asibeli Tungi ha visto e udito nei suoi viaggi nell'Oceano.

Lucy Ngaruka era la cantante più famosa del Pacifico, ma non era semplicemente un'artista: era la dea della nostalgia. Cantava in hawaiano, nel beach-lamar, in spagnolo, in inglese. Cantava per tutti gli uomini tribolati e soli nel mare e sulla terra, per i doloranti d'amore e di fatica, e da tutti costoro era amata perché il suo canto aveva il potere di guarire le ferite e raddolcire l'anima. Siccome era una dea, a un certo punto della sua vita era salita al cielo e nessuno l'aveva mai più vista: cantava dalla radio.

La sua voce ora si diffondeva da una piccola isola delle Hawaii dove era pure nata e iniziato la sua carriera artistica, ma a suo tempo aveva viaggiato molto, esibendosi in tutti i teatri del Pacifico, arrivando persino in America, dove aveva cantato a San Francisco e nella leggendaria Carnegie Hall di New York. Era una donna bellissima, di grande sensibilità e nobile carattere, che aveva fatto innamorare di sé tutti gli uomini che avevano avuto la fortuna di avvicinarla. Eppure lei non fu mai vista accompagnarsi con qualcuno: giravano molte chiacchiere al riguardo nelle Hawaii. Finché non si seppe che Lucy l'Usignolo era lebbrosa, lebbrosa come lo era suo padre.

Quando la malattia fu a un punto tale che non si poté più nascondere, e i finissimi lineamenti del volto cominciarono a macchiarsi di minuscole quanto inequivocabili fistole argentee, la cantante più famosa del Pacifico fu costretta a seguire la sorte del genitore e, come voleva allora la legge, fu deportata a Molukai, l'isola dei lebbrosi. E di lì, da una stazione radio appositamente allestita per lei, continuava a cantare. Dicono che alla partenza della nave ci fosse sul pontile di Honolulu una folla immensa di uomini che piangevano senza ritegno. L'atteggiamento sereno, la voce calma e pacata di Lucy era stato l'unico impedimento a chissà quali disordini. Dal ponte di coperta accettò di cantare un'ultima volta di fronte al suo pubblico; e ci sono stati uomini, distinti professionisti, padri di famiglia ben noti nella capitale, che da allora non hanno più voluto ascoltare nessun'altra voce. Fino a che Lucy non è tornata dal cielo, come una dea, negli apparecchi radiofonici di tutto l'Oceano.

Questa storia è una triste storia hawaiana; nella gran parte degli arcipelaghi e sulle navi che vi facevano rotta, si sapeva solo di Lucy l'Usignolo, la voce senza faccia che cantava nel cielo.

A Moku Iti in particolare non si conosceva neppure la radio, fino a che non ne era caduta una dalle mani di Dio. L'arcipelago di Tumumuoto, così fuori mano per chicchessia, non lo era stato abbastanza per la guerra. Anche se, singolarmente, la guerra si è fatta viva tramite cose interessanti e preziose, come la radio. E dentro la radio, grazie al re John, la voce di Lucy e molte altre voci che aspettano solo di essere capite per portare nuova saggezza e bellezza. Peccato che, trascorso poco tempo dal suo arrivo, la voce di Lucy sia sparita nel crepitio degli uragani, e al suo posto, nel punto del quadrante segnato dal re con un segno di tintura rossa, sia rimasto per molto tempo solo il vuoto silenzio.

Poi è tornata e di nuovo sparita e ancora tornata, a suo capriccio, senza il minimo ossequio alla devozione del re e di tutti i kanaki. Per fortuna che, per antica saggezza, i kanaki non piangono mai troppo a lungo le bellezze che sfuggono al loro amore: sanno che peggiore della morte è la passione di ciò che non può essere posseduto, la disgrazia dei vivi che sono già morti mentre ancora camminano.

E poi c'è una principessa a Moku Iti che si chiama Lucy e sarà certamente lei la prima a capire e sapere le cose nuove e a cantare con tanta dolcezza da far onore alla dea della nostalgia.

Dio ha voluto che nascesse nell'attimo stesso in cui suo padre ha dato la vita alla voce di Lucy davanti al suo popolo. Dio ha anche voluto che la sua giovane madre si ammalasse la medesima notte e che nessuna delle tre medicine del cinese, non il salvarsan né l'aspirina o il chinino, potesse guarirla. Quindi Dio ha voluto che la primogenita del re fosse figlia di

Lucy, l'Usignolo. E che di lì a poco rimanesse due volte orfana quando la voce dell'Usignolo non ha voluto allattarla.

Il re John non ha voluto vedere in questo segni premonitori di sfortuna e disgrazia, il re John si è rifiutato di ascoltare i brontolii dei vecchi e non ha mai preso in considerazione il consiglio di chi avrebbe voluto che la bambina fosse regalata alla morte che così da vicino la stava cercando. Il giovane re pensava invece che la sua primogenita fosse stata lasciata sola da Dio perché in questo modo sarebbe cresciuta più libera e più forte, figlia di tutte le voci senza faccia che ancora parlavano cantavano e suonavano nella radio senza morire mai. "Ha meno fame e meno sete chi naviga da solo", dice un antico detto delle isole.

Tutto ciò ha portato nell'Isola del Piede Felice molte cose a cui pensare e molte ancora da fare. C'era nella gente una fervente attesa per quello che poteva accadere, c'era negli animi timore e speranzosità per una nuova era che era stata annunciata con tanta varietà di segni.

Si era fatto vivo un giorno il nuovo Delegato governativo con grandi promesse di commerci e l'annuncio che sarebbe di lì a poco arrivato un Padre Bianco venuto appositamente dalla terra del papa di Dio; avrebbe portato senz'altro grandi parole per la prosperità spirituale dell'isola.

Sarebbero forse tornati i tempi della magnificenza? Intanto, per prima cosa, si tornarono a nascondere gli antichi idoli che piano piano erano discesi dalle grotte della montagna fino ai focolari delle case, e la cupola con il suo recinto fu nuovamente interdetta ai polli e ai maiali che la infestavano e scrupolosamente ripulita. Tornò a farsi largo nella selvatica naturalezza dei kanaki la dimenticata virtù della discrezione.

Ecco con quanta fiduciosa aspettativa e amichevole disposizione quel mattino del mese di *Li' faa* tutta Moku Iti è schierata sulla spiaggia e attende che dalla traballante passerella del *Kara Juli* si affacci finalmente il nuovo Padre Bianco.

Ma padre Giacomo è già sul molo. È confuso tra i due marinai che lo aiutano a sbarcare i bagagli e discute con loro con quel poco di beach-lamar che gli hanno insegnato a Tonga sulla spinosa questione di come fissare al precario verricello di bordo il trabiccolo che ha portato con sé. La malavoglia dei due è talmente evidente e l'ostinazione a non voler capire così malvagia, che Giacomo è quasi deciso a lasciarsi andare al pianto. Solo il colpo d'occhio a tutta quella gente laggiù in fondo che evidentemente è lì per lui – e per chi, se no? gli aveva fatto notare con un certo disprezzo il meticcio completamente sbronzo che comandava la bettolina – gli impedisce di farlo.

È arrivato a destinazione, e non si saluta la nuova casa piangendo. Furente, raccoglie la tonaca in vita e risale a grandi passi la scaletta inseguito dai due marinai che strillano come cormorani. Sul ponte strappa i cavi dell'imbrago dalle mani del comandante e si mette a lavorare così come ha sempre visto fare a casa sua: imbraga il carico come se dovesse coricare sul suo letto una regina. Sotto di lui l'acqua della laguna è talmente limpida che lo scolo del vapore vi si dilegua come vetro colorato in un caleidoscopio. Sul fondo una grossa orata scivola via e per un attimo appena mostra la sua venuzza d'oro al sole che la riflette e la rimanda sul pelo dell'acqua e da lì agli occhi lucidi di Giacomo. Lì dentro, tra le ombre brune dell'iride, un filo di quell'oro rimane ad addolcire il candore abbagliante della spiaggia di detriti di corallo che Giacomo non cessa di adocchiare mentre continua coscienzioso il suo lavoro.

Qui è dove sono atteso; così mi è stato detto e così è. Quella brava gente laggiù aspetta che io gli porti Dio, vediamo di non fare brutta figura.

La brava gente intanto comincia ad agitarsi: nulla di quello che sta vedendo pare abbia una logica: dov'è dunque il Padre Bianco, il Delegato di Dio? Improbabile che sia quel ragazzo che traffica sul ponte ingiuriato impunemente dai marinai, anche se in effetti porta la veste bianca dei suoi predecessori. E se non è lui, dov'è finito allora?

Niente in effetti di quello che succede intorno al *Kara Juli* ha l'aspetto dell'avvenimento sacro e solenne che era stato così a lungo preparato. I vecchi cominciano a mormorare, i bambini a ridacchiare; solo re John rimane impassibile a osservare quello che sta accadendo sul ponte del vapore.

Ed è dunque il primo a vedere. Si porta la mano agli occhi perché quello che vede lo abbaglia: è uno splendore, come se dal ponte del *Kara Juli* stesse sorgendo un piccolo sole.

Padre Giacomo spinge la manovella dell'argano che ingrana un dente alla volta con fatica e dolore di ferri marci e mal lubrificati. Colpo dietro colpo la motoretta imbragata a regola d'arte si solleva sul cielo del ponte, oscilla languidamente a ogni pausa della manovra, ruota di qualche grado su se stessa e incontra ogni volta il sole. Il sole, quello alto lassù, la incendia con una salve di lampi e barbagli sull'argento della carrozzeria che Giacomo non ha dimenticato di tirare a lucido.

"Te cum, te cum, te cum," mormora il Delegato di Dio ed erede dell'antico comando giaguaresco.

E spinge la manovella, sudato, imbrattato, lampeggiante anche lui, lucente di trionfo e furore. "Te cum, te cum, te cum," uno scatto, un altro scatto, l'arpione si abbatte sul dente, il carico sale la misura, si ferma, oscilla, riprende a salire un'altra misura. I marinai bestemmiano gelosi, il meticcio se ne è tornato in cabina a bere *din din*, visto che le cose vanno avanti da sole. La gente laggiù segue lo sguardo del suo re e conviene che qualcosa di sacro e solenne alla fine sta accadendo.

Sospeso lassù contro il cielo dove un tempo sguazzò felice la testuggine madre – ma quanta luce nel mese del bocciolo di luna! – qualcosa di nuovo risplende, ed è un ragazzo con la tunica bianca e, a guardar bene, con il segno rosso della croce sul petto, che l'ha portata. Cos'è, cosa non è? Niente di così lucente è mai piovuto dal cielo. Non sta forse mormorando preghiere quel ragazzo mentre cala il suo dono e lo posa sulle assi dell'approdo? Tocco leggero quello del ragazzo, non tocco di mercante di copra, non tocco di Delegato; tocco di amante che adagia un *lei* di fiori di *tiare* sulle spalle dell'amata.

Ora la gente laggiù in fondo non ha più dubbi riguardo la venuta, è anzi speranzosa che dopo un inizio un poco incerto ci sia dell'altro ancora.

Giacomo ha finito. È lì, finalmente arrivato a Moku Iti, unto e sgualcito in piedi sull'assito del molo, circondato dal bagaglio che i turpi marinai si sono rifiutati di portare anche solo un metro più in là. E adesso?

Osserva la motoretta: è perfetta. Ciononostante passa con calma una mano sul manubrio cromato e sulla sella di pelle che con il caldo manda odore di animale. In questo modo ha ancora qualche attimo per continuare a sbirciare invece che guardare diritto l'orizzonte del suo destino. "Ho pensato troppo poco al destino," ammicca padre Giacomo a un cucciolo che si è perso nella spiaggia immacolata. "Con tutto il tempo che ho avuto ho pensato più alla motoretta che al destino. Ora eccoli là, tutti quei cannibali pazienti ed educati che si sono messi in ghingheri per me, e io che non ho portato niente. Beh, adesso non c'è più tanto tempo."

Si sistema la tonaca, aggiusta la croce sul petto, tira un po' su col naso – padre Giacomo ancora non ha fatto l'abitudine all'aria secca dell'aliseo – e a questo punto è pronto. Il suo sguardo, adesso, è quello languido e spiritato dell'ala cascatrice che ha puntato il suo terzino.

"Mi sembra proprio bello qui," sussurra al botoletto che gli si è andato a uggiolare tra i piedi.

Dal fondo della spiaggia laggiù il popolo di Moku Iti lo chiama battendo a terra cento e cento canne di bambù. È un respiro che ansima, un cuore che batte, un mare che cresce, un passo che avanza sempre più in fretta.

Bong, bong, bong, bong, bong...

Padre Giacomo afferra la sua valigia, la soppesa, raccatta il grosso pacco legato con lo spago, si bilancia sulle gambe e poi rimette ogni cosa a terra.

Bong, bong, bong, bong, bong... "Wela wela", in fretta in fretta
Bong, bong, bong, bong, bong... "'Amo 'amo", strizza strizza, cantano unisoni alla terra uomini e bambù.

Padre Giacomo inforca la sella della sua motoretta, dà tre colpi di pedivella e ingrana la prima. Poi ci ripensa: rimette la folle, raccoglie il cagnetto, se lo sistema nel grembo, e finalmente dà gas.

Arrivo, fratelli.

La motoretta sobbalza sull'assito sconnesso e prende velocità.

Dal popolo laggiù sale un grido alto e improvviso, così acuto che dal bosco di pandani oltre il villaggio migliaia di timidi uccelli *o-o* prendono il volo di schianto, impazziti di paura.

Re John allarga le braccia e ferma la sua gente. "I mutai," dice con voce calma il re, "i mutai", è bene, è bene. E tutta Moku Iti si sente rinfrancata dalla fermezza del suo giovane sovrano e riprende il suo ansimante respiro

Bong, bong, bong, bong, bong... "Wela wela", in fretta in fretta
Bong, bong, bong, bong, bong... "'Amo 'amo", strizza strizza.

Padre Giacomo è d'accordo con la fretta; ha messo la terza.

Bong, bong, bong, bong, bong... "Wela wela", in fretta in fretta
Bong, bong, bong, bong, bong... "'Amo 'amo", strizza strizza.

Dall'approdo al limitare della spiaggia ci sono non più di duecento metri. La prima metà è fatta di un fondo di detriti duro e compatto, opera dei tempi della regina Kapiidani, poi, man mano, il fondo si sfalda e la spiaggia prende il sopravvento; è una spiaggia corallina soffice e impalpabile, come si trova solitamente a ridosso delle lagune.

Al termine del primo tratto padre Giacomo sta andando a quasi cinquanta all'ora e non potrebbe andare più veloce. Tiene le braccia contratte sul manubrio, il busto piegato in avanti come un corridore, le cosce ben strette per non far cadere il cucciolo che guaisce disperato. Prova la stessa sensazione di piacere di una lunga, disperata corsa dal fondo del campo all'area di rigore; il raro piacere, per un'ala cascatrice, di una corsa senza ostacoli di mezzo. Non ha mai guidato la motoretta a quel modo, non è mai stato così felice di farlo.

Padre Giacomo è eccitato, questa è la verità, anche se lui non sarebbe così contento di venirlo a sapere. Non è solo il suo corpo che vibra e sobbalza, e non è solo il motore che ulula e fuma; c'è pure qualcosa da qualche parte dentro di lui che vibra e fuma e sobbalza e ulula. E anche di più: qualcosa che suona la stessa musica e parla la stessa lingua dei tamburi di Moku Iti. *Wela wela*, in fretta in fretta; *'amo 'amo*, strizza strizza. Solo che adesso il dentro e il fuori è un tutt'uno che si confonde. E per fortuna che su quel terreno e a quella velocità padre Giacomo non può certo permettersi di affrontare un problema di coscienza di così grande portata. In questo momento può solo occuparsi di tenere diritta la sua motoretta e di non perdere di vista il punto d'arrivo.

Che non è la porta avversaria; o se lo è non è fatta con tre pali di legno, ma molto più lussuosamente con una fila di nobili palme da cocco. E a presidiarla non c'è un portiere nell'austera divisa nera, ma una folla sgargiante e sonora.

Nel momento in cui il terreno comincia a sciogliersi sotto le ruote, padre Giacomo sta considerando che quell'uomo ritto un passo avanti gli altri con in testa il buffo diadema di piume, sarà il primo a cui dovrà parlare di Dio. E si sta interrogando in proposito: "Chi è Dio? Dio è l'essere perfettissimo creatore e signore del cielo e della terra".

Poi comincia a volare. O perlomeno questa è l'impressione che ricevono le mani sul manubrio e il sedere sulla sella allorché la motoretta perde aderenza su una sabbia talmente fina che si vaporizza al contatto con le ruote. Chi lo sta osservando pensa invece che stia navigando, o meglio, inabissandosi in una grande nuvola bianca.

Dal popolo di Moku Iti sale ancora un alto grido, ancora una volta i timidi uccelli *o-o* si alzano tumultuosamente in volo. Questa volta passano così bassi sopra la sua testa che Giacomo d'istinto si schiaccia sul manubrio e ruota al massimo la manetta del gas, regalando in questo modo alle ruote qualche metro e qualche chilo in più da gettare come truppa fresca nella battaglia ormai persa tra spinta e gravità. La motoretta corre scivolando tra due ali di farina di corallo tenuta in piedi solo dalla sua inerzia, visto che non ha più niente sotto che la possa sostenere: si sta inabissando nell'impalpabile.

Giacomo non può fare niente di niente. Curvo sul manubrio cerca soltanto di opporre la minore superficie possibile del suo corpo ai milioni di microscopici proiettili che si accaniscono sulla faccia, sulle mani, su tutto il suo corpo sotto la veste. L'unico pensiero abbastanza semplice che può permettersi di formulare è che fine ha fatto il cucciolo che teneva in grembo, ma l'umido tepore che avverte in quel punto lo rassicura in proposito.

La motoretta comincia a sbandare ondeggiando; vorrebbe coricarsi per terra e farla una buona volta finita, scrollarsi di dosso quel pazzo e dare un po' di requie al motore surriscaldato e ingolfato di porcherie. Giacomo cerca di spiegarle che no, lui vorrebbe finire la corsa in qualche modo vittorioso. In piedi o riverso per terra non ha importanza, ma solo alla fine.

E la fine non è poi tanto lontana, ma proprio lì davanti, a giudicare da come sente forte sulla sua faccia il possente alito del suo respiro.

"Wela wela", in fretta in fretta.

"'Amo 'amo", strizza strizza.

E il desiderio di padre Giacomo è esaudito.

È vero, ci sono ormai solo pochi passi tra lui e il popolo di Moku Iti; se non fosse accecato dalla sabbia potrebbe anzi rendersi conto di come la sua meta sia ora troppo vicina per evitare il disastro di una collisione. Potesse vederci, preferirebbe di gran lunga deviare la sua rotta piuttosto che andare a sbattere sulla brava gente che, allibita e incredula, è ancora ferma lì ad attenderlo. L'indomito re John in testa allarga le braccia e continua a rassicurare: "I mutai, i mutai".

Padre Giacomo si sta precipitando ciecamente verso il primo disastro stradale della storia dell'arcipelago.

Per fortuna che la regina Kapiidani veglia ancora sul suo amato regno. Se non lei in carne e ossa, il suo spirito sì, il suo nobile e previdente spirito che lì nella spiaggia ha preso la forma di un massiccio monolite che ella ha posto a giacere per preservare la sua isola dai maremoti. Il monolite simboleggia la Testuggine Primordiale e ne ha la forma, la semplice e austera forma di una vecchia testuggine. È di pietra nera e porta incise diverse decorazioni rituali tra cui primeggia, al centro del dorso tondeggiante, una croce, frutto dei meticolosi accordi sottoscritti tra la regina e i Padri Bianchi circa i principi inderogabili. Com'era naturale, data la circostanza, re John ha schierato la sua gente a ridosso della sua ancestrale protezione.

La motoretta l'ha presa in pieno, trovando finalmente qualcosa di solido e levigato da mettere sotto le ruote, se l'è mangiata in un boccone la grossa roccia, ed è schizzata via in linea retta, scagliata verso il cielo da un'inaspettata e potente spinta. È volata via. E non solo ha dato quest'impressione, ma si è effettivamente librata ruggente nel cielo.

Per un attimo anche Giacomo è volato con lei, poi se ne è staccato, dolcemente, in un'artistica parabola planante, le braccia aperte come ali, le gambe raccolte nel grembo, come zampe di cicogna. È arrivato a terra, sollevando uno sbuffo di polvere a un passo da re John, ai suoi piedi si può dire, mentre la motoretta finiva assai più ambiziosamente il suo volo oltre la gente nel fitto delle palme.

Poi, per un po' non è successo più niente, né un gesto né un rumore, finché, prima ancora che suo padre potesse fare un cenno, si è fatta avanti la principessa Lucy. È arrivata trotterellando da dove si era cacciata in cerca del suo cucciolo, si è chinata sul nuovo venuto, si è sfilata dal collo la ghirlanda di fiori ormai un po' sconnessa, e l'ha posata su quello riverso a terra di padre Giacomo. Nel farlo ha dovuto sollevare un poco la sua testa e ha visto i suoi occhi aprirsi; quello che c'era dentro gli è dovuto piacere, perché ha sorriso. Un sorriso di bambina che non dice niente di più di quello che si vede, ma che a padre Giacomo, sul punto di perdere del tutto conoscenza, è sembrato chissà che cosa. Visto che con un filo di voce, roca e sabbiosa, si è sentito in dovere di dire:

"Iddio è l'essere perfettissimo creatore e signore del cielo e della terra", che per un ragazzo così incerto come lui sulla questione era un modo di salutare alquanto strano.

Comunque, come se se ne fosse subito pentito, ha chiuso di nuovo gli occhi e ha reclinato la testa nascondendone più di metà dentro la sabbia.

Allora, nel silenzio dell'imbarazzo generale, dalla pancia di Giacomo sottile e carezzevole è sgorgato il pianto pigolante del cagnolino. Piano piano per non spaventarlo, la principessa Lucy ha infilato le sue piccole mani tra le pieghe della tonaca, si è ripresa il suo cucciolo, e trotterellando ancora è ritornata tra le gambe di suo padre.

John Asibeli Tungi potrà ben riflettere in punto di morte che in quel mattino del mese di *Li' faa*, il destino di Moku Iti e il suo personale si era già tutto dispiegato nel volo degli uccelli *o-o*, nel solco scavato dall'ospite lungo la spiaggia, e nel gesto di sua figlia Lucy.

E, ci fosse stata meno confusione, se ne sarebbe potuto accorgere anche allora.

10.

A Moku Iti non ci sono strade. Ci fosse stato bisogno di strade, Moku Iti non si sarebbe chiamata con quel nome, non sarebbe l'isola dove il piede si posa felice e ogni cosa è a portata di mano. A Moku Iti ci sono brevi sentieri che conducono dal villaggio alle piantagioni, dalla laguna ai siti lungo la costa dove i ragazzi vanno a pescare sugli scogli, e un unico impervio sentiero che porta alla sommità della montagna. Nell'Isola del Piede Felice non c'è mai stato bisogno di strade. A Kapiidani ci sono strade solo se si possono far passare per tali gli spazi vuoti tra una casa e l'altra. Nessuno ha mai dato un nome a quegli sterrati che sono generalmente privi di una forma e di una direzione: quindi, a rigor di logica, non sono affatto delle strade.

Del resto il villaggio, pur essendo abbastanza grande da essere incluso tra le piccole città polinesiane, non è gran cosa, ed è stato costruito senza un vero e proprio intento urbanizzatore. I kanaki che sono sbarcati nell'isola hanno costruito le loro case nella radura ben distanziate l'una dall'altra. Sono le solite case *paepae*: pali poggiati su una piattaforma un poco elevata dal terreno che sorreggono il tetto di foglie di banano e di cocco. Le hanno sistemate, come vuole la tradizione, in un ampio cerchio che si chiude attorno alla grande tettoia che serve da casa degli ospiti e da ritrovo per il consiglio dei capi. Col tempo ogni famiglia si è accresciuta e vicino alla casa del patriarca sono state costruite delle dipendenze per le nuove generazioni.

Al loro arrivo i Padri Bianchi hanno cercato un posto libero e hanno aggiunto la loro alle altre case. E così è stato quando si è dovuto costruire l'edificio pubblico, la casa con pareti di bambù e qualche pezzo di latta che serve da ufficio statale, tribunale e prigione. E allo stesso modo si è proceduto per la basilica che, grande com'è, si è dovuto erigerla in fondo al villaggio, già fuori dalla primitiva cerchia. Tutto qui.

Il re John ha una casa più grande perché, appena ricevuta la nomina, si è messo di buona lena a fare migliorie adeguate al suo rango, ma la struttura non è dissimile dalle altre, è sempre una tettoia con tramezzi e pareti di stuoie; infatti, basta allungare il collo e curiosando attraverso le stuoie si può vedere il grande letto di ottone, e a volte il re sdraiato nel letto e altre volte ancora il re sdraiato sulla sua nuova moglie sdraiata nel letto.

Ma strade a Kapiidani e in tutta Moku Iti non ce n'è e nessuno ne può vedere.

Di buon'ora il re John ha convocato i suoi capi e li ha tenuti digiuni nella casa del consiglio fino a che non ha esaurientemente sviscerato l'argomento che ha occupato i suoi pensieri tutta la notte: fare una strada.

Lui lo sa cosa è una strada, e come la sua sostanza e la stessa ragione di esistere sia assai diversa da un sentiero tracciato per il lento e faticoso passo di un uomo. Ne ha viste partire dai porti e dirigersi in ogni direzione; anche se non ha mai saputo dove andassero a finire, e sa a cosa servono: ci passano sopra carri e macchine di varia grandezza carichi di cose che non è possibile neppure immaginare. E ogni macchina è talmente veloce che può andare ovunque lo desideri, ovunque ci sia terra nel mondo e strada su cui camminare.

Gli anziani ascoltavano gravi, costipati dal fumo delle pipe e intontiti dalle troppe novità. Fare una strada, spiegava il giovane re, e poi sopra ci sarebbe passato il destino nuovo del suo popolo. Taceva, perché nessuno aveva chiesto chiarimenti in merito, su alcuni aspetti che al momento giudicava secondari. Ad esempio, dove avrebbe dovuto portare la strada.

Come pure taceva il sommo desiderio che il suo popolo si impossessasse dell'arte di guidare la macchina portata dal giovane padre, lui per primo. Quel poco che aveva dormito nella notte gli era servito per sognare di guidarla già, da un capo all'altro di Moku Iti, fin sopra la montagna e dopo giù, lungo le scogliere e attraverso i boschi. Questo era rinascita nello splendore.

Intanto padre Giacomo se ne stava in chiesa annichilito in contemplazione dell'altare.

Gli avevano parlato della basilica, dei cui fasti restava flebile memoria nell'episcopato di Tonga. Gli era stato detto che forse Iddio aveva trovato in lui un giovane abbastanza risoluto per portare a termine l'antica opera. Ma non gli avevano detto dell'altare; di quello non se ne sapeva niente nel mondo.

Giacomo guardava quell'immonda Catasta di materiali rinfusi prodigiosamente fiorita, guardava i due Remington incrociati alla sommità e sentiva dentro di sé che tutto questo lo sovrastava.

Forse questa è una bestemmia, pensava; se mai le cose possono bestemmiare, questa la è. O forse no, forse c'è un dio che ha voluto un monumento fatto così; forse questa roba è di Dio. Nel qual caso è fuori dalla mia portata.

Non era pratico di Dio, prima di allora non l'aveva mai visto. Neppure la vera basilica di San Pietro, la cosa più grande che portava il suo nome, gli aveva dato qualche suggerimento in proposito. Conosceva bene suo figlio, anche adesso l'aveva lì con lui, ancora incartato, appoggiato alla base dell'altare, ma non il padre, l'inconoscibile. E ora capiva che non era neppure pratico degli uomini, del nesso stabilito tra loro e Dio, del nesso ancora da stabilire tra se stesso e loro.

A rigor di logica non sono un uomo vero e proprio, finì col decidere. E rivolto ai mitragliatori bisbigliò: "Orate fratres".

Giacomo non era solo nella basilica. In fondo, affacciati al vano della porta e tutt'intorno con le teste protese dalle numerose finestrelle lasciate aperte nella parete circolare, c'erano i bambini di Moku Iti e tra loro qualche ragazza che era riuscita a sfuggire i lavori della piantagione o della tessitura. I più grandi tenevano in braccio i più piccoli perché potessero vedere, e tutti erano lì da un bel po'. In perfetto silenzio, intimiditi e contegnosi, con le dita nel naso o tra i capelli, dove ognuno aveva un fiore o una piuma.

"Orate fratres," aveva mormorato padre Giacomo pensando ai fatti suoi, ma voltandosi ha visto che non era proprio così, che c'era un sacco di gente in attesa di qualcosa di più; tutti esserini imperfetti e immaturi, ignari e sovrastati come lui.

Male non farà, ha pensato mentre tornava a rivolgersi alla Catasta e si apprestava a fare il suo dovere, il suo primario inderogabile dovere: dir messa invece di borbottare.

"Orate fratres, ut meum et vostrum sacrificium gratus sit deo patris omnipotentis." E di lì in poi andare avanti era facile come bere un bicchier d'acqua.

Non aveva né calici, né paramenti né altro quella mattina, e la sua prima messa nella basilica di Kapiidani è stata piuttosto approssimativa. E forse insultante, si è chiesto al momento dell'offertorio, quando ha preso dalle mani di una bambina la sua arancia e con quella spaccata in due ha bevuto e mangiato il corpo del figliolo di Dio dopo averlo elevato alla sua croce calibro 46.

Male non farà, ha ripetuto, questa volta a voce alta, parlando alla bambina, ai suoi compagni e a se stesso. "Male non farà!" ha esclamato con vigore, passando anche sopra il fatto che non sapeva con certezza se stava pensando all'arancia o al Dio che in qualche parte dell'infinito, infinito lui stesso, stava osservando e ascoltando la prima messa di un prete in mezzo ai cannibali.

Lucy u'i, la piccola figlia del re, lo guardava dalle braccia di una cugina e gli sorrideva innocente e beata.

Sorrideva anche il re suo padre ora, mentre ascoltava compiaciuto il più lirico tra gli oratori di corte declamare un poema composto là per là in onore della strada che si sarebbe fatta; che era già fatta, anzi, perché era entrata nei cuori del consiglio e lì stava già crescendo.

Ma quella sera nell'antica e spoglia casa dei Padri Bianchi non rideva padre Giacomo mentre seduto a un tavolo mezzo marcio mangiava pesce crudo marinato e farina di taro, interrogandosi tra un boccone e l'altro in cosa consistessero i suoi principi inderogabili, se mai ne avesse avuti di veramente inderogabili. Visto che non riusciva a farne neppure un semplice elenco, che appena ne mandava a memoria un paio il sapore forte del pesce tendeva a farglieli dimenticare.

E non rideva neppure qualche ora dopo, a notte ormai fatta, di nuovo nella basilica, ancora davanti alla Catasta dell'altare, mentre spingeva la manovella del generatore.

Re John era andato a prenderlo. Massiccio e gentile, senza gli ornamenti rituali, il corpo lustro di olio profumato di *monoi* e con il *lava lava* ritorto attorno ai fianchi, aveva varcato la stuoia sdrucita che faceva da ingresso alla casa, l'aveva preso con delicatezza per un braccio e se l'era portato via con lui.

"Alon papa," gli aveva bisbigliato, e nell'assecondarlo Giacomo aveva provato la balzana sensazione di essere rapito da un terzino, un terzino fresco, rilassato e terribile dopo un intervallo ristoratore. "Alon papa," continuava a sussurrargli lungo la strada, e i suoi occhi luccicavano sorridenti nel buio di quel paese senza strade e senza lampioni.

In chiesa re John si è messo davanti all'altare e ha fatto un lungo discorso nel modo cantilenante e melodioso con cui i kanaki usano fare i loro discorsi ufficiali. Giacomo non capiva quello che diceva, ma aveva la certezza che fosse un sermone a causa dei gesti di eloquente ampiezza rivolti lassù, dove è universalmente collocata la sede dell'universo infinito e il cielo degli angeli, e per l'insistenza con cui nel complicato eloquio reale appariva *akua*, la parola di ciò che è divino.

Padre Giacomo non aveva ancora predicato e, a dire il vero, non aveva un programma preciso in merito. Nutriva quindi in cuor suo un certo rimorso nel considerare che il re stava sopperendo alla sua negligenza e aspettava con una certa trepidazione che arrivasse alla conclusione, avendo ragione di temere che i cannibali erano ben capaci di punire i loro sacerdoti poco solerti.

Invece, con suo grande sollievo, re John gli aveva messo tra le mani l'innocua manovella della dinamo facendogli cenno di girare a più non posso. Il prete spingeva ubbidiente, il re manovrava manopole e leve, la radio friniva gracchiava e sciabordava, e ogni tanto parlava e cantava, spandendo tra i due giovani uomini la spuma di una languida risacca di solitudini e lontananze. La radio è certo una novità tra i cannibali, constatava Giacomo smanettando, ma è una novità che non porta niente per me. Cosa potrà mai venire di divino da una radio?

Re John cercava Lucy l'Usignolo per offrirla al nuovo venuto, ma Lucy continuava a essere un vuoto silenzio sul punto del quadrante segnato di rosso.

Re John era in grande afflizione per questo. Aveva parlato con sincerità nella sua più viva ed elegante eloquenza per spiegare al padre come ciò che di divino aveva portato con sé non era in solitudine a Moku Iti, che molte cose di Dio erano già presso il suo popolo, e a questo proposito aveva offerto un onesto baratto e una fraternità. Purtroppo, lui lo sentiva con la magnanimità del re, senza la voce di Lucy, senza la pura bellezza, l'intero capitale di doni celesti custoditi in quella chiesa non valeva il confronto con quello che aveva portato il padre con sé.

Il re si sentiva ferito e monco, Giacomo era in attesa e non sapeva cosa sarebbe arrivato.

Re John avrebbe voluto barattare Lucy con la motoretta. No, non nel modo che hanno i bianchi di scambiare le cose: re John ha offerto a padre Giacomo un matrimonio, l'unione di Lucy con Vespa – Vepi, nella lingua kanaka che non conosce la esse. Un matrimonio perché la bellezza è *makamaka* della potenza, e si cercano, e si vogliono e non possono stare l'una senza l'altra.

E ora che Lucy non veniva, il re voleva chiedere scusa, voleva mostrare al nuovo venuto di essere conscio di tutta la sua pochezza. Così ha deciso con grande umiltà di abbandonare la sua nobile lingua per parlare nella stupida lingua delle spiagge, la lingua dei fedifraghi baratti dei bianchi.

Lì dove aveva fermato il potenziometro la radio trasmetteva voci anglé, parole secche e brevi, ordini, forse, per qualcosa di grande che stava accadendo altrove nell'Oceano. Capiremo tutto questo di qui a poco, ha promesso il re al suo popolo che fiducioso stava dormendo.

E si è accoccolato davanti all'ospite, gli ha preso la faccia tra le mani e ha cominciato a parlare il beach-lamar, con la sua bocca così vicina a quella dell'altro che sembrava avesse avuto inizio un bacio tra due amanti. Ma il re non voleva che le sue parole rischiassero di perdersi nell'aria, voleva che arrivassero al cuore dell'ospite incontaminate come erano partite.

E parlava sillabando lentamente, insufflando le parole una a una nella bocca di padre Giacomo, che non si ribellava a quel fiato, né alla presa delle mani kanake sul suo viso, ma subiva quella intimità sbigottito, incapace di tirarsi indietro, ma anche di farsi avanti quel poco perché le mani del re non fossero così tese, preganti.

E il re parlava, parlava nella cantilena tutta uguale del beach-lamar, e padre Giacomo un poco alla volta capiva, e nel farlo, lentamente si faceva strada in lui la certezza di un'irrimediabile distanza tra se stesso e i misteri della vita che fioriscono negli uomini in modo così bizzarro, così insostenibilmente svettanti sopra la sua vita, una piccola vita che non aveva misteri, che lui sapesse. E piano piano diventò grato alle mani che lo tenevano, al fiato che inopinatamente lo spargeva di appiccicoso vapore. Così dovrei tenere il corpo e il sangue di Nostro Signore, come questo cannibale tiene me, forse qualche mistero mi si scioglierebbe dentro. È così che Dio dovrebbe tenermi per spiegarmi cos'è che bisogna fare. Che Dio si sia transustanziato in un kanako? No, non è possibile, è il cannibale che in questo posto assurdo, così buio com'è, può dare l'impressione di assomigliare a Dio. Ma non a suo figlio, oh, non a suo figlio, questo lo vedo anche al buio.

La radio continuava a gracidare e sembrava che un enorme rospo fosse andato ad appollaiarsi sull'altare, un idolo blasfemo di quelli che Mosè non sopportava di vedere presso il suo popolo.

Poi, nel chiasso del batracio si è fatta strada una chitarra, sottile e chioccia, e con la chitarra è venuta Lucy. E il re John ha preso la faccia di Giacomo e l'ha portata all'altare, ha preso il suo orecchio e l'ha accostato all'altoparlante, e quindi, con un gesto della mano delicato e regale, ha offerto Lucy al suo cuore.

E padre Giacomo ascoltava, si interrogava e non capiva. Non coglieva alcun nesso tra la sua motoretta e la bellezza, tra progresso e divino, tra il re e la cantante, tra se stesso e le vie del Signore. Ascoltava quella voce melodiosa e la sua melanconia struggente non lo rapiva, ma gli scivolava addosso come una saponetta profumata; e se qualcosa gli si muoveva dentro non era certo per via dell'Usignolo delle Hawaii.

E a lui andava bene così: preferiva che al momento almeno non lo si mettesse a parte di alcun segreto. Sono troppo giovane, pensava, per tutto questo, cercherò di capire un po' alla volta. Intanto vediamo di metterci d'accordo su qualcosa.

E prima che finisse quella notte, tra i due uomini è stato trovato un accordo. Purché io possa vivere in pace su questa terra di cannibali, pensava il giovane padre. Purché questa isola e il suo popolo durino nell'eternità, pensava il giovane re.

L'accordo riguardava il futuro del mondo, e la salvezza delle anime, e il trionfo della bellezza, e il benessere del popolo, e quant'altro ancora sarebbe loro venuto in mente strada facendo.

Prima che i due uomini si separassero per andare a farsi un pisolino in attesa dell'alba, al posto delle due mitragliatrici Remington, sopra l'apparecchio radio e le scatolette di carne e di zuppa di fagioli e i contenitori di pezzi di rispetto e le latte di gelatina esplosiva, era stato posto il ritratto del figlio piangente di Dio. Padre Giacomo l'aveva scartato davanti al re e glielo aveva mostrato, cercando di imitare il gesto con cui il re aveva offerto Lucy a lui. Non gli era venuto molto bene perché non era del tutto convinto di quello che stava facendo, ma ciò non gli ha impedito di essere sincero quando ha cercato di spiegare come la bellezza di quel ragazzo divino era lì anche per lui.

Re John ha osservato a lungo il ritratto e poi ha pianto. Ha pianto come un bambino, non come un uomo commosso, ma come un bambino addolorato; e piangeva ancora mentre aiutava Giacomo a sistemarlo sopra tutte le cose.

Che lacrime saranno? si chiedeva il padre mentre tornava alla sua casa; che nemmeno quelle aveva capito.

Il mattino seguente ha avuto inizio il secondo e ultimo rinascimento di Moku Iti.

È durato quasi dieci anni, tanto quanto il regno di John Asibeli Tungi e il ministero di padre Giacomo. Come sempre quando si tratta di eventi del genere, è stata un'epoca di meraviglie e di orrori, esaltazione e tormento, in ogni caso un'epoca che non ha lasciato nulla di intatto in ciò che ha trovato, e ben poco di vivo.

E naturalmente, c'è stato subito un sacco di cose da fare.

A padre Giacomo piaceva fare le cose. Era cresciuto tra la gente che fa le cose compiendo il proprio destino nel farle. Sua madre Sascia era una grande fattrice, e il solo osservarla – e osservando le cose che da lei si compivano – gli aveva trasmesso la sottile intelligenza del fare e l'orgoglio e la consapevolezza che ne derivano.

Se Giacomo aveva scarsa familiarità con la complicazione dei pensieri, se, come lui credeva, era troppo giovane per sopportare il peso della vastità di un essere inconoscibile, questo non significava che fosse un animo ottuso o superficiale.

Giacomo era stato abituato a pensare attraverso le cose, a cogliere nell'azione che le crea e le trasforma l'essenza delle loro ragioni soggiacenti. Era nato e vissuto in un mondo povero di beni, ma al centro di un ampio panorama di cose vive e mutevoli assai bendisposte a essere fatte, tra uomini e donne fieramente convinti di aver compreso l'esistenza dell'anima guardando le proprie mani. Il lungo soggiorno in seminario non era bastato a sradicare il pervicace sentimento della materia ereditato da una famiglia e da un'intera città di manipolatori di cose. Non c'erano riusciti né gli studi severi né la dura disciplina spirituale e corporale: "Porrò la spada tra voi e i vostri padri," aveva garantito l'arcivescovo ai suoi diaconi, ma quest'unzione non era toccata a Minu.

Eppure negli anni passati in via degli Archi non ha mai fatto la minima resistenza agli insegnamenti che gli venivano impartiti, intanto che le sue mani si stavano godendo un lungo e placido sonno. Solo una volta quelle mani si sono svegliate, quando suo padre Paride le ha chiamate dalla strada di sotto e si sono aperte e dispiegate nell'assurda illusione di essere diventate in così poco tempo delle ali. E quello stesso giorno si sono richiuse e hanno ripreso a dormire, sussultando ogni tanto nei sogni.

Ora, nella trepida incertezza di una vita ancora tutta da venire, tutta da farsi, le mani di padre Giacomo si sono svegliate. Adulte, nervose ma ferme, pronte a dare sollievo ai pensieri. Buone mani per costruire qualcosa di solido, indizio certo che un ragazzo può diventare un uomo. E dunque, mani per darsi da fare.

Per fare una strada, ad esempio.

Così come non c'erano mai state strade, non c'erano neppure ingegneri a Moku Iti; l'idea stessa dell'ingegneria, almeno così come è conosciuta in Occidente fin dai tempi dell'antica Roma, non era neppure vagheggiata presso il suo popolo.

Quando gli studiosi bianchi cominciarono ad occuparsi dei kanaki e vollero sondare la natura della loro civiltà, furono particolarmente colpiti dalla loro maestria di navigatori oceanici. In effetti i kanaki possono ben considerarsi i migliori navigatori del mondo, avendo fatta molta più strada di Colombo e Cook, e avendo a disposizione assai meno mezzi. Ad esempio non possiedono né carte geografiche, né bussola; e quando gli studiosi chiesero loro come si orientavano lungo migliaia di miglia di deserto mare, fu risposto con molta semplicità che ogni famiglia che possiede una barca possiede anche un canto per ogni destinazione. E per essere sicuri di fare un buon viaggio basta portare con sé un bravo cantore che sappia intonare nel modo giusto la melodia, e sappia conservare per molti giorni il ritmo di quel canto.

Quando poi si vollero informare sui criteri costruttivi delle loro imbarcazioni oceaniche, le stupefacenti piroghe a doppio scafo e bilanciere, furono presentati loro dei vecchi che asserivano di avere imparato in sogno il modo giusto di scavare con l'accetta il duro legno, nonché la forma da dare all'imbarcazione – di squisito equilibrio idrodinamico, dovevano ammettere gli specialisti bianchi – e la correlata geometria delle vele. Aggiungevano, quei vecchi, che a loro memoria i migliori costruttori erano stati anche i peggiori dormiglioni del villaggio.

Sulle prime gli studiosi, antropologi di indiscutibile fama, credettero che li si volesse gabbare, finché uno di loro convinse dei kanaki dietro modesto compenso a sognare una barca e cantare una rotta per lui, ed ebbe così la prova della veridicità dell'inverosimile.

Dunque, se a Moku Iti mancavano gli ingegneri, abbondavano invece cantanti e sognatori; nella complicata e cerimoniosa gerarchia dell'isola occupavano pressappoco l'elevata posizione di cui godono gli scienziati in Occidente. Parimenti permalosi e gelosi del loro potere, colsero al volo l'opportunità di far valere le loro capacità in un'impresa straordinariamente nuova e complessa, nonché pericolosamente ricca di incognite, e il villaggio della venerabile regina Kapiidani divenne teatro di un poderoso scontro intellettuale.

All'imbrunire, quando il canto dei primi usignoli si spandeva dai boschetti di pandani sul villaggio per intimare alle vecchie che la finissero di tessere e brontolare e si facessero da parte per lasciare le stuoie all'amore dei giovani; al primo buio, quando chi non può fare *mue alohe* sulle stuoie decorate o sui morbidi tappeti di foglie di gelso, o su quelli un po' più duri ma deliziosamente profumati delle foglie d'arancio, quando appunto sarebbe bene che chi non ha niente da fare si acquietasse un po' e lasciasse alla notte il piacere di camminare tranquilla e silenziosa al passo delle sue stelle, ecco che dalle loro case uscivano preceduti da una lanterna a olio gli oratori di ogni ordine e grado per incedere maestosi e pesanti sotto il carico delle insegne della loro dignità, fino alla casa del re.

Lì, davanti alla stuoia della sua soglia regale, alla luce verdognola e ondivaga, nel fumo odoroso di copra delle lanterne, ognuno esercitava il sacro diritto alle proprie idee circa i modi di costruire una strada, sulla natura di tale artefatto, sulle ipotesi genealogiche al riguardo, e così via, cercando di esprimere tutto questo nel modo più acconcio e convincente possibile. Ovverossia, tanto per cominciare, cantando con la voce più bella e l'intonazione più lirica.

Naturalmente nascevano dispute, e le dispute si infiammavano, e le fiamme retoriche destavano i cani che si mettevano a ululare e i maiali che si mettevano a squittire e i bambini più piccoli che si mettevano a frignare, facendo spaventare i pappagallini che tenevano presso le loro stuoie e che a loro volta prendevano a berciare. Gli adulti continuavano a dormire e ad amoreggiare come se niente fosse, rispettosi com'erano della loro notte, ma non il re.

Il re se ne stava diritto e solenne sulla soglia di casa ad ascoltare le opinioni dei suoi dotti oratori. Con grande pazienza cercava di dirimere le liti più accese, rispettoso del loro alto rango, dell'età, della dedizione che dimostravano di avere per il bene della loro isola. Nei tempi stabiliti, poi, li radunava nel consiglio, faceva esporre le loro tesi davanti ai capi delle famiglie e faceva sì che venisse servito molto *kava* perché la loro foga fosse ammorbidita dalla benigna narcosi della bevanda.

Con tutto ciò il re aveva ben chiaro che la strada non sarebbe venuta da quell'antica e comprovata saggezza. Re John era certo che questo lo sapesse anche la gran parte dei suoi oratori. Era bene che le menti più sagge del suo popolo si esercitassero e contendessero nobilmente tra loro, ma era bene che poi si parlasse con il Padre Bianco e si ascoltasse cosa aveva da dire e di che cosa era capace. Una buona strada non sarebbe potuta essere che *demi*, meticcia, perché solo così avrebbe potuto portare la potenza della macchina e la bellezza del suo guidatore.

E così infatti si procedette.

Benché degli antichi romani fosse un naturale discendente, padre Giacomo non sapeva come si costruivano le strade. Per tutta la settimana che era seguita al colloquio notturno con il re aveva riflettuto a lungo sul tema delle strade, di come si distinguono nettamente dai sentieri e dalle piste, come sono fatte dentro, sotto e in superficie, dove vanno, a cosa servono, e così via, ma non era riuscito a formulare nessuna ipotesi concreta sulla loro realizzazione.

Aveva esercitato la sua mente dedicandosi nel contempo a un'accurata pulizia della motoretta che era uscita gravemente deturpata dalla sua prima prova di velocità. In quella settimana aveva imparato a smontarla utilizzando il manuale e i pochi strumenti in dotazione; aveva lavato ogni singolo pezzo del motore nella benzina e poi aveva rimontato il tutto alla perfezione. Infine, con un tocco da seminarista civettuolo, aveva spalmato la carrozzeria con il denso olio di *monoi*, dal penetrante profumo non molto dissimile dall'incenso: essenziale contro la ruggine, si era detto, mentre storceva il naso.

Era molto soddisfatto del suo lavoro di meccanico e dell'alta considerazione a cui era addivenuto presso il popolo dei kanaki che aveva assistito al completo, secondo un rigido sistema di turni, a ogni singola operazione. Lavorava all'aperto, nello spiazzo di terra battuta davanti alla sua casa. Di primissima mattina arrivavano a fargli visita i vecchi insonni; poco dopo gli uomini che si apprestavano ad andare alle piantagioni; poi, quando gli adulti se n'erano già andati per i fatti loro, arrivavano i bambini con le loro sorelle maggiori che avevano l'incarico di sorvegliarli, e infine i giovinastri che sfuggivano alle corvée. Quando questi venivano richiamati ai loro doveri dai duri bastoni di bambù dei capifamiglia, giungevano le vecchie che si portavano appresso il lavoro di tessitura, e le massaie che si mettevano a macinare con grande familiarità taro e *uru* proprio lì davanti a lui.

Padre Giacomo aveva subito anche un attentato da parte di un capo incredulo e troppo zelante che voleva impedirgli con la sua sacra mazza di smembrare quel meraviglioso dono celeste. Aveva recitato davanti al suo pubblico come tutti i meccanici del mondo, si era negato alle domande e aveva respinto i dubbiosi proteggendo il proprio lavoro all'interno di un cerchio segnato per terra, dando a vedere di aver osservato il mestiere degli stregoni delle isole e dei magliari di casa sua.

Per ultimo, prima di sistemare la motoretta su una stuoia accanto all'altare, aveva compiuto un cauto tragitto dalla casa alla chiesa, ed era stato un trionfo.

Purtroppo tutto questo non gli era servito a farsi venire una buona idea su come si fanno le strade. Alla fine della settimana aveva preso la decisione di scrivere una lettera al vescovo di Tonga e chiedere a lui lumi e sussidi. "Appellemoi pour toutes les questions matérielles et spirituelles," gli aveva detto al momento del congedo Sua Eminenza. Ci aveva riflettuto su tutta una notte, succhiando fino all'anima la matita davanti a un foglio di carta, e ad alba ormai fatta aveva preso a scrivere:

Reverendissima Eminenza,

ringrazio Iddio per avermi concesso di operare il Suo bene in questo meraviglioso angolo del Suo Creato. L'accoglienza di questa brava gente è stata buona oltre ogni speranza...

Era una lettera piena di dolcezza e di praticità e di buon umore, la prima di una serie di dieci lettere dolci, pratiche e allegre che padre Giacomo scriverà al suo vescovo per chiedere qualcosa di assolutamente necessario al suo ministero.

Ne scriverà con ferrea regolarità una ogni anno perché è con questa cadenza che passa il vaporetto *Kara Juli* a ritirare la posta. Ne scriverà altrettante all'amministrazione governativa, sempre con la medesima dolcezza, sempre per lo stesso motivo, appellando il prefetto per i distretti del Pacifico allo stesso modo del suo vescovo: Reverendissima Eminenza. In tutto fanno diciannove lettere, tante quanti sono i peccati mortali da lui commessi o, perlomeno, quelli che lui ha avuto coscienza di commettere. Perché ogni lettera era una sentina brulicante di menzogne e omissioni.

Non aveva mai mentito in vita sua, e fintanto che non ha riletto la sua prima lettera, la menzogna era un'entità confinata in un luogo così lontano da lui che si era addirittura scordato che potesse esistere fuori dal prontuario del confessore. Invece aveva preso vita proprio lì, sulla punta del lapis tra le sue mani: se avesse voluto farlo con intenzione, non avrebbe di certo saputo come fare per mentire bene.

Ma nel suo sincero trasporto, alla morbida luce del primo mattino di peccatore, aveva scritto un sacco di dolose fandonie, raccontando di un prete che non c'era in un'isola che non esisteva, o se esisteva era da tutt'altra parte in mano a un altro prete. Professava inderogabili principi che ancora non aveva capito, testimoniava della santità di un popolo e di un re della quale non aveva la minima intenzione di chiedere conto. Taceva subdolamente sullo stato della sua chiesa, della forma perversa dell'altare; neanche una parola sul colloquio con il re e sul loro a dir poco singolare accordo. Niente dei suoi dubbi e della sua ignoranza.

Parlava della gioia nell'accingersi a intraprendere una grande iniziativa. Chiedeva di costruire una strada per adempiere alla volontà di Dio; spiegava che avrebbe avuto inizio dal sagrato di quel rudere che lui descriveva come la rinnovanda basilica, e ometteva di dire dove quella strada sarebbe arrivata e perché: del resto questi erano particolari che ignorava lui stesso. Chiedeva soldi, materiali, informazioni e quant'altro; chiedeva benedizioni per sé e per i suoi kanaki.

Rileggendo la sua prima lettera, prendendo coscienza del suo primo peccato, padre Giacomo non si è neppure stupito di se stesso: almeno questo avrebbe potuto farlo. Ha invece messo una data di fantasia, posticipando di qualche mese la sua colpa, e senza pensarci troppo su, l'ha chiusa in una busta e se ne è andato alla chiesa. Lì l'ha deposta sull'altare, infilandola in una fessura tra il ciarpame proprio sotto gli occhi del figlio piangente di Dio. E senza rivolgersi in particolare a qualcuno, ma a voce abbastanza alta perché lo si potesse sentire da qualche parte lì attorno, ha aggiunto: "Mio Dio, hai più o meno sei mesi per bruciarla o mangiartela o farci quello che vuoi. Altrimenti con il prossimo vaporetto la spedisco".

E siccome aveva fatto due, se ne è tornato a casa a fare tre. E ha scritto la prima lettera all'eccellentissima eminenza prefettizia, tale e quale quell'altra, chiedendo soldi, materiali, informazioni e quant'altro in cambio di bugie.

E infine ha scritto a sua madre; un breve biglietto a dire il vero, ma senza neppure una piccola bugia. Calcolando che l'avrebbe ricevuta da lì a un anno, mese più, mese meno, ha scritto così:

Cara mamma,

vivo in un'isola bellissima, con molta acqua e molti alberi.

Mancava solo una strada, ma adesso abbiamo incominciato a costruirla. Fra qualche anno arriverà sulla vetta del monte qui davanti e da lassù si potranno vedere molte cose.

Ma di questo te ne scriverò al momento.

Tuo figlio Giacomo ti bacia.

Con l'animo in pace è tornato con le due nuove lettere all'altare e, senza dire una parola questa volta, le ha messe assieme all'altra nella fessura che è diventata di lì in poi la buca delle lettere di Moku Iti; la cuccia, o la tana, delle grandi aspettative.

Davvero padre Giacomo si aspettava grandi cose dalle sue fedifraghe missive? Chissà; non aveva mai chiesto niente a nessuno prima di allora, di aspettative non era certo pratico.

Comunque gli è stato risposto. Non sempre, questo è vero; ma, come vedremo, non si può neppure dire che i grandi progetti di Moku Iti fossero ignorati dalle autorità superiori. Le quali autorità, va aggiunto, assistevano imperturbabili, lettera dopo lettera, allo svolgersi del romanzo del prete, e annuivano compresi: o abituati alle menzogne o incapaci di riconoscerle. O, semplicemente, troppo distanti nel tempo e nel mare per doversene preoccupare.

Ma mentre le lettere se ne stavano a dormire tranquille negli anfratti dell'altare, tutt'intorno a loro l'isola lievitava pulsante di incontenibile moto.

Alle prime luci del mattino, quando nella sua breve aurora il sole esita un poco a giocherellare tra le morbide filacce di nebbia profumata di *tiare* e di arancio che si leva dalle piantagioni, quando dai tetti di banano delle case si fa strada sonnacchioso il fumo delle braci notturne attizzate per cuocere le focacce di taro, un attimo dopo che gli innamorati sono finalmente tornati alle legittime stuoie, la gente di Kapiidani va a fare il bagno al ruscello.

Le madri con i loro figliolini, le vecchie con i loro vecchi, i ragazzi e le ragazze in comitiva, i capi sussiegosi alteramente discosti, tutti vanno a sguazzare nell'ampia piscina di limpida acqua corrente scavata proprio per questo nobile ufficio in un'ansa del ruscello un passo prima che si disperda nella laguna. La giornata sarà lunga per chi deve lavorare, per chi deve crescere, per chi deve bighellonare, e ci sarà molto caldo prima che la notte porti l'aria fresca della montagna, per questo nessuno ha fretta di levarsi dall'acqua e andare per la sua strada.

A mollo nel morbido letto di tondi ciottoli levigati, la gente di Kapiidani si trastulla fintanto che il forte odore del taro tostato non la spinge alla sua prima colazione. Si trastulla, ora che si trova tutta assieme in una placida confusione di famiglie e di gerarchie, chiacchierando del più e del meno, mentre gli sciami di minuscoli gamberetti d'acqua dolce si spingono a curiosare tra le dita dei piedi, e impudenti carpe dal dorso dorato schizzano fuori dall'acqua stupidamente convinte di spaventare gli intrusi.

Gli uomini si radunano in piccoli crocchi attorno agli oratori, le donne in grandi assemblee accalcate attorno al gruppetto delle vecchie matriarche dalle grandi trippe. Gli uomini bisbigliano tra loro con grande riserbo cercando con gli occhi nell'acqua vaghe conferme ai loro complicati ragionamenti, le donne parlano tutte assieme senza ritegno, toccano continuamente le orecchie delle vicine per richiamare l'attenzione, schiamazzano contro i figli più piccoli che usano le loro spalle e i loro ventri per tuffarsi nell'acqua già tumultuosa di piccoli corpi sguazzanti.

Il più e il meno di cui discorrono ora uomini e donne tratta dello stesso argomento, perché tutti parlano del giovane Padre Bianco.

Il padre non è lì con loro a lavarsi; lui arriva un poco prima dell'alba e si bagna nell'acqua della laguna, non al ruscello. Si bagna in un lungo e cauto nuoto, disturbando appena il pelo dell'acqua con una scia continua e compatta che nell'aria violacea dell'ultima notte brilla di una miriade di bollicine fosforescenti. Poi si avvolge nel suo lenzuolo e ritorna a casa sua con un secchio di acqua dolce. Ma la gente questo non lo ha mai visto, perché a quell'ora è nel suo ultimo più sacro sonno. Lo sa perché se ne è accorto un pescatore notturno che è arrivato dalle scogliere un po' più tardi del solito e si è fermato alla laguna a sciacquare il pesce sventrato, e ha osservato non visto il padre immergersi sott'acqua e con un guizzo risalire in superficie al lato opposto della laguna. E lì per lì l'esperto pescatore lo aveva scambiato per un vecchio bonito intrappolato nelle acque basse.

La gente si chiede perché non voglia bagnarsi con gli altri, cosa ha il giovane padre da nascondere o da doversi vergognare, visto che nessuno, neppure un vecchio deforme o un malato di lebbra, si è mai vergognato di lavarsi con gli altri.

Questo è un gran mistero che merita tutta la considerazione e innumerevoli scambi di argute congetture.

Le donne si avviano verso casa continuando a parlare del giovane padre; non più di ciò che di lui non si vede, bensì del resto che è alla vista di tutti: del suo naso, così straniero, delle sue mani così sottili, dei suoi occhi che hanno il colore nero intenso di un dorso di marsuino con dentro un singolo punto di luce acuta e vorace che si muove come se non trovasse niente da mordere. E sono già tutte indaffarate a preparare la colazione sulle scodelle di palma intrecciata, ancora gocciolanti dell'acqua dolce del loro bagno, che pure non hanno finito di chiedersi cosa vedranno gli occhi di quell'uomo sconosciuto quando guardano non visti.

E gli uomini si attardano alla pozza ormai opaca ancora un po', visto che devono ragionare sul mistero dei misteri, che è la macchina che il padre ha portato con sé. E tentano di sviscerarne la sua veridica natura, la funzione e lo scopo, prima di dover tornare a occuparsi degli aranci e dei manghi e degli alberi del pane e dei banani di cui tutto da tempo immemore è stato sviscerato e che sono lì ad aspettarli a due passi dal fresco ruscello per la solita dura fatica senza mistero.

Padre Giacomo non sa nulla di quello che succede al ruscello. Padre Giacomo, finito il suo bagno, si deterge del salino alla secchia, sistema in una sacchetta di tela il cibo che gli è stato lasciato sulla soglia, e aspetta l'arrivo di re John seduto sul legno rinsecchito della veranda. La testa appoggiata a un palo, è riposato, e fresco, tranquillizzato dalla lunga nuotata nella laguna. Indossa un vecchio paio di pantaloni e una camicia di tela che sua madre gli ha consegnato al momento di fare la valigia. È questa, naturalmente, una tenuta fuori ordinanza: è tutto quello che ha ereditato da suo padre Paride.

Quando il re arriva accompagnato dal solito codazzo degli oratori, si avviano fianco a fianco a cercare un buon posto per far passare la strada che faranno. Anche il re ha il suo fagotto, e a vederli così sembrano due ragazzi vagabondi in cerca di fortuna. Uno chiaro di pelle e l'altro scuro, uno che si vede che è un po' più ricco dell'altro perché porta le scarpe.

Ci sono solo due direzioni da prendere dal villaggio di Kapiidani per andare da qualche parte. Una tiene le spalle al mare e la faccia alla montagna e porta alle piantagioni, l'altra prende a sinistra e costeggia il mare. A destra non si va da nessuna parte perché un'alta e massiccia costiera di roccia che protegge la laguna e il villaggio dai venti di burrasca del nord mette fuori discussione l'eventualità di una strada. Faccia al mare c'è solo il mare e anche lì non ci passano strade.

Non è difficile dunque decidere da che parte andare; una volta di qui e una volta di là. Il prete e il re si incamminano da questa parte o da quella, così, come viene: anche se hanno uno scopo non hanno una meta.

Moku Iti è un'isola assai piccola nella graduatoria delle isole vulcaniche del Pacifico sudoccidentale. Il suo vulcano, Putake te Riri, la montagna che è in silenzio, ha finito molto presto di fare il suo dovere di costruttrice di nuove terre, ha accettato di buon grado il tappo che il dio dei vulcani Kamehameha ci ha piazzato sopra all'alba del mondo, e si è accontentato del suo modesto lavoro trovandolo ben fatto.

E ha avuto ragione, dicono i kanaki, perché è appunto di queste piccole e fertili isole che vanno in cerca dai tempi dei tempi. Come un po' tutti i marinai del mondo, loro sono del tutto disinteressati alle ampie distese di terra, di grandi spazi se ne rimpinzano più che a sufficienza migrando per mare. Vogliono un posto comodo dove riposare e, come si è visto, Moku Iti è quanto di meglio possano trovare. Le cinquanta miglia quadrate dell'isola e il suo periplo di non più di settanta sono più che sufficienti non solo per i loro bisogni alimentari, ma soddisfano appieno anche i loro modesti desideri di grandezza.

Per questa ragione, oltre a non esserci affatto strade, ci sono anche pochi sentieri; un kanako, che per altre sue faccende non è affatto pigro, prova una profonda e naturale antipatia ad andare a piedi, e non c'è modo che lo si induca a trovare una buona ragione per farlo al di fuori dello stretto necessario: l'escursionismo è sconosciuto a Moku Iti. E infatti le gite del prete e del re sono vere e proprie spedizioni.

A padre Giacomo piace camminare: camminare avendo uno scopo è fare, e osservare le cose che si incontrano camminando è come se si fosse iniziato a farle. Perdipiù ogni cosa è al suo sguardo nuova, come appena fatta. Figlio di una grande città, vissuto tra le opere millenarie degli uomini, ignora tutto ciò che precede il loro lavoro, per la semplice ragione che non lo ha mai visto. Diciamo così che padre Giacomo non conosce la natura, il grande spettacolo dello stato disumano delle cose. Dei due cammini obbligati, preferisce forse il percorso litoraneo, perché il mare, quel mare, non riesce mai a saziarlo abbastanza; non i suoi occhi, non il suo corpo, non la sua piccola anima.

Approfittavano lui e il re della bassa marea per camminare lungo le spiagge, evitando l'intrico del sottobosco oltre la sottile barriera delle palme da cocco. Fatti pochi passi, re John si voltava e dava ordini perentori perché gli oratori e i curiosi che andavano formando una lunga scia rumoreggiante se ne tornassero al villaggio. Non sempre il volere del re era ascoltato con il dovuto zelo, ed era invece facile che nascessero discussioni, perché era questo che gli oratori volevano sopra ogni altra cosa: discutere spassionatamente. Allora il re raccoglieva da terra dei grossi ciottoli e prendeva a sassate i suoi dignitari, che alzavano alti lamenti al cielo e imprecavano contro le antiche genealogie del loro sovrano. "I kana kim," gridavano in coro con sommo disappunto, "I kana kim," e prima di riprendere il cammino il re doveva adempiere a complicati scongiuri.

Certe mattine camminavano per ore facendosi largo su un tappeto di piccoli granchi dal fragile dorso peloso. Al loro passaggio i granchi cercavano scampo tentando stupidamente di nascondersi sotto il corpo di un vicino, così che se ne formavano delle montagnole che il re demoliva con un calcio. Dopo un attimo i granchi erano tornati ad ammassarsi un passo più in là.

"Non conoscono l'uomo," diceva il re al suo compagno, "mue mutai, questo non è bene."

Padre Giacomo annuiva e pensava: "Potremo forse fare una strada con i gusci macinati dei granchi: verrebbe morbida ed elastica e la motoretta terrebbe meglio la strada". Ma al re non diceva nulla perché non voleva illuderlo con idee premature.

Se non facevano deviazioni lungo la strada arrivavano ai grandi banchi corallini dell'ovest con il sole che doveva ancora ascendere allo zenit. Assecondando la bizzarria dei moti del mare, il corallo morto andava lentamente disgregandosi in una miriade di fiordi e di minuscole insenature, piscine non molto più grandi di quella che serviva da pubblico bagno a Kapiidani. Ognuna di queste aveva una sua microscopica spiaggia di frammenti corallini di una particolare varietà che risplendeva al sole come madreperla. "Potremmo fare la strada con questa madreperla, se troviamo il modo di tenerla insieme," pensava padre Giacomo, ma continuava a stare zitto.

Nei punti più riparati dalle maree, là dove il vento era riuscito a portare granelli di terra e detriti del fogliame dei boschi, crescevano i gigli rosa chiaro della sabbia. Il loro profumo era così acuto che quando padre Giacomo se ne portava uno al naso, provava l'ebbrezza di quasi mancare. In una di quelle insenature, dove un anfratto poteva dare un poco di ombra, si fermavano per far passare la grande calura meridiana.

Allora Giacomo chiedeva di bagnarsi, come se fare una cosa così semplice richiedesse il beneplacito reale. In verità riteneva onestamente che quel mare non fosse suo e desiderava ardentemente che lo fosse. Si immergeva lentamente, usando la stessa cautela del bagno del mattino, e si portava con corte bracciate al centro dell'insenatura.

Lì restava a lungo immobile, nella posizione che gli aveva

insegnato il Giaguaro le prime volte che lo aveva portato a nuotare davanti alle spiagge di Voltri, quella che chiamava la posizione del morto. Che non era la posizione che aveva assunto suo padre sul selciato di via degli Archi, anche se il nome poteva trarre in inganno.

Quanto tempo è passato Giacomino, quanto tempo.

Quanto, Minu?

Un, dui, trei, quattro e sinque. Sinque anni, puè.

Tanti Minu.

No puè, nu l'è tanto. Ma ti veddi in coscì pocuu tempo dove a sun finì.

U l'è 'n beu posto Minu.

Guarda puè, guarda st'aegua. Pà che me sun fermoù 'n te l'arja du cielo.

L'acqua era così trasparente, così tersa e immobile che non aveva un colore, non rifletteva, ma era bensì penetrata dall'aria, dall'indefinibile azzurrino che sta sotto il cielo. Ed era come se l'acqua nell'aria si sciogliesse, e Giacomo, senza un su e un giù, galleggiasse sospeso in un luogo prima del cielo e dopo il mare.

Dopo un poco che stava in ammollo salivano fino a lui dal fondo branchi di pesci pappagallo per annusarlo e vedere se era buono da mangiare. Giacomo allora prendeva a nuotare e si dirigeva verso il largo, là dove l'acqua prendeva tutti i colori, e diventava azzurrino pallido e poi verde chiaro e poi verde smeraldo e poi azzurro indaco e poi infine, dove non arrivava mai, blu intenso e abissale. Il re lo chiamava a gran voce e si sbracciava perché quelle acque erano infestate di *mahi mahi* mangiatori di uomini; Giacomo non lo vedeva e non lo sentiva, ma tornava lo stesso, lentamente, portando sulla sua scia, qualche volta, una cernia, che è il pesce più curioso che ci sia.

Appena diminuiva un poco il caldo, tornavano indietro al villaggio. E questo andare e venire dopo un po' di tempo non li soddisfaceva più, perché la loro visuale rimaneva limitata ai soliti posti e la geografia che andavano esplorando era racchiusa nello stretto cerchio di cinque, sei ore di marcia.

Allora presero a star fuori due giorni e anche tre. In questo modo potevano spingersi ben oltre i banchi corallini e compiere lunghe deviazioni verso l'interno.

Al di là delle barriere di corallo la costa diventava improvvisamente dura e malvagia. Esposta all'incessante assalto dei venti di burrasca, senza alcuna protezione contro l'onda lunga oceanica che si abbatteva su quel tratto di terra dopo aver corso per centinaia di miglia senza alcun ostacolo che la potesse ammorbidire, la montagna madre dell'isola si precipitava nel mare da un'alta e nuda falesia nera. Precipizi profondi due e trecento piedi, irti di spuntoni affilati e irregolari che figliavano nidiate di scogli aguzzi appena affioranti sul mare scuro.

"La bocca del *mahi mahi*, padre," spiegava il re al suo compagno indicando gli scogli, "il cattivo padre mangiatore di piroghe."

Sugli speroni rocciosi e sullo stretto ciglio della falesia piccoli albatri covavano le loro uova. Ne prendevano qualcuna di quelle più a portata di mano e le mettevano nella sacca per la cena. Gli albatri li osservavano indifferenti, e questo dispiaceva a padre Giacomo che pensava che tutte le madri del creato amassero i loro figli.

"Non conoscono l'uomo," diceva il re, "mue mutai, non è bene per loro."

"Non vale la pena che passi una strada da qui," pensava padre Giacomo, "solo per vedere questi uccelli e questo mare assassino di barche"; ma sospendeva il suo giudizio alle orecchie del re.

Era ormai finita da un pezzo la stagione delle piogge e l'aliseo soffiava così potente e asciutto, che aveva preso a screpolare dolorosamente la pelle del viso di padre Giacomo nelle parti più delicate sotto gli occhi e vicino alle labbra, insinuandosi nel suo recente colorito bruno con sottili ombre leggermente più scure. La sua faccia cominciava a invecchiare anzitempo come succede alla faccia di un marinaio, e i suoi occhi, feriti dalla vivida luce del sole e dall'aria imbevuta di salino, si facevano ancora più profondi e neri, e il suo sguardo stava prendendo una lucidità perennemente febbricitante.

Camminavano finché riuscivano a reggersi in piedi, senza la possibilità di trovare sollievo in una nuotata, infastiditi dalla polvere che il vento grattava via dalla montagna. Procedevano ora verso nord e da un bel pezzo non trovavano più segni di passaggi.

Re John seguiva la traccia di un'antica canzone che raccontava del re Tanoa che aveva compiuto il periplo dell'isola di corsa, inseguito da un grosso diavolo che se lo voleva mangiare. Incontravano luoghi che non avevano un nome per essere attraversati, ma solo nomi per chi li vedeva dal mare, perché, che si sapesse, nessuno dopo il re Tanoa si era spinto camminando così lontano lungo la costa.

Ciò che il re sapeva di quelle terre, oltre al racconto che non cessava di canticchiare camminando, era quello che lui aveva visto, e i suoi capi gli avevano detto a loro volta di aver visto, bordeggiando sottocosta con la piroga per andare a pesca nei profondi fondali del Nord o nella ricerca senza fine di relitti da saccheggiare. Ma nessuna nave, da oltre un secolo, era andata a morire sugli scogli di quell'isola così fuori mano, e dell'ultima che lo ha fatto, una piccola goletta adibita al trasporto degli schiavi per le piantagioni di zucchero di Tonga, il re ha fatto vedere al suo compagno ciò che era rimasto: un teschio e una parte di costato fortunosamente rimasti appesi per più di cent'anni a un uncino di roccia a quasi trenta piedi dal punto di risacca. Le ossa erano talmente levigate che brillavano tali e quali a un mucchietto rinfuso di perle. Il resto del relitto era stato portato via anno dopo anno dagli isolani e ora era tutto nelle loro case, a irrobustire le fondamenta, ad adornare le travi dei tetti, ad arricchire il mobilio delle doti.

Ogni tanto il re interrompeva il suo canto e indicava a padre Giacomo qualcosa di notevole. Un albero di *purai* che aveva radicato sul sasso della falesia e sporgeva i suoi dolci frutti simili ai fichi sull'abisso come se avesse intenzione di offrirli ai *mahi mahi*, gli unici esseri viventi che osavano spingersi a ridosso di una costa così insidiosa. Oppure l'ombra flessuosa e regale, lontana nel mare, di una grande manta che inseguiva per gioco un branco di pesci arcobaleno. Oppure il sentiero tracciato nella polvere a delicati rilievi dal passaggio di un millepiedi. Quando capitava questo il re si fermava per cercare l'insetto, e quando lo trovava, con la sua mazza riduceva quella bestia lunga un palmo e più a una poltiglia bruna e vischiosa. Perché il morso di un millepiedi può uccidere una donna e ridurre un uomo forte a una sacca di carne gonfia incapace di muoversi. Ma della strada anche lui non parlava mai.

Dopo tutto l'accanimento del giorno, il sole tramontava all'improvviso, come per un repentino pentimento. Per pochi minuti all'orizzonte dell'ovest il mare bruciava di alte fiamme arancione, e serpeggianti lingue di quel fuoco dilagavano sulle onde quasi fino a loro, come se Iddio avesse buttato a mare la sua riserva di nafta e vi avesse appiccato il fuoco. Subito dopo albeggiava Venere e iniziava la notte.

Allora cercavano un posto dove dormire in una delle strette fenditure della montagna che incontravano a ridosso della falesia. Lì, nascosto dai fitti cespugli del *miki*, trovavano sempre un filo d'acqua per rinfrescarsi. Raccoglievano pezzetti di legno per accendere un piccolo fuoco e sulla brace mettevano a cuocere le uova di albatro e qualche frutto dell'*uru*, l'albero del pane che lì cresceva assai meno rigoglioso e con un gusto amarognolo che a padre Giacomo ricordava le armottole, le rosse bacche natalizie che crescevano a boschetti sulla collina dei Campi Fregoso. Mangiavano quel poco che avevano lentamente, ascoltando il canto degli usignoli e il toc toc sordo dei *mamo*, i picchi notturni che andavano a caccia di larve sugli alberi della montagna. La luce dei tizzoni in quegli anfratti tra gli alberi e le rocce era tutta la luce che potevano avere dall'universo intero.

Finita la cena re John cantava qualche strofa del suo *mele inoa*, il canto dei nomi, per dare una rinfrescata alla sua genealogia e perché il suo compagno ne fosse debitamente informato. Poi ammucchiavano un letto di foglie e ci stendevano sopra la stuoia che ciascuno aveva nella sua sacca. Quando padre Giacomo prendeva sonno, tutto intorno il buio era assoluto e lui ci galleggiava dentro come se stesse già sognando.

La mattina, appena un filo di luce riusciva ad arrivare fino alle loro palpebre già socchiuse, riprendevano la strada mangiucchiando cammin facendo qualche frutto che raccoglievano.

Si spingevano il più possibile a nord, finché un giorno arrivarono in un luogo favoloso. Quel posto non era elencato nella canzone del re Tanoa e apparve a loro inaspettato e improvviso. Ci arrivarono poco prima del tramonto, dopo aver camminato per tutto il giorno attraverso una fitta macchia di arbusti spinosi e di basse quercie *ahuhu* dalle bacche velenose, seguendo il crinale di una montagna che dirupava sul mare per più di duemila piedi. Non avevano trovato acqua lungo il cammino e la loro gola bruciava al pari dei graffi profondi di cui erano ricoperti in ogni parte del corpo.

Erano esausti, assetati e feriti dunque, quando re John si era fermato ad annusare l'aria che si era fatta all'improvviso dolce e umida. Il re sentiva odore di acqua. E infatti, pochi passi più avanti, nel valicare uno stretto passaggio tra due speroni di roccia si trovarono avvolti in una nube bianca spessa come filaccia di cotone e madida di goccioline d'acqua.

Non vedevano nulla e non potevano andare da nessuna parte. Bevvero la nuvola e si lavarono strofinandosela addosso. Poi il re raccolse alcuni sassi e li lanciò uno dopo l'altro nell'opacità davanti a sé, stando in ascolto. E dopo che ebbe fatto i suoi calcoli ordinò al suo compagno di seguirlo.

Scesero per un ripido pendio di alte erbe e fitte liane di vainiglia che li facevano incespicare. Ben presto si aprirono squarci nella polvere d'acqua, e apparve aria tersa e luce vivida sopra di loro e sopra un bosco di pandani selvaggi e di enormi mangrovie, e queste altro non erano che piante di *purao* di grandezza mai vista. Il bosco ora seguiva un dolce declivio, e prima ancora che si diradasse e potessero vedere, sentirono. Sentirono come se nel cielo sopra di loro Taburik, il dio dei tuoni, avesse steso la pelle di tutti i suoi tamburi e li stesse percuotendo con mazze di coralli. Sentirono tra i tamburi il soffio potente di gigantesche conchiglie suonate a gran fiato da Nan Tok, il dio dei temporali. E sotto questa musica troppo grande in effetti per le loro orecchie di uomini, udirono distintamente i richiami di tutti gli uccelli della Polinesia che si erano radunati in quella foresta per accompagnare all'unisono il dio Nan Tok e il dio Taburik con trilli, cinguettii, fischi, gorgheggi e strombettii.

E poi, superata la densa cortina delle fronde, videro. Videro innanzitutto un grande doppio e perfetto arcobaleno che attraversava tutto il cielo sopra di loro. L'arcobaleno aveva un piede nel turbinio di una cascata e l'altro nel mezzo di una radura dove l'acqua si raccoglieva in un piccolo lago. Videro che la cascata era altissima e si confondeva nella candida nube di acqua vaporizzata che aveva fatto loro da cielo, e constatarono che la cascata era composta da diversi balzi, e ognuno di essi creava piccoli arcobaleni che si perdevano tra la spuma.

La radura erbosa era colma di arbusti fioriti di *tiare* e di ibisco e i tronchi delle palme da cocco erano inghirlandati da liane di vainiglia da cui pendevano calici grandi più di una mano. Videro gli uccelli *akakano* pescare tranquilli libellule nella calma d'acqua del lago e le loro code avevano penne color oro e arancio lunghe tre palmi. Quando padre Giacomo ruppe un ramo provocando un improvviso e discordante rumore, gli uccelli presero il volo. E a loro si aggiunsero dalla foresta folate di azzurri uccelli *awo* e merli rossi, e *akakano* bruni argentati, e pappagallini verdi, e tutti passarono sulle loro teste, schiamazzando, e per un po' oscurarono il cielo.

I due uomini si volsero a osservarli mentre si avventavano contro la luce del tramonto, e così si accorsero che la radura si perdeva nel mare, in una spiaggia di corallo rosato e in una baia di bassi fondali stretta tra due pareti di roccia. La baia era disseminata di scogli affioranti qua e là come dalla bocca sdentata di un vecchio leone marino, e i riflessi del sole basso all'orizzonte davano ai frammenti di corallo e alle conchiglie adagiate sul fondo lo splendore di un forziere di rubini e smeraldi riverso nell'acqua.

Il prete e il re si aggirarono per un bel pezzo in quel luogo senza sapere dove andare né dove fermarsi. Poi, vinti dalla sete e dalla stanchezza, si tuffarono nel lago con i loro stracci addosso. Nuotarono e poi bevvero, ripresero a nuotare e bevvero ancora. Poi il re pescò con le proprie mani due grosse carpe e le mise a cuocere a un fuocherello acceso sulla spiaggia accanto al ruscello che portava a mare l'acqua del lago. Il fuoco di legna fresca ardeva stentatamente e mandava dense zaffate di fumo odoroso dei semi della vainiglia che teneva lontani i terribili moscerini *nono* che in quella abbondanza prosperavano in sciami compatti e bellicosi. Questo era un bene, perché i due uomini erano nudi mentre mangiavano i pesci e i loro vestiti erano stesi sul corallo ad asciugare.

"Adamo ed Eva nel giardino dell'Eden," pensò padre Giacomo guardando se stesso e il re. Poi si ricordò che nel paradiso terrestre uno era maschio e l'altra era femmina e cercò dell'altro a cui poter assomigliare in quel luogo in quel momento. Ma non trovò nulla nella memoria, e provò allora a fantasticare, e non trovò alcunché neppure nella fantasia. Allora guardò il re, e per la prima volta espresse una sua opinione in merito alla ragione dei loro viaggi:

"È qui che dovrebbe arrivare la strada che costruiremo,"

perché pensava: "È qui che vorrei arrivare con la mia motoretta". Pensava e parlava senza rendersi conto che per arrivarci la strada avrebbe dovuto superare montagne e deserti e foreste e gole insormontabili.

Re John lo guardò a sua volta, si sciacquò con cura le mani nel ruscello e con queste tenne la faccia del compagno stretta alla sua, perché capisse bene:

"Questo è *tuhau*, è un luogo sacro, che non deve conoscere l'uomo. Tutto quello che hai visto e toccato è tabù, ed è bene così. Cercheremo un altro luogo".

E ordinò al prete di lavarsi le mani e di mandar via con l'acqua il ricordo stesso di tutto quello che aveva visto e toccato. Difatti era proprio per questa ragione che quel luogo meraviglioso non aveva nome e menzione nella canzone di viaggio del re Tanoa.

Dopodiché si stesero accanto alle braci per dormire perché la loro stanchezza era ancora più grande di tutte le discussioni che si potevano fare sull'argomento.

Prima di prendere sonno videro spegnersi il grande arcobaleno doppio e uno dopo l'altro i molti arcobaleni tra le balze della cascata. Poi la stella sorellina della luna fece la sua comparsa e zittì gli uccelli del giorno, venne la luna e diede voce agli usignoli e alle creature bisbiglianti della notte. Infine il cielo illuminato brillò smagliante sopra di loro e sopra la nube d'acqua alla sommità della cascata, e videro molte stelle scivolare giù dal cielo silenziose e disperdersi in quella nube.

E questa fu la spedizione più lunga che fecero.

Le volte che invece avevano preso la direzione nord, voltando le spalle alla laguna e inoltrandosi nella foresta verso la montagna, non si erano mai spinti troppo lontano. Putake te Riri, la montagna matrice di Moku Iti, non amava che gli uomini si prendessero troppa libertà con lei. Per questo aveva indossato un'irta corazza di foreste di alberi *hau* e una dolorosa peluria di arbusti spinosi e trappole di rampicanti robusti come serpenti affamati. Tutto ciò rendeva assai difficile il lavoro dei coltelli e delle corte falci da boscaiolo che tentavano di aprire una traccia nel suo cuore.

La foresta cresceva improvvisa, una barriera oscura e massiccia come una fortezza, subito dopo le piantagioni. Il lavoro più duro degli isolani era l'estenuante e interminabile cura per impedirle di avanzare e infestare i filari di taro, aranci e *uru* domestici. Di notte, malignamente, la foresta gettava i suoi semi negli orti e l'indomani mattina erano già nate pianticelle che bisognava strappar via prima di sera. I kanaki andavano assai fieri delle loro piantagioni perché erano sgombre e ordinate come i giardini della regina di Tonga, che non avevano mai visto, ma di cui dicevano i Padri Bianchi che avessero cento schiavi solo per pettinarli.

Il prete e il re lasciavano i campi alle loro spalle e si inoltravano lungo gli stretti sentieri lasciati aperti dagli isolani per il taglio degli alberi necessari alla costruzione di case e piroghe. Quei sentieri presto finivano e dovevano procedere aprendosi la via con la forza delle loro braccia.

Camminavano su un fondo di foglie morte della consistenza di una marcita e ben presto padre Giacomo ha imparato che le scarpe infradiciate sono solo di impaccio e si è adattato ad andare scalzo come il re. E osservando il re ha imparato anche a riconoscere gli insetti velenosi e le piccole serpi che non è bene calpestare. Salivano per canaloni dove scorrevano torrenti nascosti da alte felci, sguazzando nell'acqua e nel proprio sudore, con il corpo protetto unicamente da un ruvido perizoma di corteccia di gelso.

In quei luoghi padre Giacomo non pensava ad Adamo ed Eva, ma a Caino e Abele, come dovevano essere i due fratelli nella terra primitiva che abitavano. Ma poi ricordava che Caino coltivava i campi, e che dunque sarebbe rimasto alle piantagioni. E allora pensava: "Ecco che siamo due Abele che fuggono dal loro fratello".

Dal mattino al tramonto erano perennemente immersi in un tenue chiarore verdastro senza mai poter riconoscere il progredire del giorno se non dalla stanchezza e dalla fame. La foresta non aveva cibo per loro, e mangiavano quel poco che potevano portarsi appresso. Ogni tanto il re scavava la radice di un piccolo arbusto e se ne cibava, e nel farlo pareva che provasse un grande piacere. Ma quella radice era solo per lui, perché il *taamu*, così si chiamava, era tabù per tutti gli uomini tranne che per il re.

In quella triste luce i due compagni si sentivano a disagio, si guardavano attorno con circospezione e parlavano raramente tra di loro, e sempre a bassa voce. Lassù in alto, sulle chiome degli alberi alti forse cento piedi da terra, i pappagallini e gli *iwi* berciavano incessantemente. Ma invece che rallegrarli, quei suoni li rendevano nervosi e insicuri, come se, provenendo da un altro mondo, portassero con loro messaggi oscuri.

Ogni tanto capitava loro di camminare su di uno spesso tappeto di petali di fiori. Anche se ormai appassiti, gli strati superficiali rimanevano colmi dei loro stupendi colori, ora vivissimi, ora delicatamente sfumati. Erano i petali delle numerose specie di orchidee che si arrampicavano con i loro viticci molto in alto sui tronchi e andavano a fiorire dove trovavano abbastanza luce. "Forse una strada di petali?" pensava tra sé padre Giacomo, ma scuoteva il capo e taceva. Una strada di petali l'aveva già vista del resto, proprio sotto casa sua. Durava un giorno solo e sopra non ci passavano motorette, ma la statua della Madonna della Guardia in processione.

Dormivano dove trovavano abbastanza spazio libero per sdraiarsi avvolti nelle loro stuoie, senza accendere il fuoco per non disturbare i pipistrelli e non essere insozzati dalle loro deiezioni puzzolenti e velenose.

"Non sarà mai possibile che passi una strada di qui," disse un giorno il prete al re. E il re annuì scuotendo la testa pensoso.

Infine vollero arrivare alla cima della montagna Putake te Riri. Ci impiegarono tre giorni faticando in modo disumano. Ma quando superarono il limite della foresta e si trovarono finalmente a percorrere l'ultimo tratto di nuda e tagliente lava sul ciglio del cratere, videro perché la montagna si era tanto ostinata a respingerli.

Esausti e insanguinati, in piedi su un alto macigno, il macigno più alto che ci fosse sulla sommità dirupata del vulcano, videro che erano padroni di uno spazio sconfinato che si estendeva dall'alba al tramonto e dal sud al nord, per tutti i mari e tutti i cieli della memoria kanaka. E il vento che sferzava i loro visi e seccava sfrigolando il sangue delle loro ferite era un vento che arrivava dall'inizio di tutte le terre portando dentro l'odore asciutto del fulmine che le aveva generate.

Il re volse il capo intorno e raccolse nei suoi occhi l'intera isola di Moku Iti e tutto il popolo che la abitava e gli animali e le piante che la popolavano. Allargò quindi il suo sguardo verso l'intero arcipelago Tumumuoto e prese con sé le sei isole che giacevano sotto l'alto e incontaminato splendore del sole. Raccolse con mano paterna anche l'estrema isola a ponente, l'isola che non aveva un nome e ancora stava crescendo e fumava un candido e quieto pennacchio. Poi osò spingere lo sguardo al limite azzurrino dell'orizzonte e gli parve di vedere al bordo di quel cerchio perfetto il segno dell'esistenza di Tonga e Cook e Samoa e Tahiti e Marchesa e forse anche Hawaii, e le innumerevoli loro sorelle e i loro piccoli fratelli seminati nella vastità.

Allora intonò il *kumulipo*, il canto della creazione, mentre il prete suo compagno interrogava a sua volta la vastità chiedendole notizie di Dio.

"Dove, se non qui?" pregava il giovane prete. "Dove?"

Ma la vastità sonnecchiava nel suo divino silenzio assecondando il canto monocorde del re che declamava con dolce pazienza l'indeterminato catalogo delle cose già fatte da Dio.

Quando ormai il sole stava declinando, il re non ebbe più cose da ricordare e cessò il suo canto. L'ultima menzione che fece, e risuonò nuova alle orecchie della vastità, fu per Alii Truk, il più recente, che lui sapesse, tra gli esseri creati.

Alii Truk nella lingua beach-lamar significa letteralmente Gran Capo delle Macchine, ed è il nome che re John ha creato per il nuovo venuto, l'uomo che era lì con lui. Alii Truk che nell'Oceano vuol dire qualcosa, mentre Giacomo non vuol dire niente.

Poi si accucciarono al riparo di una roccia per mangiare e riposare. L'aria era fresca e loro privi di abiti per proteggere i poveri corpi martoriati da una miriade di tagli e contusioni. Non c'era legna lì attorno nel cratere per accendere anche solo un focherello, e quando si aprirono le stelle e piano piano cominciarono ad accendersi, venne il freddo. Così dormirono in un'unica stuoia, stretti l'uno all'altro come due cuccioli persi in un sonno pieno di singulti.

La mattina dopo, digiuni e infreddoliti, tornarono sull'alto macigno e tutti e due furono d'accordo che non poteva esserci altro luogo dove era così perfetto che arrivasse una strada.

Così si conclusero le esplorazioni, avendo trovato una meta.

Re John relazionava al consiglio con dovizia di particolari, eccitando i suoi capi con la vivida chiarezza del suo eloquio. Gli oratori si fecero ripetere dieci e cento volte ogni cosa per comporre i canti che a loro volta eccitavano tutta Kapiidani.

Il tempo era intanto passato e si avvicinava ancora una volta la stagione delle piogge, quando la gente ha bisogno di molte storie per non annoiarsi nelle case. E per questo c'era anche la chiesa e c'era il nuovo padre, quel giovane uomo che continuava a lavarsi in disparte dagli altri, l'Alii Truk dal nuovo colorito bruno e dagli occhi sempre lucenti. Che alla sera, al cospetto dell'intero popolo e del re, celebrava la messa.

Predicava brevemente, quanto gli permetteva la rozza lingua beach-lamar e quel tanto di lingua kanaka che aveva appreso dal re durante i loro viaggi. A Tonga gli era stato dato un sunto del Vangelo tradotto un secolo prima nella lingua samoa, ma pochi a Moku Iti sembrava che capissero quella lingua sorella, e lui stesso non sapeva quel che leggeva.

I kanaki preferivano di gran lunga ascoltare le Scritture in latino, di cui apprezzavano la morbida melodia che a loro pareva molto adatta alla divinità. Padre Giacomo leggeva dunque un breve passo dalle Scritture della vulgata, e poi si sforzava di aggiungere qualcosa di suo in una predica. Questo non era per niente facile, visto che non c'era solo la barriera della lingua, ma complicava le cose la stessa straordinaria predisposizione degli isolani all'ascolto.

I kanaki erano più che disposti ad ascoltare buone storie infatti, soprattutto se storie così irresistibilmente esotiche come quelle che riguardavano le straordinarie avventure del figlio di Dio, ma pretendevano nel contempo che fossero racconti dettagliati ed esaustivi, in modo da poterne afferrare anche i risvolti più reconditi e potersi compiacere di una totale, appagante comprensione. Andavano pazzi per i particolari, giubilavano nelle correlazioni, e richiedevano tutto questo a gran voce, interrompendo continuamente con domande e commenti di ogni genere.

Erano abituati i kanaki alla fluviale narrativa e alla fioritura retorica dei cantori e oratori che essi mantenevano nell'ozio solo perché non si risparmiassero in questo loro servizio, e pretendevano, ragionevolmente, che padre Giacomo fosse all'altezza, almeno, dei più giovani tra loro. Naturalmente ciò non era possibile.

Padre Giacomo non sapeva raccontare né, equivocando, aveva mai pensato che il suo ministero potesse avere a che fare con l'arte drammatica. Del resto aveva pensato così poco alle implicazioni del suo ministero!

Gliene avevano parlato molto in via degli Archi e poi a Roma e a Tonga, gliene avevano parlato così tanto e in modo così persuasivamente ultimativo che non gli era sembrato valesse la pena di tornarci su per proprio conto. E quando lo avevano informato sugli usi e costumi del suo gregge non era certo stato per riferirgli della morbosa attenzione per le sue parole; anzi, gli avevano riferito dei kanaki come di incalliti riottosi verso il verbo di Dio.

Con grande sforzo nell'anima e dolore nella lingua, padre Giacomo imparava un po' alla volta, se non proprio a raccontare, a rispondere almeno in parte alle legittime aspettative dei suoi fedeli. E nell'esercitarsi pareva che un poco, almeno un poco, ci prendesse anche gusto. Perché era davvero bella la storia che lui sapeva, la storia di quel figlio di Dio che andava qua e là per la sua terra a fare in modo che le cose intorno a lui prendessero una piega migliore, prima che qualcosa che sovrastava anche la sua grandezza lo portasse, piangente, su quell'altare così lontano da casa sua.

Poi, con assai più convinta naturalezza, celebrava l'eucaristia spezzando pane di *uru* simile alla segatura e bevendo dal suo modesto calice d'argento bevanda di *kava* annacquata per non star male: aveva rotto la fiaschetta del vino santo dentro la valigia e non ricordava più dove aveva messo la formella di ghisa per fare le ostie.

Si comunicavano tutti, grandi e piccini, anche se ignoravano il precetto della confessione dei peccati e padre Giacomo non aveva ancora avuto il tempo di fargliene cenno. Non lo facevano per golosità – erano così piccole le porzioni di specie che i bambini faticavano a trovarle tra le guance –, lo facevano invece perché era un bel gesto di amicizia verso il Padre Bianco, e soprattutto perché in questo modo potevano stare un poco vicini all'altare e godersi così la vista del figlio di Dio.

Che da lassù dove stava piangendo pareva loro, veramente, un bellissimo dio sofferente, un dio di un popolo sconosciuto, anche solo a giudicare dalle sue fattezze, arrivato da un paese lontano fino all'Isola del Piede Felice per fuggire dal suo dolore.

E tutti si chiedevano cosa avrebbero potuto fare per renderlo felice; e se questo non fosse stato più possibile, almeno per vendicarlo. E alla luce di tutto ciò appariva loro più comprensibile, se non più chiaro, come il padre potesse avere un dolore anche lui nel proprio corpo, una dura sofferenza che proveniva da quella del figlio di Dio e gli impediva di bagnarsi allegramente nella piscina rendendolo vergognoso del proprio dolore.

Forse ciò che cercavano i suoi occhi e ancora non avevano trovato era il modo di porre fine alla sofferenza, e quei cannibali di animo gentile si lambiccavano per trovare una soluzione anche per lui.

Finita la messa, incominciava come una specie di vespro.

Il prete si metteva da parte e re John si cimentava con la radio in cerca di Lucy. E Lucy a volte veniva a volte no.

E se non veniva la gente passava un po' di tempo a borbottare e a soffiarsi il naso e a succhiare pezzi di canna dolce commentando le molte novità che sicuramente stavano succedendo nel mondo sconfinato. Se invece veniva si faceva allora un grande silenzio, e solo alla fine della canzone c'era chi osava sospirare e gemere, e i più arditi anche piangere un poco d'amore e d'abbandono.

Se Lucy l'Usignolo arrivava, re John a volte prendeva tra le braccia sua figlia Lucy u'i e l'avvicinava all'altoparlante, perché potesse sentire perfettamente e ingoiare con la sua piccola bocca la più grande quantità di parole, e trattenere nel suo piccolo cuore quanta più dolce melodia poteva. A volte, ancora, le chiedeva, sussurrandole all'orecchio, di provare a ripetere un poco della canzone che aveva ascoltato. Lucy u'i ridacchiava e uggiolava, intimidita per essere in mostra lì davanti a tutti quegli uomini vecchi, e faceva di no con la testa. E le molte zie e nonne che la stavano educando andavano a prenderla dalle braccia del padre e si scusavano per lei con Lucy l'Usignolo dicendo con parole garbate: "Laititi a'u", è troppo giovane.

Allo scadere dell'anno, di nuovo nel mese della luna in bocciolo, andarono in delegazione da Alii Truk tutti i capi più eminenti e gli chiesero, tra colpetti di tosse e forbite allusioni, perché non si fosse ancora preso moglie. Padre Giacomo ci pensò un po' sopra e poi rispose semplicemente: "Laititi a'u", sono ancora troppo giovane. E come la bambina Lucy figlia del re, anche lui arrossiva di vergogna davanti a tutti quei vecchi.

Due giorni dopo attraccò all'imbarcadero della laguna il vaporetto *Kara Juli* con posta e mercanzie.

11.

Le lettere sono tre; delle due indirizzate alla missione una è insignita del sigillo dell'episcopato di Tonga e l'altra, più modestamente, è vidimata con il timbro dell'ufficio postale della dogana portuale di Genova, Italia. La terza, indirizzata al re John Asibeli Tungi, proviene dall'autorità governativa del Distretto ed è riccamente addobbata con lo stemma della Repubblica di Francia. Stanno tutte assieme in una borsa di tela cerata chiusa da una piastrina di ottone che porta in rilievo un identico stemma repubblicano con l'aggiunta di due sciabole incrociate leggiadramente avvinte da serti di verzura. La borsa è portata a tracolla dal Delegato governativo al Distretto di Tumumuoto, Monsieur Picabia.

Il signor Picabia è un vecchio uccello trasmigratore dei mari del Pacifico, bizzoso e irascibile cormorano in tenuta tropicale di flanella del colore grigio pallido della sua pelle e della sua peluria. È fornito di un forte e adunco becco che si sporge minaccioso dalla visiera del casco coloniale; quella porzione di cartilagine è di un sinistro color cuoio, ed è l'unica parte visibile del suo corpo ad aver sofferto l'onta di un'abbronzatura, talmente discordante dal colorito generale che potrebbe essere scambiata per un'appendice artificiale.

Il Delegato è munito anche di una corta bacchetta di ebano con un curioso pomello di avorio a forma di torso femminile, che agita continuamente nell'aria intorno a sé con l'intenzione di colpire indiscriminatamente zanzare, fantasmi e uomini. È approdato nei Mari del Sud che era un giovanotto, e da allora ha svolto gli incarichi di una tortuosa carriera di funzionario coloniale un po' in tutti i mandamenti, province e distretti della Repubblica, distinguendosi presso i suoi superiori per inflessibilità e sagacia amministrativa. Sono doti queste che esercitate in quella parte del mondo risultano presso le alte sfere nel contempo encomiabili e imbarazzanti.

L'autorità che egli esercita ormai da tempo immemorabile non si è mai lasciata andare alla ferocia e all'arbitrio, come sarebbe stato fin troppo facile per economia, praticità, o semplice emulazione di colleghi e superiori, ma è graniticamente conformata ai principi di logica superiorità profittevolmente acquisiti, inalati si potrebbe dire, presso l'École de Administration Publique. Nei suoi viaggi di ispezione non si fa neppure accompagnare da una guardia, a meno che non vi sia costretto da eccezionali situazioni di turbolenza; bastano alla sua autorità le tre insegne che porta addosso: il naso, la piastrina di ottone e la bacchetta.

Ed è un'autorità che non viene meno in nessuna circostanza. Eppure di circostanze quanto meno scabrose ne ha vissute il signor Picabia, incaricato unico del Governo tra mangiatori di uomini, avventurieri e depravati nella più selvaggia tra le province della Repubblica. Se ora è in grado di considerare con fondata speranza la meta di una onorevole pensione, è certo per merito della sua origine corsa, la provincia per un sol pelo seconda alla Polinesia per selvatichezza e avventurosità dei suoi nativi; è la sua tempra di corso che lo ha tenuto in vita e fatto prosperare in trent'anni di indicibili marasmi.

Non ama il sole il signor Picabia, non ama il Pacifico né ama le sue isole, né i suoi atolli, non i suoi abitanti e neppure le sue donne, o altro di onestamente o disonestamente appetibile ci possa aver trovato qualsiasi altro suo collega. Il signor Picabia ama di tutto l'Oceano solo il suo lavoro, e lo svolge con encomiabile solerzia, oggi come agli esordi del suo servizio. Se dimostra molto più dei suoi cinquantacinque anni, questo è il segno più evidente della sua totale dedizione all'incarico.

È sbarcato dal *Kara Juli* sul traballante assito dell'imbarcadero dopo una lunga e agitata traversata e non ha mostrato il minimo segno di stanchezza. Flettendo le ginocchia e sfregando le grosse scarpe militari di tela, si è presentato con il piglio di chi si affaccia alla soglia di casa sua dopo un viaggio di routine: sono tre anni che non sbarca a Moku Iti, ma a guardarlo si direbbe che vi risieda in permanenza. Ed è precisamente questa l'impressione che egli vuole comunicare per prima agli amministrati del distretto più fuori mano della sua amata patria: con passo altero e deciso sta per entrare in casa sua, nell'ampio e luminoso ingresso di una delle tante dipendenze di casa sua.

Sull'attenti, la borsa del Governo a tracolla, la bacchetta serrata sotto l'ascella con due minuscole mammelle di avorio che fanno capolino tra la flanella della giacca, saluta il re e riceve i suoi omaggi, quindi si sposta nella casa degli ospiti per ascoltare ed essere ascoltato su tutti gli importanti argomenti inerenti la sua alta responsabilità.

Né il re né il suo popolo hanno paura di quel piccolo uomo grigio. Lo temono, certamente, ma allo stesso modo, con lo stesso rispetto che hanno per gli insetti e le serpi velenose: piccoli esseri mortiferi solo in ragione della distrazione altrui. È quindi ancora la virtù della discrezione che esercitano con saggia prudenza ascoltando le sue parole e rispondendo alle sue domande.

Sì, malauguratamente, il grande uragano che si è abbattuto sull'isola due anni orsono ha portato via con sé la bandiera della Repubblica. Sì, malauguratamente la prigione è vuota perché la perfidia degli uomini li porta ultimamente a commettere delitti tanto subdoli quanto ignoti all'autorità. Sì, naturalmente corrispondeva al vero ciò che ha riferito all'Autorità l'uomo della Société Générale, che in effetti negli ultimi anni aveva potuto ritirare meno prodotto, e minore è dunque stato il contributo dell'isola a beneficio della Repubblica. Ma le piantagioni erano vecchie e ogni uomo era impegnato fino allo spasimo per accrescere la ricchezza dell'isola e far cessare il pianto del Governo. Moku Iti aspetta con ansia che la Patria comunichi, tramite Monsieur Picabia, nuovi ordini e i molto attesi aiuti.

Il signor Picabia conosce bene la virtù della discrezione e l'ipocrisia della verbosa gentilezza di quella gente, ma è ben felice che siano così finemente praticate dai selvaggi. Non è lì per riscuotere più tasse e sottilizzare sulle istituzioni: il suo compito è di fare sì che Tumumuoto continui ad essere un posto abbastanza fuori mano da non creare il pur minimo problema.

Ci si era accorti da tempo nella Metropoli che a preoccuparsi si spendeva sempre di più di quanto ci si potesse guadagnare, in particolare quando il guadagno veniva da beni infami come la copra o gli aranci. Per questa ragione, nonostante lo scarso zelo del re in particolare e dei kanaki in generale, il Delegato ha portato con sé molte cose importanti per la prosperità di Moku Iti. Innanzitutto ha tre lettere, il segno più tangibile della considerazione che gode l'isola nei pensieri della Patria e del suo costoso servizio postale. Si augura quindi, nel dare pubblica lettura della missiva indirizzata al re, il massimo rispetto e la più scrupolosa attenzione.

La Repubblica manda a dire al re di Moku Iti che è venuta a conoscenza tramite il reverendo Padre Missionario di certe iniziative di progresso che è ben lieta di assecondare e promuovere nonostante gli enormi sacrifici per la recente tragica guerra. A dimostrazione di ciò consegna alle autorità dell'isola per mano del Delegato adeguati sostegni economici. La Repubblica è certa che l'opera così ben descritta dal signor Missionario nella sua missiva sarà portata al più presto al suo compimento eccetera eccetera eccetera. In questa solenne occorrenza, tramite il qui presente Delegato, la Madre Patria consegna nelle mani del re John Asibeli Tungi la somma di cento dollari cinesi in banconote da un dollaro ciascuna come contributo alle spese di manodopera e altre eventuali che si rivelino necessarie. La somma dovrà essere rendicontata nell'apposito registro allo scadere dell'anno finanziario corrente e verrà sottoposta a controllo e verifica del Delegato nel corso della sua visita che dovrà ripetersi a scadenza ultima di un anno da oggi. A conferma sottoscrivo eccetera eccetera eccetera.

Mentre il denaro della generosa elargizione stava passando di mano dal signor Picabia a re John Asibeli Tungi tra lo stupito mormorio e il compiaciuto fregamento di nasi dei convenuti, in quel solenne momento, silenziosamente, padre Giacomo si è allontanato dal suo posto d'onore nell'adunanza ed è andato a sedersi sulla veranda della sua casa.

Ora è intento ad aprire le due lettere a lui indirizzate. La lettera dell'episcopato è in realtà un grosso e pesante plico, la lettera che viene da casa, una diafana busta azzurrina che mostra in controluce un foglietto di carta velina. Il complicato indirizzo sotto il francobollo è scritto in una bella calligrafia corsiva, a lettere grandi, nere brillanti: è la calligrafia di sua madre, forse un pochettino più tonda e incisa di come la ricorda lui.

Padre Giacomo mette la busta sottile al sicuro sotto il sedere e apre la grande. Il plico contiene un grosso libro, un foglio, una piccola busta sigillata con la ceralacca. Il libro è intitolato *La nouvelle ingénierie populaire* e, sfogliandolo, padre Giacomo vede che è pieno di grandi illustrazioni litografate. Nel foglio c'è scritto che Sua Eminenza il vescovo e superiore raccomanda di pregare, di seguire le istruzioni del prezioso volume allegato e di usare con parsimonia, per le opere più urgenti di carità, la considerevole somma di 25 dollari cinesi che troverà allegati. La busta sigillata contiene in effetti venticinque banconote.

Padre Giacomo ripone con cura ogni cosa ed estrae dal suo nascondiglio la lettera della madre. La soppesa a lungo tra le mani, la gira e la rigira. Osserva con attenzione il piccolo francobollo e considera la testa di donna che vi è stata disegnata con grande verosimiglianza di particolari, poi ne segue con le dita i contorni seghettati. Le dita si muovono da lì sul sentiero tracciato dal calco della calligrafia; l'indice si abbandona al sinuoso morbido corso del proprio nome, si impenna sull'ardita capriola della G e si lascia andare mollemente fino alle irsute scogliere stampatelle dell'ultima buffa parola dell'indirizzo: Tumumuoto.

Qui padre Giacomo si ferma. Dopo un poco, come soprappensiero, raccatta le sue cose, infila la lettera ancora intatta tra le pagine del libro ed entra in casa. E con il dovuto ossequio risponde al suo vescovo e al suo governatore. Poi scrive a sua madre:

Cara mamma,

l'anno passato ho visitato l'isola dove vivo. Sono andato molto lontano e ho trovato cose molto belle e interessanti. Molte delle cose che ho visto non conoscono ancora l'uomo.

Sono salito in cima alla montagna qui davanti e da lassù si vede un'unica cosa, ma così grande che basta per tutte le altre che non si vedono. Fra qualche anno, quando ci arriverà la strada, si potrà capire meglio.

Ma di questo te ne scriverò al momento.

Ho ricevuto la tua lettera e questa sera la leggerò.

Tuo figlio Giacomo ti bacia.

Quando arriva all'imbarcadero per consegnare la sua posta, il *Kara Juli* ha già allentato gli ormeggi e il signor Picabia lo sta aspettando davanti alla passerella con l'aria di volerlo redarguire.

"Nessun incidente, Reverendo Padre," gli intima, sottolineando il *nessun* con un persuasivo zero disegnato nell'aria dalla bacchetta, "nessun incidente o altre sciocchezze. E nessun'altra richiesta." E nello stringergli con militare fermezza la mano, sibila una frase nel suo tagliente dialetto natale, scoccando le parole in un punto non precisato nell'aria: "I u l'è un postu da ninte de gienti de ninte".

Padre Giacomo ha sentito e ha capito, ma non risponde. Né pare interrogarsi sui diversi aspetti inquietanti di quelle parole, non ultimo il fatto che ai suoi orecchi paiono pronunciate in una tronfia imitazione della lingua della sua città. Osserva senza commenti il signor Picabia mentre sale la passerella e varca il ponte del vapore.

Continua a osservarlo tranquillo mentre il signor Picabia sta osservando lui che ancora non ha obbedito all'implicito ordine di accomiatarsi. Dall'imperscrutabile oscurità del casco, il becco color cuoio si protende vibrando verso il pontile, secco e definitivo come un ordine di arresto, ma sembra che padre Giacomo non avverta questa minaccia. Sta fantasticando sull'ometto in flanella grigia. Si sta chiedendo cosa avrebbe visto quell'uomo se fosse andato con lui sulla vetta della montagna Putake te Riri, alle piscine dei banchi dell'ovest, sotto la cascata del luogo con il nome tabù.

Cosa avrebbero visto gli albatri e i pesci pappagallo e i millepiedi, sentendo passare la sua bacchetta. E cosa avrebbe sentito lui, Giacomo, se gli fosse toccata la sua compagnia. Si chiede queste cose perché ora che lo vede partire sa per certo che sarebbe potuto rimanere a suo piacere per andare ovunque gliene fosse venuta la voglia, a fare e disfare quello che gli pareva, e compiere qualsiasi gesto gli fosse passato per la testa.

È addivenuto a questa certezza non per ragionamento o illazione, ma per via di un'ardita intuizione: se Caino avesse un giorno voluto lasciare i suoi campi per visitare i pascoli orfani di suo fratello, avrebbe scelto quella faccia e indossato quei vestiti e calzato quel casco e stretto tra le mani quel bastone.

La sera stessa, mentre tutta Kapiidani canta e danza per onorare i ricchi doni del Governo assiepata nel berniniano recinto della basilica, padre Giacomo ha modo di perfezionare la sua intuizione.

È seduto accanto al re John, beve *kava* e osserva i ragazzi più belli dell'isola che danzano un *tamure*. Dal collo gli pende un *lei* di fiori dove sono state infilzate le venticinque banconote del vescovo; il re ha le banconote del Governo infilzate anche tra i capelli, nelle pieghe del *lava lava*, tra le piume ornamentali della sua mazza. I biglietti di carta spessa, antica, resa da un indefinibile numero di passaggi da mano a mano, da borsa a borsa, così morbida e frusciante da sembrare stoffa, mandano un odore forte, come di pelle conciata. O di qualcos'altro di incerto che riguarda comunque da vicino un animale: forse sudore, forse urina.

Mentre i capi di ogni famiglia spillano con compunta discrezione il denaro che spetta a ciascuno di loro, mentre voci sommesse e garbate gli bisbigliano sulla bocca lunghe frasi di ringraziamento, egli formula il seguente, complesso, pensiero teologico: è certo che c'è un re che signoreggia sopra il re di Moku Iti, ed è altrettanto certo che non c'è un dio solo, ma un altro di sicuro che sta sopra il dio di Abele. Altrimenti il signor Picabia non sarebbe mai venuto in questa isola e non sarebbe mai partito da nessun posto.

Fatta questa considerazione, padre Giacomo va a casa, prende dalle pagine de *La nouvelle ingénierie populaire* la lettera della madre, se la liscia ben bene tra le mani e senza aprirla la ripone nella valigia, dentro la scatola che ha conservato il suo calice d'argento. Quindi prende il libro, accende la lampada a olio, porta ogni cosa sulla veranda e si mette di buzzo buono a studiare.

Nel libro c'è scritto come sia possibile per il popolo munito di poveri mezzi popolari costruire ogni cosa, strade, ponti e intere città, sull'esempio degli ingegnosi architetti dell'antichità.

È un buon libro, stampato con la massima cura e ogni sorta di utile allegato illustrativo a Parigi, dove, alla prestigiosa École Supérieure des Applications Techniques, insegna Monsieur Alain Papi, curatore dell'opera. Il fatto che sia uscito dalla tipografia nel marzo del 1884 non deve trarre in inganno: sessantacinque anni non sono di certo bastati ad appannarne la viva attualità. Del resto, come spiega Monsieur Alain Papi nell'introduzione all'opera, molte delle tecniche che si rivelano tuttora più pratiche e più efficaci, risalgono a migliaia di anni or sono, all'industriosità dei nostri antenati, siano stati essi mesopotami, incaici, galli o romani.

In effetti, anche se a prima vista sembrerebbe il contrario, *La nouvelle ingénierie populaire* è assai più utile e di valore incomparabilmente superiore ai dollari cinesi. Anche se meglio rifiniti e costruiti con materiale più durevole, nonostante ostentino una facciata di austera rispettabilità con i loro ideogrammi finemente calligrafati e le autentiche incise a mano, i dollari cinesi non valgono nemmeno la carta su cui sono stampati.

Sono ben più di dieci anni ormai, e cioè da poco prima dell'occupazione giapponese di Shanghai, che il Kuomintang ne ha decretato la fine del corso, e non c'è più nessuno, in nessuna banca o negozio o mercato dell'intera Asia e dell'immenso Pacifico, che sia disposto a dare anche uno spillo per una valigia di quei dollari. Se questo non bastasse, il nuovo governo rivoluzionario della Cina ritiene che il solo possederne anche una piccola quantità deve essere considerato un crimine meritevole di una esemplare punizione.

Per fortuna che la Cina è molto lontana da Moku Iti. Ed è anche una bella fortuna che di questa brutta faccenda ne siano del tutto all'oscuro i kanaki e padre Giacomo. Probabilmente l'essere informati su questa novità avrebbe dato origine a uno di quegli "incidenti o sciocchezze del genere" così efficacemente deprecati e perentoriamente banditi dal cielo delle eventualità nel saluto di commiato del signor Picabia.

E pensare che ai tempi dei vecchi re i dollari cinesi erano oro per tutto l'Oceano, e con una manciata di quei biglietti ci si comprava il lavoro di un contadino per tutta la stagione dei raccolti. Erano i tempi che la Société Générale pagava la copra mezzo dollaro al quintale e sui suoi vaporetti viaggiava cotone stampato da un dollaro la pezza, misura sufficiente per vestire anche un paio di vite. Erano i tempi che l'alcol costava un dollaro la damigiana e l'oppio dieci centesimi la presa per una pipata; erano i tempi che un contadino o un coolie robusti firmavano per vent'anni e alla fine del contratto rimanevano in vita giusto il tempo sufficiente per ubriacarsi e morire delirando.

Beh, ma adesso i tempi non sono più gli stessi, non ci si ricorda nemmeno più dell'ultima volta che la Société ha reclutato uomini a Moku Iti. E quando passa un suo uomo a comprare quel poco che l'isola può vendere, e dal tempo della guerra è successo un paio di volte, la Société ora paga con il baratto della sua roba.

A Moku Iti i dollari cinesi sono virtualmente fuori corso da ben prima del decreto del Kuomintang. E sotto questa luce non si può nemmeno dire che il Vescovo e il Governo, così distanti l'uno dall'altro e in questa occasione così singolarmente simpatici, si siano macchiati di un'irreparabile infamia. Fossero stati quei centoventicinque anche US dollari o franchi o sterline della corona, a che altro avrebbero potuto servire se non a ornamento dei copricapi e delle ghirlande dei capifamiglia? I centoventicinque dollari cinesi avevano reso da un giorno all'altro i kanaki di Moku Iti sontuosamente ricchi nello stesso modo di qualsiasi altra valuta.

Forse era proprio così che saggiamente ragionavano le autorità, stabilendo la mercede per un'opera che solo a sentirla nominare per iscritto nella letterina del Reverendo Padre li deve aver fatti scoppiare dal ridere.

E intanto padre Giacomo studia da ingegnere, e nell'ingegnarsi trova conferma di un suo vago sospetto: e cioè che costruire una strada sia più facile a dirsi che a farsi.

Sia che si voglia seguire il metodo incaico imperiale, sia che si voglia seguire quello imperiale romano, antesignani delle due grandi correnti moderne della scienza stradale: quella parigina e quella lionese. Su questa scelta Monsieur Papi lascia piena libertà, e in ogni caso sul suo libro c'è scritto e illustrato tutto, ma proprio tutto, quello che si deve fare.

Il prete chiama con sé a studiare il re.

Il re possiede due libri: il Registro del Distretto e la Costituzione della Repubblica, che egli custodisce e onora come è suo dovere e come solennemente ha confermato al Delegato.

Il re non sa leggere e non sa scrivere e nei suoi due libri non vi è nulla di interessante oltre alla possibilità di leggerci e di scriverci dentro. C'è, nel libro della Costituzione, un'immagine: la figura di una grossa donna dal grande seno con piccoli capezzoli che tiene in mano una lancia avvolta in una svolazzante pezza di stoffa. Ma il re si è precluso da tempo il piacere di guardare quella figura, visto che non è bene insistere a guardare femmine con cui non si può mantenere ciò che l'avidità dello sguardo vuole promettere.

Agli occhi del re *La nouvelle ingénierie populaire* è il Libro Grande, non solo perché è di gigantesche proporzioni rispetto ai suoi. Ci sono in quel libro, a differenza degli altri, cose che sa fare l'uomo magnifiche da vedere, e cose che lui stesso e il suo popolo possono imparare a fare; così come spiega con convincente fervore Alii Truk, il suo compagno: quello che lo sguardo promette potrà essere mantenuto.

Per tutta la stagione delle piogge il prete e il sovrano si applicano indefessamente, accovacciati sul grande letto di ottone al centro della casa del re, il posto più idoneo a una cosa così importante come studiare il Libro Grande e mantenere la loro promessa.

Guardano, leggono e considerano, poi alla fine decidono: si farà a Moku Iti una strada nello stile degli Inca.

È per puro scrupolo e senso di responsabilità – e magari per la molle pigrizia che viene negli uomini al tempo della stagione delle piogge, quando il mondo intero intorno a loro si lava e gorgoglia di pigro piacere – che hanno impiegato tutto quel tempo a decidere. In verità sapevano cosa avrebbero fatto sin dai primi giorni, quando il prete ha mostrato al re la litografia che occupava due pagine intere al centro del volume.

Avevano guardato quell'immagine per tutto un pomeriggio aperta davanti a loro sul telaio consumato dalla ruggine del letto che già fu della regina Kapiidani. Si erano ripetutamente toccati l'un l'altro gli occhi per sollecitarsi vicendevolmente a notare questo e quel particolare. Ma c'era una tale rassomiglianza con la loro montagna Putake te Riri, ed era talmente evidente che ciò che pensavano della loro montagna e del modo in cui ci sarebbero voluti arrivare era esattamente ciò che vedevano raffigurato, che non avevano trovato necessario neppure discutere sull'argomento. E avevano notato qualcosa in più di una straordinaria somiglianza, qualcosa di intensamente affascinante e conturbante.

L'immagine mostrava un panorama nella luce opalina e un poco farinosa del crepuscolo. In primo piano, sotto il portale di un bastione diroccato, a guardare con lo stesso sguardo stupito del prete e del re, stava nobilmente eretto un vecchio indio con il suo lama tenuto per la briglia. La porta monumentale si apriva su una profonda vallata dove scorreva turbinoso un fiume tra gli alberi di una foresta; al culmine della valle, là dove era indirizzato lo sguardo dell'indio, si ergeva ripida e perfettamente conica un'alta montagna al centro di un massiccio formato da numerosi coni minori. Dalla sua base, facendosi largo nella foresta, saliva per mezzo di innumerevoli e stretti tornanti una strada.

La strada era sostenuta da sponde di blocchi di pietra ed era essa stessa lastricata di ciottoli lucenti nella luce radente del sole. Terminava poco prima della sommità su un ampio poggio, dove gli alberi lasciavano posto a grandi prativi e tra i prativi occhieggiavano i resti di una grandiosa città di pietra. Ogni edificio sembrava concepito come parte di una scalea costruita con l'intenzione di arrivare da qualche parte nel cielo sovrastante. Se ne ricavava l'impressione che la strada avesse preso nel suo ultimo tratto uno slancio straordinario, esplodendo, o fiorendo, come un fuoco d'artificio, in una vertiginosa gradinata.

Nel complesso la scena emanava una straordinaria atmosfera di mistero. L'indio che chissà da quanto tempo sostava lì davanti in contemplazione ne era soggiogato, e così pure doveva essere stato per chiunque avesse avuto davanti a sé quell'immagine. Forse lo stesso Monsieur Papi in persona nell'atto di inserirla nella sua opera.

Nessuno però, prima di quel pomeriggio di pioggia a non meno di diecimila miglia dal luogo della visione, poteva aver provato l'emozione dei due aspiranti ingegneri. Essi stavano osservando l'immagine della loro isola così come Moku Iti avrebbe potuto essere allorché ciò che per lei avevano ancora soltanto nel cuore sarebbe finalmente fiorito. La logica conseguenza e l'ultima ragione del patto notturno; il meraviglioso frutto del matrimonio tra Lucy l'Usignolo e Vepi la motoretta: una strada per arrivare a un luogo dove vivere perennemente davanti alla vastità, una città al vertice di Putake te Riri aperta alla luce dei quattro orizzonti, a tutto ciò che da ogni dove sarebbe potuto venire di prospero e bello.

Il mistero, il gioioso mistero, era che qualcuno avesse già descritto tutto questo apposta per loro. Un ultimo dono del cielo.

Difatti, come tutti i precedenti Doni Celesti, anche quello viene esposto sull'altare della chiesa e solennemente mostrato al popolo di Moku Iti. Il popolo giubila: è ricco, è immensamente ricco. Di molti denari, di grandi capi, di meravigliose intenzioni.

E poiché tutto ciò non si reggeva su vane illusioni e forbiti discorsi, ma sulla solida roccia della benevolenza divina, la sera che per la prima volta viene mostrata la *Nouvelle ingénierie populaire* è anche la sera che, dopo un lungo e straziante silenzio durato tutto il tempo delle piogge, Lucy l'Usignolo si mostra alla radio e canta al suo popolo una delle canzoni più belle e più dolci. Un'antica canzone che tutti hanno conosciuto nei momenti di più caldo amore, che ora Lucy canta non nella lingua anglé, né nella lingua delle spiagge e in nessun'altra lingua con cui si compiace di cantare per i popoli stranieri, ma nella vecchia armoniosa lingua dei kanaki:

Il mio fiore mi chiedeva
di intrecciare e comporre
un elegante lei
per il tempo della sera.
Noi in due
conosceremo la potenza,
pacifica distensione
facendo l'amore
dentro il mio corpo...

E siccome la benevolenza divina è ricca oltre ogni misura, è quella anche la sera che Lucy u'i, la figlia bambina del re, cessa di vergognarsi tra le braccia del padre, e con gli occhi socchiusi e le guance grassottelle che per il grande impegno fremono come tenere foglioline, canta la sua prima canzone.

Che non è quella appena sentita, ma un'altra, che teneva dentro di sé da molto tempo prima dei temporali

Don't know why
there's no sun up in the sky...

perché è nella lingua anglé che canta la bambina. E molte giovani ragazze piangono di commozione e molti uomini si agitano a disagio strofinandosi il naso. E tutti ascoltano Lucy u'i che non ha una voce, è ancora troppo piccola per avere una voce, ma porta dentro la gola, al posto della voce che non c'è, qualcosa di segreto e lontano. Qualcosa che per quello che si sa dei molti piccoli kanaki che ruzzano lì attorno, non potrebbe starci dentro una bambina; né per via di ciò che le sue amorose zie le hanno potuto insegnare, né per ciò che ha potuto udire, se non nelle profondità di nostalgico dolore del canto dell'Usignolo.

Finita la sua canzone la bambina è scivolata via tra il grande corpo dell'orgoglioso padre ed è tornata nell'ombra tranquilla dei fruscianti *vala* delle zie. Ma nessuna di loro ha osato toccarla, né sussurrarle una sola sciocchezza di quelle che tanto piacciono ai bambini. Lei se n'è stata buona lì, con un dito dentro il naso, ad aspettare di tornare quello che è sempre stata, a vedere con gli occhi all'insù che tornasse confortevolmente annoiato lo sguardo turbato dei suoi parenti.

Siccome i segni del conforto tardavano a venire, e in quel modo lei si sentiva un po' sola, così come spesso fanno i bambini, Lucy u'i si è messa per strada. A piccoli passi sbiechi, zitta zitta, si è andata a infilare tra le pieghe della lunga tunica del giovane padre, e da lì l'ha chiamato:

"Ese, ese," gli ha detto tirandogli la veste, ehi, straniero.

Padre Giacomo non aspettava visite, era ancora occupato ad armeggiare attorno al generatore e badava ai fatti suoi. Nessuno, tranne re John, si era mai avvicinato a lui abbastanza per sfiorarlo o per bisbigliargli qualcosa, tantomeno durante una solenne funzione come quella che si stava giusto concludendo.

Così si è voltato di scatto, di certo non pensando di avere una bambina tra i vestiti.

"Ese..." ha ripetuto lei, incerta, un po' spaventata dal brusco movimento dello straniero.

E forse si sarebbe messa a piangere, amaramente pentita del suo sconsiderato coraggio, senonché padre Giacomo nel voltarsi le ha sfiorato una guancia – proprio quella guancia che era lì lì per inumidirsi lungo il corso della prima lacrima – e quel gesto involontario invece che finire subito, è durato ancora un po'. È durato abbastanza da sembrare a Lucy u'i una carezza.

Nell'indugiare nel suo gesto padre Giacomo non sapeva che stava facendo una carezza, le mani di padre Giacomo non si erano mai accorte di avere dentro le carezze. Quelle belle mani sottili e nervose che aveva ereditato da sua madre non si erano ancora esercitate in quel genere di movimento. Così è stata una grande sorpresa per lui vedere come gli occhi di Lucy si stavano allargando e le sue labbra socchiudendosi, e sentire come la guancia le si stava inturgidendo mentre le dita trascorrevano sulla pelle soffice e lucente.

Lucy sorrideva e padre Giacomo sentiva qualcosa sulla punta delle dita, qualcosa come un fremito che si fosse posato sui polpastrelli. Ma invece di guardare se per caso non si fosse portato via un po' di guancia, ha ricambiato il sorriso. Un piccolo sorriso che non era di quelli che si fanno a un bambino, né di quelli che si fanno a qualcun altro in particolare, perché anche in questo ramo padre Giacomo era ai primordi e non aveva nella sua bocca un gran campionario di sorrisi.

Ecco il sorriso di Alii Truk, ha pensato, fiera dell'inaspettato successo, Lucy u'i, ed è scappata di corsa tra le sue ziette per portare quel sorriso con sé prima di doverlo vedere sparire di nuovo dentro la larga bocca dello straniero.

In questo modo padre Giacomo ha potuto controllare con comodo le dita senza trovarci sopra niente di particolare, e si è dunque tranquillizzato un poco prima di riprendere ad armeggiare sul generatore. Prima di tornare a puntare il suo sguardo scuro un po' più in là della folla estasiata dei kanaki, un po' più in là dell'antica basilica. Quei suoi soliti occhi irragionevolmente inquieti che facevano chiacchierare le donne.

Ma a parte questo, niente di ciò che padre Giacomo aveva esposto alle piogge e alle calure di Moku Iti poteva dirsi immutato. Niente, neppure ai suoi occhi che sbirciavano con cautela infantile i mutamenti della sua figura negli incerti riflessi della laguna durante i suoi bagni solitari.

Era cambiato il colore della pelle, che aveva perso i rossori e si era fatto di una solida tinta bruna. E sotto la pelle erano cambiati i muscoli, che da tempo non servivano più per correre lungo le fasce laterali di un campo di calcio, ma per sopportare le fatiche più lente e durature delle molte ed estenuanti spedizioni.

Erano mutati i suoi gesti e l'andatura, più fluidi e più prudenti, e anche se Giacomo non aveva mai ballato nessuno dei molti balli dei giovani kanaki, era come se avesse appreso qualcosa della loro naturale e silvestre eleganza.

Stava cambiando la sua lingua, che giorno dopo giorno si mangiava parole kanake per comporle dentro un bizzarro dizionario di sempre più inestricabili mescolanze.

Ed era cambiato anche il suo nome, perché sempre più spesso pensava se stesso come Alii Truk; un po' per non confondersi, un po' per goderne dell'eco, visto che chi lo chiamava lo faceva ormai solo in quel modo. E lo chiamava il suo compagno il re, per i loro urgenti affari, ma pronunciavano il suo nome nei loro reverenti e formali saluti tutti gli uomini di Moku Iti. Ognuno con il dollaro cucito al sicuro tra le insegne del suo grado, non perdevano occasione di mostrargli quanto fossero orgogliosi e riconoscenti della loro nuova condizione di prosperi e felici.

E le ragazze invece abbassavano gli occhi al suo passaggio e facevano il suo nome solo nel segreto delle loro riunioni; e le vecchie malevole e qualche bambino ancora troppo timido continuavano a chiamarlo, parlando di lui, "ese", straniero, che nella lingua antica, che solo le più vecchie tra le vecchie potevano ricordare, voleva dire "frutto marcio".

Un giorno re John e il suo compagno Alii Truk chiamano nel recinto della basilica la loro gente per dire cosa bisognerà fare adesso che tutti hanno guardato, sono stati pagati e non vedono l'ora di cominciare.

Naturalmente gli oratori del re pensano di sapere benissimo cos'è che andrà fatto e come, in virtù dei loro studi approfonditi e della sopraffina intelligenza che li distingue. E chiedono a gran voce che si dia loro modo di discutere in tutta calma i punti di vista di ciascuno, visto che hanno dedicato molto tempo a preparare per l'occasione appositi canti. Il tempo è propizio per le discussioni, perché all'inizio della stagione secca il lavoro nelle piantagioni si ferma per tutto il corso di una luna, ma proprio per lo stesso motivo è anche il momento buono per iniziare la grande opera della strada.

Così, se il giovane re non si è potuto sottrarre all'etichetta, è anche vero che all'imbrunire del secondo giorno di deliziose contese oratorie, ha preso i suoi eccitatissimi dignitari per gli svolazzi dei loro mantelli e li ha ficcati di sua stessa mano dentro la prigione, ottemperando con questo alle solenni promesse di ordine e legalità che lo hanno impegnato con il Delegato Picabia.

La prigione di Moku Iti è sistemata nella casa che serve da tribunale e da ufficio governativo. È una casa più o meno come tutte le altre, ma con il tetto di latta e una lunga pertica di legno al suo ingresso dove, prima dell'ultimo uragano, sventolava la bandiera della Repubblica. Le tre stanze sono divise da assi di legno al posto delle solite stuoie e quella riservata alla prigione ha un'ampia finestra per permettere agli amici e ai famigliari di conversare con i prigionieri e nutrirli.

Il fatto che non ci fossero sbarre o chiavistelli di alcun genere, era motivo di grande smacco e tormento per i nobili prigionieri che si trovavano nell'amara condizione di difendere l'incorruttibilità del proprio onore contro l'assillante tentazione di prendere e andarsene per la propria strada.

Per tutto il primo, esaltante mese di lavori, la strada si è fatta largo avendo alle calcagna l'eco delle maledizioni e degli insulti che sgorgavano ininterrotti dalle gerarchie recluse, ma lo schiamazzo e l'affanno intorno ad essa era tale che il resto, qualunque altra cosa fosse pure piovuta dal cielo, era destinato a non avere alcuna importanza e attenzione. Alla fine del mese era stato tracciato un percorso lungo più di un miglio e la gente tornò nei campi per le indispensabili colture della stagione portando con sé tra gli aranci e i pandani la certezza di aver dato inizio a qualcosa di grandioso.

Nel progetto di Alii Truk e del suo re la strada si originava dal varco d'ingresso del triplice recinto della basilica e proseguiva diritta fino ai piedi della montagna; un rettilineo che attraversava le piantagioni e si inoltrava nella foresta.

Secondo le precise istruzioni di Monsieur Papi, una buona strada incaica doveva essere composta di tre strati sovrapposti: un terrapieno di terra battuta, un letto di ghiaia e un lastricato di pietra scalpellata. Doveva essere larga dagli otto ai dieci piedi, e avere la sezione trasversale a schiena d'asino. Sempre secondo le indicazioni del Libro Grande, costruita in questo modo poteva sopportare pesi di una tonnellata per metro, smaltire brillantemente ogni sorta di alluvioni ed essere assai scorrevole pur resistendo nel contempo a pericolosi sdrucciolamenti. Il parere della gente di Moku Iti era che doveva essere larga almeno tre volte tanto, non certo meno larga del bellissimo viale che il loro re aveva visto un tempo allontanarsi dal porto di Papeete e svanire nella polvere di centinaia di macchine. Certamente doveva avere anche la strada di Moku Iti i suoi filari di alberi, e sarebbero state le palme più alte e diritte dell'isola. E ognuna avrebbe avuto alla sua base un'orchidea rampicante per il profumo, e nella chioma avrebbero costretto a nidificare milioni di uccellini *o-o* per il loro canto.

Il primo impegno fu quello di preparare il tracciato, allargando il vecchio sentiero per le piantagioni, livellando e disboscando. Il lavoro era duro, ma così facile che tutti potevano contribuire a farlo senza vergogna di sfigurare.

Così si vedevano leggiadri giovanotti gareggiare nell'abbattere i tronchi dei vecchi pandani con il gesto che le ragazze giudicavano più elegante, mentre donne appena sposate con ancora i fiori tra i capelli, zappavano duramente nella terra secca e cruda. E vecchi dal ventre deforme prendere con gran fatica tra le mani un grosso sasso e portarlo in giro qua e là fin quando non trovavano un luogo che sembrasse loro adatto per depositarlo; e bambinetti scarruffati e giocondi che prendevano a loro volta quei sassi di lì per spostarli un po' più in là: ognuno ficcando il naso ovunque, tutti generosamente applicati in tutto.

Era tanta la gente che si dava d'attorno e così continui il piangere e il ridere, i canti e i lamenti, il bere e il mangiare, che in tutta quella confusione risultava impossibile avere le idee abbastanza chiare per sentire tutto il peso della fatica.

Più o meno a mezza strada, nel fitto della foresta, quando sorse il problema di controllare se davvero il tracciato procedeva diritto, furono liberati gli oratori e spediti alle prime balze della montagna per assolvere al delicatissimo compito di controllare. Fu predisposto una sorta di belvedere con una capanna di frasche dove potessero riposare e ripararsi dal sole. Da lì si vedeva distintamente ogni cosa: il villaggio, la basilica al suo limitare e il tracciato che procedeva, e con la meticolosità che il loro alto grado pretendeva, indicavano a voce gli sbandamenti e le frequenti modeste deviazioni originate dalla natura del terreno e dalla gran foga con cui procedevano i lavori. Sostituivano mirabilmente in questo modo un meccanismo assai consigliato da Monsieur Papi ma di cui gli ingegneri di Moku Iti erano incolpevolmente ma irrimediabilmente all'oscuro.

Quando ormai si era quasi alla fine, re John e il suo compagno Alii Truk presero l'abitudine di recarsi verso il tramonto al belvedere per gratificare i dignitari di una visita regale e starsene un po' lì seduti a contemplare il lavoro fatto. Osservavano compiaciuti l'ampia pista bianca di polvere avanzare verso di loro perfettamente diritta tra i molti colori degli orti e il verde cupo della boscaglia, e meditavano in silenzio su tutto quello che restava da fare.

Poi si dicevano l'un l'altro, liberamente, cosa sentivano dentro la loro anima, e ciò che sentivano non sempre erano le stesse cose.

"Si corica diritta sulla mia isola come il pensiero giusto di un re degli antichi tempi," diceva re John.

"Bisognerà stare attenti a selciarla con molta precisione, perché lì la motoretta andrà veloce come il vento e basterà un niente per una disgrazia," diceva Alii Truk.

"È la spina dorsale diritta che solca la schiena di una bella e forte ragazza," diceva re John.

"Laititi a'u," arrossiva Alii Truk, sono troppo giovane, e il suo compagno lo guardava dubbioso.

Il tempo dei lavori nei campi era arrivato al momento giusto per permettere agli ingegneri di riflettere sulle operazioni niente affatto semplici che dovevano seguire. Anzi, rilessero il Libro Grande più volte per sincerarsi definitivamente che di lì in poi ogni cosa diventava molto difficile.

Bisognava sbancare terra e batterla, grattugiare ghiaia e stenderla, cavare pietra e poi squadrarla, scalpellarla e posarla. Occorreva per fare tutto ciò gente che ne fosse capace e attrezzi adatti; nessuno e niente nell'isola era al momento adatto. Si misero loro a costruire attrezzi, a imparare a usarli, a cercare le materie che sembravano andar bene e il modo di trattarle.

Nottetempo, in modo che i pii tradizionalisti se ne potessero accorgere solo a cose fatte, saccheggiarono la sacra Catasta dei Doni Celesti, e con gli otturatori dei mitragliatori Remington provarono a fare degli scalpelli e si ingegnarono a ricavare lame per le pale con i contenitori di acciaio delle pallottole; smontarono parti meccaniche la cui ragione era loro del tutto ignota e con i cuscinetti a sfera fecero carrucole per paranchi e con gli ingranaggi costruirono rudimentali martinetti. Il re convinse le donne più esperte a cessare di intrecciare panieri per mettersi a fare grandi coffe per camallare le pietre giù dalla montagna. E Alii Truk spiegava loro come doveva essere una coffa, perché quello lo ricordava bene, come bene si ricordava ancora di suo padre.

Fecero battilani con i ceppi dei pandani abbattuti, e quando si accorsero che era legno troppo dolce per quel tipo di impiego, provarono con i ceppi di palma che neppure quelli andavano bene, e infine con quelli di *purao* che andavano così così.

Nella notte padre Giacomo preparava lettere per il Vescovo e per il Governo, elencando le cose a cui avrebbero dovuto provvedere affinché la strada fosse compiuta a maggior gloria di Dio e della Repubblica; la notte dopo strappava quelle e ne riscriveva delle altre, perché l'elenco di ciò che mancava si aggiornava in perpetuo.

Tornarono sulla montagna a cercare le pietre adatte, che si tagliassero facilmente ma non si sbriciolassero sotto il peso di tutto ciò che sarebbe passato su di loro.

Tornarono fin sulla vetta e di lì osservarono ancora una volta la vastità e in tutta quella vastità si indicarono l'un l'altro sotto di loro la sottile fenditura della strada, chiara e precisa come una vecchia ferita di lama ben cicatrizzata. Vista da lì era proprio un niente: un lungo capello di ragazza abbandonato in un lenzuolo fiorito, osò pensare senza dirlo a voce alta il giovane prete. E questa volta pregò Dio con animo più tanquillo.

Disse: "Dio che sei qui, Dio che sei sopra di me e sopra quest'uomo qui con me, Dio sopra quella gente laggiù e sopra tutto quanto qui intorno, ti prego di fare ogni sforzo per mettercela tutta, e ti prego di dire a mio padre che ce la metto tutta anch'io. Per omnia saecula saeculorum, amen".

E re John annuì, perché ormai capiva quasi tutto di quello che il suo compagno diceva.

Quando la gente finì con i campi e tornò a radunarsi nel recinto della chiesa, si trovò ad avere a che fare con sorprendenti novità. C'era ad aspettarli un attrezzo e un compito per ciascuno, e tutti si dovettero assoggettare a imparare, perché la novità più sconcertante era che sarebbero dovuti diventare operai. Con la complicazione che di operai ne occorrevano tanti per fare questo e tanti per fare quello, non uno di più non uno di meno, senza che si potesse seguire l'indomita indole dei kanaki che si scelgono quello che vogliono fare. Perché se così fosse stato tutti avrebbero allora voluto fare le cose più interessanti, come manovrare i martinetti o incidere finemente il lastricato.

Per questa ragione, perché esigevano di discutere a fondo la nuova complicata situazione, i dignitari del re dovettero tornarsene in prigione. E questa volta piansero amaramente e senza ritegno, perché vedevano che le cose stavano cambiando nel modo sbagliato e loro non potevano farci granché, se non mandare terribili maledizioni che tardavano ad avere effetto, visto che la loro gente aveva troppe preoccupazioni per starli a sentire.

Ai kanaki a dire il vero non piaceva troppo quel modo moderno di fare le cose che aveva promulgato il loro amato sovrano. C'era troppa organizzazione e troppo perfezionismo, da cui derivavano vincoli a non finire che ponevano in sofferenza la loro natura individualistica e ne tarpavano l'atavica disposizione al repentino entusiasmo e all'improvviso oblio.

I mozziconi ossificati di quella che avrebbe dovuto essere l'unica chiesa in pietra di tutto il Pacifico testimoniavano di come i loro progenitori avessero dimostrato una scarsa attitudine all'impegno di lunga durata che conseguiva da un grande progetto. E di come, nel contempo, sapessero accontentarsi e godere appieno dei risultati conseguiti anche nella loro miserevole parzialità. Ma a parte questo, avevano un'antipatia indomabile per tutto ciò che concerneva le pietre e i sassi in genere.

Secondo il loro gusto estetico, i sassi di ogni conformazione e qualità erano di gran lunga meno belli e meno utili delle molte varietà di legni e fibre con cui avevano costruito tutto quello che a loro era servito per una sistemazione confortevole. Dal punto di vista pratico, poi, era fin troppo evidente come lavorare il legno e le fibre fosse facile e dilettevole, mentre gli uomini che cavavano e scalpellavano si facevano male, faticavano come bestie e si impolveravano in modo indicibile fin dentro i polmoni. E niente di questo era allettante, assolutamente no.

Queste cose il re le conosceva e le soffriva anche lui, e vedeva che c'era un dolore nel raggiungere la prosperità a cui non aveva pensato per tempo.

Ne parlò al suo compagno per avere da lui un buon consiglio. E Alii Truk, che non si era dimenticato di essere un prete e di aver frequentato un seminario dove aveva ricevuto istruzioni dettagliate per se stesso e le sue pecorelle circa gli impegni di lunga durata, trovò cosa fare.

Aprì una scuola di guida a Moku Iti, con sede nel recinto della chiesa e come pista di addestramento la strada nel suo progredire. E gli uomini trovarono una buona ragione per piegarsi e faticare, perché non c'era nessun dolore o risentimento o orgoglio che potesse stare al pari di quello che succedeva la sera finito il lavoro. Quando si mettevano in fila con gli sguardi inquieti e le membra tremanti, e chi aveva più dato alla strada veniva prescelto per essere iniziato.

Le donne si accoccolavano ai bordi del tratto selciato e si tenevano il viso tra le mani mugolando di paura e dispiacere mentre aspettavano che i mariti e i figli e i fratelli e i promessi passassero davanti a loro senza riconoscerle, con le facce contratte e gli occhi spiritati, vibranti e sussultanti in mezzo al fumo e all'odore dolce e cattivo dell'olio bruciato. Le donne vedevano dalle strette fessure tra le dita che i loro uomini si trasformavano in diavoli, e una forza li divorava e li ingigantiva come le rare volte che, nei posti più segreti della boscaglia, osavano ancora ballare l'*hula* proibita con la selvaggia passione che suscitava in loro l'aver masticato la foglia del *pakai*.

Le donne vedevano che gli uomini impazzivano e copulavano con Vepi la motoretta come i pazzi copulano con le cose innaturali. Ma le donne erano anche orgogliose di come vedevano i loro uomini essere forti e coraggiosi e regali sopra la macchina e sopra la strada, e solo pregavano Dio che la notte tornassero a coricarsi con loro invece che girovagare sbandati come gli ubriachi di *perandi*, così come dicevano di aver visto le vecchie nei tempi andati.

Il primo a imparare è stato re John, perché egli aveva dato tutto il suo regno alla strada, gli ultimi i nobili oratori, che avevano dato solo parole. E il fatto che fosse infranta un'etichetta che durava dai tempi dei tempi aveva fatto ammalare gli oratori, ora che era definitivamente chiaro che il mondo era talmente derelitto che neppure le maledizioni potevano servire a qualcosa.

Ben prima che il selciato ricoprisse la pista per l'intero tratto, tutti a Moku Iti sapevano portare la motoretta e avevano imparato quello che c'era da imparare sulle sue funzioni. Tranne, singolarmente, per ciò che concerneva il freno e il suo indispensabile padroneggiamento. Così come mal sopportavano la pietra, pareva che avessero in feroce antipatia il freno e la ragione stessa del frenare.

Alii Truk aveva spiegato per filo e per segno come comportarsi in merito all'arresto della macchina, ma nessuno, neppure il re suo compagno, pareva trovasse di suo interesse premere il piede destro sulla tavoletta zigrinata e contemporaneamente stringere la mano attorno alla leva posta sul manubrio, o fare anche una sola delle due cose.

Era come se fermarsi a un certo punto di propria spontanea volontà fosse considerato poco elegante, inadatto alla grandiosità dell'esperienza. E così lo facevano solo alla fine del selciato, di malavoglia, rassegnandosi senza apparente rincrescimento a finire per terra tra le montagnole di ghiaia di corallo strategicamente disposte come massa frenante, e a sbucciarsi, lussarsi, ammaccarsi e rompersi in ogni parte del corpo. Alii Truk aveva, con astuta preveggenza, avvitato nei punti critici della carrozzeria respingenti e paraurti ricavati dalla Catasta dei Doni Celesti, e la motoretta soffriva assai meno dei suoi autisti i danni di quel modo così informale di terminare la corsa.

Eppure, nonostante ciò, il primo pensiero dei caduti era rivolto allo stato della macchina, e se solo potevano reggersi in piedi, si mettevano a disposizione, contriti e pieni di vergogna per aiutare Alii Truk nelle riparazioni necessarie. Questi piccoli lavori lo occupavano nella notte, alla luce gialla e sfrigolante delle lampade a olio che galleggiavano nel buio della basilica, nel silenzio di quel luogo così antico e ancora fuori posto, dove la macchina e il suo patrono si riposavano un po', l'una tra i benefici infusi di petrolio, l'altro in certe sue inudibili preghiere.

Re John andava a chiedere scusa, per sé e per i suoi sudditi, ma, sinceramente rincresciuto, anche lui ammetteva che ci si poteva fare ben poco: era contrario alla natura dei kanaki interrompere una cosa quando era così bella da fare. Glielo avevano inculcato le loro donne nel corso di innumerevoli generazioni, cercava di spiegare il re; ma vedeva che il suo compagno dava segno di non capire.

Si arrivò a un certo punto che si contavano più vittime della motoretta che della pietra, e proprio in quel momento critico, provvidenzialmente, finì la benzina. La motoretta si acquietò nel suo ricovero, le donne tornarono sollevate a ingrassare, e i feriti e contusi a guarire abbastanza in fretta da poter partecipare compatti all'ultimo grande slancio costruttivo. Tanto, fino all'arrivo del *Kara Juli* benzina non ce ne sarebbe più stata, e dunque niente più vertigine, niente più sovversione.

Per quel momento i lavori del grande rettilineo incaico erano giunti al termine, e il mattino che il vaporetto ha dato i tre colpi di sirena per avvisare che stava scandagliando il *passe* per varcare la laguna, tutta Kapiidani era al belvedere per starselo a godere. Talmente rapita, che il pennacchio di vapore sparso sul mare pareva loro una nullità, qualcosa che s'era perso nel lato estremo della visuale.

Bisogna capirli quei kanaki che stavano guardando qualcosa che era stato fatto da loro stessi contro ogni consolidata regola e tradizione, e che invece di rivelarsi uno stupido abbaglio, era lì nuda e cruda pronta per tutto quello che ci volevano fare.

Anche se, e questo era la cosa più stupefacente, abbagliare abbagliava eccome: per via dei molti milioni di cristalli che gli scalpelli avevano scheggiato, splendeva alla luce del sole così intensamente che non potevano fissarci sopra lo sguardo senza sentirsi bruciare fin dentro lo stomaco. Uno a uno i kanaki si mettevano a sedere per non sentire girare la testa. Se ne stavano accoccolati per terra in silenzio con la bocca socchiusa, e sembravano intenti a succhiarsela la loro strada, come una prelibatezza, un pesciolino argentato, una donzella sottile sottile che non finiva mai e nemmeno saziava.

Giù da basso, intanto, il *Kara Juli* sbuffava e fischiava a perdifiato per vedere se qualcheduno dell'isola si degnasse di andare a riceverlo.

C'era per Moku Iti un carico straordinario: tre lettere, un barile da venti galloni di benzina e una latta da cinque di olio motore.

Ma non c'era il Delegato distrettuale, non c'era il signor Picabia, da potergli dire: "Ecco il frutto dei tuoi cento piccoli dollari, Delegato. Ecco la nuova gloria della Repubblica. Vieni Delegato, saggia con noi la durezza di queste pietre e la precisione di come una è accostata all'altra per tutto un miglio e più. Godi con noi Delegato questo giorno di grande festa, e non trascurare di considerare la macchina che, prima di una moltitudine, porterà il re di quest'isola a te devota da qui a laggiù. E sappi che per quando tornerai, porterà il re e il suo popolo da laggiù a lassù, così come potrà portare te se lo vorrai. E ci sarà ad attenderti una tale bellezza lassù che scorderai anche di sognarla la tua lontana Madre Patria".

Così si era preparato di dire re John al signor Picabia, ma forse lui era ormai troppo vecchio per mantenere le promesse, per poter tornare anche solo per dare un'occhiata ai suoi registri. E il sovrano era molto addolorato.

Allora Alii Truk, il suo compagno, prese il re da parte e gli lesse due delle tre lettere appena arrivate.

Il re seppe così che il Vescovo e il Governo erano soddisfatti di ogni cosa che fosse successa in quell'anno, che speravano di poterlo constatare personalmente, ma erano così fiduciosi in quell'isola fedele a Dio e alla Repubblica che tornavano a donare uno venticinque e l'altro cento dollari cinesi perché le opere non tardassero a essere completate.

La ricchezza stava inondando Moku Iti con la puntualità del primo acquazzone della stagione delle piogge, e il re cessò di rattristarsi. E il suo compagno riempì di olio e benzina il serbatoio della motoretta e lo prese dietro di sé sul seggiolino, e fecero assieme tutta la strada fino ai piedi della montagna, mentre la gente batteva le mani correndo dietro loro su un selciato così levigato che i piedi nudi schioccavano sonori come sullo sguazzo della marea.

Prima di fare questo padre Giacomo aveva portato a casa sua la terza lettera, che era di sua madre, l'aveva tenuta un poco tra le mani, l'aveva annusata, e poi l'aveva riposta con cura nella cassetta del calice dove un'altra la stava aspettando. Prima che il vaporetto ripartisse, era all'approdo a consegnarne tre nuove: ancora una per il Vescovo, ancora una per il Governo e ancora una per sua madre. Al Vescovo e al Governo mandava a dire le solite bugie e che aveva ancora bisogno di questo e di quello, a sua madre invece scriveva:

Cara mamma,

l'anno passato abbiamo fatto un bel pezzo di strada. Anch'io ho fatto un bel pezzo di strada e ora qui mi chiamano con un nome nuovo che vuole dire Capo delle Macchine. Le macchine prima o poi arriveranno, per adesso ci accontentiamo della motoretta che mi ha regalato il Papa.

Sono salito ancora in cima alla montagna qui davanti e da lassù si vede sempre la stessa cosa. Fra qualche anno andremo ad abitare lassù. È così bello che non c'è da avere paura se un giorno dovesse succedere qualcosa. Anch'io me la so cavare, e non succederà niente. E poi quando sarà finita la strada, si potrà capire meglio.

Ma di questo te ne scriverò al momento.

Ho ricevuto la tua nuova lettera e questa sera la leggerò.

Tuo figlio Giacomo ti bacia.

La sera invece padre Giacomo non lesse un bel niente e la lettera se ne restò quieta a dormire assieme a sua sorella. Quella sera Alii Truk partecipò alla festa sul belvedere.

La festa durò alla maniera kanaki diversi giorni, finché la gente non fu abbastanza stanca da aver solo voglia di andare a dormire a casa propria. Fu un'immane baldoria dove nulla fu risparmiato perché chi aveva sofferto e faticato potesse essere risarcito con la bellezza e il piacere, e padre Giacomo dovette più e più volte ripetere la sua celebre risposta: "Laititi a'u," sono ancora troppo giovane.

L'ultima volta che lo disse aveva davanti a sé tutti gli uomini più buoni e rispettosi dell'isola, il re in testa, che lo pregavano con le lacrime agli occhi di non continuare a offendere in un modo così crudele le ragazze più belle e più innocenti dell'Oceano.

Era stata portata al belvedere anche la radio e Giacomo trovò modo di tenersi un po' discosto dal disordine che lo stava soverchiando spingendo forte la manovella della dinamo e cercando voci qua e là per il quadrante. Lucy l'Usignolo non venne mai. Ma l'ultima notte Lucy u'i, la figlia del re che era un po' cresciuta e adesso cominciava a gironzolare da sola, fu pescata da qualche parte da suo padre e messa ritta su una catasta di ceppi di *uru* preparati per i falò che ardevano ininterrotti da giorni e giorni. Il padre le chiese dolcemente, un po' confuso per l'enorme quantità di *kava* che aveva bevuto, di cantare alla strada una canzone, anche solo un poco di canzone. La strada splendeva sotto di lei al chiaro della luna e Lucy le diede un'occhiata svogliata, come se fosse una cosa messa lì per caso, una cosa che non significava niente di particolare.

E probabilmente era così, perché la figlia del re era ancora una bambina e la occupavano altri pensieri. Ma cantò. Cantò con una voce leggera e ancora troppo minuta, una voce che nella sua piccolezza aveva dentro un grande corpo che premeva.

Tutti quelli che la stavano ascoltando capirono che quel corpo dentro la sua voce non era il suo, perché dimostrava una forza che non potevano avere i bambini. Ma per fortuna non era nemmeno il corpo di un folletto *tetea* o di una diavolessa, come pure poteva succedere, ma bensì un corpo che cresceva e si faceva avanti con una forza gentile e malinconica; forse di maschio, forse di femmina, forse di una femmina che cresceva da maschio, forse di un maschio che cresceva da femmina. Lucy non guardava niente mentre cantava, ma ciò che premeva dentro la sua voce le si affacciava anche dagli occhi, ed era una luce più languida della luna e un'oscurità di un viola più intenso del mare degli alti fondali. Cantò:

Don't know why
there's no sun up in the sky...

Perché, stranamente, non solo ricordava la canzone che aveva cantato ormai un anno prima, ma ora ne sapeva ancora di più, nonostante l'Usignolo non si fosse mai più fatto sentire.

Poi si addormentò tra le braccia del padre. Quando poco prima dell'alba fu svegliata perché la gente di Kapiidani se ne voleva tornare a casa a riposare un poco dopo tutto il furore di baldoria, Alii Truk la prese, la sistemò dietro di sé sulla motoretta, legandosela per precauzione alla vita con la sua cinta, e partì con lei verso il villaggio. La bambina lo stringeva forte per la veste e tremava, ma aveva appoggiata la guancia alla schiena di lui, e in quella posizione le labbra si erano socchiuse, cosicché sorrideva anche un poco.

La luna era tramontata, ma al piccolo faro giallo della motoretta la strada brillava a chiazze e sussulti, come uno sciame di pesciolini che salta dall'acqua sul sole e poi si rituffa.

Era il momento che stava per iniziare la stagione delle piogge e la gente tornò alle piantagioni per predisporle alla nuova stagione, che è la stagione che porta il nutrimento alla terra e le nuove fioriture sugli alberi e nei cespugli. Ed era tempo che la pioggia venisse per questo buon motivo, e anche perché il re e il suo compagno potessero progettare con calma, con il Libro Grande steso sul graticcio del letto di ottone, l'impegnativo passaggio dal rettilineo della pianura ai ripidi tornanti della salita.

E questo fecero, mentre tutto intorno a loro gocciolava e gocciolava.

Finite le piogge, terminati i lavori nei campi, cominciarono i problemi e non finirono più.

12.

Forse c'era qualcosa di sbagliato nelle istruzioni di Monsieur Papi, forse il Libro Grande non era così perfetto come invece sembrava. O forse si era inciampati in una svista, un errore, una distrazione, ragion per cui valeva la pena di tornare a studiare e rimettersi a provare ancora un giorno via l'altro, una stagione e quella dopo.

Ma rimaneva il fatto che alla fine non ci fu modo di far crescere tornanti in Moku Iti.

Putake te Riri, la montagna, aveva accettato docilmente il lavoro degli uomini e si faceva spogliare e spianare, battere e selciare. La gente, tutta la gente, era andata a guadagnarsi senza risparmio i bei dollari cinesi dal delizioso profumo e, appena fatto chiaro, una nuvola di polvere si alzava leggera come cenere intorno al cantiere. Una nuvola che continuava a spaventare gli uccelli di più antica memoria, che se ne stavano ben alla larga, sicuri com'erano che il vulcano avesse ripreso a fumare dal cuore profondo dell'isola.

La sera, la nuvola tornava a posarsi sulla terra, ma il vento ne aveva dispersa un bel po' per tutta Kapiidani, cosicché assieme agli uomini che avevano lavorato al cantiere, anche le donne e i bambini con i cani e i maialini di casa, passavano ore nella piscina del torrente a grattarsi via la polvere dai più intimi interstizi. La piscina si intorbidiva di un colore latteo come se dentro ci si fosse andata a sciogliere la luna nebbiosa del tempo delle piogge, e i giovani di temperamento più romantico avevano preso l'abitudine di incontrare lì le loro belle, perché l'acqua non specchiava più le loro sembianze troppo desiderate, e potevano continuare a parlare a lungo del loro purissimo amore senza essere distratti.

Il prete e il re si erano coperti di polvere come chiunque altro, sempre in mezzo com'erano a calcolare e a correggere, e polveroso e sgualcito da non dire aveva pure finito per diventare il Libro Grande, che essi avevano preso l'abitudine di portarsi appresso come l'occhiuto testimone delle soluzioni ingegneristiche più controverse.

Quando il primo tornante fu terminato, visto dalla prospettiva del rettilineo era parso come una costruzione perfetta e mirabile per eleganza e semplicità, qualcosa di così solido e funzionale che avrebbe ben potuto essere il primo dei gradini che sostenevano la fantastica città incaica del Libro. Era costato quel tornante il lavoro di tutta la stagione secca e nessuno, in coscienza, si sentiva di aver usurpato la ricchezza elargita sulla fiducia dal Vescovo e dal Governo. Padre Giacomo scrisse una lettera in proposito alle due eminenze invitandole caldamente a visitare al più presto l'opera.

Se la sarebbe volentieri andata a riprendere a nuoto quella lettera, perché dopo il primo acquazzone il tornante non c'era più: si era semplicemente squagliato, dissolto nella scarpata come la polvere nell'acqua della piscina.

Prima che cominciasse a piovere c'erano passati sopra con la motoretta tutti gli uomini dell'isola e il loro giudizio era unanimemente concorde: era come salire verso il cielo rotolando sopra una stuoia liscia e resistente. Quando, ammassati contro il loro re come cuccioli lattanti, constatarono il disastro, per un lungo tempo nessuno ebbe parole.

Poi i vecchi parlarono di diavoli e presero a discutere tra loro su cosa bisognava fare in proposito, mentre i giovani si fecero attorno ad Alii Truk perché facesse vedere loro ancora una volta i disegni del Libro Grande. E siccome tutto combaciava, non seppero con chi prendersela e si misero anche loro a farneticare di spiriti. Neppure a padre Giacomo, che guardava lo scempio con i suoi occhi lucidi di sempre, venne in mente qualcosa di sensato da dire.

Ma quella sera nella sua messa, spezzando il pane legnoso dell'*uru* e bevendo il *kava* annacquato, tenne a lungo i suoi occhi sugli occhi del figlio di Dio, pregandolo in silenzio di salvare qualcosa, almeno qualcosa, del posto bellissimo dove era arrivato. Padre Giacomo, che per tutta la sua felice fanciullezza aveva fantasticato di salvare quel giovane dalle grinfie dei tremendi pericoli del mare, ora lo supplicava di fare altrettanto.

"Non per me," gli diceva, "che come sai in un modo o nell'altro me la saprò cavare, ma per quelli lì, che sono cannibali grandi e grossi e non hanno paura di niente e non sapranno difendersi. Per loro, Gesù, cerca di dare una mano a tuo padre, che da solo non so se ce la fa."

A quel punto, nella Bibbia di padre Giacomo, Caino era uscito dai suoi campi ed era arrivato al primo tornante. E quella non era una notizia da spargere ai quattro venti, ma un dolore che padre Giacomo intendeva assolutamente tenere per sé.

Così, con l'arrivo del bel tempo, hanno ripreso da capo, di buona lena, quasi come se non fosse successo niente.

Perché il *Kara Juli* aveva continuato a portare dollari che bisognava guadagnare, benedizioni che bisognava rispettare e benzina da consumare. Perché, ora che avevano provato, i kanaki non sopportavano di rinunciare, essendo un popolo orgoglioso e testardo come non mai, avendo un re fiducioso e moderno come pochi. Quindi, pale, picconi e Libro alla mano, sono tornati alla scarpata dove per qualche giorno aveva irradiato splendore il loro primo elegantissimo tornante, e lì si sono dati da fare per riprendersi il loro destino; in salita.

Nella storia dei nove anni che sono venuti non c'è assolutamente niente che valga la pena di raccontare; null'altro da dover ricordare, secondo la stessa opinione dei kanaki, se non il fatto, semplice in sé, ma assolutamente straordinario visto con gli occhi loro, di un tornante di montagna nove volte eretto e otto volte dirotto per insondabili cause naturali. E la nona no, ma solo perché non c'era più nessuno a starlo a guardare venir giù.

Vista con altri occhi, naturalmente, la cosa straordinaria non era questa, del tornante che si scioglieva come farina nell'acqua, ma che quei cannibali avessero continuato a insistere senza che ne traessero una legittima disperazione; stupidamente caparbi come le formiche-carpentiere brune, che sono capaci di sciupare un'intera vita a rimettere in piedi il ponticello di fili di paglia che la piccola mano di un bambino dispettoso continua a disperdere nella polvere.

No, i kanaki non si erano disperati. E se brontolavano e si lamentavano, a farlo erano quelli che lo avevano sempre fatto, i vecchi oratori ovviamente, che ogni occasione era buona per lagnarsi dei tempi correnti, e che finivano sempre in galera quando diventavano troppo noiosi.

Diversi anni dopo, ai tempi della Base, quando fu permesso ad alcuni giovani di ritornare a Moku Iti per lavorare alle manutenzioni, questi ragazzi ancora piuttosto sprovveduti si facevano buttare fuori a calci dallo spaccio dove cercavano di spendere il loro gruzzolo di dollari cinesi, il denaro che la Repubblica aveva pagato per il loro lavoro o per quello dei loro padri. Allora si mettevano buoni buoni accoccolati per terra davanti alla baracca di lamiera ondulata ad aspettare. E capitava prima o poi che qualche aviere, o più facilmente un tecnico civile, offrisse loro da bere. Glielo portavano fuori dov'erano seduti perché avevano fama di schiamazzare e sporcare dappertutto quando avevano bevuto.

Loro bevevano dalla bottiglia che gli davano e ringraziavano. E poi raccontavano, non richiesti, di quello che avevano visto e fatto ai tempi del re John e di Alii Truk, lo chef delle macchine che veniva sicuramente dallo stesso paese da dove venivano quei generosi signori. Parlavano della strada, certo, e del primo tornante che saliva alla Città nel Cielo, e della motoretta che loro stessi avevano guidato più volte per tutta la lunghezza del selciato. Raccontavano a voce alta nel loro tipico modo cantilenante, usando la lingua delle spiagge, il beach-lamar, che lì ben pochi capivano.

Continuavano a raccontare anche dopo che quelli che lì per lì si erano messi a sentire se ne erano andati per i fatti loro: parlavano al vento. Raccontavano con gli occhi rivolti alla montagna Putake te Riri perché lo spaccio aveva la porta che dava in quella direzione, e lo facevano con generosità e la dovuta modestia, ma con la radicata convinzione che quegli *ese* si pavoneggiassero un po' troppo, ed era bene che fossero messi al corrente della bellezza ineguagliata del loro lavoro e dell'insuperabile altezza del progetto che i loro cuori avevano ospitato per dieci interi anni.

Parlavano agli *ese* e al vento della motoretta Vepi e del miglio di selciato come della cosa più bella che ci fosse stata da vedere nel Pacifico, ammonivano che ci sarebbero voluti ancora molti anni per tornare a guardare qualcosa di simile.

Lo facevano in un luogo dove erano stati asfaltati trenta chilometri di strade, eretti molti edifici in cemento e in lamiera, alcuni di questi grandi oltre ogni immaginazione, seduti al limitare di un complesso di piste dove transitavano centinaia di mezzi meccanici di ogni tipo, e dove ogni giorno decollavano e atterravano aerei da carico e da battaglia. Dove il meglio della scienza del mondo intero era occupato in progetti che la montagna stessa, se avesse ancora avuto occhi, avrebbe guardato con reverenziale terrore.

Così sono i kanaki, così erano ancora orgogliosi e fidenti i loro giovani senza più re e senza più prete. Almeno per i primi tempi, quando ancora cercavano di piazzare i loro dollari spessi come stoffe e odorosi come vecchie case. E ancora prendevano calci nei loro duri culi e non avevano imparato a scansarli.

Dunque quegli ultimi nove anni non furono anni desolati: furono, piuttosto, anni di placida stagnazione, quando Moku Iti giaceva assopita nel suo sogno. Indisturbata in mezzo al mare.

Tornava il *Kara Juli* quand'era il suo momento, sempre lo stesso vaporetto, sempre lo stesso comandante meticcio. E portava sempre tre lettere, un bidone di benzina e una tanichetta di olio motore. Il Governo mandava cento dollari, il Vescovo venticinque, la Repubblica auspicava, l'episcopato benediva. Il signor Picabia doveva essere occupato altrove. Padre Giacomo scriveva le sue lettere di risposta con dentro le solite bugie. Non aggiungeva né toglieva nulla alle precedenti, non spostava neppure le virgole, e non faceva più spazientire il comandante che aspettava di ripartire, visto che le scriveva in un minuto perché ormai le sapeva a memoria.

Le lettere che gli mandava sua madre Sascia continuava a riporle intatte nel solito posto e non le odorava né le tastava più, né cercava mutamenti nella scrittura, perché non ce n'erano. Rispondeva con poche e vaghe parole, né bugie né verità, dato che tra lui e sua madre, nonostante tutto il tempo e il mare, rimaneva ancora qualcosa di meglio delle une e delle altre. Ed era qualcosa che non c'entrava niente con le parole. Forse per questa ragione, finiva sempre allo stesso modo:

...
Ma di questo te ne scriverò al momento.
Ho ricevuto la tua nuova lettera e questa sera la leggerò.
Tuo figlio Giacomo ti bacia.

Passato il vaporetto altro non c'era da fare che riprendere il Libro, rimettersi a studiare, tornare alla scarpata e ricominciare. E nutrirsi e dormire e pregare a modo proprio.

Ma naturalmente, nonostante la Stagnazione del Primo Tornante, nulla in quei nove anni è restato immobile nell'Isola del Piede Felice.

Gli alberi crescevano, davano frutti e morivano, e così era per gli animali e per gli uomini. I vecchi morivano, i ragazzi si irrobustivano, le ragazze si inturgidivano, e insieme facevano figli. I vestiti si consumavano e nuovi venivano tessuti, i tetti crollavano e nuove case venivano innalzate; i torrenti cambiavano letto, le acque colore. Laggiù in fondo, nell'orizzonte dell'est, l'isola che era ancora senza nome cresceva fumando piano piano. La radio cambiava le canzoni e le voci e le lingue; Lucy l'Usignolo restava in silenzio, ma lungo il suo corso il potenziometro incontrava sempre qualcosa di nuovo.

Nel corso di quegli anni Alii Truk ha cambiato definitivamente colore, ha imparato la lingua kanaki, e da ragazzo com'era si è fatto un uomo. E siccome continuava a rispondere allo scadere di ogni nuovo anno nel solito vecchio modo, "laititi a'u", gli uomini che andavano da lui a chiedergli di prendere moglie, adesso protestavano senza più nascondere il loro disappunto. "Mue mutai, mue mutai", non è bene, non è bene, si lamentavano con il loro sovrano. E re John scuoteva la testa e non sapeva che pesci pigliare.

E in tutto questo crescere e mutare, altrettanto faceva Lucy u'i, l'amata figlia di re John.

Era una faccia larga, genuina bellezza kanaka.

Nonostante fosse cresciuta, della sua bellezza non se ne faceva ancora di niente, perché, come voleva l'usanza per i figli dei re come per tutti gli altri bambini, era occupata tutto il giorno a districarsi nelle mille noiose mansioni in cui le famiglie kanake grandemente confidano per tutto quello che riguarda l'educazione dei loro piccoli e il buon andamento delle faccende domestiche. È cresciuta così, dopo i suoi primi tre o quattro anni di beata e assoluta inanità, perennemente trafelata e insudiciata, dovendosi prendere cura di un gran numero di cugini e cugine più piccoli di lei, e nello stesso tempo provvedendo a cose molto semplici e faticose, come fornire le nonne di buone fibre da tessere, macinare il taro, portare il pranzo agli uomini che lavoravano, e così via.

Era la figlia del re, ma di questo se ne sarebbe occupata la famiglia e Kapiidani tutta intera al momento opportuno, che sarebbe venuto ben in là nel suo sviluppo. Per tutta la sua infanzia non ha avuto mai abbastanza tempo per pettinarsi, profumarsi e gingillarsi negli svariati modi in cui vedeva trastullarsi le ragazze già grandi.

Certo che si metteva fiori tra i capelli e intrecciava piccoli e non proprio perfetti *lei* da appendere al collo, e le sue zie procuravano di farle indossare *vala* ben pulite e ben ricamate durante le occasioni pubbliche – e soprattutto per andare alla messa, quando già si sapeva che suo padre le avrebbe chiesto di cantare –, ma era pure scontato che in capo a una mezz'ora il cuginetto che si trascinava dietro le avrebbe strappato il *lei* e dal mortaio dell'*uru* sarebbe schizzata fuori abbastanza pappina da ricoprirla da capo a piedi di orribili e oleosi fiorellini grigiastri.

Non si lagnava di questo Lucy u'i perché capitava così dappertutto nel suo universo. O, meglio, si lagnava come fanno tutti i bambini, che nessuno li sta a sentire e loro si stufano presto di star lì a bagnarsi di lacrime e ad ammuffire tra i guaiti. Del resto riusciva pure a rubacchiare un poco di tempo per passarlo sguazzando nella piscina, trastullandosi con i granchi di scoglio, o facendo quel che le pareva.

Era una bambina forse un po' precoce e già a otto anni aveva cominciato, come dicono i kanaki, ad avere vergogna dei suoi parenti maschi. Ragion per cui divenne tabù per loro e per tutti i maschi dell'isola in una quantità di occasioni che la sua nonna più vecchia le elencò con molta precisione e la costrinse a ripetere un'infinità di volte. Questo fu il primo vero avvenimento che la riguardasse direttamente e fu il momento che divenne per tutti veramente Lucy la principessa e non un'indistinta bambina senza arte né parte.

La sua vita cambiò parecchio per questa ragione: fu esonerata da molti dei più odiosi obblighi che per l'appunto infrangevano il tabù, ed ebbe così tempo per essere libera di fare ciò che voleva. Gli adulti la consideravano ora con maggiore attenzione, la salutavano cortesemente e cominciavano a parlare tra loro del suo carattere, della sua indole, dei suoi pregi e dei suoi difetti. E questo Lucy lo avvertiva nel modo intenso con cui i bambini sentono i mutamenti che li riguardano attraverso i mutamenti nella testa dei grandi. In virtù della sua comprensione cresceva adesso assai più in fretta.

Come la tradizione richiedeva, assieme al primo tabù ne erano venuti degli altri. Questi riguardavano la sua regalità: le era fatto divieto di mangiare certe bacche selvatiche di cui i bambini andavano ghiotti, di pescare alcune specie di pesci, di indossare certi tessuti e cose del genere. Ma, tabù più potente di ogni altro tabù, le era proibito salire su una piroga, e dunque di recarsi in qualsiasi posto attraverso il mare, eccezion fatta nel caso che fosse stato un dio a pilotarla.

Questo era l'antico tabù delle regine, che le costringeva a rimanere a fecondare la loro terra, a meno che non fosse un dio in persona ad accompagnarle altrove, laddove la sua insondabile saggezza preveggeva la necessità di una nuova presenza regale. Così come era successo per l'antica regina Kapiidani, che il dio Kumi aveva portato sul suo sacro letto di ottone ad annunciare prosperità a Moku Iti.

La ragione di questo tabù era piuttosto oscura per Lucy, che non aveva mai sentito la necessità di spingersi oltre lo specchio d'acqua della laguna sciacquettando su una di quelle piccole canoe che i ragazzi imparano a farsi con la corteccia del pandano. Per quanto riguardava poi la fecondità, era davvero *laititi a'u*, ancora troppo giovane. Ma aveva accettato ogni complicazione del suo nuovo stato con esemplare sottomissione, ascoltando con il dovuto rispetto le tiranniche lezioni di comportamento delle nonne e delle zie, cercando di obbedire ai numerosi precetti impartiti, ed evitando di mancare agli insegnamenti proprio sotto i loro occhi.

Cresceva sapendo di essere una principessa, Lucy; cresceva sapendo che sarebbe diventata una regina moglie di re. Questo era il destino della sua vita nella sua isola tra la sua gente e, pur se ancora invisibile, già sovrintendeva ad ogni cosa attorno e dentro lei.

Certamente non aveva un portamento regale Lucy, come

si immaginerebbe in altre parti del mondo riguardo alle principesse e personalità del genere.

Al momento i suoi privilegi erano solo obblighi e privazioni, e mentre le vecchie di casa lavoravano alacremente alla sua dote di stoffe e di stuoie, le sue *vala* erano quelle di ogni altra ragazzina, e i suoi *lei* e le ghirlande belle e preziose come riusciva a farsele da sola. Caracollava per il villaggio, i campi e la spiaggia con passo spedito e largo, visto che da quando aveva imparato a camminare era stata spinta a farlo affrettandosi, e prima ancora era sempre stata portata sulle spalle, costretta ad allacciarsi con le tenere gambette stretta alla vita dei suoi portatori. Andatura da marinaio, si sarebbe detto in una città di porto e di navi. Niente di particolare, si pensava a Moku Iti, dove tutti i ragazzini ancora in sviluppo si muovevano a quel modo.

Ci pensava la danza del *tamure*, che adesso Lucy andava ogni sera a imparare nella casa che serviva da scuola alle ragazze nubili, a ingentilire le sue movenze, ad aggraziarle i gesti, a obbligarla alla bellezza che aveva con sé e che lei ancora non riconosceva.

Era dotata per la danza, ma ancor più per altre cose. Per camminare, per osservare, e naturalmente per cantare.

Lucy era dunque una faccia larga. Zigomi alti, mascella arcuata, mento appuntito e labbra carnose e sporgenti.

Occhi grandi e cauti di un colore cangiante dal nero opaco del fumo del calamaro al nero violetto dell'acqua notturna; occhi ben al riparo di spesse palpebre e lunghe ciglia morbidamente flottanti.

Sopracciglia appena segnate da un arco sottile e capelli del colore cangiante degli occhi, che crescevano con lei in onde fitte e regolari, come per l'effetto di un ferro. I fiori di ibisco su quei capelli prendevano un colore più intenso, come se li nutrissero.

Mani grandi e piedi lunghi, pelle dappertutto liscia e madida e di un bel marrone bruciato e lucente ancor prima che avesse preso a ungersi d'olio. Tettine una qua e l'altra là, che crescevano più lente di lei.

Denti aguzzi di un bianco madreperlaceo che durante il giorno prendevano la sfumatura verdolina delle noci che masticava in continuazione.

Lucy aveva la bellezza inequivocabile dei kanaki di antica e pura stirpe, quel genere di bellezza che aveva fatto nei secoli addietro di viaggiatori lunatici e freddi militari delle bestie lagnose e crudeli fuor di ogni misura.

Man mano che cambiava di età, si allungava e si allargava, semplicemente, come il tronco di un albero, senza che i suoi lineamenti subissero una trasformazione abbastanza consistente da poterla constatare con gli occhi. Sulla soglia dei quattordici anni, quando ormai era una giovane donna e come tale si comportava ed era valutata, manteneva ancora i tratti essenziali di lei bambina: la stessa morbidità della mascella, la stessa ombra sul mento e le stesse rotondità acerbe che precedono il sesso. Come si è mantenuta una persistente cautela nel suo sguardo e nel movimento incosciente di palpebre e ciglia che scivolano giù a proteggerlo. E la forza un po' inconsulta delle sue mani che spaccano ancora le noci e aprono i granchi.

Ci sarà di diverso col tempo, di veramente nuovo nel suo corpo, soltanto il suo passo, che si fa sempre più elegante e deciso. E questo sarà il suo portamento regale, che è il portamento di tutte le donne kanake.

Solitaria e ritrosa era di carattere Lucy, e preferiva, se poteva, starsene in disparte a giocherellare per conto suo con i suoi pupazzi di terra o i pesciolini dorati dello stagno o il suo cucciolo, o con quello che le capitava.

Parlava in continuazione con le cose con cui giocava, ed evidentemente le cose le rispondevano, perché i suoi discorsi andavano per le lunghe ed erano movimentati come lo sono di solito nelle discussioni. Forse era per questo suo modo di fare che cercava di starsene sempre un po' discosta: per non essere importunata nelle sue segrete conversazioni.

Chi per caso o per curiosità riusciva ad ascoltare qualcosa, rimaneva stupito dalle tante voci che uscivano dalla gola di Lucy. Voci di ragazze e di ragazzi, di uomini e donne, di uccelli e di pesci, e di granchi e di pietre e di alberi, che fittamente conversavano tra loro. Quando poi aveva cominciato a cantare nella chiesa, e si era capito che c'era qualcosa dentro di lei, o qualcuno, che si stava facendo largo attraverso la sua piccola vita, la gente si era messa ad evitare con cura di origliare i suoi giochi, rispettando più che poteva il mistero dentro di lei. Lucy, del resto, trovava sempre un posticino adatto dove ritirarsi in qualunque momento e luogo; fosse durante una festa nel recinto della basilica, o nella sua casa abitata da più di venti persone grandi e piccole, o in mezzo a lavori del tornante, o nel cuore della foresta.

Detto questo, però, era anche una bambina mite e socievole. Sorrideva con i suoi denti verdolini a chiunque incontrasse; a tutti quelli che la fermavano per farle un complimento o chiederle qualche sciocchezza, o darle qualche commissione da fare. Sorrideva allo stesso modo a suo padre, il re, quando la issava sulle sue braccia e le parlava di cose grandi e ignote, e sorrideva quando la scuoteva tutta e la faceva volare in aria posseduto dalla frenesia per quelle grandiosità.

Aveva sorriso anche ad Alii Truk la prima volta che gli era andata vicino, e ad Alii Truk continuava a sorridere anche da lontano. Presto, è vero, distoglieva lo sguardo e lo portava in basso, verso le molte cose attraenti che si trovano sempre per terra, ma lo faceva senza vergogna o ombrosità: il delicato movimento di palpebre e ciglia era un gentile saluto di commiato; e le sue ciglia erano così lunghe che a chi le vedeva abbassarsi sugli occhi sembrava di sentirne il rumore. E chiacchierava con i suoi coetanei, e andava qualche volta con il gruppo delle ragazzine che si appartavano sulla scogliera a provare a fare cose da donne grandi, e faceva tutto quello che ci si poteva ragionevolmente aspettare da lei.

Ma, sempre, trovava un piccolo posto appartato per sé e per i suoi giochi con dentro le voci.

E più cresceva, più, appena poteva, allungava il passo fuori dalla casa e dal villaggio, verso la strada, il lungo rettilineo lucente di pietra cristallina, e di lì verso non si sa dove. Era una gran camminatrice, Lucy, ma dove andava non lo diceva a nessuno. "Dove te ne stai andando, Lucy u'i, sotto questo sole?" le chiedeva la gente che incontrava per strada. Lei dava una scrollatina di spalle, faceva un bel sorriso e riprendeva il suo cammino.

In realtà non combinava niente di misterioso: andava semplicemente a conoscere il mondo e pensava che fosse meglio farlo per conto suo. E questo forse solo perché era cresciuta con molta gente intorno, un mucchio di cugini e cugine, zie e zii, nonni e bisnonni che erano sempre lì a spiegarle ogni cosa e a cercare di convincerla a guardare e a sentire e a toccare tutto quanto con i loro occhi orecchie e mani. Si comportavano così perché imparasse in fretta e facesse pochi danni.

Lucy voleva invece imparare un poco alla volta, con calma, e soprattutto quello che voleva lei. Per questo se ne andava a zonzo a toccare, guardare e sentire il mondo. E a cantare, anche.

Per via del canto a Lucy piaceva la foresta. Aveva scoperto che nel folto di querce e pandani la sua voce non andava via nell'aria, ma si fermava davanti a lei e lì restava, spessa quasi come un corpo. Così lei poteva osservarla e conoscerla e non prendersi paura, come invece le faceva paura quando usciva da lei e si metteva a volare intorno e saliva fin sugli alti soffitti della chiesa e poi scendeva giù, come un grosso uccello che andava a caccia. Pensava alla sua voce canora come a un animale con cui doveva fare amicizia. Un animale che le aveva regalato l'altra Lucy, strappandoselo via dal suo corpo per lei. Pensava anche che questa sarebbe stata la dote che avrebbe portato da regina, come Kapiidani aveva portato il letto del dio Kumi e suo padre la strada.

Se ne andava nella foresta salendo le pendici della montagna senza alcun timore, visto che per tempo era stata pizzicata, graffiata, morsicata e spaventata da tutto quello che poteva farlo. Quando trovava un posto che le sembrava buono, aspettava che gli uccelli sulle fronde in alto vicino alla luce del sole smettessero di schiamazzare e i piccoli animali che strisciano e saltellano trovassero il loro rifugio. Poi, quando tutto intorno a lei si era acquattato nel silenzio perfetto, quel silenzio spaventoso con cui si arma la selva per difendersi dagli stranieri, allora cominciava a cantare.

La sua voce filava fioca e roca e poi cresceva e prendeva colore finché diventava una cosa luminosa davanti alla sua faccia. E quella cosa cresceva ancora, cambiava colore, prendeva ombre e riflessi che si dileguavano come vapore e poi tornavano; e quello che alla gente che l'ascoltava in chiesa sembrava conturbante ed esotico, in realtà era un giovane animale silvano che stava facendo amicizia con una principessa. Quell'animale non era fatto di una sola canzone: dentro Lucy u'i non c'era solo Lucy l'Usignolo. Nella foresta la principessa Lucy poteva cantare tutto quello che voleva perché non doveva fare contenti suo padre e la sua gente, ma solo se stessa. E lei aveva un sacco di canzoni che si faceva da sola portando via le parole e le musiche dalla radio e mescolandole con tutto quello che ascoltava in giro per il mondo.

Aveva le sue preferenze, naturalmente, e queste, bisogna dire, non erano proprio orientate verso le languide melodie di Lucy l'Usignolo. Nel segreto della selva Lucy si permetteva di amare di più certe musiche ruvide e sincopate che le mettevano addosso una gran voglia di crescere più in fretta possibile per poter tenere nella sua gola la grande forza che possedevano e che quasi la strangolavano. Per il momento capiva che erano o molto più tristi o molto più allegre delle canzoni dell'Usignolo, e che quindi dovevano raccontare di cose molto più grandi di quelle che mandavano in visibilio suo padre e tutti quanti. La lingua di quelle musiche era l'anglé, l'anglé che Lucy credeva di aver capito e che tritura-va e buttava giù dentro polmoni che alitavano la lingua kanaki, con poche erre e nessuna esse.

Quando aveva deciso di avere pronta una canzone, andava a cercare Alii Truk per cantargliela. E Alii Truk la stava volentieri ad ascoltare.

"Andiamo, ese," gli diceva prendendolo per una manica e portandoselo via, qualunque cosa fosse occupato a fare.

Continuava a chiamarlo *ese*. Ed *ese* era una brutta parola, un modo insultante di rivolgersi a un uomo, ma lo faceva in un modo sorridente che non dispiaceva a padre Giacomo. Lui nonostante il colore nuovo della pelle, i vestiti ormai tutti rifatti dalle vecchie di Kapiidani, nonostante la sua dedizione al progresso di Moku Iti, sentiva di essere un corpo straniero; lo sentiva senza alcuna pena e fastidio come l'unica possibilità che aveva di essere da qualche parte.

Andavano in chiesa, che era il posto più accogliente e discreto che ci fosse, e Lucy sceglieva un posto adatto, un angolino lungo le pareti o a ridosso della Sacra Catasta. Poi cantava la sua canzone, tutta d'un fiato, e se ne tornava correndo verso i fatti suoi. Al principio Lucy aveva chiesto a padre Giacomo di darle la mano mentre cantava, perché, gli aveva detto: "Ti canto dentro la mano, ese, così la musica non vola via e se ti piace la puoi tenere per te quanto vuoi". Ma poi la principessa è diventata tabù e questo non è stato più possibile.

Dal canto suo padre Giacomo stava molto attento a non toccare Lucy per nessun motivo, perché rispettava scrupolosamente le consuetudini del suo gregge, e perché in questo modo evitava di manifestare il suo imbarazzo. Le canzoni di Lucy esercitavano su di lui un ambiguo potere: lo spaventavano, lo spaventavano in modo indicibilmente infantile e insensato. Come se intorno a loro Lucy avesse creato un nero angolo di bosco e lui stesse ascoltando la voce del lupo. E dentro a quella voce e al suo spavento ascoltasse ancora una domanda che premeva la sua anima per avere una risposta. E rispondeva di sì e ne provava piacere.

Era sollevato padre Giacomo di non poter toccare la principessa nemmeno per sbaglio. E sì che le voleva bene se non c'era di mezzo il canto.

Per Lucy, Alii Truk era qualcosa di simile al suo animale prediletto. Non è una cosa facile da capire; del resto come si può spiegare con parole quello che c'è dentro l'animo di un bambino? Lì dentro non ci sono parole, forse neppure pensieri, certamente non quei pensieri che gli adulti credono di poter spiegare. I pensieri dei bambini, constatano, non hanno né capo né coda. E hanno ragione in un certo senso, perché quei pensieri sono creature multiformi e scombinate.

Lucy pensava dunque ad Alii Truk come a un animale, il lungo e magro cane che aveva scelto per fare compagnia a quell'altro animale, quello che aveva dentro la sua voce canora. Perché pensasse in questo modo è naturalmente un mistero. È un mistero che abbia scelto lui e lo abbia fatto in quel modo, perché la sera della sua prima canzone nella chiesa sia andata proprio tra le pieghe della sua tonaca a ripararsi dagli sguardi esterrefatti della sua gente e a cercare un po' di compagnia nella mano dello straniero.

È del resto un mistero come abbia convinto senza una parola – "Ese, ese," ha detto solo, e non era certo un gran complimento – quella mano ignorante e scontrosa a farle una carezza. Sarà, magari, che i bambini sono in grande intimità con gli animali.

È facile invece immaginare come il cucciolo che le sgaiolava attorno e gli altri botoli del villaggio non andassero bene per quello che cercava. Lei non aveva bisogno di giocare, per questo già le bastava quello che aveva intorno, né aveva bisogno di un amico o qualcosa del genere, visto che era attorniata e stretta tra bambini e bambine di ogni età e indole che erano lì apposta per questo. La solitudine che aveva sentito, proprio come sentono gli animali, tra le gonne delle zie quella sera, chiedeva un'altra cosa.

A Lucy serviva un posticino ancora più riparato e più fidato di quelli che riusciva a trovare in giro, un posto che per questa ragione doveva essere – veramente – da un'altra parte, lontano, *ese*. E laggiù dov'era doveva essere lì solo per lei. Il cuore di Alii Truk andava proprio bene: cuore di cane per un padrone solo.

Crescendo Lucy non ha cambiato il suo modo di guardare ad Alii Truk, il suo cane lungo, né si è fatta più accorta nel modo di trattarlo. Continuava a cercarlo quando e dove le pareva e a portarlo via dalle sue faccende tirandolo per una manica. "Andiamo, ese."

E padre Giacomo? Lui la seguiva, l'ascoltava, e poi tornava là da dove era stato portato via.

Padre Giacomo non pensava di aver bisogno di un padrone, e pertanto non sospettava di essere diventato un cane. Eppure era proprio in quel modo che si comportava; e ciò che sentiva nell'animo suo – che sentiva nello stesso barbaro modo di Lucy e degli animali – era l'insaziata fame di un padrone. Perché, nonostante egli credesse di essere occupato in ben altri pensieri, anche Alii Truk pativa una solitudine.

Era una solitudine silenziosa e quieta che cresceva senza dolore e grandi pene. Aveva fatto il nido dentro l'astuccio del suo calice, si nutriva della muffa che appannava gli occhi nella tavola dipinta del figlio di Dio, beveva al serbatoio sempre pieno della motoretta.

Sia chiaro che padre Giacomo non era un uomo solo. Aveva il suo compagno, il re John, con cui per dieci anni ha condiviso grandi pensieri e corroboranti fatiche, aveva molti conoscenti che lo rispettavano e gli volevano bene e lo compativano. Andavano assieme a Lucy da lui due sere la settimana più di venti ragazzini a imparare a leggere il vangelo kanako, e molti di loro si fermavano a dormire nella sua casa per continuare a fare baldoria lontani dalle vessazioni famigliari. Aveva in definitiva tutto un gregge per farsi compagnia.

Ma era solo Lucy a prenderlo per una manica e portarlo via. E là dove andavano, là dove c'era la voce canora che tanto lo spaventava, era l'unico posto dove lui, anche solo per un attimo, trovava una cuccia tutta per sé. Perché c'è una bella differenza tra essere con qualcuno ed essere di qualcuno, anche se con qualcuno ci stai per tutto il tempo tutti i giorni e di qualcuno lo puoi essere un microscopico momento ogni tanto.

Nei dieci anni che sono serviti a Lucy per diventare una giovane donna e a padre Giacomo un uomo fatto, di tutto questo non si sono lasciati scappare tra loro neppure un unico cenno: erano cose che stavano dentro di loro più sotto dei pensieri che si possono esprimere con le parole.

E così è stato per tutto il tempo che sono stati sposati; anche se non fu molto in effetti, e usato per un ménage quanto meno singolare. E le circostanze che a questo evento li portarono, esemplarmente tragiche.

La tragedia ha di suo che precipita.

Gli anni immoti e sereni della Stagnazione del Primo Tornante ebbero termine con l'inaspettato ritorno del signor Picabia.

Invecchiato sin quasi alla decrepitezza, e d'altro canto meravigliosamente identico a come a Moku Iti lo ricordavano, il signor Picabia fece il suo ingresso nell'isola sbarcando da una nave di ferro. Onestamente niente per la quale, un anonimo cacciamine; ma aveva cannoni, mitragliere, due fumaioli, e un aspetto assai imponente e cerimonioso. Il signor Picabia sbarcò sul pontile accompagnato da un ufficiale dell'esercito della Repubblica, e l'ufficiale aveva con sé un plotone di soldati della fanteria di marina. Il tabù dei Padri Bianchi riguardante le armi da fuoco fu rotto senza una sola parola di giustificazione, e con quello fu rotta ogni cosa nell'Isola del Piede Felice senza necessità di discutere e senza che il popolo dei kanaki riuscisse a riaversi dallo stupore e dalla prostrazione.

Il Delegato Picabia spiegò al re e ai suoi dignitari che il loro progetto era stato così gradito al Governo, il Governo che tanto aveva contribuito con il suo eccezionale aiuto finanziario, che ora intendeva assumere la diretta responsabilità del suo completamento, se non addirittura di un ulteriore ampliamento. Fossero orgogliosi il re e il suo popolo che la sperduta isola di Moku Iti sarebbe diventata il cuore della nuova grandezza della Madre Patria. A tale scopo, perché questi particolari e pericolosissimi lavori potessero svolgersi senza danno per alcuno, la popolazione era invitata per un breve periodo a trasferirsi in un'isola non lontana dove avrebbe ricevuto ogni cura per il suo felice soggiorno. Passato questo breve lasso di tempo, i cittadini di Moku Iti sarebbero tornati padroni della loro terra, impiegati in nuove mansioni di grande responsabilità, rinfrancati da nuova e inimmaginabile ricchezza.

A nome del governo il Delegato assegnava un mese intero di tempo per predisporre l'evacuazione dell'isola. Allo scadere del termine una grande nave sarebbe arrivata per eseguire il trasloco di uomini e cose. Precisò il Delegato che qualunque resistenza di qualsivoglia natura a questo inarrestabile piano di modernizzazione non sarebbe stata tollerata in alcun modo. E affidava all'autorità del re, sostenuto dall'ausilio dei soldati della Repubblica, l'ordinato adempimento degli ordini superiori.

Il giorno dopo il suo arrivo, quando il signor Picabia se n'è andato via per sempre dal Pacifico per godersi nella sua amata isola di Corsica la meritata pensione dello stato, i soldati della Repubblica erano già confortevolmente alloggiati nella baracca di lamiera che si erano portati con loro. E avevano una radio elettrica che facevano andare a tutto volume, un apparecchio che al suo confronto la radio del re suonava come il gracidio di una rana mezzo morta.

Nonostante che i segni non fossero affatto buoni, re John rimase fiducioso per tutto il tempo dell'evacuazione. Il suo compagno Alii Truk parlava ancora con lui, faccia nella faccia, e gli diceva che la sua fiducia era un gran bene e che tutti gliene sarebbero stati grati un giorno, quando ogni cosa si sarebbe sistemata nel modo migliore. Perché, certo, non tutti nel popolo ora capivano, e gli oratori parlavano apertamente della grande disgrazia che era capitata, e molti li stavano ad ascoltare con le facce lunghe, così che quei menagramo non si potevano più mettere in galera, né farli tacere in alcun modo.

Salirono ancora sulla montagna il re e il suo compagno per vedere la loro isola e cosa mai i fransé potevano fare di meglio di quanto già non fosse stato fatto. Sarebbero arrivati fin lassù con tornanti ben fatti, questo sì; ma al termine della strada non avrebbero mai fatto la città che loro avevano da così tanti anni nell'anima.

Erano saliti alla vetta di gran lena, come se fosse stata una gara tra di loro, e si erano seduti sulla solita alta pietra così grondanti di sudore che nessuno dei due poté capire se l'altro stesse per caso piangendo. Avevano in verità la faccia di chi avrebbe potuto piangere.

Ognuno parlò all'altro con il cuore aperto nelle mani, imboccandogli tra le labbra, assieme alle parole, pezzetti del suo cuore. Ricordarono assieme di quello che avevano fatto e di quello che non avevano fatto in quegli anni. Si dissero che non importava se tutto non era stato completato perché la vita non finiva mai e sarebbero venute altre età in cui tutto sarebbe stato possibile, soprattutto ora che la Repubblica dimostrava di aver pensato a lungo e in grande alla loro isola.

Ricordarono di tutte le volte che nell'ultimo anno avevano levato gli occhi ascoltando un sottile rumore di insetto in mezzo al cielo, cercando di seguire un riflesso di luce abbagliante che lo accompagnava. Nessuno tra tutta la gente che scrutava il cielo aveva mai visto un aereo, ma i kanaki sapevano che da lassù venivano doni, e quel bagliore di saetta lontana, quel suono di insetto, altro non poteva essere che una profezia di nuovi doni. Alii Truk faceva di sì col capo ma su questo punto taceva, perché degli aerei lui sapeva soltanto che buttavano sulla terra bombe esplosive poco meno grandi di quelle che lui aveva già visto e subito dalla *Home Fleet* quando ancora era bambino.

Poi, quando le cose belle da dire erano finite, re John parlò al suo compagno della bellezza, di come dubitava dei fransé in fatto di bellezza, del segreto timore che il suo popolo non ne avrebbe trovata abbastanza al suo ritorno, e di come senza la bellezza si sarebbe intristito fino alla malattia. E Alii Truk rispose scuotendo la testa con convinzione: "No, amico mio, la bellezza la portiamo con noi. Partirà da Moku Iti con te e tornerà con te. La bellezza è di Dio, del padre del Cristo che continua a essere bello anche se sta piangendo da molto tempo. E Dio lo portiamo con noi, e anche suo figlio e anche l'Usignolo e ogni altra bellezza. E ai fransé gli toccherà soltanto di metterci il resto, che alla bellezza ci pensiamo noi".

Alla fine, prima di tornare tra la sua gente, il sovrano si alzò sopra al macigno al cospetto degli orizzonti e recitò ancora una volta il *kumulipo*, il canto della creazione, e in ciò che era nato incluse anche i soldati con il loro ufficiale e la loro baracca con la radio elettrica. Distante da lui per non farsi sentire, padre Giacomo supplicò segretamente Dio con una preghiera:

"Ti prego ancora una volta, Dio, di mettercela tutta. Vientene con noi ma continua anche a dare un'occhiata qui. Non so se lo puoi fare di andare e venire da un posto, non so nemmeno se puoi scegliere: la dottrina è molto incerta al riguardo e io non mi ricordo più un granché di quello che ho studiato. Vedi solo se puoi farcela, e di mettercela tutta, come ce la mettiamo tutta noi. Di' a mio padre che mi hai sentito. Amen".

Mentre scendevano verso casa, nel buio della foresta il re si fermò e prese il suo compagno per un braccio con una presa molto forte e lo costrinse a volgere il capo e a fissarlo, mentre gli diceva con tono severo e fermo: "Sposa Lucy mia figlia, Alii Truk. Sposala e resterai con noi".

Padre Giacomo lo guardò colmo di misericordia e con dolcezza rispose: "No, amico mio, sono ancora troppo giovane per questo. Ma resterò con voi finché non morirò". "Usque ac cadaver," ripeté tra sé, "almeno questo me lo ricordo."

Mentre riprendevano la loro strada, sentirono dei rumori provenire da una macchia di querce *ahuhu*, e invece che spaventarsi o che, si misero tutti e due a ridere. Perché sapevano che non poteva che essere Lucy u'i che tornava da qualche sua canzone silvana. E così era, e fecero assieme l'ultimo tratto di strada in amichevole silenzio.

In quel tempo Lucy aveva compiuto quindici anni ed era la giovane più bella del distretto di Tumumuoto.

Alcuni giorni prima dell'arrivo della nave per il grande trasloco, il re John prese la motoretta per un sopralluogo fino ai lavori ormai abbandonati del Primo Tornante. Al ritorno volle evidentemente godersi un'ultima corsa e spinse la motoretta a tutta velocità. Probabilmente voleva anche farsi vedere dai soldati che in effetti stavano in parecchi ai bordi del selciato a cincischiare con dei loro attrezzi. Giunto al termine del rettilineo non si ricordò di frenare, o non volle farlo, o non poté per qualche guasto. Così si schiantò contro la robusta, antica palizzata berniniana della basilica.

Mentre la motoretta si ribaltava a terra spezzata in due parti, re John fece un lungo e alto volo. Quel volo fu visto da molte persone indaffarate nei preparativi che se ne stettero con il naso all'insù a guardare il loro re che compiva una cosa grandiosa e inaspettata: nessuno pensò di assistere a un evento orribile e mortale. Re John scendendo giù a capofitto dal cielo si schiantò sul tetto di legno della basilica, e lì si fermò con il torace infilzato in un troncone di trave che il suo stesso impeto aveva spezzato. La sua testa aveva trapassato il tetto e guardava in giù proprio sopra l'altare, e il sangue che scendeva come acqua da un secchiello ricoprì in breve tempo il ritratto del figlio di Dio.

A entrare per primo nella chiesa fu un vecchio dignitario, uno di quelli a cui il re non aveva risparmiato un bel po' di prigione ai tempi belli. Vide che il re teneva gli occhi aperti e che dalla sua bocca, che gocciava ormai solo un filo sottile di sangue, usciva un suono appena udibile. Il vecchio si fece sotto la testa e tese l'orecchio. Così sentì distintamente che il suo re diceva:

"Mue otu e aga," che vuol dire: non ho un cattivo cuore.

E furono le ultime parole di re John.

Re John che dalla posizione che aveva preso nell'agonia poteva scorgere il grosso squarcio nel petto, e dunque era in grado di fare sul suo cuore considerazioni appropriate.

Com'era costume presso i kanaki nessuno pianse e si strappò i capelli e stracciò le vesti. Il corpo del re fu lavato e deposto sopra il letto di ottone al centro della sua casa. Fu quindi vestito del mantello regale trapunto di centinaia di denti di cane simbolo della sua antica famiglia e dei numerosi dollari cinesi guadagnati con le sue grandi idee e con la sua fatica di re. Siccome era stato impossibile estrarre il grosso pezzo di legno che gli si era conficcato nel petto senza tirar via anche il suo cuore, e siccome il cuore di un re deve restare nel suo corpo a meno che non lo si voglia mangiare, lì dove il legno era stato lasciato il mantello mostrava una grossa protuberanza. Così che chiunque andasse a visitare il cadavere, aveva l'impressione di scorgere sotto la stuoia del mantello il petto dell'amato sovrano che era sul punto di partorire ciò che in vita aveva racchiuso in sé. E questo parve a tutti un buon presagio, perché ciò che il re aveva racchiuso nel suo cuore era senz'altro buono.

Sul suo letto di ottone il re aspettò che si compissero gli atti dovuti prima della sepoltura. La quale sepoltura doveva avvenire per opera del nuovo re: ogni cosa così come era sempre stata fatta. Solo, ora, più in fretta, molto più in fretta, perché il popolo era sul punto di migrare.

Per prima cosa i capi si riunirono nel consiglio e scelsero il nuovo re.

Non vi era possibilità di dubbio in merito a chi sarebbe dovuto succedere al trono di re John, e dunque presero la decisione in pace, già dopo il primo giro di *kava*. C'era un solo uomo che in quel frangente doveva assumersi la responsabilità di guidare il popolo dei kanaki, ed era colui che aveva ucciso il re. Questa era l'antica legge che era bene seguire ancora una volta. Quindi si caricarono delle loro insegne, legarono ai polsi le loro mazze da guerra e andarono a casa del defunto, dove Alii Truk vegliava sul corpo del suo compagno. Questa volta non gli fecero cortesi domande e non aspettarono educatamente la sua solita risposta, né ridacchiarono o borbottarono tra loro. Questa volta lo presero di peso e lo portarono sulla veranda davanti a tutto il popolo che stava aspettando. Lì con le dure mazze di osso alzate sul suo capo gli fecero la breve, secca e vecchia domanda:

"Hainapu mo'a, hainapu ake?".

Padre Giacomo conosceva la natura di quella domanda, oltre ovviamente alla sua traduzione e al significato. Di questo era stato ampiamente edotto già a Tonga, nel rapido corso di adattamento che gli era stato impartito.

Quella domanda poneva un quesito molto semplice e definitivo: "Carne cotta o carne cruda?".

Nessuno all'episcopato di Tonga poteva giurare che negli ultimi decenni ci fosse stata una sola occasione in cui quel conturbante quesito fosse stato effettivamente rivolto a qualcuno, ma esisteva un vasto repertorio di testimonianze riguardante il secolo passato e circolavano ancora numerose chiacchiere e illazioni circa il tempo presente. Quella domanda, avevano spiegato al giovane padre Giacomo, compendiava tutta l'orribile barbarie del paganesimo kanaki.

Prima che la venuta dei missionari cristiani e delle legazioni occidentali introducessero un minimo di umanità e di legge, i selvaggi non disdegnavano affatto che il passaggio di poteri da un re a un altro avvenisse in modo violento. Pensavano che i re fossero per loro stessa natura violenti e crudeli – li chiamavano "pescecani che camminano sulla terra” – e che fosse nell’ordine naturale delle cose che un uomo coraggioso e forte abbastanza provasse a uccidere un re per insediarsi al suo posto.

Nella lunga storia degli arcipelaghi di Polinesia non era un fatto raro che un guerriero forte e coraggioso approfittasse di un momento di crisi e di debolezza di un regno per compiere un lungo viaggio sulla sua piroga e andarsene a uccidere il re. Se aveva successo nessuno trovava nulla da obiettare, e i capi dell’isola lo invitavano a prendere possesso del potere. Si degnasse solo, l’aspirante sovrano, di scegliere cosa gli piacesse di più del nuovo reame: la carne cotta o la carne cruda? Mangiare il vecchio re o sposare la sua figlia maggiore?

Per la brutale superstizione dei pagani questi erano i due modi per conservare e rinnovare le virtù del defunto e non interrompere le genealogie a cui erano così attaccati. Di solito i vittoriosi preferivano non scegliere, e prima si mangiavano il re e poi si sposavano sua figlia. A padre Giacomo era stato detto tutto questo perché fosse avvisato della natura del popolo che gli avrebbe fatto da gregge e non fosse preda delle facili lusinghe della superficiale sensualità di cui molti pastori prima di lui erano stati vittime.

Ma Alii Truk sapeva questo perché gliene aveva parlato anche re John, quando era il tempo che i due compagni andavano in cerca di un buon posto per la loro strada e parlavano tra loro di svariati argomenti.

“Sono un pescecane che cammina al tuo fianco,” gli disse un giorno, “è questo quello che pensa la mia gente. Lo pensa del suo re anche quando lo ama, e questa è un’altra verità che devi sapere.” E gli raccontò delle loro antiche tradizioni in fatto di conservare teste e mangiare re e altri uomini eminenti, e quant’altro ancora riguardava ciò che fanno i pescecani sulla terra. Disse che lui non sapeva se questo era buono o cattivo, ma sapeva solo che era il modo naturale in cui andavano le cose. Sapeva invece con sufficiente certezza quanto questo era considerato cattivo dal papa dei Padri Bianchi e dal Presidente della Madre Patria. E infatti tutto ciò in onore loro non avveniva più. Forse suo padre o il padre di suo padre potevano aver disobbedito alle leggi, ma lui avrebbe cercato in tutti i modi di trattenersi. E aveva guardato torvamente il suo compagno, digrignando i denti per mettergli paura. E padre Giacomo aveva riso allegramente, perché era ormai molto tempo che non poteva avere più paura del re suo compagno.

Ecco che dunque padre Giacomo capiva benissimo cosa gli stavano chiedendo i capi mentre accalcati intorno a lui brandivano le mazze ben strette in pugno. E sapeva che avrebbe dovuto rispondere in qualche modo, e piuttosto in fretta anche. Guardò in faccia uno a uno i querelanti e la tensione nei loro sguardi gli disse quanto tempo aveva per decidere. E reputò che potevano essere sette, otto secondi; forse anche dieci. Quindi prese a contare.

Uno, sì era vero, aveva ucciso lui il re, lui con la sua motoretta. Due, con la sua motoretta e con le sue opere e pensieri. Tre, quindi era tutto regolare, anche se incivile e barbaro e pagano, quattro. Poteva lasciarsi uccidere, che era la cosa più semplice, cinque. Ma non avrebbero avuto nessun re che li portasse via di lì, sei. E cercasse di riportarli indietro. Caino li avrebbe finiti in un amen, sette. Lui era il pastore, lui era distratto e incapace, ma era il pastore, otto. E non poteva cibarsi del re, perché il re amico suo non era, nove, il corpo e il sangue di Cristo, e comunque non ci sarebbe riuscito. Poteva, dieci, sposare Lucy u'i. E poi si sarebbe visto al momento. Disse queste ultime parole urlando mentre con un braccio cercava di deviare il primo colpo di mazza. E subito dopo gridò più forte, perché lo capissero e lo risparmiassero:

"Hainapu ake! Hainapu ake!".

Fu portato in trionfo, piegato in due dal dolore e con il braccio che gli sanguinava a fiotti, per tutto il villaggio fino alla baracca dei soldati, dove l'ufficiale aspettava di capire cosa stava succedendo. Fu presentato come re, e spiegò lui stesso che tutto quello era perfettamente legale e consentito, e che da quel momento in poi l'autorità repubblicana si rivolgesse a lui per quanto ritenesse necessario come unico responsabile per il villaggio e gli indigeni.

Quindi fu portato alla sua casa e guardato a vista perché ottemperasse a tutti i complicati tabù di un re non ancora consacrato. Naturalmente non aveva visto Lucy né saputo niente di lei.

Non ci fu il tempo per le splendide cerimonie dell'incoronazione e non ci fu quindi né l'allegria né la concitazione generale che le accompagnavano. La gente aveva grandi preoccupazioni.

Fu preparato il banchetto però, a cui partecipava tutta Kapiidani, e fu danzato il *tamure* che aiutò non poco i giovani a tirarsi su di morale. Al re fu posto sul capo il diadema e al collo il *lei* del suo nuovo stato, e gli fu legata al polso sinistro la mazza sacra che già era appartenuta al defunto re. Quindi fu posto a mangiare accanto alla sua sposa. E padre Giacomo e Lucy si guardarono l'un l'altro il naso e tutti e due si sorrisero assai impacciati prima di servire i cibi ai dignitari del regno e alle loro mogli e al resto della parentela per grado e gerarchia. Lucy sapeva fare tutto quanto a puntino, con perfetta etichetta, perché le era stata insegnata ogni cosa per tempo. Padre Giacomo no.

Poi Lucy ballò il suo *hula* e le ragazze sue amiche piansero di invidia, e le vecchie trippone, ballonzolando sulle stuoie, piansero anche loro, ma di nostalgia. E dopo l'*hula*, Lucy cantò la canzone della sposa del re, e nell'ascoltarla fu fatto un tale silenzio che l'ufficiale francese fece cenno ai suoi soldati di tenere pronte le carabine.

La canzone diceva cose come:

O confine d'Occidente
Firmamento Superiore
Firmamento Inferiore
ecco il vostro tesoro.

Offrila all'uomo che governerà la terra
un marito che dirige un distretto.
Badate bene spiriti della notte,
proteggete vostra figlia...

Finito di cantare Lucy si avvicinò al suo sposo e lo strattonò per la manica bisbigliandogli: "Andiamo, ese".

Padre Giacomo arrossì, ma si alzò e la seguì.

Si fermarono sotto un boschetto di palme, al limite della laguna, dove i falò del banchetto portavano solo un pallido e indistinto chiarore. Lucy appoggiò le sue mani alle braccia dello sposo e lo guardò. I suoi occhi arrivavano alle sue labbra. Padre Giacomo teneva gli occhi sui riflessi argentati dei capelli della sposa. Per la poca luce che c'era uno poteva vedere dell'altro soltanto ciò che scaturiva dal suo animo.

Sussurrandogli sui fiori viola del *lei* che ancora gli pendeva sul petto, Lucy u'i, la bellezza giovanile, gli chiese semplicemente: "Quando, ese?".

E padre Giacomo le rispose alitandole sugli occhi: "Non è ora per me, principessa".

E la sposa fu d'accordo, e soltanto aggiunse: "Non c'è nessun rancore tra me e te, ese".

E prese per la manica il suo lungo cane e lo portò a terminare il banchetto nuziale.

La vigilia della partenza del suo popolo, Alii Truk, il nuovo re di Moku Iti, indossò le insegne regali sopra il vecchio e stracciato abito da prete e portò in mare aperto la piroga funebre con il corpo del suo compagno che attendeva la sepoltura.

Era la prima notte del mese della luna in bocciolo, decimo anniversario della sua venuta sull'isola, e le stelle erano alte e opache e la luna non c'era. Poco fuori della laguna la grossa nave grigia mandata dalla Madre Patria era illuminata dal gran pavese e spandeva per miglia intorno una luce gialla ed elettrica che chiamava a pelo d'acqua migliaia di piccoli pesci confusi. Intorno alla nave, all'ombra del suo alto bordo, decine di piroghe dondolavano appesantite della masserizia che avrebbero finito di caricare all'alba. Su ogni piroga un uomo di guardia sonnecchiava senza riposare. Quando l'imbarcazione del re filò poco distante, tutti quanti si alzarono in piedi per vederla passare e sparire nel mare notturno. Sapevano di cosa si trattava, e uno dopo l'altro presero a intonare il canto pagano del re morto.

Yari au malua
Yari au malua
Trascinatemi piano, trascinatemi piano
io sono il campione della vostra terra...

Alii Truk si spinse al largo pagaiando con calma, finché non sentì sotto di sé, fremente contro la corteccia della piroga, la corrente che stava cercando. Allora si fermò. Si tolse i paramenti regali e indossò la stola viola. Prese con la mano a coppa dell'acqua nera di mare e con quella unse la fronte del compagno; poi, con la mano ancora umida fece il segno della croce di Cristo. Nel punto dove la croce incontra lo Spirito Santo, spinse fuori dalla sua bocca un alto grido di lamento che una sillaba dopo divenne il canto cristiano dei morti.

Dies irae, dies illa,
solvet saeclum in favilla;
teste David cum Sibylla...

Il canto di Alii Truk non era melodioso ma potente, e si alzò alto nel cielo e attraversò il mare, e la sua eco fu udita a bordo della nave e sulle piroghe sotto i suoi bordi e fino alla spiaggia e tra la gente che dormiva nel sonno leggero delle vigilie. Nessuno capì da dove e da chi veniva, tranne Lucy la regina, che corse sulla spiaggia e aspettò, con l'onda fosforescente della risacca che le sciabordava alla vita, il ritorno del suo sposo.

Mentre Alii Truk tornava lentamente alla riva, con altrettanta calma il corpo di re John si stava dirigendo verso la sua meta. Spinto dalla corrente costante sarebbe arrivato prima o poi all'isola che stava crescendo all'estremo levante dell'arcipelago di Tumumuoto. Certamente non tutto, ma qualcosa di lui che fosse avanzato dai pesci sarebbe approdato alle sue rive fumanti, e da quel momento l'isola avrebbe avuto un nome. Con i suoi ornamenti a vivaci colori, il corpo era rimasto a lungo in vista anche nella notte buia e padre Giacomo lo aveva seguito con lo sguardo fin che aveva potuto. Voltandosi per tornare spurgò un ultimo grido, ma rauco questa volta, come se avesse inghiottito la vecchia radio del suo amico e questa si fosse accesa all'improvviso. E allora padre Giacomo pregò un'ultima volta, con molta semplicità e distacco:

"Credimi Dio padre, non c'è tra me e te nessun rancore".

La mattina dopo il popolo di Moku Iti lasciò la sua isola. Erano più di cinquecento persone con i loro fagotti e tutto il resto, compresi duemila animali, soprattutto scrofe gravide. Il gruppo dei dignitari era raccolto a prua e dentro le loro sacche di fibra di cocco ricamata tenevano stretti gli antichi idoli e le teste degli antenati che avevano disseppellito. Il resto della gente se ne stava a ridosso dei parapetti tenendo lo sguardo lontano dal mare.

Alii Truk e la sua sposa godevano dell'invito del comandante a stare nella plancia e di lì il re poteva vedere il suo popolo raccolto sul ponte. Per tutto il giorno non cambiò mai posizione né distolse il suo sguardo, se non per mangiare qualcosa e per rispondere alle domande degli ufficiali che erano molto curiosi circa la sua storia. Verso sera, avendo il sole basso sulla prua, il nostromo al timone gli fece notare fumo all'orizzonte e dopo qualche minuto la silhouette di diversi bastimenti in linea.

"Le cuirassé *Richelieu*, mon père," spiegò il nostromo, "avec son escorte. Dimanche dans l'après-midi il est arrivé à la Moku Iti."

Il popolo di Moku Iti fu internato nell'isola di Molukai, l'isola dei lebbrosi. Ogni famiglia fu acquartierata nei diversi baraccamenti lasciati vuoti con le nuove leggi sul trattamento dei malati e rimessi a posto per loro. Data la natura delle coste, che erano scabrose e alte sul mare, non gli era consentito pescare per procurarsi del cibo, ma furono dati loro degli appezzamenti di terra per coltivare e sementi che non conoscevano per seminare. Per il resto provvedeva il governo con cibi conservati. I kanaki impararono a mangiarli.

Qualche bambino tra i più piccoli morì durante il primo mese per diversi gravi disturbi dovuti alla difficoltà di ambientamento, ma gli altri furono curati dal dottore del Governo e i più se la cavarono benone. In generale i kanaki si adattarono piuttosto facilmente a poltrire davanti alle loro baracche e a mettersi in fila per ritirare le razioni di cibo. A Molukai c'erano solo loro e la guarnigione militare che li sorvegliava e li accudiva, e a parte il paesaggio piuttosto brullo e l'assenza di un torrente adatto per i bagni, tutto era messo in modo che la vita vi si svolgesse tranquilla.

Il gruppo degli oratori non si tranquillizzò, e com'era nella loro natura i dignitari portavano quotidianamente svariati verbosi lamenti davanti al re. Naturalmente il re era d'accordo con loro circa l'assoluta necessità di un rapido ritorno e condivideva le loro preoccupazioni sul quotidiano disfacimento degli antichi e consolidati principi. Il re del resto era causa prima di tutte le disgrazie presenti, e per logica conseguenza anche delle future, e meritevole perciò di ogni maledizione, e nel maledire i capi un po' si consolavano.

Anche il re, segretamente, malediva se stesso, e non si consolava. Al momento vedremo, si era detto allo scadere dell'ultimo dei dieci secondi che gli erano stati dati per decidere della sua vita. Al momento vedremo, si era ripetuto ogni giorno da allora. Ma passati due mesi, aveva preso a dirsi: "È arrivato il momento, e adesso vediamo".

Al terzo mese tutti quanti stavano vedendo senza alcuna possibilità di fraintendimento che il ventre della regina era piatto come la stuoia su cui si sedeva. E anche nel disfacimento, e soprattutto nel disfacimento, la progenie della regina era l'unica cosa che non poteva assolutamente disfarsi.

Anche Lucy naturalmente vedeva, ma con il suo sposo non si lamentava di nulla. Vivevano nella stessa casa e dormivano su stuoie stese una accanto all'altra, mostravano l'un l'altro il corpo senza alcuna vergogna e, nei giorni in cui si macchiava di sangue, Lucy si ritirava su una stuoia appartata e non rivolgeva parola ad Alii Truk, proprio come fanno le mogli con i loro mariti. Ma ancora, quando voleva, prendeva l'uomo per una manica e lo portava in un angolo della basilica per cantargli la sua canzone. E ancora padre Giacomo rabbrividiva di spavento e sentiva il potere della voce su di lui; adesso che Lucy aveva quindici anni la sua voce era maturata in un vortice di profondità e sgorgava alla superficie con la grazia perfetta e la forza crudele di una murena che sale dall'abisso.

Le sue canzoni erano ora ancora più tristi e più allegre, e spesso andava a rubarle ascoltando di soppiatto la radio dei soldati.

Un giorno, era poco più di una settimana che si erano stabiliti a Molukai, il re aveva portato la regina a visitare il vecchio paese dei lebbrosi, piuttosto discosto dai loro baraccamenti su una bassa collina dell'interno.

Era una vasta distesa di capanne ormai ridotte a fastelli di legni e frasche, e proprio al centro di queste, dove di solito era collocata la grande casa degli ospiti, uno spiazzo infestato di alte erbe e delimitato da una palizzata ospitava il cimitero. Come se i malati avessero voluto di comune accordo tra loro non essere cacciati via almeno dall'ultima loro casa. Il re aveva voluto fare un regalo alla sua sposa perché aveva qualcosa da farle vedere. E gliela mostrò.

Era la tomba di Lucy l'Usignolo. Un grosso tumulo di terra dove aveva messo radici un rigoglioso arbusto di *tiare* che quel giorno lussureggiava di centinaia di grandi fiori bianchi. Una lapide con un tettuccio di latta arrugginita aveva scolpita la figura slanciata di una giovane donna velata dal capo ai piedi. Un'iscrizione in inglese e hawaiano diceva:

NEL CIELO SOPRA QUESTA TERRA
CANTA ANCORA L'USIGNOLO.
PIANGENDO
QUESTA PIETRA HANNO QUI PORTATO
SULLE LORO SPALLE DA HONOLULU
UN GRUPPO DI FEDELI AMMIRATORI.
E QUI TORNERANNO
PER ASCOLTARE UN'ULTIMA CANZONE.

Lucy aveva sillabato quelle parole in tutte e due le lingue, poi si era messa seduta all'ombra del *tiare*. Non fece nulla e non disse nulla. Poi si alzò e fece segno ad Alii Truk di avvicinarsi. Lo prese per le braccia e lo tenne stretto mentre gli chiese ancora una volta:

"Quando lo farai, ese?".

Padre Giacomo sostenne la forza delle mani della sposa sul suo corpo e non arrossì mentre rispondeva:

"Non lo so".

"Tu conosci cosa succederà."

"Sì."

"Va bene."

E tornarono assieme mano nella mano come il loro rango chiedeva.

Allo scadere del terzo mese, come era suo diritto il popolo intero chiese al re la prova del *wawahi*.

Chiese al re di copulare pubblicamente con la regina, così che se ancora non l'aveva fatto la sverginasse una buona volta.

Era assai più di un secolo che questa pratica era stata proibita, ed era anche vero che da allora non c'era mai stato bisogno di invocarla. I kanaki, in coscienza, si sentivano nel giusto. In cuor suo padre Giacomo era dello stesso avviso.

Ciononostante la notte che avrebbe preceduto la cerimonia, adducendo una scusa per altro non richiesta, padre

Giacomo chiese un passaggio al comandante della bettolina che faceva la spola dei rifornimenti, e già che c'era chiese anche di poter pernottare a bordo in attesa della partenza che sarebbe avvenuta con l'ultimo quarto della guardia notturna. Aveva con sé la sua valigia con quello che gli era rimasto. La valigia aveva la faccia incavata e floscia di un vecchio moribondo. Il comandante offrì al re la sua cuccetta.

Nelle poche ore che mancavano alla partenza padre Giacomo non dormì, ma restò per tutto il tempo seduto sulla branda a maledirsi in silenzio. Non aveva una colpa precisa da addebitarsi: sarebbe stato molto meglio in questo caso, e forse addirittura una soluzione. Malediva la sua innocenza, l'inettitudine della sua incolpevolezza, e malediva il potere disumano della sua debolezza di innocente. Malediva Abele che bighellonava nei pascoli mentre quel poveraccio di suo fratello sgobbava nei campi, malediva Caino che non aveva avuto pietà. Malediva se stesso e tutto il resto pacatamente, senza troppo dolore e senza il minimo risentimento. Quando la campana dei quarti batté l'ultima guardia, padre Giacomo chiuse gli occhi e si appisolò. Nell'allontanarsi lentamente dalla veglia ebbe un pensiero, impreciso, e già quasi sogno: "Se non altro ora sono Giacomo e basta, senza niente davanti o dietro a dare fastidio".

Fu svegliato dal colpo sordo di un maroso contro la paratia. Seduta su un fagotto, con gli occhi chiusi e la testa appoggiata alla sua branda, c'era sua moglie Lucy. Giacomo spostò la mano sinistra da sotto la tonaca dove era andata a cacciarsi e per la seconda volta in dieci lunghi anni la passò, quella mano, tiepida e leggera sulla guancia di lei.

"Perché sei venuta?"

Lucy prese la mano dello sposo e se la posò sulla fronte.

"Hai ucciso mio padre, hai abbandonato il mio popolo, come potevi andare da solo?"

"Ma per te adesso sarà molto peggio," constatò con tristezza il re fuggiasco.

"Adesso è peggio dappertutto, ese."

Se ne stettero un po' così, in silenzio e immobili.

Poi Giacomo tolse la mano e tornò a depositarla nella tonaca:

"Non lo farò," disse.

"Va bene, ese, tra noi non c'è rancore."

Quattro giorni dopo erano a Papeete. A Papeete trovarono un passaggio per Sydney. A Sydney un passaggio per Città del Capo. A Città del Capo un passaggio per Genova.

13.

A Papeete aspettarono una settimana.

Giacomo non fece visita al vescovado di Tahiti, né alla casa dei suoi confratelli della chiesa del Sacro Cuore, ma trovò poco distante dai moli del porto una di quelle pensioni di cui andava famosa la città. Era una baracca di legno e lamiera con al piano terra il solito emporio e la mescita dei liquori, e sopra alcune piccole stanze ricavate da tramezzi di bambù dove si poteva dormire su un'amaca appesa ai pali di sostegno per un dollaro al giorno. Dollari americani o dollari canadesi o japdollars dell'occupazione, finché ce n'era, o qualsiasi altra moneta convertibile in dollari, ma non dollari cinesi, naturalmente. E Giacomo cominciò a spendere le ghinee australiane della sua congrua di prete. Non aveva mai pensato nei lunghi anni di Moku Iti che gli sarebbero servite a qualcosa ma, figlio del porto di Genova, le aveva conservate con diligenza assieme alle altre poche cose preziose della scatola del calice.

Con un mazzetto di quelle ghinee andò a cercare un passaporto per Lucy.

Nessuno nel porto di Papeete immaginava di ospitare in una lurida pensione un re con la sua regina. Tutti credevano, osservandoli, di avere a che fare semplicemente con un prete e la sua serva indigena. Il fatto che Lucy si fosse messa in viaggio vestita con le stoffe e gli ornamenti più belli, non significava nulla: i bianchi amavano generalmente addobbare le loro ganze come regine e spesso ci tenevano anche a farle passare per tali, per potersi vantare o per alzare il prezzo nel caso che gli fossero venute a noia e avessero deciso di levarsele di torno.

Questo, che la gente credesse a quello che in apparenza vedeva, era una buona cosa per Giacomo e per Lucy. Innanzitutto perché nessuno era incuriosito da una coppia del genere, per nulla infrequente nel più grande porto della Polinesia. Ma soprattutto, perché non c'era testa abbastanza calda da farsi venire in mente di dar fastidio a un prete cattolico e alla serva che viaggiava con lui. A Papeete da molto tempo ormai i preti erano assai più rispettati dei re polinesiani, che a decine erano passati per di lì, miseri e patetici senza più uno straccio di regno; dileggiati dai bianchi, disprezzati dall'ultimo dei facchini che avesse anche solo un sedicesimo di sangue europeo.

Era un bene che Giacomo e la sua sposa potessero andarsene in giro tranquilli; restava il problema che Lucy, essendo una serva qualunque, aveva bisogno di una carta per lasciare i dominii della Repubblica. E non fu nemmeno un grosso problema, perché al porto ne vendevano, di carte, per tutte le necessità. Di questa opportunità a Giacomo non ne avevano parlato all'episcopato di Tonga, ma lo aveva visto lui con i suoi occhi girellando per quel porto assieme a un suo anziano collega che intendeva portare in continente la sua perpetua per certe cure. Bastò dare un quarto di ghinea di mancia al padrone della pensione e un grosso biglietto da dieci a un tale che lavorava seduto a un tavolino all'aperto di un elegante ristorante, perché Lucy avesse la sua carta.

Il documento attestava che Lucy Asibeli Papi, nata ventidue anni prima nell'isola di Tahiti, era stata adottata dalla famiglia Papi residente nell'isola, e aveva un regolare contratto di lavoro con la Société Générale des Coloniales, con libertà di movimento e di stato. Per la fotografia Lucy fu portata poco distante dal ristorante in un negozietto dove un vecchio meticcio la fece posare davanti a un telone su cui era dipinto un lussureggiante palmeto e le mise tra i capelli un fiore di *tiare*. In quel ritratto Lucy non sorrideva, ma teneva le labbra strette, gli occhi innaturalmente spalancati e le narici dilatate; il fiore le pendeva dall'orecchio come se stesse scivolando via: era il ritratto di un'antica selvaggia offesa dal fulgore improvviso del lampo di magnesio.

Con un altro paio di ghinee Giacomo le comprò dallo stesso fotografo un vestito di cotonina all'europea e un paio di scarpe di cuoio; erano cose usate ma ancora in buono stato. Il vestito era stampato a grandi fiori multicolori e scendeva alle caviglie con un'infinità di piccole pieghe. Lucy indossò una cosa e l'altra storcendo il naso in modo buffo, ma non disse nulla e restò vestita a quel modo per tutto il resto del viaggio. Solo, siccome le scarpe le andavano strette, prese dal fagotto il suo coltello e scavò all'altezza degli alluci due grossi buchi.

Per il resto del tempo che dovettero aspettare il passaggio non si allontanarono mai dalla pensione. Giacomo restava perlopiù in camera, mentre Lucy stava tutto il tempo che poteva seduta davanti alla macchina che aveva trovato in un angolo della bettola. La macchina cantava tutto il giorno e tutta la notte finché c'era gente nel locale che andava a metterle una monetina nella grande cassa metallica che era il suo corpo. Cantava molte delle canzoni che aveva già sentito nella radio di suo padre e in quella dei soldati, ma assai di più e di più belle ancora. Lei stava seduta lì, buona buona, immobile e in perfetto silenzio, e imparava.

I marinai, i fannulloni, i trafficanti, venivano, le davano un'occhiata mentre cacciavano fuori la moneta, restavano un attimo interdetti, e poi si levavano di torno. Perché era la donna di un prete, come non mancava di precisare loro il barista, perché i suoi occhi non dicevano niente di buono. Dopo un paio di giorni gli habitué avevano preso a salutarla. Lo facevano a cenni, con quel certo rispetto che gli uomini di strada hanno per i pazzi silenziosi. Dopo un altro paio, erano in molti a lanciarle una moneta e a chiederle di scegliere lei la musica che voleva. Lucy infilava nelle strette labbra della macchina il soldo, schiacciava i bottoni che aveva imparato a distinguere e ascoltava. Non diceva grazie e non diceva niente, non rispondeva neppure se qualcuno le offriva qualcosa da bere o da mangiare, o semplicemente voleva attaccare bottone con lei.

Quando si era stancata di ascoltare, saliva in camera e voleva che fosse Giacomo ad ascoltare lei.

Continuava a chiamarlo *ese* e a tirarlo per una manica. Se lui era sdraiato nell'amaca, se stava seduto al piccolo tavolino zoppo, se era appoggiato alla finestra senza vetri, lei lo costringeva ad alzarsi, lo portava in quello che doveva sembrarle l'angolo più raccolto di quella minuscola stanza, e cantava per lui la canzone che aveva imparato. E a Giacomo continuava a raggelarsi il sangue nell'ascoltarla, e ciononondimeno la sua anima era sempre pronta ad accoglierla.

Dalle sottili tramezze di bambù giungevano a loro i rumori di tutta la gente che passava per le camere accanto. Ascoltavano uomini che godevano con donne o con altri uomini, uomini che litigavano con donne o altri uomini, uomini che urlavano a se stessi, che biascicavano nel sonno, che uggiolavano cose incomprensibili mentre compivano azioni incomprensibili; con i suoni veniva a loro ogni sorta di odore buono o cattivo. Ma tutto questo pareva scivolare via attorno ai loro corpi come se una membrana lo tenesse distante; senza che il canto, quando Lucy cantava, o il sonno, quando erano coricati nelle amache, o la veglia silenziosa, quando tacevano senza far nulla, ne fossero disturbati anche solo dall'eco.

Con tutto il tempo che aveva per oziare, Giacomo disbrigò finalmente alcuni arretrati.

Così aprì le dieci lettere di sua madre. Spianò per bene e dispose i dieci foglietti di carta davanti a lui sul tavolino, in ordine di arrivo. Per fare questo dovette guardare i timbri postali perché Sascia non aveva messo nessuna data.

Ecco cosa gli mandava a dire:

Timbro del 12.5.1950
Caro figlio,
ci sono animali feroci nel posto dove sei?
Tua madre ti pensa sempre.

Timbro dell'8.6.1951
Caro figlio,
hai visto se ci sono degli elefanti o delle bestie del genere nella tua isola?
Tua madre ti pensa sempre.

Timbro del 23.4.1952
Caro figlio,
spero ancora che nel posto dove sei non ci siano grossi pericoli.
Tua madre ti pensa sempre.

Timbro del 5.7.1953
Caro figlio,
non mi hai ancora detto se hai visto elefanti o altri grossi animali o altri pericoli.
Tua madre ti pensa sempre.

Timbro del 30.6.1954
Caro figlio,
sono certa dal tuo silenzio che non ci sono animali pericolosi nella tua bella isola.
Tua madre ti pensa sempre.

Timbro del 16.8.1955
Caro figlio,
sono contenta di sapere che sei sano e salvo.
Tua madre ti pensa sempre.

Le ultime quattro lettere portavano i seguenti timbri: 14.7.1956, 14.7.1957, 14.7.1958, 14.7.1959. Dicevano tutte, semplicemente, la stessa cosa:
Caro figlio,
Tua madre ti pensa sempre.

Giacomo passò un intero pomeriggio a contemplare quei foglietti con nel mezzo una frase solinga e striminzita che si ripeteva quasi identica per dieci volte, scritta sempre con lo stesso inchiostro viola che, lui lo ricordava benissimo, veniva da un bottiglione che suo padre aveva portato dal porto quando ancora andava a scuola. Forse anche il pennino era uno dei suoi, avanzato alla scuola o al seminario.

Quel pomeriggio, nelle lunghe ore che sedette al tavolino, Giacomo cercò con tutte le forze del suo spirito di capire bene cosa sua madre gli avesse mandato a dire. Dalla Germania gli aveva scritto lettere che raccontavano un sacco di cose; leggendo quelle lettere, invece, era come se lei non vedesse e non sentisse più nulla nella sua casa di Salita degli Angeli. Era come se, senza più corpo e sensi, in quei lunghi dieci anni avesse solo pensato.

E pensato a due cose sole: a lui e – perché? – agli elefanti.

Tutto questo non era possibile, Sascia aveva un corpo e aveva mani – le sue mani perfette – e aveva occhi e tutto il resto. Qualcosa doveva pur fare mentre pensava, qualcosa era certamente diventata mentre lui diventava re.

Oppure no? Oppure le persone possono davvero vivere come puri pensieri, grassi pensieri cannibali che si nutrono di tutto quello che trovano in un'intera vita.

Quando credette di aver capito abbastanza, e gli sembrò di avere davanti agli occhi, con il testone che sporgeva oltre il soffitto della stanza, un elefante, e gli sembrò che ci fosse davanti anche sua madre, e assieme a lei anche lui stesso, tutti quanti vividamente presenti in carne e ossa, Giacomo uscì dalla camera. Era ormai notte fatta ma l'ufficio postale del porto era ancora aperto, così poté mandare un telegramma a sua madre.

CAUSA INASPETTATI EVENTI SARÒ DI PASSAGGIO GENOVA MESE ENTRANTE STOP TI AVVISERÒ AL MOMENTO STOP
TUO FIGLIO GIACOMO.

E quella notte disse a Lucy che forse sarebbero andati fino alla città di Genova, all'altro capo del mondo, dove lui era nato e cresciuto. E Lucy disse di sì, che andava bene.

Poi, il giorno seguente, rimesse al loro posto le conturbanti lettere di sua madre, si impegnò in un lavoro ancora più duro. Comprò del sapone da bucato, fece degli stracci con una sua camicia, prese il catino che serviva per la toilette, e si diede da fare per ripulire dal sangue di re John il ritratto del figlio di Dio.

Passò il resto dei giorni cercando di farlo senza riuscirci. Alla fine, quando si decise a incartarlo ancora una volta per sistemarlo nella valigia, ciò che restava del bellissimo volto piangente, e del suo dolore e della sua infinita tristezza, era un'invereconda maschera brunastra che sbavava un'ombra di orrore su uno sguardo opaco di muffa tropicale. Giacomo esitò a lungo, prima di riporlo, interrogandosi sull'opportunità di dargli un po' di sollievo facendolo a pezzettini e mandandolo finalmente a riposare nell'immondezzaio sotto la finestra.

Lucy, di sotto, accendeva canzoni mentre intorno a lei marinai di mezzo mondo, ubriachi e infelici, discutevano oziosamente su come un uomo con un po' di coraggio avrebbe potuto farle la festa facendola franca. Se fosse restata nella pensione ancora qualche giorno, qualcuno avrebbe almeno tentato un arrembaggio alla disperata; e allora si sarebbe visto se bastava il coraggio, e quanto ce ne voleva. Ma partirono alla fine della settimana.

Trenta giorni dopo, appoggiati al corrimano del ponte lance di un grande bastimento dotato di molte stive e di tre classi passeggeri, facevano trascorrere la notte contando, ognuno nel suo alfabeto, le mille e mille luci della città di Genova.

Era una notte d'estate, una notte calda di un caldo dolce e arioso. Contando, Giacomo si trastullava mollemente con la stupida idea di costringere il comandante a restare per sempre alla fonda, in quel punto e in quell'ora precisi. Contando, Lucy si chiedeva perché in nessuna delle canzoni che aveva ascoltato avesse trovato un posto così. E se non c'era nelle canzoni, dov'era quel posto?

Quella stessa notte, nell'aia della casa di Salita degli Angeli, anche Sascia sta contando le luci.

Conta le luci dei bastimenti che sono alla fonda e quelli all'ormeggio, quanti hanno il gran pavese e quanti solo i fari di poppa e di prua o anche un unico fanale di mezzavia.

Sascia non ha un motivo di particolare interesse per le luci delle navi, né, in fondo, per le navi in sé: è occupata in quell'ozioso passatempo perché vuole a tutti i costi evitare di addormentarsi. È notte fonda e vorrebbe con tutto il cuore dormire. In tutta la sua vita non c'è mai stata ragione grande abbastanza perché a un certo punto della notte non potesse mettersi il cuore in pace e riposare, mai, neppure quando nulla intorno a lei sembrava volerglielo lasciar fare. Adesso pare invece di sì.

È notte fonda e Sascia non è sola. Poco discosta da lei, nella piccola aia davanti alla porta di ingresso del numero dodici, seduta su una vecchia seggiola impagliata, compagna di quella dove sta seduta, veglia silenziosa e immobile un'altra donna. È un'anziana signora, dal corpo un po' pesante e dal viso dai lineamenti spessi. Il suo viso è truccato con cura perché la luce degli occhi dilaghi sugli zigomi sporgenti e tenga per contrasto in ombra le linee profonde delle gote e la piega delle labbra. Le labbra le ha tinte di rosso cupo e i capelli di nero violetto, e porta un austero vestito di seta chemisier dello stesso colore. Vestito, labbra e capelli riflettono a ogni suo piccolo movimento le deboli luci sparse nel cielo e nel mare con brevi scintille che sembrano di elettricità. Non è bella adesso che è vecchia, e non è mai stata bella nemmeno da giovane.

Sascia non lo sa com'era quella donna da giovane, e adesso può solo constatare che c'è qualcosa in lei che le impedisce di essere una brutta vecchia qualunque; qualcosa che, per altro, la imbarazza un poco e un poco anche la inquieta. L'imbarazzo e l'inquietudine non sono sentimenti con cui Sascia è in grande familiarità, ed è per questa ragione che è ancora sveglia nel cuore della notte, perché non la rendono abbastanza padrona di sé per imporre all'ospite di andarsene. E, a quanto pare, la vecchia signora non ha nessuna intenzione di prevenire i suoi desideri, né di venirle incontro in alcun modo.

La signora si chiama Altare Maria, e si ricorderà che ai tempi belli era universalmente conosciuta con il soprannome di Combattuta. Se nella sua vastità l'universo ha da tempo seppellito la sua fama, c'è ancora chi nella città di Genova conserva un vivido ricordo della Combattuta. Ora come ora di Altare Maria non ne sa niente nessuno. Altare Maria vive nel più stretto riserbo, ottenuto e conservato anche a costo di pagarselo.

Così come ha sempre ignorato come la lunga mano e la lunga lingua della Combattuta si siano tragicamente posati sul suo destino, fino a poche ore prima Sascia ignorava anche l'esistenza di una padrona di casa. Glielo ha fatto cortesemente presente la vecchia signora, bussando con discrezione alla sua porta e annunciandosi per tale. E diceva la verità, naturalmente. Sascia sapeva solo che la casa le era stata procurata da Giggi 'o Strassé e che per vent'anni aveva provveduto lui a ritirare l'affitto. Ma Giggi era morto; questo sì, questo Sascia lo sapeva.

Era morto da tre mesi ormai. Povero Duca di Mantova, forse avrebbe potuto campare ancora un po'. Certo che passare tutti i giorni che dio mandava in terra davanti all'orrendo cratere di De Ferrari dove una volta c'era stato il Carlo Felice non è che gli avesse fatto bene alla pressione. Infatti era morto di quello, e lo avevano trovato sotto la sua scrivania in fondo alla bottega con le vene che gli erano saltate per aria come se si fosse fatto una bevuta di tritolo.

Da quando 'o Strassé era morto, con Sascia non si era fatto vivo nessuno al suo posto. Fino appunto a quel giorno, quando Altare Maria ha bussato e ha detto: "Sono la padrona, vorrei sistemare le faccende dell'affitto".

Ciò che aveva spinto la Combattuta a prendersi un taxi e ad ansimare circospetta su per i gradini della crosa fino ad arenarsi ormai esausta davanti all'angioletto suonatore d'arpa, non era semplice zelo amministrativo. La Combattuta amministrava in base a principi non propriamente ragionieristici. Alla sua età di vecchia aveva ancora dei conti in sospeso da sistemare, ma erano conti dell'anima.

Ad esempio, non aveva smesso di pensare a Sascia.

Non aveva smesso di pensare a niente, per la verità; la Combattuta conservava gelosamente gli atti della sua vita nello stesso posto dove teneva la montagna dei suoi gioielli: tutti sul suo corpo a ogni ora ogni giorno ovunque fosse, incisi a rilievo come sulla Colonna Traiana. Ma il pensiero di Sascia aveva una preminenza speciale: Sascia era viva, l'unica cosa viva che fosse rimasta di tutta la sua vita.

Visto che da qualche anno ormai, da quando il Principe Andrade se n'era andato in America, niente e nessuno in Genova, se non Sascia, era rimasto a testimoniare che la Combattuta fosse ancora viva. A meno che non si volesse mettere nel conto 'o Strassé, ma 'o Strassé non poteva bastare a consolare una vecchiaia, e 'o Strassé se n'era andato anche lui.

Così la vecchia voleva dare un'occhiata a Sascia, la sua seconda occhiata dopo più di trent'anni. Per farci niente, perché non poteva più fare niente con nessuno: solo per guardare. Guardare come si fa a vivere quando non c'è più nessuno.

Sascia accoglie Altare Maria nella sua casa, la fa sedere, le dà l'acqua fresca di ghiacciaia, paga il conto della bolletta, le offre un po' di cena. Annuisce con il capo alle brevi osservazioni della sua padrona di casa: in realtà le due donne non parlano di niente, perché non c'è niente da dire. Altare Maria osserva la vita di Sascia e annuisce. E Sascia non vorrebbe compagnia, ma la determinazione della visitatrice a non volersi alzare dalla sedia la costringe a considerare il fatto che adesso sono in due a essere padrone della stessa stanza.

Questo non le piace, e non le piace il modo di guardare

dell'altra, sbieco e noncurante come se avesse visto già tutto. E nemmeno le piace quel modo che ha di essere vecchia senza essere vecchia del tutto. Sente che ciò che la rende viva, fremente di vita, negli occhi e nella bocca, quel qualcosa che guizza dentro di lei dove invece dovrebbe essere più sfinita, viene da una ferocia selvatica che le cova da qualche parte.

Sascia è inquieta e confusa perché sente odore d'elefante. E non fa nulla per farla andar via.

Così, nel cuore della notte, le due donne stanno lì a prendersi il fresco. Sulle spalle di Maria c'è un vecchio scialletto di lana, su quelle di Sascia una vecchia giubba da camallo.

Sascia è bella. La cangiante, imperfetta bellezza della sua gioventù si è fissata con il tempo e le assenze in un'austerità quasi marmorea. I suoi gesti si sono fatti più brevi e il suo passo è più cauto; le si sono schiariti la pelle e i capelli, e anche un poco il colore degli occhi, ma il suo sguardo è rimasto acuto e continua a traguardare diritto, sostenendole il capo e le spalle, facendola ancora più snella.

La Combattuta è quella che è, ma non nutre alcuna invidia per la bellezza di Sascia: non è di bellezza che ha vissuto, e non è quella che le manca. La contraria invece il suo sguardo, il fatto puro e semplice che non possa guardarla negli occhi senza avere la spiacevole sensazione che la sua inquilina veda più cose di lei. E a rigor di logica questo non è possibile: nessuna donna abbandonata su una crosa può aver visto anche solo la metà di quello che è passato davanti ai suoi occhi. Gli occhi di Sascia la indispettiscono a tal punto che più di una volta è stata tentata di dirle qualcosa, di gettare sul campo di battaglia le vecchie e fedeli truppe della sua lingua. Basterebbero un paio di frasi per bruciarglieli quegli occhi, ma sarebbe una debolezza e, a ben pensarci, una sconfitta. E la Combattuta sa come resistere; in fin dei conti è venuta fin lì solo per darci un'occhiata, per vedere se è davvero ancora viva l'ultima delle sue pecorelle.

E così passano le ore, e Sascia conta le luci del mare, e

Maria conta i chiodi arrugginiti nel suo cuore. E un po' prima dell'alba, quando Sascia ha chiuso gli occhi e cominciato a respirare un poco più pesante, quando finalmente s'è decisa a lasciarle libero il campo per un'onorevole dipartita, la Combattuta depone con cura lo scialletto sulla spalliera della sedia e se ne va.

Va a cercarsi un taxi in San Teodoro, ma naturalmente a quell'ora non ce n'è. Fa ancora quattro passi fino a Di Negro e nemmeno a parlarne. Allora le vien voglia di arrivare alla Stazione Marittima.

Lì di taxi ce n'è quanti ne vuole, ma adesso ha deciso che vuole bersi un caffè.

La Stazione Marittima è per Altare Maria il confine ultimo della città e l'unica sua vera magnificenza. Durante il tempo della sua lunga attività non ha mai messo piede fuori dai carrugi della Maddalena se non per rare e inderogabili necessità, ma ora, con tutto il tempo che ha e così poco per occuparlo, si concede invece qualche sguardo indugiante al mondo di fuori. Con quello che sa lei della vita, di fuori c'è ad aspettarla solo la noia infinita delle età che avanzano, delle cose che cambiano e non cambiano, e l'angustia dei vecchi che invecchiano, delle novità che sbiadiscono.

Ma al limite estremo del suo occhieggiare, sontuoso di luci, marmi e bellezze, c'è la Stazione Marittima, il tempio dove ogni tanto va a pregare. È a un chilometro sì e no da casa sua, e più in là non si è mai azzardata a spingersi: di là ci sono solo partenze, che non son cose che vuole averci a che fare. In una poltrona di palissandro della sala d'attesa, a un tavolino tra gli specchi del bar di prima classe, Altare Maria si gode il mondo che non ha pene, che va e viene senza castighi. Agghindata come una regina madre, che nessun guardiasala oserebbe nemmeno avvicinarcisi senza strusciare per terra, prega che le sia fatta la grazia un giorno di poter morire lì: una sovrana in esilio appena arrivata.

E non dispera che così sarà.

Ora vuole bersi un bel caffè; dopo quella notte le ci vuole un caffè e ci vuole di starsene un po' a guardare.

Appoggiata a una colonna dell'ingresso ridona nuovo vigore alle ombre del viso spiando con cautela lo specchietto del portacipria, e quindi, franca e decisa, incede sul marmo dell'atrio proprio mentre dalla sommità della cupola che lo sovrasta si fa largo la luce sbiadita di rosa del primo mattino. Nel bar il cameriere le si fa incontro con l'ossequio del trituratore di mance. Fra poco suonerà la campana delle cinque, si aprirà la dogana e il fior fiore del bel mondo in partenza verrà a succhiare e masticare tutto il ben di dio che il cameriere saprà rifilargli, ma per il momento la vecchia è la regina del locale. Altare Maria beve con calma il suo caffè corretto con una lacrima di anisette e intanto dà un'occhiata alla pagina degli arrivi sull'Avvisatore Marittimo che ha trovato piegato sul suo tavolino.

A pochi passi dal caffè odoroso di anice, Sascia contempla in piedi davanti a una parete della sala d'attesa di seconda classe la lavagna degli arrivi previsti in mattinata. Porta ancora la giubba sulle spalle perché ha preso un po' di freddo questa notte e le due donne che stanno lavando il pavimento le passano intorno con lo straccio cercando di non darle fastidio. È fuori luogo in quel posto Sascia, chiunque lo noterebbe dopo un mese di fila che si presenta lì ogni mattina alla campana delle cinque, ma nessuno ha mai pensato di disturbarla. Con la giubba o senza giubba tutti nel porto sanno chi è, anche chi non l'ha mai vista. È bastato che un anziano camalletto dei bagagli l'avesse riconosciuta una volta, perché dal Molo Vecchio a San Benigno si fosse venuto a sapere che 'la donna di Paride' è ancora viva, è ancora bella, ed è entrata nel porto a fare non si sa che. E anche dopo quindici anni che Paride è cementato su un pilastro di De Ferrari, è fatto d'obbligo che non sia dimenticato: il porto ha il calendario dei suoi santi, camalli e carbunè pregano come tutti quanti.

E così Sascia teneva gli occhi chiusi ma non dormiva quando la Combattuta se l'è filata. Ma guarda un po', mi metto a fare la bambina, deve aver pensato. E invece ha funzionato, proprio come succede nei giochi dei bambini. Il successo di quello stupido trucco l'ha rinfrancata, trovarsi ancora a casa sua e nessun altro odore tra lei e l'aria frescolina dell'aurora ha rimesso ogni cosa al suo posto. Si è passata un po' di acqua sulla faccia, ha sistemato una forcina a una ciocca di capelli inversati, ha ripreso la giubba sulle spalle, ed è scesa alla Stazione. Da un mese a questa parte è la sua salutare passeggiata del mattino.

Va alla sala d'aspetto di seconda e legge i nomi delle navi che sono annunciate per quel giorno. Legge con scrupolo, lentamente sillabandoli tra sé per tenerli ben impressi. Poi si siede un poco su una panca e li ripassa uno a uno: cerca la nave con il nome giusto per portare suo figlio. Suo figlio Giacomo le ha mandato un telegramma per dirle che verrà; anzi, in verità la parola che ha usato, come lei ben ricorda, è che passerà. Se passerà, ha riflettuto Sascia, forse vuol dire che non si fermerà.

Non c'è apprensione o ansia nella sua ricerca, se mai c'è curiosità: chi porterà a me mio figlio? cerca di indovinare la madre mentre recita a memoria nomi che sono sempre nomi di donne esotiche, nomi che portavano una volta le puttane che chiacchieravano e piangevano con lei dell'amore dietro al chiostro di Santa Maria; loro sì, ormai dileguate nel tempo.

Giacomo invece non si è dileguato. Quando Sascia scriveva a suo figlio: ti penso sempre, voleva dirgli proprio questo. Gli diceva: tu non sei passato, tu sei. E anche Sascia è. Basta vederla come è bella mentre regge la sua giubba con le mani ancora perfette e si interroga su chi tra Mafalda, Redemption, Victoria, Isabella Tercera, Esmeralda, Nahomi, Somalia o Agadhir, le ragazze che stamattina si adageranno ai moli dopo le fatiche di Cape Point o Suez, potrebbe aver tenuto in seno il suo figliolo.

Si può vivere come puri spiriti? si domanda un'ultima volta Giacomo mentre, valigia alla mano e Lucy al fianco, scende la passerella della nave dell'East Australian Lloyd dal nome niente affatto puttanesco di *Redemption*. E siccome la risposta è sì, ancora una volta sì, "Vieni," dice allegramente a Lucy, "andiamo da mia madre. Andiamo nella casa dove sono nato".

Giacomo poggia il piede sulla calata e la sua anima adesso è come se fosse in vacanza nel tempo. In quello che vede intorno a lui non c'è niente di nuovo, nessuna sorpresa, nessun ostacolo imprevisto. Il porto non è cambiato in quei dieci anni. Non è cambiata la consistenza del selciato della calata, non il profumo di nafta e rinfrescume che sale dall'acqua tiepida e ferma come un brodino nel piatto, né il sapore di pula di grano che gli si arriccia in gola mentre abborda la lunga facciata dei silos.

Non è cambiata nemmeno la faccia degli uomini che incontra, né il rumore dei carretti cerchiati di ferro. C'è solo, si è accorto, qualche motore in più e più fumo di gasolio. Ma la squadra di camalli che è salita a bordo mentre lui era ancora sulla passerella, è la stessa squadra che è scesa dieci anni prima dal bastimento liberty. O gli assomiglia parecchio. Giacomo però non ha voglia di specificare e di guardare con troppa attenzione: l'anima in vacanza non se la sente di chiamare per nome qualcuno che incontra; e gasolio, carretti, facce e richiami, pula e putredine si stanno impastando in una cosa sola. La grande forma di pane che è l'aurora. L'aurora nel porto di Genova.

Allora, siccome è un po' distratto, non svolta a sinistra come dovrebbe, ma piega dall'altra parte e si ferma sul bordo della banchina in un punto – toh! – che non si è dimenticato. Lì c'è un bittone, un vecchio rognoso culo di cannone piantato per terra, imbrigliato per le orecchie da diverse cime d'ormeggio. Neppure quel punto si è mai scordato di lui; la ghisa accoglie il tocco sbadato di un ginocchio di Giacomo senza dar segno della minima sorpresa. L'aurora ha già luce abbastanza perché tra le chiatte fermate al bittone Giacomo riconosca senza esitazioni l'*Estrella*, la barca del caddraio, identica anche lei a come l'ha lasciata. Allunga una mano alla cieca: i molti giorni di mare l'hanno convinto che Lucy sia sempre a un passo da lui. Allunga dunque una mano e la mano non trova nessuno. Lucy dov'è?

Lucy è seduta sulla vetta di una montagna di catene; ha preso dalla sua sacca uno straccio di cotone stampato con grandi fiori celesti e viola, e lo sta torcendo in una banda larga e spessa che si pone sulla testa come un diadema; una buona imitazione, a una certa distanza, di una corona di fiori. Pare che Lucy voglia fare il suo ingresso nella città di Genova da regina.

Giacomo torna a guardare l'*Estrella*; no, non è una barca che possa interessare a una regina, soprattutto ora, vestita della sua brutta cerata, senza odori di stocchi e bacilli, senza il suo caddraio che rimesta la marmitta e intanto canta la sua canzone. Chissà se piacerebbe a Lucy la canzone dell'*Estrella*, chissà se avrebbe voglia di cantarla lei.

Come ci starebbe dentro la sua voce? Ci starebbe bene.

Adiós con el corazón
que con el alma no puedo,
al despedirme de ti
al despedirme me muero...

Già, ci starebbe bene di sicuro.

Giacomo sale sulle catene e aspetta che Lucy si sia sistemata il suo diadema, poi prende per mano la regina incoronata, e con lei, e la valigia, e i fagotti, e il pane dell'aurora che gli riempie lo stomaco, discende regalmente dalla montagna di catene e riprende la strada, quella giusta, per la dogana.

Vecchio, ma vecchio davvero, che le sue labbra non ce la fanno nemmeno più a tener ben fermo un pezzo di toscano, il Giaguaro spipazza sbieco e caparbio per l'appunto un toscanello appoggiato alla porta di un'osteria. L'osteria si chiama con un nome di donna, 'a Madda', ed è poco più di un buco scavato negli anfratti dell'antico cemento dei grandi silos granari a un passo dal Ponte dei Mille. Sarebbe già ora di mettersi a lavorare, di dar aria all'*Estrella*, di accendere la carbonella e preparare. Lo farà, ma adesso ancora un momento. La donna delle pulizie che è dentro a bersi un caffè gli ha detto che stamattina la donna di Paride gli sembrava che stesse anche meglio del solito. "Di' quer che ti veù Giaguarru," ha detto schioccando la lingua, "ma a l'ha in portamentu che e passeggere de a primma classe paan tutte puttane a confruntu."

Il Giaguaro è contento che Sascia stia bene. Lo è in particolar modo perché teme per lei. Sa che è ormai un mese che passa dalla sala di aspetto a controllare la tabella degli arrivi, e anche se non ha mai voluto disturbarla, crede di sapere il perché. È un perché che porta inutile ansia, pensa il Giaguaro, e solitudine e delusioni.

Sascia non ha parlato con nessuno del telegramma, non ha chiesto aiuto agli uomini del porto che darebbero via una mano per accontentare la donna di Paride. Il silenzio di Sascia è per il Giaguaro e per tutti la perentoria consegna del silenzio. Non è bene, pensa il Giaguaro.

In ogni caso lui non ha bisogno di leggere la tabella; sa già da ieri che stamattina, per esempio, ha ormeggiato al Parodi un mercantile che viene di là. Sa che i passeggeri passeranno proprio lì davanti per andare alla Stazione; infatti ne ha già visti un bel po', tutti ingruppati, vocianti in almeno tre lingue diverse. Aspetta ancora un attimo solo per un di più: a quel punto dovrebbero essere passati tutti. Dà un paio di boccate al sigaro, e da tanto vecchio che è non riesce a sbuffare abbastanza lontano e il fumo gli si incespica tutto nel naso e negli occhi. Così è chino su se stesso, a bestemmiare e a strofinarsi gli occhi con il palmo della mano mentre Giacomo e Lucy gli sfilano davanti a non più di venti metri. Cionondimeno, tra lacrime e strizzamenti, crede di aver visto qualcosa. Qualcosa in due figure non proprio qualunque che gli si allontanano di spalle.

“Non c’è ancora abbastanza luce,” pensa il Giaguaro scostandosi dal muro, “o non ci vedo più abbastanza per essere sicuro di niente.” E per farsi un’idea si incammina dietro a quei due.

Se non fosse per la sua indefettibile vocazione ai modi aristocratici, Ursus avrebbe già dato sfogo appropriato al suo sdegno, invece è da par suo nobilmente diritto e impassibile che sta annegando nell’abisso di vergogna in cui la sorte ingrata lo ha precipitato. E sì che oggi, a dare retta al calendario, dovrebbe essere il giorno del suo trionfo.

Ursus è un cavallo frisone di venticinque anni di età ed è l’ultimo dei cavalli di manovra ancora in servizio sui moli del porto. Questa mattina al Palazzo di San Giorgio verrà celebrato e onorato con grandi manifestazioni perché questo è il suo ultimo giorno di lavoro. Da domani sarà collocato a riposo, custodito e nutrito in una stalla di collina; là, volendo, potrà dedicarsi ad amene attività riproduttive fino alla fine dei suoi giorni. Una cuccagna non certo immeritata dopo venti anni di duro e onesto lavoro. Al suo posto hanno già preso servizio potenti motrici diesel, le macchine che si sono già fatte notare da Giacomo appena sbarcato per via del penetrante odore di gasolio bruciato che spargono al loro passaggio.

Ma a parte la puzza, non vi è alcun dubbio che per il lavoro degli uomini e il bene della Merce il progresso dal cavallo al trattore sia stato enorme. E la festa che è stata preparata per Ursus è un gesto di grande valore simbolico: gli uomini del porto spenderanno un giorno del loro tempo per onorare, oltre le epoche e le convenienze, il debito di riconoscenza contratto verso un lavoro ben fatto. Ursus riceverà medaglie e prebende, sarà oggetto di discorsi eruditi e di veementi arringhe politiche, e tutti guarderanno a lui, nobile e massiccio e inutile com’è, come a loro stessi in un tempo che prima o poi verrà. Per questo trattano il frisone come un fratello e questa mattina lo hanno lustrato e agghindato come uno sposo.

Ma allora, visto come stanno le cose, cos'ha il buon cavallo da biasimare al suo destino?

Ursus è in marcia dalla sua stalla sotto la Lanterna verso il Palazzo di San Giorgio e sta dunque attraversando in longitudine tutto il Porto Vecchio, teatro delle sue ventennali gesta di manovrante. Sarebbe la sua ultima passeggiata sulle calate; potrebbe farsela al piccolo trotto, al passo cadenzato, al lento passo. Potrebbe – ne sarebbe davvero capace – mangiarsi quei tre chilometri al mezzo galoppo. Invece, no. Ironia della sorte, il suo ultimo passaggio lo fa in carrozzella. Ritto su uno stupido rimorchio trainato da una delle motrici che hanno preso il suo posto e il suo lavoro.

Coperto di gualdrappe guarnite di filigrana d'oro, bardato da finimenti di cuoio ungherese, tintinnante e luccicante di borchie, pomelli e occhielli passati a sputo e lisciva, dà degradato spettacolo di sé, sballottato e traballante, avvinto alle sponde di un carretto pittato e infiocchettato come se dovesse portare la Madonna Pellegrina. Ursus non è mai stato portato da una macchina; è stato lui, per tutta la sua vita, a portare macchine. Non apprezza l'ebbrezza dello scarrozzamento, lo disgusta il lieve senso di vertigine che ne deriva. Malfermo sulle zampe per via di ignominiose e malfatte pastoie, esibisce il suo triste declino davanti all'universo intero. Peggio che una bestia da circo: onesto lavoratore, nobile gigante, ridotto a pagliaccio.

Ma cos'altro si poteva fare, si giustifica tra sé il suo accompagnatore, l'uomo che ha lavorato con lui dal primo giorno del suo servizio e ora conduce la motrice, la macchina che ha imparato a guidare proprio in questi ultimi tempi, dopo un lungo e penoso addestramento, dopo vani dinieghi e bestemmie e strascichi di proteste sindacali.

Non si poteva fare nient'altro.

Ursus ha un'infezione al garretto posteriore destro. Si è ferito, sbadatamente, ora che non ha più il dovere di stare attento a niente, nella stessa sua stalla, giocherellando al modo rude dei frisoni con un secchio di latta. Ha ridotto a zoccolate un rottame tagliente che l'ha graffiato e infettato. Ciononondimeno Ursus non ne è rimasto invalidato, ci vuole ben altro per ridurlo all'invalidità, e se non fosse proprio quel giorno e quella specialissima occasione, potrebbe benissimo trotterellare e fare il comodo suo come sempre. Ma l'accompagnatore oggi non vuole correre rischi di alcun genere circa il suo compagno e circa l'onore dei manovranti in generale.

Al pari del suo cavallo, si rende perfettamente conto dell'oltraggio a cui lui e la bestia sono sottoposti dalla soverchiante potenza della macchina, ma sa anche che sarebbe di gran lunga peggiore lo spettacolo di un vecchio cavallo che fa il suo ingresso in San Giorgio in ritardo, zoppicante, dolorante per una ferita che senz'altro si sarebbe incrudelita durante il lungo tragitto per l'infinità di quei piccoli incidenti sempre in agguato quando c'è qualcosa di importante che attende.

Fermerà il traino nel piazzale del porto franco a una cinquantina di metri dal Palazzo, e Ursus farà il suo ingresso fresco come una rosa. Nessuno dovrà aprire bocca per compatirlo, per chiedere cosa è successo: no, nessuno avrà pena di Ursus. Per questa ragione non gli ha neppure applicato la solita fasciatura, ma ha spennellato ben bene la ferita con il mercuro cromo, che appena sarà asciutto avrà lo stesso colore del vello frisone.

Se pure condivide le stesse preoccupazioni del cavallo; se, per dire così, ha coscienza di stare sulla stessa barca dell'animale, non c'è da giurarci però che l'accompagnatore ne condivida la stessa aristocratica sensibilità. Egli non prova la stessa bruciante vergogna di Ursus nell'esibizione a cui è costretto. Anzi, ad essere sinceri, non ci trova nulla di male nel mostrare se stesso e la bestia parati a festa. La fierezza ha il sopravvento sull'eleganza, l'orgoglio per la considerazione di quanti lo stanno osservando sfilare dilaga sul suo consueto riserbo. Oggi è un giorno di festa, sì, ma è anche un giorno di doloroso abbandono, e il dolore richiede un risarcimento che l'accompagnatore sa di poter trovare nella meraviglia e nel plauso.

Avanza lungo le calate a passo d'uomo non solo per prudenza, ma anche perché a nessuno sia risparmiato lo sguardo sulla bellezza sua e del suo compagno.

E giunto alla Stazione Marittima, al passaggio coperto sotto i saloni della dogana, addirittura si ferma.

C'è parecchia gente nel sottopasso, un bel po' di viaggiatori che galleggiano assonnati e confusi nel limbo indefinito tra controllo di dogana e sale di attesa, trafficando con i bagagli, salendo e scendendo dagli uffici e dai caffè. Gente che non gliene frega niente di niente di manovre, scali e trattori, sa bene l'accompagnatore, ma tutta gente che si volta e ristà, grata della sorpresa, appena nota quell'enorme cavallo vestito a festa che arriva sopra il suo strano apparato. E ci sono anche bambini. Bambini che fanno oh, ah, che chiedono e gesticolano verso i loro genitori con gesti e lingue di diversi paesi.

Sarà magari un circo, pensa ancora l'uomo, ma Ursus se lo merita di essere guardato ben bene; e anche applaudito, se è per questo. Mette il motore in folle e, senza darsi delle arie per niente, si sistema sul suo posto di guida e si accende una sigaretta, mentre attorno al rimorchio si va stringendo una piccola folla.

Pigiata tra quella gente c'è perfino Altare Maria, che ha finito da tempo il suo caffè e ora si sta trastullando tra i viaggiatori con pigre riflessioni sulle nuove insipide mode che sono sbarcate con il piroscafo della linea di New York e i nuovi insipidi corpi che se le stanno portando addosso. Ha più carattere quella bestia, decide Maria, se li porta meglio lui i suoi stracci.

"U l'è bun," alza la voce dal suo posto di guida l'accompagnatore, "u l'è 'na pasta. Ma nu stè a daghe du fastidiu, pe' piacè."

Ursus non ha nulla contro i viaggiatori. Secondo lui non hanno un buon odore – forse per via dei fumi, forse per le saponette che usano sui bastimenti – ma sono tante le cose puzzolenti che si è rassegnato a incontrare sulla sua strada. Niente in confronto alle balle di stoccafisso che ha portato a centinaia dentro i vagoni che ha manovrato. Non gli dà neppure fastidio che gli stiano così appresso e gli ciancino addosso parole che non conosce. E sopporta pure che allunghino le mani e lo tocchino. Sono bambini quelli che si alzano sulla punta dei piedi per arrivare a sfiorare appena la sua vasta e calda ciccia, e lui sa che i bambini sono molto benvoluti e che bisogna lasciarli fare.

Lo rattrista soltanto che lo vedano ridotto a quel modo, stretto come un salame tra le sponde di un carretto che fino al giorno prima portava balle di lana greggia e puzzolente. Gli scoccia che non possano vedere quanto sia elegante e misurato il suo portamento, quanto sia intelligente nel comprendere e diligente nell'eseguire il suo lavoro, quanto sia forte e coraggioso.

È talmente scocciato che non ha neppure voglia di nitrire.

Peccato, veramente, perché Giacomo aspetta con ansia di udire un bel nitrito. Non tanto per sé, che ha conosciuto e ricorda bene la grande voce dei frisoni della manovra, ma per Lucy.

Lucy, nonostante sia una regina, non ha mai visto un cavallo e tantomeno lo ha mai sentito nitrire.

Non sono mai nati cavalli a Moku Iti, non ne sono mai nati in nessuna delle isole di Tumumuoto e, per quello che ne sa lei, non ne è mai nato uno in tutta la Polinesia. Anche se questo non è del tutto vero, e i bianchi a suo tempo ne hanno portati con sé abbastanza da riuscire a farli riprodurre nelle isole, resta pur sempre il fatto che il Pacifico non è posto dove gli equini abbiano mai attecchito, e i re e le regine vanno per lo più a piedi, o se mai, se sono molto ricchi, a bordo di qualche vecchia macchina cabriolet avanzata ai corpi diplomatici stranieri. A Moku Iti, finché lì c'era un re e un popolo, andavano di norma tutti a piedi e in via eccezionale in motoretta.

Si può dunque immaginare lo stupore e lo sconcerto di Lucy al cospetto della montagna di carne pelosa e viva che ha di fronte. Giacomo l'ha portata davanti al carretto proprio per questo: perché tocchi con mano, se vuole, la prima della lunga serie di sorprese che sono lì ad accoglierla nella terra di Genova. Le ha spiegato parecchie cose di quel cavallo, si è addirittura rivolto all'accompagnatore per sapere il suo nome, le ha raccontato dei cavalli che da ragazzino gli aveva presentato suo padre Paride e delle leggende attorno ai loro usi e costumi; ora, per completare l'opera di conoscenza, ci mancherebbe solo un bel nitrito.

Ursus a nitrire non ci pensa neanche un po'. Ursus è unicamente intenzionato a chiedere al suo uomo di riprendere la marcia: secondo lui lo spettacolo si può chiudere qui.

I cavalli di manovra non nitriscono come stupidi puledri per dire quello che pensano; sono stati addestrati a parlare con i gesti, movimenti misurati e significativi del capo, del corpo, delle zampe. Ursus dunque batte gli zoccoli posteriori per dare avviso di riprendere la marcia. O quantomeno cerca di farlo. È talmente stretto tra le sponde del rimorchio che ha difficoltà anche per questo piccolo movimento. Prova a mettere maggiore forza nel suo gesto, e la sua ferita aperta al garretto va a sfregare dolorosamente contro la sponda. Allora finalmente allunga il collo e nitrisce.

Il nitrito del cavallo, così improvviso e straniero, spaventa Lucy che allunga la mano e la stringe al braccio del suo sposo: "Ese...". Giacomo si è portato con lei ancora più sotto al rimorchio perché è deciso a farle toccare Ursus: vuole che lei impari a non temere quel cavallo o chiunque altro, lì a casa sua. È naturale che la voce di Ursus abbia spaventato un poco Lucy – non si è forse spaventato lui la prima volta che ha udito la voce della sua sposa sgorgare nel canto? – ma, con ovvio gesto da sposo, le si para davanti, in modo che Lucy si senta comunque difesa. E le prende la mano e la stringe forte nella sua, perché davanti a Ursus Lucy è ancora bambina.

Il nitrito avvisa l'accompagnatore che il suo cavallo ha un problema, e che questo problema lo ha spazientito perché, evidentemente, non è compreso tra quelli usuali a cui è addestrato a rispondere con silenzioso equilibrio. Capisce, del resto, che questa mattina non c'è nulla di usuale in quello che stanno facendo lui e la sua bestia. Dal posto di guida non può vedere cosa è successo nel rimorchio, ma decide che la prima cosa da fare è rimettersi in marcia. Sposta l'asta del cambio, dà gas, e stacca la frizione. Il trattore balza con violenza in avanti e subito si ferma: quella macchina ha un temperamento rozzo e primitivo e il suo autista non sa di certo portarla con la stessa leggera maestria con cui ha portato per tanti anni il suo cavallo.

Il brusco movimento spaventa Ursus, lo disorienta e lo costringe a un precario equilibrio tra le pastoie. Non si fida di quella macchina e non si fida della sua sistemazione. Non vede il suo accompagnatore e non può chiedergli niente. Non può essere assicurato sul fatto che, nonostante le apparenze, vada tutto come deve andare. Scalcia un calcio da frisone; una modesta protesta avanzata con la spinta di un paio di tonnellate. La sponda a ribalta si schianta come rametti secchi, l'agugliotto che tiene il suo gancio si divelle dalla sua sede e schizza via come da una cerbottana. In fin dei conti quel carretto era stato messo su all'ultima ora.

Ursus ripete il suo nitrito, ma questa volta più alto e più durevole nell'aria: si è fatto molto male alla ferita con una scheggia di legno.

Giacomo sente una mano che lo prende alla cintola e lo strattona forte.

Giacomo pensa che Lucy lo vuol portare via di lì, via da quel nitrito che non pare più amichevole neppure a lui.

Giacomo ruota su se stesso per dare le spalle al carretto e spingere indietro la sua sposa. C'è gente tutt'intorno che ancora vuole vedere Ursus ed è ben contenta se si fa un po' di spazio. Tutta gente che non capisce quello che Ursus sta facendo e sta dicendo.

Nel compiere il suo movimento Giacomo capisce che non è Lucy a tirarlo a sé, ma il gancio della sponda che gli si è aggrappato nella cintola dei pantaloni.

Lascia la mano di Lucy e la porta assieme all'altra, e allo sguardo e al pensiero, alla cinta, mentre sente che Lucy lo prende ancora per il braccio e lo sta tirando a sé. Sono due forze, in questo preciso momento, che si contendono Giacomo con una spinta uguale e contraria. Un assoluto equilibrio.

Ora basta che Giacomo si disimpegni dal gancio; è una manovra priva di difficoltà perché le sue mani sentono che c'è abbastanza lasco per sfilarlo.

E qualcuno da dietro lo spinge.

Non una brutta spinta, una spintarella, diciamo così. La pressione di qualcosa, forse una mano, in mezzo alla schiena. Se è una mano non è una grossa mano; se quella spinta è intenzionale, è seguita da un repentino pentimento.

Giacomo non ci pensa. Giacomo che è impegnato con il gancio, sta perdendo l'equilibrio. E Lucy sente questo e adesso afferra forte il suo braccio, e la sua forza ora è maggiore di quella esercitata dal gancio. Il gancio che Lucy neppure sospetta che esista, altrimenti capirebbe che con questo suo gesto ha eliminato il lasco su cui Giacomo conta ardentemente per liberarsi.

Comunque non è un dramma: occorre solo che con un piccolo spostamento del bacino accompagni il gancio nel movimento che lo sta liberando dalla cinta. Certo, nel mentre, bisogna che ritrovi l'equilibrio.

E si accinge a fare l'una e l'altra cosa.

Bene, non dovrebbe esserci nessun problema. Ancora un attimo e si potrà forse ripartire da capo: da Ursus che va alla sua festa tra la folla plaudente.

No. L'accompagnatore ha già capito che è successo qualcosa. Ha sentito lo schianto e il nitrito. Agisce con mani e piedi rapidamente e con violenza sugli apparati del trattore per mettere la macchina in stato di sicurezza.

Spegnerà tutto e scenderà a dare un'occhiata.

Ma forse prima è meglio che si porti indietro dei pochi metri che è avanzato. Sì, è meglio: le ruote anteriori del trattore poggiano sopra il binario a scartamento ridotto che serve i carrelli per il trasporto dei bagagli. Non ne passeranno più di carrelli fino al prossimo turno di imbarco, ma l'uomo agisce in base a un riflesso condizionato: tenere liberi i binari. Sempre. Se come autista è alle prime armi, come addetto alle manovre dello scalo è al di sopra di ogni possibile errore. Festeggiando Ursus oggi festeggeranno anche la sua encomiabile disciplina nel lavoro.

Quindi ruota il pomello del contatto dalla parte opposta e ingrana la marcia indietro.

"Attenzion per piacè lì de dietro," grida, voltando il capo verso la gente attorno al carrello, "descusteve gente, che faccio manovra inderrè."

"Via, gente, via!" grida ancora per essere sicuro che tutti abbiano sentito. E con estrema cautela stacca la frizione, cercando di non commettere l'errore della partenza. Il trattore rincula sussultando. Due, tre sussulti. Due, tre metri.

Proprio mentre Giacomo è sul punto di sfilare il gancio.

Il trattore rincula del suo primo metro e naturalmente intende portare con sé ogni sua pertinenza: il rimorchio, il cavallo sopra il rimorchio, la sponda ribaltata, Giacomo ancora tenuto dal gancio alla sponda. Giacomo che deve seguire il movimento perché ogni sua resistenza non farebbe che peggiorare le cose. Tiene una mano al gancio e l'altra alla cinta, e forza, forza con un gesto di leva breve ma così intenso che il suo viso ha già cominciato a cambiare colore.

Ora Lucy ha capito. Lucy ora gli tiene il braccio senza forzare. Glielo tiene delicatamente, accompagnandolo nel suo gesto solo con il pensiero.

Qualcuno, qualcosa, lo spinge da dietro.

Questa non è una spintarella. Se è una mano non è una grossa mano, ma certamente è una mano molto intenzionata.

Giacomo sente l'intenzione mentre cade in avanti aggrappato al gancio che ora è saldamente tenuto alla cinta.

Sente l'intenzione, ma sente anche che non può opporgli niente. Stacca la mano dal gancio e la porta indietro cercando la mano di Lucy. La mano della sua sposa si stringe alla sua. La sposa inizia a seguirlo in un brevissimo viaggio verso la terra.

"Ese."

Con il secondo singulto il trattore indietreggia ancora di un metro. Il gancio scivola via e Giacomo è libero di proseguire il suo viaggio incontro alla terra natia.

Nel battere la testa sul duro selciato del porto di Genova, Giacomo non pensa e non sente. Giacomo è tutto nei muscoli del braccio e della gamba sinistra che stanno compiendo una formidabile impresa atletica: stanno spingendo e calciando Lucy il più lontano possibile da quel selciato. Così lontano che Lucy debba sentirsi esiliata.

"Eseeee!"

"Minuuuu!"

C'è un uomo che grida. Quell'uomo non ha visto – nessuno lì attorno può ancora aver visto bene cosa sta succedendo – e il suo è un richiamo di sorpreso e gioioso saluto. Un po' in ritardo e, date le circostanze, a dir poco fuori luogo. Ma l'autore è un povero vecchio e lo si può scusare. Occhi deboli, riflessi lenti, lingua legata dal fumo pesante dei toscani: il Giaguaro ha riconosciuto Giacomino un istante prima che sparisse dalla sua visuale. È a sette, otto metri da lui, dalla parte opposta del rimorchio, e ci ha messo un po' a riconoscere il suo pupillo, fuocheggiando con gli occhi come con un vecchio binocolo appannato.

"Minuuuu!"

E grida ancora a più non posso perché non ha nessuna intenzione di perderlo adesso il suo Minu.

Il suo Minu invece proprio ora si è perso.

Nel suo terzo, sussultante metro all'indietro, il rimorchio ha posato la ruota gommata posteriore destra sul collo di Giacomo. Quante tonnellate sul suo collo? Abbastanza. Nessun rumore che in quel frangente possa essere udito; un unico toc dentro di lui che solo lui ha sentito. Ma la gente che gli sta intorno si è tutta buttata all'indietro, come se il silenzio avesse avuto la forza di una libecciata improvvisa.

Ursus batte uno dopo l'altro i suoi quattro zoccoli e nitrisce per la terza volta. Poi si blocca, immobile: ha fiutato odore di dolore.

L'accompagnatore strappa dal suo alloggio il pomello del contatto.

"Ese."

Lucy è tornata dall'esilio e si è buttata sul selciato. Si è infilata con la testa sotto il carretto dove è nascosta la faccia del suo sposo.

I loro visi giacciono pudichi nel buio tra le ruote, sul fresco della pietra. Le braccia, le gambe, i torsi, sono invece distesi – spalancati – davanti a tutti; il corpo di Lucy appiattito contro il corpo di Giacomo leggermente arcuato.

Nel buio Lucy vede brillare gli occhi dello sposo. Liquidi, languidi, quasi completamente fuori dalle orbite. Nel buio Giacomo vede solo innumerevoli minuscole stelle cadenti.

"Ese."

Lucy allunga una mano e arriva a sfiorare le labbra di Giacomo. Le dita le si bagnano di una spuma densa. Non le ritrae, ma prende a carezzarlo sulle gote, sui capelli, sulla gomma della ruota che è come se fosse una parte sua.

"Ese."

Giacomo gorgoglia un suono, poi sussulta. Altra spuma scivola dalla bocca sulle dita di Lucy.

Ancora dei suoni dalla bocca di Giacomo. Lucy ascolta, ascolta con le dita.

"Laititi a'u," gorgoglia Giacomo tra le dita della sua sposa.

Nel perfetto silenzio attorno al carretto una donna si rovescia a terra svenuta.

Poi un grido: è il conducente che è saltato giù dal trattore e sta urlando:

"Via, via, via, via".

E un altro grido, come se fosse una risposta:

"Te cum, te cum te cum!".

È il Giaguaro, è il rauco dolore di catarro della sua ultima voce che frange il basso cielo del sottopasso con il grido che gli ha salvato la vita a Maracaibo, le parole native della sua lingua di amore e di guerra.

"Te cum, te cum te cum!"

Che volevano dire vira bailucc, alza questo peso, allontana queste tonnellate di ghisa, di gomma, di equino.

Il Giaguaro ora è lì, dalla parte giusta del carretto: la parte di Giacomo. C'è spazio abbastanza adesso perché si possa inginocchiare a constatare che quel corpo di uomo è quello che un attimo prima aveva attaccata la testa del suo pupillo.

Striscia fino a porre le sue spalle sotto la balestra dell'assale, un lembo della sua giacchetta che sfiora il corpo di Minu, l'altro quello di Lucy. E fa forza e spinge. Spinge con le sue spalle in alto. Te cum, te cum te cum, vira bailucc. E niente si muove.

"Via," urla ancora il conducente, l'uomo che stava portando Ursus e se stesso al trionfo. "Via," e strappa il Giaguaro da terra, lo afferra come un sacco e lo butta via. Solo per buttarcisi lui in ginocchio. Solo per capire che non c'è niente che possa fare.

Lassù in alto Ursus china il muso verso il fido accompagnatore, e il suo fiato gli muove piano i peli grigi sulla nuca.

"Mino," bisbiglia Sascia all'orecchio dell'uomo, posando una mano sulla sua spalla.

"Mino," ripete, abbassando ancora il tono della voce. Come se disturbasse.

Sascia ha ascoltato gli ultimi nitriti di Ursus e ha capito che la stava chiamando. Sascia era proprio sopra suo figlio, ancora nella sala d'attesa di seconda poggiando i piedi sul pavimento che fa da soffitto al sottopasso. I nitriti le sono giunti attutiti, tanto che il primo non l'ha neppure sentito. Si è stretta la giubba sulle spalle ed è andata verso le scale. Non se lo faceva così il richiamo dell'elefante. Aveva sempre pensato che dovesse essere qualcosa di sconvolgente, uno sconquasso terrificante, non la voce di un vecchio cavallo.

"Vengo," ha risposto senza alzare la voce: chi doveva sentirla avrebbe sentito.

A passo lento – non incerto, semplicemente lento – ha disceso la grande scala e ha visto Ursus alto e maestoso sopra la gente radunata attorno al carretto.

Ha sentito un uomo gridare, ha continuato ad avanzare tranquilla sul selciato tenendo sempre la giubba stretta con le mani perché si sente come se avesse un po' freddo.

L'hanno fatta passare – tanto non c'è nessuno che abbia voglia di stare troppo vicino – e ha notato con la coda dell'occhio un uomo chino sopra una donna distesa per terra. Ha tirato di lungo: no, non era lei che chiamava.

Si è portata dalla parte giusta del carretto, la parte di suo figlio.

Ha toccato la spalla di quel poveraccio che stava inginocchiato sopra il suo corpo:

"Mino".

Il conducente, toccato dal cenno di un comando, si è scostato di quel tanto perché anche lei si possa inginocchiare.

Sascia piegata sui piedi del figlio.

Sascia piangente su un paio di scarpe che non ha mai visto.

Sascia con le mani strette a quelle scarpe come se fossero un viso.

Mentre il Giaguaro zoppicando le si avvicina.

Mentre Altare Maria schiaccia la sua sigaretta a terra e va a cercarsi un taxi.

Lucy, la regina Lucy, risale da sotto il carretto. Ha in mano, disfatta, la pezza di stoffa a fiori con cui si è fatta un diadema per il suo regale ingresso nella città di Genova.

Nessuno lì in giro che si senta autorizzato a darle un'occhiata mentre si volta e si allontana.

Quando, fatti due passi, inciampa nel suo sacco e nella valigia di Giacomo, si ferma. Ristà un attimo dubbiosa, poi apre la valigia, prende il pacco di fogli di giornale con dentro ciò che resta del figlio di Dio, raccatta il suo fagotto e se ne va.

Nell'unico posto dove sa tornare.

Ripercorre la calata, ripercorre il molo, ripercorre la passerella, ripercorre il ponte lance della *Redemption*. Si butta a terra in un cantuccio tra una manica a vento e un cassone. E resta lì.

Pare che nessuno l'abbia vista. Se l'hanno vista, è come se non l'avessero notata.

E passa il tempo e passa.

E la regina Lucy Asibeli Tungi, figlia di re John Asibeli Tungi di Tumumuoto, moglie di re Alii Truk di Tumumuoto, moglie illibata, se ne sta nel suo angolo di nave come se fosse a casa. Come se fosse a casa canta la sua canzone:

Don't know why
there's no sun up in the sky...
Stormy weather
Can't keep my poor self together
I'm weary all the time...

mentre cincischia tra le mani la pezza a fiori del suo diadema.

Regina, tra tante altre regine, disadorna.

Passa un marinaio, sente la voce, e non la vede.

"Ese."

Epilogo

Il quattordici luglio del 1989 un centinaio di militanti dell'AFK, Assemblement de la Fraternité Kanaki, sbarca da una flottiglia di piccoli zodiac occupando l'isola di Moku Iti e proclamando contestualmente la nascita della Repubblica Democratica di Tumumuoto e del suo governo provvisorio. Gli attivisti sono armati con vecchi AK47 e lunghe mazze di osso; indossano i tradizionali costumi di guerra kanaki e così sono ritratti in un'istantanea scattata mentre stanno raggruppati attorno ai loro canotti.

Nel corso dell'occupazione non si è verificato alcun incidente perché l'isola era stata abbandonata ormai da diversi anni dal contingente militare francese, partito dopo che era dismessa e traslocata la base per esperienze atomiche insediata nell'isola all'inizio degli anni sessanta.

Già pochi giorni dopo l'occupazione alcuni paesi dell'area, particolarmente impegnati nella lotta per la sospensione degli esperimenti nucleari nel Pacifico, avevano riconosciuto la nuova nazione con atti formali dei loro parlamenti. Ancora ad oggi, però, nessuna richiesta di accredito è giunta agli uffici delle Nazioni Unite da parte del Governo Provvisorio insediato a Kapiidani, l'antica e ormai decaduta capitale delle isole Tumumuoto. Dal canto suo il governo francese non ha ritenuto di compiere alcun passo, diplomatico o militare, per ristabilire la sovranità su uno dei suoi territori d'oltremare, già Distretto Autonomo, riconoscendo di fatto il nuovo assetto dell'arcipelago.

La ragione di questo atteggiamento non usuale da parte delle autorità francesi, e che potrebbe in futuro essere pericolosamente impugnato come precedente da parte di analoghi movimenti indipendentisti, va forse attribuita all'emergenza in cui, proprio in quel periodo, la Francia era duramente impegnata per difendere i suoi interessi strategici nella più importante base di Mururoa. A quel tempo l'opinione pubblica e i movimenti ambientalisti avevano dato un bel po' di filo da torcere alla politica nucleare del governo, e gli avvenimenti di Moku Iti si collocavano su uno sfondo quanto meno remoto e strategicamente insignificante. È probabile che alla fine degli anni ottanta la stessa opinione pubblica interna avesse dimenticato l'esistenza di una base nucleare in quell'arcipelago, se non, addirittura, dell'arcipelago stesso.

Va detto infatti, a questo proposito, che la notizia dell'occupazione di Moku Iti è giunta alle agenzie occidentali solo grazie all'interessamento di Greenpeace, l'associazione ecologista impegnata a sostenere i movimenti antinucleari del Pacifico. Nella conferenza stampa tenuta a bordo del famoso veliero *Rainbow Warrior*, gli esperti dell'associazione facevano notare, tra l'altro, che dai documenti giunti in loro possesso era provata l'assoluta assenza di un efficace piano di bonifica, e che dunque poteva considerarsi certa la presenza di scorie radioattive nella zona dell'arcipelago, se non addirittura nelle isole stesse. Tra queste, una ancora geologicamente assai instabile.

Dopodiché, la Repubblica Democratica di Tumumuoto, con i suoi cento occupanti originari nel frattempo accresciuti con l'arrivo dei loro nuclei familiari, si è dileguata nel nulla di una assoluta assenza di notizie.

Questo fino all'autunno del 1997. Allorquando, durante una trasmissione televisiva messa in onda da una rete via cavo americana, un noto esperto di comunicazione si è dilungato nel commento di una notizia curiosa. L'esperto era a conoscenza di un singolare caso di microeconomia, all'apparenza assai fiorente, basata su un mezzo di comunicazione piuttosto obsoleto come la radiofonia.

In poche parole, così come è stato riportato dal commentatore, il fatto è il seguente.

Da ormai alcuni anni una emittente a onde corte trasmette musica a pagamento per un bacino di utenza che si estende dall'Australia alle Filippine, dalle Hawaii all'isola di Pasqua. La stazione è collocata in un'isola dell'estremo Sudovest della Polinesia e, fatti i debiti conti, può considerarsi la radio più seguita del mondo. I programmi sono di sconcertante semplicità e consistono sostanzialmente in un'ininterrotta trasmissione di musica con dediche. Da tutto il Pacifico giungono all'isola via radio richieste di canzoni o brani musicali con le generalità dei rispettivi destinatari; il richiedente è sollecitato a versare una piccola somma a suo piacere presso un conto corrente della Chasse Rurale di Papeete, territorio di Tahiti, intestato, come è stato facile appurare, a Lucy Mokumui.

Dopo una ricerca assai più impegnativa, Lucy Mokumui è risultata essere una famosa cantante hawaiana deceduta ormai da parecchi decenni. I gestori del conto sono però vivi e vegeti, dato che tramite quel denaro viene periodicamente approvvigionata di beni di consumo la Repubblica Democratica di Tumumuoto, una quanto mai improbabile repubblica, assente dall'elenco degli stati sovrani riconosciuti dalle Nazioni Unite.

Ora, prosegue il commentatore televisivo, per chi si occupi di mass media la notizia è già di per sé abbastanza curiosa, ma c'è ancora dell'altro.

Contestualmente all'emissione di musica di vario genere, varia come possono variare i gusti di uomini e donne disseminati in un'area grande dieci volte gli Stati Uniti, l'emittente dirama periodicamente un singolare appello di ricerca. Ed è proprio grazie a questo che l'esperto è venuto a conoscenza di tutta la storia.

L'appello riguarda la regina dell'isola o, per meglio dire, quella che avrebbe dovuto essere la regina dell'isola, di cui i sudditi hanno perso evidentemente le tracce.

L'annunciatore interrompe le trasmissioni diverse volte durante il giorno e la richiesta di informazioni viene ripetuta in lingua inglese, francese e nel moderno dialetto polinesiano. Della donna viene fornito soltanto il nome, Lucy Asibeli Tungi, l'età, intorno ai cinquanta anni, e il colore della pelle, che è quello tipico della sua etnia. Se può non apparire particolarmente stravagante al giorno d'oggi e a quelle latitudini che un regime repubblicano sia in affannosa ricerca di una regina, ciò che è veramente eccezionale e meritevole di meditazione è la massa enorme di segnalazioni che viene riversata sull'emittente.

Chi si sintonizzasse durante le fasce orarie dedicate a tale scopo, potrebbe ascoltare messaggi provenienti praticamente da mezzo mondo. Radioamatori di diversi stati della costa ovest, dell'America Latina, dell'Australia, della Nuova Zelanda, del Giappone, dell'India, e persino della Siberia e della Russia ex sovietica, rispondono all'appello fornendo notizie di ogni genere circa l'avvistamento di una donna a nome Lucy Asibeli Tungi dagli inequivocabili tratti regali.

Ci si aspetterebbe a questo punto una mole massiccia di candidature al trono. Ma anche qui c'è una sorpresa: nessuna mitomane o ambiziosa signora si è, per quello che se ne sa, ancora proposta per il trono di Moku Iti, questo è il nome dell'isola che prospera sulla musica a pagamento a onde corte. Pare appurato che migliaia di persone l'abbiano incontrata, ma ancora nessuno che abbia avuto successo nel proporle: "C'è un trono che l'aspetta, signora. Si affretti prima che scada l'offerta".

Fin qui a grandi linee la notizia come è stata riportata dalla stazione televisiva americana.

Quando a noi, magari, ci piacerebbe saperne qualcosa di più.

Ex voto

Ho cominciato a scrivere questa storia il primo gennaio del 1997 e ho finito proprio oggi, cinque maggio del 1998. Ho preso i primi appunti e buttato giù un piano di ricerche nell'estate del '94; ho passato l'inverno dell'anno successivo nel porto e la primavera dell'anno dopo nella città di Genova, osservando e ascoltando. Nell'inverno ho viaggiato per mare a bordo di una porta container da 18.000 tonnellate e ho bordeggiato le coste di Riviera su un piccolo dinghy di legno. Ho pure scaldato le sedie di numerose biblioteche.

Fatti i conti, sono dunque quattro anni ormai che vivo con la Regina disadorna *e che lei vive con me. Adesso è finalmente arrivato il momento degli addii, e che ognuno riprenda la sua strada. Liberi, se Dio vuole.*

Non sarà così facile, almeno non per me. Quattro anni sono tanti e grande il peso delle centoquarantamila parole che ho dovuto andarmi a cercare e ingegnarmi di mettere insieme nel teatrino che ho costruito per voi. Parole che troppo spesso è stato facile per me scambiare con il mio ultimo orizzonte.

Non pensiate che raccontare storie sia sempre tutto rose e fiori: a volte assomiglia proprio a un lavoro, disturbi compresi.

Comunque sia, adesso è finita. E nel congedarmi scopro a quante persone devo qualcosa per quello che ho appena finito di fare.

Sono tutte qui ora, davanti a me, che affollano la mia bottega, si gingillano e mi sbirciano impacciate, silenziose, in cortese attesa che io faccia loro un cenno per congedarle, perché anche loro possano sentirsi finalmente libere da questa vicenda.

È passata mezzanotte e fuori piove. In casa mia non ci sono ombrelli e quando questa gente uscirà di qui si infradicerà tutta, dileguandosi nel buio senza nulla per ripararsi che non sia la mia gratitudine, il mio affetto, il mio amore; tutta roba che anche messa insieme non fa certo un'adeguata mercede.

È così silenziosa questa gente che sento l'acqua sciorinare lentamente, dolcemente, dal terrazzo dentro la stanza. Se non mi sbrigo finirò con l'affondare. E allora forza, venite avanti, fatevi riconoscere e fatevi dire grazie. Almeno questo.

Anna, a lei è toccato il lavoro più duro, compreso quello di volermi bene tutti i giorni, nessuno escluso.

Alberto, Erminio, Gabriella e Giulia, Alessandra e Bettina, quelli dell'officina, quelli che hanno duramente sgobbato per correggere i miei errori e per contrastare la mia pervicacia nel ripeterli se possibile all'infinito, quelli che hanno fatto del mio racconto l'oggetto solido che avete ora tra le mani.

Paride Batini, Console della Compagnia Unica, e Tirreno Bianchi, Console dei carbunè, a cui, assieme a tutto il resto, ho addirittura rubato il nome senza nemmeno chiedere il permesso. Due uomini del porto senza il cui sguardo non avrei nel porto visto niente.

Giuliano Gallanti e i suoi collaboratori che nel porto e nei suoi documenti mi hanno fatto liberamente scorrazzare.

Il prode navigatore Giulietto Frezza, revisore delle mie nefandezze nautiche.

Il Comandante D'Elia e il suo splendido dinghy che ha cercato alla disperata di insegnarmi a portare da qualche parte.

Il Capitano Pastorini, esperto di bombe in fondo al mare e di romanzi d'avventura.

Dino, mio padre, per la musica, il cinema, e i bei vecchi tempi andati in generale.

Aristo e Giorgio, uomini della città di Genova, generosi testimoni e amici miei per la vita.

I ragazzi e le insegnanti della seconda classe scuola media di Monterosso al Mare, che hanno disegnato e nomenclato per me la mappa degli scogli della Riviera, ognuno con il suo antico, misterioso nome. E Vincenzo, che si è prodigato in tutti i modi.

L'archivio storico Piaggio, per la motoretta, naturalmente.

Lara, la storica dell'arte, che mi ha illuminato sui modi del dipingere e quelli del contraffare; che mi ha fatto sentire e capire.

Enrico e Ida, pazzi fratellini miei; sono loro che mi hanno tirato via ogni volta che ho rischiato di annegare nella sciocca supponenza del romanziere.

E Barbara e Remo e Silvia e Stefano, per via della loro pazienza e della loro saggezza di reconditi lettori.

E voi, laggiù in fondo, che occhieggiate dagli scaffali e dalle cataste di carta sparse in questa stanza da riordinare al più presto, voi che non ricordo più come vi chiamate da tanto che sono stupido e ingrato: vi prego, perdonatemi e benignamente accettate il mio grazie.

Addio gente, ci rivediamo alla prossima.

Stampa Grafica Sipiel
Milano, luglio 2005